国家社会科学基金青年项目成果（项目批准号：12CZW040 结项证
项目名称：清代坊肆与八旗说唱文学的传播研究

清代坊肆与
八旗说唱文学传播

笪红宇 著

山西出版传媒集团
山西人民出版社

图书在版编目（CIP）数据

清代坊肆与八旗说唱文学传播 / 昝红宇著. —太原：
山西人民出版社，2025. 1. — ISBN 978-7-203-13694
-1

Ⅰ. I207.7

中国国家版本馆 CIP 数据核字第 2024L0Z234 号

清代坊肆与八旗说唱文学传播

著　　者：昝红宇
责任编辑：冯　昭
复　　审：傅晓红
终　　审：梁晋华
装帧设计：郝彦红

出 版 者：山西出版传媒集团·山西人民出版社
地　　址：太原市建设南路 21 号
邮　　编：030012
发行营销：0351-4922220　4955996　4956039　4922127（传真）
天猫官网：https://sxrmcbs.tmall.com　电话：0351-4922159
E－mail：sxskcb@163.com　发行部
　　　　　sxskcb@126.com　总编室
网　　址：www.sxskcb.com

经 销 者：山西出版传媒集团·山西人民出版社
承 印 厂：山西出版传媒集团·山西人民印刷有限责任公司

开　　本：720mm×1020mm　1/16
印　　张：22
字　　数：300 千字
版　　次：2025 年 1 月　第 1 版
印　　次：2025 年 1 月　第 1 次印刷
书　　号：ISBN 978-7-203-13694-1
定　　价：78.00 元

如有印装质量问题请与本社联系调换

序　言

　　昝红宇所从事的子弟书研究至今已有近二十年时间了，她的第一部子弟书研究专著《清代八旗子弟书总目提要》出版于2010年，是2007年全国高等院校古籍整理研究工作委员会062号项目的结项成果。这本书的封底对于这部书的重要价值是这样表述的："一部自1954年以来国内唯一较为完整独立著录子弟书曲目和详尽内容提要的古籍整理专题工具书，一部迄今为止收录现存子弟书曲目最完整的子弟书目录学研究专著，一部以约驭繁、辨章学术，反映最新子弟书研究成果的目录著作，一部重要的中国曲艺目录学研究专著，是对此前百年来清代八旗子弟书整理研究领域成果的一次总结。"

　　2024年，她的另一部专著《清代坊肆与八旗说唱文学传播》也要即将出版了，此系国家社会科学基金青年项目（批准号：12CZW040）"清代坊肆与八旗说唱文学的传播研究"的结项成果（结项号：20184027）。这部著作的完成凝聚着昝红宇数年耕耘的辛勤汗水，这部著作是一部填补了目前国内外子弟书研究中关于清代子弟书、八旗说唱文学与北京、天津、沈阳坊肆之间的合作交融关系以及相互促进俗文学传播研究方面空白的重要力作。

　　关于子弟书研究，近年来的主要著作包括：《清车王府钞藏曲本·子弟书集》，刘列茂、郭精锐主编，江苏古籍出版社1993年版，2册装；《清蒙古车王府藏子弟书》，北京市民族古籍整理出版规划小组辑校，国际文化出版公司1994年版，2册装；《子弟书珍本百种》（故宫珍本丛刊），海南出版社2001年版，3册装；《子弟书合集》（俗文学丛刊），中国台北"中央研究院"历史语言研究所编，中国台北新文丰出版股份有限公司2001年至2005年版；《清代八旗子弟书总目提要》，昝红宇、张仲伟、李雪梅著，三晋出版社2010年版，1册装；《新编子弟书总目》，黄仕忠、李芳、关瑾华著，广西师范大学出版社2012年版，2册装；《子弟书全集》，黄仕忠、李芳、关瑾华编，社科文献出版社2012年版，10册装；《子弟书全集》，陈锦钊辑录，中华书局2020年版，24册装。

从以上出版的重要子弟书著作中可以比较清晰地看出，近年来关于子弟书的研究主要侧重于子弟书全集版本内容的搜集出版和目录的整理出版两大方面，但对于子弟书整体的版本目录内容文学的传播与子弟书出版传播过程中，无论出版手段、形式、范围、地域，还是出版的主要推行者坊肆和坊肆主的研究，都是国内外尚存的一个需要填补的重要空白，而昝红宇在注意全面搜集子弟书国内外书目版本和撰写提要的基础上，进一步开始并逐步推进了这些子弟书研究空白部分的艰难研究工作，从而也为国内外子弟书研究的未来趋向和向新的区域发展奠定了一个初步的基础。

对于昝红宇这部著作的系统解读和逻辑思维，读者或研究者可以遵循着这样一个明确思路来进行如下推演：

首先是清政府统治下出现的八旗说唱文学和子弟书之间的关系与各自产生的时代原因、目的之概念，当然其中也包括了清政府对这一产生于统治集团内部的俗文学曲种现象所持有的表面禁毁实际包容的"尴尬"态度。这种产生在统治集团内部的俗文学曲种现象，是在给予属于统治集团内部优惠待遇的环境下才促成的。这种现象虽然对于八旗后裔"不务射猎，专注文娱"产生了不良的影响，但对于在清代统治集团内部的俗文学曲种范围的推广，在京都和陪都（沈阳）以及周围圈内（天津）社会文化娱乐生活的开展，抒发、排遣统治集团内部及其后裔的真实思想感情找到了一个重要的窗口。

其次，本书中的八旗说唱文学概念包括了子弟书、八角鼓、岔曲，当然，核心内容是子弟书。子弟书是八旗说唱文学之"魂"。八旗说唱文学产生于清代的首都北京，因为这是当时清代八旗控制和统治全国的中心。这里有皇宫内外统治集团的核心消费，有八旗庞大的驻军消费，有其他朝廷重要部门和满汉官员的消费，这里还有众多的为了这些重要消费而服务的中下层甚至底层人员的消费。北京这种盛大的、和外界联系宽广的消费市场，无论是巩固国家的控制、保卫国家的存在，还是运转国家的功能、带动国家的发展，都为八旗说唱文学和其他满汉说唱文学的产生和发展提供了重要的环境。当然，这种消费市场和环境除了当时的首都北京之外，也迅速地传播到陪都沈阳，这里是清代统治集团的老家和发祥之地，作为联系北京与沈阳之间的枢纽——天津更是获益匪浅。所以，八旗说唱文学主要的产生、流动和传播，就是在以北京、天津、沈阳为主要消费场所的区域进行的。

第三，这里所说的"社会消费市场"指的是以子弟书的消费而形成的一种主要出现在统治集团内部的"精神消费市场"，而不是"物质消费市场"。这种"精神消费市场"的社会性传播是通过书社、堂会、茶园渠道实现的。需要注意的是，这些书社、堂会、茶园，不是通过子弟书等八旗说唱文学在这些场所的演唱等表演活动获得利益而维持生计，而是通过在这些场所的活动达到一种"群体性、固定性、自娱自乐"的精神消费目的。这种精神消费目的给予子弟书等八旗说唱文学的参与者一个排遣、抒发自己思想感情的机会，达到群体性共感的自我安慰目的。

第四，子弟书等八旗说唱文学的这种在书社、堂会、茶园的活动形式和消费，不仅达到了一种自我安慰的目的，同时也起到了一种扩大影响的积极效果。这种说唱表演形式深受统治集团内部八旗子弟、满汉官吏及家属群体的欢迎。其说唱词贴切地反映了当时的社会环境、社会理念和社会生活，影响广泛而持久。

第五，这种现象被当时正在推动印刷进步的坊肆以及坊肆主所关注，他们将原本口头表演、手稿抄写流传的子弟书等八旗说唱文学，变成了木刻的、石印的、铅印的小册子，并迅速在北京、沈阳、天津地区，甚至国内外其他地区传播开来。当然，原本纯粹精神消费目的的子弟书等八旗说唱文学，就被书坊、坊肆主变成了一种通过社会文本传播达到商业经营获得利益为目的的社会消费。这种消费甚至发展到更加广阔的程度，不仅通过书坊刻印售卖，而且通过报纸、电台、唱片的宣传、推广，使之向更大的消费市场传播。正是这种传播，使得我们在百年之后还能看到昔日书本和报纸上的文词、通讯、消息以及原始的影像；正是这众多的传播形式，使得我们今天能够在这些讯息中找到曾经繁荣、兴盛一时的大清王朝。

第六，子弟书等八旗说唱文学随着大清王朝的离去，其经济基础轰然倒塌，逐渐消失在民国文化娱乐的社会海洋里。其实，八旗说唱文学诸如子弟书、八角鼓、岔曲等的表演活动和文字印刷传播仍在后续或默默或公开地传播着，我们从八旗满族后裔老舍等人士的著作中，从北京的八旗满族后裔伊增埙先生等票友在北京21世纪初的岔曲创作、排练、表演活动中，（昝红宇2011年曾和当时已经八十多岁的伊增埙先生一起探讨过岔曲创作，参与伊增埙先生所组织和主持的"北票房"，即北京曲艺票友联谊会排练的岔曲、鼓曲表演活动），依然可以看到国家对非物质文化遗产子弟书等八旗说唱文学进行保护和继承的坚实足迹。

子弟书等八旗说唱文学和表演文艺来源于哪里呢？明清时期产生了鼓书、鼓词、鼓曲，表演方式称为大鼓书、弦子书，伴奏乐器有三弦、大鼓、拍板，主要流行于北京、河北、天津一带，清代中后期由北京、河北、天津一带向周围的东北、山东、山西、河南一带发展，而子弟书、八角鼓、岔曲使用的主要乐器为弦乐、鼓乐。从这里也可以看出，子弟书是满族八旗在受明清汉族鼓词、鼓书、鼓曲表演活动和文本制作的影响下，开始创作并产生的。清代子弟书也被称作"单唱鼓词"，震钧《天咫偶闻》云："子弟书属于鼓词的一个分支，只唱不说，演出时用八角鼓击节，佐以弦乐。又分东西两派，东调近弋阳腔，以激昂慷慨见长；西调近昆曲，以婉转缠绵见长。"还有一个例子可以说明子弟书、八角鼓、岔曲的乐器使用均来自大鼓。李家瑞《谈大鼓的起源》中提到长白麟庆的《鸿雪因缘图记》（道光十八年刻本）："画他家里祭神，也陈列着唱大鼓书用的全副乐器——拍板，三弦，大鼓。但是图上的大鼓，实即大鼓书所用的'怀鼓'，小而不大，却以大名。"从以上子弟书表演所使用的乐器——八角鼓、三弦、拍板可以看出，它和汉族鼓词、鼓书、鼓曲的关联。再从子弟书产生的时间范畴（大致在清代乾隆年间）、地域（北京、沈阳、天津）、文本体制（以七字句为主，兼及多字句。语词柔软缠绵，语词内容表现个人或人物感情特别丰富多彩，人物内心活动十分精细、透彻。其曲目书词内容多以《红楼梦》中的故事来演绎，这种风格在清末民初大量地传递到北京、天津、沈阳的大鼓书词内容和书曲名称之中，比如北京的京韵大鼓、梅花大鼓，沈阳的奉天大鼓）、传播人群（包括传播过程中的自我传播娱乐者、抄写传送他人者、印刷售卖他人者、专门在各种场合为他人谋利或非谋利传播者）分析，也可看出其是明清时期汉族鼓词、鼓书、三弦说唱文学和表演艺术的逸出者。

子弟书等八旗说唱文学及表演形式，是中国传统曲艺在清代时期重要的、较特殊的一种。我们衷心地希望在今后的日子里，惦记着子弟书，研究着子弟书的读者、研究者、揭示者会越来越多，也衷心地希望在中华民族曲艺的"非遗"百花园中，看到子弟书、八角鼓、岔曲等八旗说唱文学和表演艺术的美丽靓影。

李　豫

山西大学文学院教授、博士生导师

2023年11月20日

目　录

绪　论　/ 001

第一章　清廷政策与八旗说唱文学　/ 013

　　第一节　八旗说唱文学的概念界定　/ 014

　　第二节　清代满汉文化的深度融合　/ 029

　　第三节　清政府对说唱曲艺的重视与禁毁　/ 035

第二章　八旗说唱文学的地域流播　/ 045

　　第一节　北京城的繁荣与八旗说唱文学消费市场的兴起　/ 046

　　第二节　盛京城的角色定位成为八旗说唱文学繁荣的土壤　/ 053

第三章　社会性的传播渠道——书社、堂会、茶园　/ 063

　　第一节　书社中的消闲　/ 064

　　第二节　堂会中的扬名　/ 069

　　第三节　茶园中的生计　/ 076

第四章　市场性的传播组织——坊肆　/ 085

　　第一节　八旗说唱文学坊肆辑目　/ 086

　　第二节　地区性八旗文学坊肆唱本的刊刻特征　/ 117

第五章　历史性的传播记录——版本、目录　/ 167

　第一节　八旗说唱曲本的版本特征　/ 168

　第二节　八旗说唱文学坊肆目录　/ 212

　第三节　八旗说唱文学的发售与购阅者的阶层　/ 223

第六章　八旗说唱文学的余音　/ 255

　第一节　天津《社会教育星期报》　/ 256

　第二节　曲种的融合和形式的转化　/ 264

结　语　/ 277

附　录　/ 283

参考文献　/ 333

绪　论

雕版印刷于七世纪出现，活字印刷在十一世纪盛行。清代应科举制度之发展、承社会经济之繁荣，在官方的身体力行和极力提倡下，不胜枚举的私人、书坊开始大量用印刷的方法生产书籍。刊刻出版业成为宋元明清时期文学研究过程中的一个不可忽视的领域。尤其是对于话本、小说、戏曲、说唱，它们在自身发展演变的过程中，始终与受众和市场紧密相连。以往俗文学的研究，过多地关注一头一尾，即文学作品产生的源头——对创作者的生平考证，对文学作品这一结果的深入阐述——分析人物形象、叙事方法、艺术特色等，很少把更多的视线放到中间环节——经过了怎样的收集稿源、抄录誊写、编辑排版、刻印刊行以及购阅者接受的全过程。可以说，刊刻出版业的盛兴掀起俗文学传播的大变革。坊肆及坊肆主在其传播过程中发挥了一定的导向作用。受众阶层对于购买需求的不断变化，在很大程度上促进了坊肆在俗文学作品题材选择和约稿创作倾向上的变化。一部记录清代出版家及其出书情况的著作，对于研究清代出版史，对于研究版本学、目录学、文献学及其他学科，都是大有裨益的。清代八旗说唱文学是与百姓大众的情感息息相通的，其文字雅俗共赏是为民众所接受的。随着市民阶层的发展扩大，其普及程度上到最高统治者下到平民老百姓，超过科举用书。但在一次又一次的从中央到地方各级政府发布的禁毁通俗文学的禁令中，来自民间的坊肆被忽略，不受重视。他们出版这些的主要目的是获利，但也同时展示了说唱文学不可阻挡的发展历史潮流以及顽强的生命力。

一、清代坊肆与八旗说唱文学传播的研究现状综述

清代坊肆与八旗说唱文学传播的研究，以版本研究成果为依托，注重从出版文化的角度阐述八旗说唱文学中所存在的传播事实与演变轨迹，将传播学与中国古典文学交叉，以期挖掘有关中国古代民族曲艺传播中的财富。现将已有的学术研究成果集中分析如下：

　　从文献资料的整理辑录来看，相关目录的编撰和文本的整理已出版。清乾隆年间至民国初年，北京的百本张、别埜堂、聚卷堂，有大量抄印的目录和曲文的单行本。清乾隆六十年乙卯（1795）集贤堂刊刻的《霓裳续谱》，反映了清以来民间杂曲（包括148首岔曲）的主要成就。民国时期刘复等的《中国俗曲总目稿》（1932年）、齐如山的《升平署岔曲》（1935年），新中国初期傅惜华的《北京传统曲艺总录》（1962年），是对此前目录和当时收藏的总结。20世纪90年代后，北京大学图书馆、中山大学图书馆、首都图书馆以及台湾傅斯年图书馆中收藏的有关说唱文本，逐渐被整理和影印出版，如《清蒙古车王府藏曲本》《俗文学丛刊》《子弟书全集》《子弟书珍本百种》等即是。2012年出版的《新编子弟书总目》是对清代子弟书目录的总结性目录学专著。2020年陈锦钊编纂的《子弟书集成》，收录了散存在国内外各地的子弟书，通过精选底本、详加解题，对其进行了辑录、整理、编纂和标点等精校工作，历时四十余年，是学术界具有代表性的子弟书集成本。近年来海外研究对此也有所关注，日本九州大学言语文化研究院学者中里见敬编撰了《滨文库所藏唱本目录》，整理著录了清末至民国时期的唱本1123册，其中提及子弟书版本情况。目录学、版本学研究的成果为开展清代坊肆与八旗说唱文学的传播研究，提供了很多原貌文献资料，可作为有益的借鉴与参考。

　　作为清代八旗说唱曲艺传播的主要载体，坊肆及坊（肆）主等参与了文本创作、读者阅读以及作品流通的全过程。由于其传播的特殊性，目前相关的研究比较薄弱。清代叶德辉《书林清话》对历代刻书的源流、特点、地域、种类以及刻书家的情况，作了较为全面而具体的论述。当代张秀民《中国印刷史》（1989年）对中国古代出版印刷史的论述较为中肯，资料翔实厚重。任继愈主编的"中国版本文化丛书"，对不同时代、类型的版本特点、演变规律与社会文化的关系以及重要的版本个案作了全面的研究。此外，陈祖荫《子弟书与岔曲：北京地区的两种韵文》（2002年）、崔蕴华《子弟书与北京地域文化研究》（2008年）等论文，从地域的角度研究出版文化，均提供了一些有价值的资料与观点。

清代八旗说唱文学的已有研究，主要集中在对单个说唱曲种的整体研究上（包括作品和曲种系列）。如撰于清嘉庆二年丁巳（1797）的《书词绪论》，是现存所知最早的子弟书研究论著。清末民国初年的《燕京岁时记》《天咫偶闻》等也有零散的评论。20世纪三四十年代以及1949年后，张次溪《人民首都的天桥》（1951年）、傅惜华《曲艺论丛》（1953年）、郑振铎《中国俗文学史》（1954年）等均设有谈论八旗满族说唱文学的章节。台湾陈锦钊，广州黄仕忠，东北任光伟、耿瑛，山东关德栋，北京伊增埙、崔蕴华、李芳以及日本波多野太郎、长泽规矩也，都写了论文和出版了著述，从专题角度对八角鼓、岔曲、子弟书等进行了较为深入的作品内容和版本目录研究。这些国内外研究成果，为清代八旗说唱文学的探讨奠定了学术研究和理论创新的基础。

自20世纪90年代以来，传播学与中国古典文学的交叉研究愈受学界重视。如任光伟《子弟书的产生及其在东北之发展》（1983年）一文，比较早地将坊肆与坊（肆）主纳入考察范围，但只是背景资料式的简单介绍。崔蕴华《书斋与书坊之间：清代子弟书研究》（2005年）第五章《子弟书版本及流传》第四节"百本张与子弟书书坊"，从书坊的角度研究涉及曲艺的创作与传播，未全面关注八旗说唱文学的刊刻流播问题。姚颖《清代中晚期说唱文学与伎艺研究》（2008年），该书以清代中晚期的子弟书、岔曲为中心展开研究，对此时期北京说唱文学的流传版本和表演场所进行了广泛深入的探讨，未专从刊刻出版业的角度重新审视北京说唱文学现象。李雪梅等著《中国鼓词文学发展史》（2012年）就鼓词书坊进行了较为系统的阐述，在第六章《清代鼓词的刊行与传播》讲述了清乾隆至同治年间，部头木刻鼓词小说在京都琉璃厂书坊（包括文和堂、东二西堂、老二西堂、宏文阁、荣锦堂、文宝堂、聚魁堂、东泰山堂、中和堂）和东北盛京（今沈阳）书坊（会文山房）、宽城子书坊（格致堂）刊行的详细情况，尤其对清中后期东北地区书坊的介绍，为清代书坊史的研究提供了重要史料。崔蕴华《说唱、唱本与票房：北京民间说唱研究》（2017年），在之前研究内容的基础上扩大范围，更加全面细致深入地从文化生态和地域的角度，论述书坊刊刻的唱本所产生的说唱是怎样一种文化现象。李芳《清代说唱文学子弟书研究》（2022年），在第八章《子弟书的文本流动》阐述了子弟书在流传过程中，从书坊抄本、刻本到文人改本的演变；在第九章《子弟书的流播与影响》重点分析了天津子弟书的流传情况。但这些著作都缺少清代坊肆的研究大背景。

清代坊肆和八旗说唱文学所受关注不多，评价很少，资料难保存。提及坊肆，一般只是背景资料式的简单介绍。清代坊肆研究，是古代坊肆研究的一个重要分支。北京八旗说唱文学坊肆众多，但在清代书肆史料中几乎找不到它们的身影。对于清代坊肆独立、系统的研究至今还没有成为学术界聚焦的热点，辑录清代书坊的专著也不多；关于清代书籍坊肆及坊肆主等刊刻者的研究，清代坊肆与说唱创作、传播关系的研究比较薄弱；对于清代坊肆与八旗说唱文学传播的独立系统的阐述，目前尚未出版研究专著。有鉴于此，本书试图通过整理清代中后期坊肆的分布情况，重点从媒介的视角探讨传播八旗说唱文学的清代坊肆的生存发展脉络，呈现八旗说唱文学在传播过程中的原生状态和原生方式，进一步挖掘这一学术思路潜在的研究价值。

二、关于清代坊肆与八旗说唱文学传播的研究意义

书籍历来是社会大众、市井百姓接受教育的重要途径。古籍中的官刻本和家刻本，基本上为显贵官宦和家族成员服务。坊刻本与市场紧密相连，满足社会各阶层需求。在近千年的坊肆历史发展过程中，它的生产部门、经

营方式和流通渠道等情况是零散存在的，或为文人笔记所记载，或在书籍目录中有涉及，或于诸家藏书的志、序、跋里有所提及。清代人文荟萃，书肆如林，但北方书棚阙史。有关北京琉璃厂书肆的记述向无专书，散见于清乾隆三十四年己丑（1769）益都李文藻《琉璃厂书肆记》和清光绪十三年丁亥（1887）江阴缪荃孙《琉璃厂书肆后记》，以及清光绪年间叶德辉《书林清话》《书林余话》中的散落记载。

与正统诗词文赋的传播相比，作为清代北方民族说唱文学中的重要一支，八旗说唱曲种的叙事、抒情与通俗性质使其传播更具特殊性。八角鼓、岔曲、子弟书等初期的创作和演出方式均属于一种自创自娱的演唱活动，既具"票友"性质，又具"诗社"性质，只是在小范围内创作讨论交流演出，实现自我陶醉、调整认知的情感满足。中后期随着八旗满族成员优厚待遇和权力地位的削弱，以及商品经济的充分发展，八旗子弟的说唱活动走向职业化、市场化，随之八旗说唱文学传播的方式与途径也发生巨变。文人与书坊合作的模式渐成规模，体现出文化与商业相结合的鲜明特征。八旗说唱文学作品迅速案头化，在更广阔的区域内流传，成为今天八旗满族的人文纪念和满汉文化融合的产物。这是当时京城和盛京等处的八旗说唱曲艺原创者未曾想到的情形。

清代坊肆在八旗说唱文学的传播中扮演了重要的角色。八旗说唱文学传播中的所有现象，并非全部与坊肆及坊肆主有关，其创作发展过程的前期就存在非市场商品因素。八角鼓最早产生在军队，是得胜歌。最初它是由回京后的旗籍兵丁应邀在喜庆宴集上演唱的。但就清代八旗说唱文学传播的整体而言，其传播的方式与途径已呈多样化发展，说唱传播中的坊肆、坊肆主、编撰者、市场、购阅者等因素已经具备。从抄（约/寻）稿、选本、编辑、评点、刻印、发行等环节来看，以八旗说唱文学为代表的清代坊肆已经尝试采用了多种经营模式：摆摊设点零售型、世代传帮累积型、文人书坊合作型以及异地分工联合型。有的模式趋向成熟。八旗说唱文学发展到后期，还有以报刊形式为传播手段的特殊存在方式，坊肆只是作为可有可无的背景资料被简单提及。因此，研究八旗说唱文学现象，不仅要关注文本这个最重要的部分，文本之外的一大群相关因素也产生着不可忽视的影响，如读者反应、坊肆销售和市场反馈等。

在八旗说唱文学发展的历史上，八角鼓、子弟书属于已经消失的曲种，在曲种溯源的过程中，对其史料的发掘和钩沉稽微，尤为重要。在当下的时代大潮中，它们昔日的无限风光已呈式微之势，仅存在于书籍记载及老人的记忆中。本课题的研究不仅具有理论价值和现实意义，而且体现未来民族文学传播的发展趋势，能为中华民族说唱文学的传承与振兴提供参考借鉴。

因此，《清代坊肆与八旗说唱文学传播》一书，立足于清代北方坊肆，以八旗说唱文学坊肆为典型，阐述坊肆及坊肆主人与八旗说唱之间的联系，探讨八旗说唱文学自抄录阶段进入刊刻出版时期后，在创作群体、编创方式、题材内容、受众群体等多方面的变化，发现传播新现象，总结其规律，并对其存在的问题和不足试图做出有据可循的阐释。本书将版本研究、传播学研究与统计学理论相结合，将说唱文学文本文献资料研究同社会历史人口流动、交通转移变化动态分析、民族说唱调查相结合，用新视角来探讨、考察、解析出现在清代北方地区的书籍坊肆与说唱文学传播繁荣现象的更深层次之原因，以作为今日社会文化繁荣之借鉴与思考，为人们了解和进一步研究古代坊肆提供丰富的资料。

三、关于清代坊肆与八旗说唱文学传播研究的方向、方法和目标

八旗说唱文学坊肆，是指抄写或刻印刊行清代旗籍子弟说唱底本的私营作坊。八旗说唱文学坊肆中既售卖抄本，又有刻印本刊行，二者是夹杂共存

的。我们要研究抄本时期书肆的发展情况，也要研究印本时期书坊的发展过程及其地位、价值和意义。本书主要对清代坊肆、八旗说唱文学传播中的一些重要论题作基本考察，包括：

1.对于清代北京坊肆规模的估量，在一些书店店员、学者专家的论述中有详实细致的记录。本书系统梳理清代至民国期间北京书籍坊肆的文献史料，补充民国时期的北京书肆和沈阳书店的信息，以及其他地区"说唱类"坊肆的零散记录。从整段历史过程的时间和空间上，看清全貌，深入认识。重点分析得出此时期以北京为中心的北方坊肆的特点和分布流播区域。

2.关于八旗说唱文学的概念界定，尤其是对子弟书名称的辨析，对八角鼓岔曲、牌子曲、单弦和子弟书之间的区别与联系进行梳理。

3.对清代护国寺书摊的寻踪。目前，根据曲本文词记录，清代护国寺书摊有百本张、同乐堂、聚文山房。根据坊肆记录可知，清末至民国期间还有同文书局、集成书局，并发现有文献资料可考者——清康熙年间"说唱类"坊肆文盛堂和天德堂。

4.对清代东北地区坊肆的钩稽。

5.八旗说唱文学坊肆传播中的市场经营模式。

6.清代北方坊肆与满汉文化的融合。

收集八旗说唱资料、摘录清代坊肆名称、寻找二者发展交叉轨迹的过程，是逐渐加深对八旗说唱文学的历史文化价值、它们与别种俗曲的区分以及与坊肆发展、社会变迁之间联系的认识过程。因所处时代久远，史料文献稀缺，说唱艺人难觅，清代坊肆与八旗说唱文学的传播研究存在很大的局限性。

本书从研究八旗说唱文学的传播途径出发，力求进一步明确清代北方坊肆中心的发展轮廓和经营特征。主要关注以下几个方面：第一，清朝历代统治者所实行的政策和采取的措施，与说唱曲艺类书籍出版发行的直接联系。

第二，清代印刷技术的进步发展与广泛推广，对八旗说唱文学底本大量刻印和销售规模所起的作用。第三，书肆业本身的历史沿革和发展状况，包括规模大小、刻印内容、刊行活动、经营方式、发行渠道等，是研究八旗说唱文学传播途径最直接的重要依据。第四，对于八旗说唱类唱本和目录开始出现的标志和起点，以其成为商品在市场出售为标志，以其最早进行贸易的时间为起点，探索其起源和产生。

四、本书研究内容

清代坊肆与八旗说唱文学的传播研究，涉及五个互相关联的概念：一是时间限定在清代至民国期间，以清代为主；二是地域以清代北京（包括天津）、东北盛京海城（今隶属鞍山市）等八旗驻防生活区域为主；三是创作者、表演者、受众基本限定在八旗满族成员，但到后期随着八旗满族成员优厚待遇的巨变，受众逐渐扩大到所传播区域的整个社会人群范围；四是清代八旗说唱文学限定在与汉族说唱不同的八旗满族说唱类型，如八角鼓岔曲、子弟书等说唱文学；五是清代八旗说唱文学的研究范围不仅包括创作、表演和评论，更为重要的是从坊肆刊行、旗人创作和抄写传播的角度来深入论证。

本课题是对产生在清代的以子弟书为核心的八旗满族说唱活动的传播过程进行全面考察，并对这一整体特殊文化现象做出理性阐释的一个课题。从八旗说唱文学坊肆传播的角度，界定曲种概念，阐述清代八旗说唱文学兴起的背景条件：一是满族兴起并作为统治者为八旗说唱文化的兴起提供政治基础；二是八旗子弟非同一般汉人的优厚待遇，为八旗说唱文学的出现提供人员保障；三是八旗驻地官兵及家属的说唱活动奠定地域条件；四是满族说唱文学对旗籍子弟的熏陶提供内在条件；五是民族融合过程中汉族说唱的影响提供文化条件。从版本、目录、编辑等方面讨论清代北方八旗说唱文学的演唱特色、人员特色、曲种特色和文学特色。附录从时间和空间上对清代北方坊肆及文献进行统计，以北京坊肆和"说唱类"坊肆为重点。从文献史料的角度，廓清清代书籍坊肆北方中心的源起与辐射。首先，以北京城格局为依托，重点对外城琉璃厂和内城隆福寺的书籍坊肆进行爬梳整理，辅以时间线，分为前期（清乾隆年间）、中期（清嘉庆、道光、咸丰、同治时期）、后期（清光绪至民国年间），廓清北京坊肆的整体轮廓。其次，对文献史料中"说唱类"坊肆进行钩沉稽录。

在整体内容上，就八旗说唱文学的概念，界定八角鼓岔曲、牌子曲和单弦之间的内部联系，以及与子弟书的外部关联；探寻八角鼓岔曲、子弟书的概念及其渊源，明确"子弟什不闲"；结合清政府对说唱曲艺的重视与禁毁政治背景、满汉文化的深度融合文化风尚等诸因素，分析八旗说唱文学坊抄、坊刻产生的社会基本环境；从地理学角度，抓住北京、盛京和天津在漕运、驻防上的角色定位，讨论城市布局、政策调整与八旗说唱文学消费市场之间的内在关联；从不同活动场所中的八旗说唱情形着手，分析丰富多样、愈演愈盛的子弟说唱表演，为坊肆的大量刊刻做好了准备。

书社是子弟消遣娱乐之所，堂会是子弟扬名立身之所，茶园是子弟的生计来源。应不同阶段、不同层面旗籍子弟的市场需求，坊肆积极主动地参与进来。本书主要以子弟书辑目为例，统计八旗说唱文学坊肆的数量。选择北京和盛京两座城市，从形成原因、坊主参与、文人评点、作品解读等方面分析这两大地区八旗文学坊肆唱本的刊刻特征。重点以北京的百本张和盛京的会文山房为典型，试图从地域文化的角度对八旗说唱文学坊肆进行审视和评价。清代八旗说唱文学坊肆经营，初始采用"坊佣"和摆摊设点的方式抄售书，之后形成下层文人结社，又与坊肆刊刻相结合的门市售书，间有同城或异地坊肆联合刻印销售书籍的模式。刊刻研究方面，主要以八角鼓岔曲、子弟书为例，论述八旗说唱曲本的版本特征：坊（官）抄本的珍贵印迹、刊刻本的推新尚奇和石（铅）印技术的广泛应用。在八旗说唱文学坊肆中，已出现具有一定专业程度的作家、编辑队伍，对子弟唱本的封面、版式、广告、版权、内容、插图等，进行了较为全面的编辑指导。因此，本书从传播需要、出版市场、购者需求和编撰之风等方面，阐述八旗说唱文学坊肆在版本和目录上的新颖设计和审美倾向；根据清代至民国"说唱类"坊肆史料辑佚钩沉、收集著录的内容，勾勒清代"说唱类"坊肆活动的区域范围，从二者的交叉结合面上探讨其分布特征；描述清代至民国北京书籍坊肆的地点变迁情况，分析变迁时间的集中点和主客观原因；重点总结此时期北京书籍坊肆的发展特征和经营趋向；在清末民初坊肆歇业转型的大背景下，以天津《社会教育星期报》为依托，讲述余音绕梁的八旗说唱曲文在改良思潮中所起的教化作用，并以案头文学的方式坚持留在民众的视野中；从曲种的融合和形式的转化角度，阐析后来在京韵大鼓、东北大鼓、梅花调等曲种中保留下子弟书曲目和演唱技巧的原因。

第一章　清廷政策与八旗说唱文学

　　就八旗说唱文学的概念，界定八角鼓岔曲、牌子曲和单弦之间的内部联系，以及与子弟书的外部关联。探寻八角鼓岔曲、子弟书的概念及其渊源。明确"子弟什不闲"。结合清政府对说唱曲艺的重视与禁毁政治背景、满汉文化的深度融合文化风尚等诸因素，分析八旗说唱文学坊抄、坊刻产生的社会基本环境。

第一节　八旗说唱文学的概念界定

太平歌词子弟书，开篇妙语似连珠。

单弦牌曲八角鼓，风送时调满京都。[1]

《古代风俗百图》第59幅图中的七言诗，列举了清代北京城内广泛传播的"太平歌词""子弟书""单弦""牌曲""八角鼓"。

金受申《老北京的生活》载："北京在前清时代，禁苑例不开放……夏日二闸有香会、什不闲、八角鼓助兴……一进五月，朝阳门、东便门、二闸来往游船，络绎如织。两岸芦荻槐柳，船头唱着'莲花落'……还有永定门外沙子口四块玉茶馆，也是北京郊外有名茶馆……夏天有八角鼓、什不闲小曲，贵族王侯、名伶大贾都要前去消遣的。再有东直门外自来水厂东北角的'红桥茶馆'，规模宏大，由明代到清末，兴盛了三百多年。前清末年，'抓髻赵'曾在此唱莲花落，于今片瓦无存了。"[2]精妙的诗句，先生的描述，娓娓道出在清代满族聚居较多的北京城，八旗的说唱文学和戏曲作品享有盛誉。八角鼓、子弟书、太平歌词以及岔曲、单弦、牌子曲等颇为流行。

富察敦崇《燕京岁时记》曰："内城无戏园，外城乃有，盖恐八旗兵丁，习于逸乐也。戏剧之外，又有托偶、影戏、八角鼓、什不闲、子弟书、杂耍把式、像声、大鼓、评书之类……八角鼓乃青衣数辈，或弄弦索，或歌唱打诨，最足解颐。什不闲，有旦有丑，而无生，所唱歌词，别有腔调，低徊婉转，冶荡不堪；咸同以前颇重之，近亦如广陵散矣。子弟书音调沉穆，

---

[1]　王弘力：《古代风俗百图》，辽宁美术出版社，2006年，第59页。

[2]　金受申：《老北京的生活》，北京出版社，2016年，第200—201页。

词亦高雅。"[1]清咸丰同治之前，八角鼓和子弟书为王公贵族、旗籍兵丁所看重。

不同年代、三种题材，不约而同说出一个话题：清代北京城的好消遣，要数以八角鼓、子弟书为代表的八旗子弟说唱了。

一、八角鼓岔曲、牌子曲和单弦

清代康熙三十五年丙子（1696），李声振在《百戏竹枝词》中这样描述八角鼓："（形八角，手击之以节歌。都门有之）楹鼓足鼓制不一，此鼓如何八角敲？闻说雷夔曾八面，天神可复降南郊。"[2]这是最早关于八角鼓的记载。简约的言辞，表明此种曲艺早在清初就盛行于北京坊间。

金受申《老北京的生活》载："八角鼓是清代北京特殊的产物。据说乾隆时期，大军征伐大小金川，用兵日久，兵丁思家，于是造出一种象征八旗二十四固山、内府三旗的鼓来，敲着唱曲，以减少兵丁想家的念头。凯旋以后，官署奏请给予'龙票'，许人演唱，惟不许收费，所以称为'玩票'，又称'子弟消遣'。所说'玩票'，就是指'龙票'。又因为是凯旋之后的歌曲，所以又称'凯旋歌'。"[3]这段话言简意赅地勾勒了八角鼓产生的缘由。

八角鼓岔曲又名太平歌、得胜歌，是满族曲艺的曲种，传说原为满族人牧居时期自弹自唱，意在自娱的民间歌舞，因演唱时打击八角小鼓而得名。鼓是用八块木头连制成的八角形小鼓，八角代表八旗。八角鼓一面蒙皮，带二十四个小铜钹，鼓底下缀长穗，有摇震、指搓、指弹等奏法。

---

[1] （清）富察敦崇：《燕京岁时记》，北京古籍出版社，1981年，第93—94页。

[2] 杨米人，路工：《清代北京竹枝词（十三种）》，北京古籍出版社，1982年，第161页。

[3] 金受申：《老北京的生活》，北京出版社，2016年，第345页。

据说清乾隆十三年戊辰（1748）阿桂攻打金川，长久戍边的八旗兵丁（部分调自吉林、黑龙江）为排遣思乡寂寞之情，有旗籍兵丁名宝恒，字筱槎，号"小岔"的，把家乡小调编成歌唱的单支小曲，于是称之"岔曲"。清乾隆四十一年丙申（1776）阿桂率军平定金川凯旋后，将满语军歌岔曲译为汉文，谱以八角鼓曲调。回京常驻兵丁手持皇帝颁发的龙票，应亲友所邀在喜庆堂会中常聚一起，义务演唱八角鼓岔曲自乐，即称为"子弟票友走局"。后又传入宫中，得到乾隆皇帝的赏识，命专人另编新唱词，在宫内南府排练演唱，自此在北京的街巷坊肆中流行开来。最初军中的岔曲除写景写情以外，大半是颂扬得胜的吉利词，可以壮士气，也可减乡愁。当军歌八角鼓岔曲走上梨园舞台，就逐渐向宫廷雅乐发展。清乾隆时期王廷绍《霓裳续谱·序》记载："其（八角鼓）曲词或从诸传奇拆出，或撰自名公巨卿，逮诸骚客，下至街巷之语，市井之谣，靡不毕具。"[1]八角鼓岔曲是清代北京最早的风俗曲创作，也是清代宫中最先的声歌消遣。

最初八角鼓的演唱形式是单唱，始终由一人手持八角鼓站立在听众前完成故事的演唱。清康熙乾隆年间，宫廷、堂会盛行八角鼓岔曲，开始融合汉族说唱艺术如诸宫调、散曲等的表现方法，逐渐演变成用八角鼓伴奏，配以三弦，与伴奏者团坐一起，以坐腔形式演唱的牌子曲。后加入的三弦只是伴奏。之后拆唱八角鼓（俗称"八角鼓带小戏"）在清乾隆末年兴起。清乾隆年间桐城杨米人在《都门竹枝词》中写道："同乐轩中乐最长，开来轴子未斜阳；打完八角连环鼓，明庆新班又出场。"[2]可见当时民间有职业打八角鼓唱岔曲的人。拆唱八角鼓是一种杂耍，包括演唱、说故事等多种形式。

---

[1] （清）王廷绍，华广生：《明清民歌时调集·霓裳续谱·白雪遗音》，上海古籍出版社，1987年，第19页。

[2] 杨米人，路工：《清代北京竹枝词（十三种）》，北京古籍出版社，1982年，第13页。

多种曲调连成有情节的剧目，配以丝弦，以三人杂扮或坐或立，入场后长歌短曲，语杂诙谐。清嘉庆以后八角鼓岔曲逐渐衰落，仅由八旗子弟作非职业性演出，清唱于厅堂筵席之前，曾流行于东北及内蒙古地区，但在民间还流传着市井百姓原本的八角鼓。后来八角鼓岔曲发展为"全堂八角鼓"表演形式，包括"说、学、逗、唱、吹、打、弹、拉"八功，当时在北京、天津、沈阳等地很流行。

根据金受申先生对全堂八角鼓表演的细致描述，我们可知八角鼓全班包括"鼓"（八角鼓）、"柳"（小曲）、"彩"（戏法）三种。具体的表演过程分三个阶段。第一阶段是序幕，首先是京韵大鼓、南（北）板大鼓、南（北）马头调、滑稽大鼓等加在五音大鼓中的演奏；其次是演奏单弦或牌子曲；再次是唱红柳，即"琴腔"（面临失传，阿鉴如能唱一些）。第二阶段是正式开场，首先是演唱四首岔曲（三小岔和一大岔），八角鼓伴奏；其次是再哄哏，即三人相声；再次是腰节，即以群唱的方式报全班姓名，可唱些杂曲小调；最后是三人相声或变戏法。第三阶段则是终场部分，先是演唱联珠快书（奎松斋、德峻峰能编能唱）；再是两人或三人彩扮演唱牌子戏（又称拆唱八角鼓），有时提前约定改为双簧。在八角鼓场的序幕或腰节部分，还可以加入子弟书演唱。全堂八角鼓是清代八旗子弟应邀参加喜庆聚会时的一场全套演唱盛宴，演唱技艺多样化，除弦乐外，间用锣鼓等打击乐器一起伴奏。演唱方式有时是持八角鼓者为主说唱人，其他伴奏者也参与说唱；有时是群唱，如在腰节的一个段子中，不属于单唱、拆唱的某几句唱词因词意表达需要，大家齐唱完成。

八角鼓在八旗子弟和民间广泛流传和发展的清代，其曲种多种多样。民间岔曲、单弦、牌子曲、联珠快书、双簧是八角鼓艺术中的独立演唱形式，从民间八角鼓中衍生而出。子弟书则是一种独立的曲种。岔曲，又称"六八句"，因初始基本句式为六句或八句体。后逐渐增长，首二句或四句后［过板］，中二句或四句后［卧牛］，末二句是［岔尾］。平岔一般是六句四十三字，可根据内容情节的补充和具体演唱的需要增添衬字和嵌句，有时增至十数句或数十句。数岔则是六十句三百七十字。岔曲的板眼有平岔、数岔、起字岔、西岔、岔尾等。岔曲的曲调日益丰富，唱腔丰富多彩，腔调有当韵、平调韵、黄鹂调等。岔曲的内容，抒情写景的较多，至今流传下来的曲词多半是清代旗籍子弟的游戏笔墨和消遣之作。在北京满族八旗子弟自娱习唱、编写新词的过程中，押十三道辙。岔曲从唱词长短可分为小岔（多属抒情，仅八句，有时摘唱"岔曲头"或"岔曲尾"）、长岔（又称起板，多达数十句）两种。岔曲后来用在单弦开始前演唱，其中以四句脆岔为曲头、曲尾，中间连缀的故事情节选用不同杂曲牌（如数唱、太平年、银钮丝、耍孩儿、剪靛花、叠断桥等）的岔曲，又谓之"单弦牌子曲"。牌子曲就是把一首岔曲从中间截开，分为曲头、曲尾，中间连缀上许多曲牌而形成的，即由各种不同腔调的小曲——牌子凑合起来说唱一段故事，一人演唱一人弹弦的表演形式。有年代可考的牌子曲，最早见于清咸丰七年丁巳（1857）抄本《急拉吃得甲》。

清乾嘉年间，曲牌连套体的单弦开始出现，即一人手执八角鼓演唱，一人以大三弦伴奏。曲词由上下两个四字句组成，多次反复，节奏统一，曲式灵活。内容故事性强，有反映清代北京社会风貌的，也有根据戏曲小说改编的作品。表演方式有两种：一是演唱者一人持八角鼓敲击节拍站唱，另一人拉三弦伴奏，旧称"双头人"；二是只一人操三弦自弹自唱，采用单独曲牌，素装上场。单弦最初是在亲友喜庆宴聚上义务演唱，后来光绪年间的旗籍票友司瑞轩（随缘乐，排行第七）在北城茶馆"一人单弦八角鼓"演出成功。单弦将抒情的曲调和叙述性内容结合在一起，成为曲牌多、半说半唱、富有艺术表现力的独立曲种。清道光年间《白雪遗音》中有一标明"八角鼓杂牌"的曲本《酒鬼》，是现存最早的一首单弦曲词，讲的是一酒鬼旗籍子弟和朋友酒醉后吐真言，数说日子过得艰辛揭不开锅，回家后对贤妻发酒疯，翌日酒醒反省的故事。曲文开首是上下两个四字句："玉液琼浆，不可不尝。杜康造酒，留下仙方。"接下来曲牌［南罗儿］［耍孩儿］［倒推船］［硬书］［太平年］［双头人］连套，其中"二人说罢往前走"这句前标有［双头人］。曲文结束时有一段曲词标注［子弟书］："这佳人，悲悲切切说夫呀，你昨日何方身带了酒。只等到黄昏夜晚，你才转家乡……奴劝你这酒儿，也当忌了。也想想大事你成了那一桩。也该去，习学弓箭莫要拖懒。也该去，努力巴结把差使当。常言道，人穷志就短。依奴说，你虽身穷志到底要强。奴劝你的良言虽逆耳，要你去，仔细追究，细细的思量。"[1]从这段曲词可推测，单弦演出中也间用子弟书的曲调。

八角鼓艺人德寿山，光绪年间考中过功名，1911年后登台献艺，创作了《续黄粱》等单弦曲词。其弟子常澍田，北京人，满族，形成单弦的主要流派"常派"，代表曲目有《风雨归舟》《胭脂》等。八角鼓艺人荣剑尘（1881—1958），北京人，满族，祖籍北京西郊健锐营，满姓瓜尔佳氏，幼名荣根，学名荣勋，字健臣，后改为剑尘，艺名和顺。幼学莲花落，后改唱单弦，形成单弦的重要流派"荣派"，代表曲目有《细侯》《杜十娘》《风波亭》等。还有阿鉴如、广绍如等。清代俗曲总集《霓裳续谱》《白雪遗音》等书都收录了不少八角鼓曲本。八角鼓在嘉庆、道光以后，随着在各地驻屯的旗籍子弟流传到很多地区。相传，凡有漕运、盐运的城镇，都有八角鼓传唱。

"1979年，辽宁省博物馆的研究人员曹汛同志曾提供了'沈阳老君堂江湖行祖师碑'拓片两张。其中一张拓片记载了说唱文艺的社会作用和说唱艺人修庙立碑的经过；另一张的上额横题'江湖行'三个大字，首行刻有'评

---

[1]　（清）王廷绍，华广生：《明清民歌时调集·霓裳续谱·白雪遗音》，上海古籍出版社，1987年，第767页。

词、变彩、八角鼓、大鼓、弦子书'等五个曲种，然后又排列了冯万春、喻舒瑞等五十二位艺人的姓名。该祖师碑立于清光绪四年（1878）。"[1]老君堂，位于沈阳城内治门外天齐庙西，为手艺行中上会之所。据此可知，清末沈阳的八角鼓、弦子书都还活跃在民间。

清代中后期，八角鼓不断发展，产生出三种结果：一是出现由演员分角色唱牌子曲的"拆唱八角鼓"，如山东聊城八角鼓。二是清乾隆、嘉庆、道光时期，在岔曲基础上发展出"清音子弟书"，创作者、演唱者多是八旗子弟，采用坐唱形式，吸收了鼓词艺术的特点，融合了诗歌、民间小调的长处。三是清代末年，岔曲成为单弦演唱前加演的内容，如《风雨归舟》《赞剑》《八花八典》等，后又衍化出扶余八角鼓。"吉林扶余县在清代是驻军的重镇，八角鼓曾以这里为中心流传在前郭旗、乾安、大安等地"[2]。

崇彝在《道咸以来朝野杂记》中言："文小槎者，外火器营人。曾从征西域及大小金川，奏凯归途，自制马上曲，即今八角鼓中所唱之单弦杂排（牌）子及岔曲之祖也。"[3]

二、八旗子弟书

子弟书，又称子弟书词、清音子弟书、弦子书、子弟段儿。它是鼓词的一种，其词雅驯，其声和缓，音调沉穆。子弟书产生于清代雍正、乾隆年间。在初创期，其作者、演唱者、听众等多以八旗子弟为主。清乾隆、嘉庆年间正式称为"八旗子弟书"。清刘世英《陪都纪略》载："八旗子弟书，约兴起于清雍正、乾隆年间。当时，大量八旗子弟被征入伍，连年戍守边关，归期遥遥无日。万般无奈之中，他们便把思念亲人、思念故乡的悲怨之

---

[1] 郝赫：《解放前后的沈阳曲艺概况》，载《文化资料选》，1985年2期，第15页。

[2] 王素稔：《八角鼓与单弦》，载《曲艺艺术论丛》（第二辑），1981年，第10页。

[3] （清）崇彝：《道咸以来朝野杂记》，北京古籍出版社，1983年，第105页。

情形之于曲，述之以调，相互传唱，用以抒发情感，日久即形成一种喜闻乐见的鼓词俗曲。出征而归的八旗将士，便将此曲种带回京城传唱，而京城中八旗子弟喜好者，便参照弹词开篇形式，创作出早期子弟书曲目，至乾嘉之际，才正式称为'八旗子弟书'，其中不用乐器伴唱的称'清音子弟书'。"[1]清嘉庆二年丁巳（1797），李铺为《书词绪论》所写序文中"辛亥夏，旋都门，得闻所谓子弟书者"的语句，可与之佐证。[2]"辛亥"指清乾隆五十六年辛亥（1791），子弟书最初的名称是"八旗子弟书"。对于子弟书是否同八角鼓一样，均是产生于军营，这种说法存疑，没有更多的史料记载。

　　子弟书源于鼓词，是单唱鼓词。清光绪年间，震钧在《天咫偶闻》中言其为"旧日鼓词，有所谓子弟书者，始创于八旗子弟"[3]。"至清时，有所谓子弟书者，实为一时之创格，而清以前所未有也"[4]。1922年，金台三畏氏在《绿棠吟馆子弟书选》的"自识"中认为，子弟书为该时代所独创。《陪都纪略》载，子弟书最早源于戍边思乡之情的歌唱，始为军队中的鼓词俗曲，回京后参照弹词开篇始创早期子弟书曲目。清康熙三十五年丙子（1696），李声振《百戏竹枝词》说弹词"亦鼓词类，然稍有理致，吴人弹'平湖调'，以弦索按之。近竟尚打铜丝弦洋琴矣。都中四宜茶轩，有夜演者"[5]。清初期京城内盛唱弹词，在茶园甚至安排晚上的演出。1922年，小莲池居士在《绿棠吟馆子弟书选》的序文中也云："子弟书脱胎唐律，步武昆山，摘阮佐歌。音节沉静，黄钟大吕之遗也。"金台三畏氏认为它是"非

---

[1]　（清）刘世英：《陪都纪略》，沈阳出版社，2015年，第334页。

[2]　关德栋，周中明：《子弟书丛钞》，上海古籍出版社，1984年，第818页。

[3]　（清）震钧：《天咫偶闻》，北京古籍出版社，1982年，第175页。

[4]　金台三畏氏：《绿棠吟馆子弟书选》，民国十一年（1922）稿本。

[5]　杨米人，路工：《清代北京竹枝词（十三种）》，北京古籍出版社，1982年，第160页。

诗非词"但"可歌可读"的一种词曲形式，其内容"摘取昔人诸小说中之一段故事"，形成了"端庄流丽、潇洒玲珑兼而有焉"的风格。"其唱法以三弦和之，或人弹己唱或自弹自唱"，文字笔墨雅俗共赏。子弟书"是种词曲与诸家词曲均不相同，实为当日作者独出心裁别开生面者也。若读者误以弹词小曲及大鼓书之类目之者，则失庐山本来之面目矣"[1]。（《绿棠吟馆子弟书选》凡例第一条）因此，早期的子弟书谓之"子弟书词"。

清顾琳《书词绪论》第一条"辨古"，系统地讲述了子弟书的历史沿革。子弟书，又称子弟书词，顾名思义是歌词之流派，实为曲艺之小技。子弟书这一分支产生于清朝，创始人不可考。文中言"近十余年来，无论搢绅先生，乐此不疲，即庸夫俗子，亦喜撮口而效，以讹传讹，虽好者日渐其多，而本音则日失其正矣"[2]。清嘉庆二年丁巳（1797）上元前二日，李镛为《书词绪论》写序曰："辛亥夏，旋都门，得闻所谓子弟书者，好之不异曩昔，而学之亦不异曩昔，于杯酒言欢之下，时快然自鸣，往往为友人许可，而予意颇自得。"[3]"辛亥"是指1791年，清乾隆五十六年辛亥。由此可知，乾隆后期子弟书已出现在京师。到嘉庆初年，旗籍子弟对其的喜好和学习程度大不如前，只是友人杯酒言欢之时的自娱。

子弟书产生最初，只是撰写典雅的曲词文字，因而称之为"子弟书词"，它是用来玩味品评的。在清乾隆后期罗松窗编撰子弟书后，才开始为它谱曲用来演唱。自此，可以歌唱的子弟书在京都旗籍子弟圈中大为盛行起来。此时的子弟书只有一种腔音，即西韵，接近昆曲，多阴腔，大多是柔情月夜缠绵之音，多用来写风月多情的故事或抒发爱恋之情，颇能动人心弦。明万历年间，弋阳腔、昆曲已在北京流行开来。清康熙三十八年己

---

[1] 金台三畏氏：《绿棠吟馆子弟书选》，民国十一年（1922）稿本。

[2] 关德栋，周中明：《子弟书丛钞》，上海古籍出版社，1984年，第821页。

[3] 关德栋，周中明：《子弟书丛钞》，上海古籍出版社，1984年，第818页。

卯（1699）前后，北京昆曲最为盛行。随着清乾隆年间京腔在北京的风靡，"厌常喜异""别唱新声"的后来者对子弟书进行变革，增加了另一种韵调，即正大浑厚、有古歌遗响的东韵，多是慷慨悲壮铿锵之曲，威武雄浑，感人肺腑，使人精神为之亢奋。但是短短的十余年中，子弟书演唱已"以讹传讹，虽好者日渐其多，而本音则日失其正矣"[1]。"新声日起，转相效尤，其愈失而愈远，虽名具而实亡，一经说来，使听者茫然，不知是书是戏，则不免博大方之呕哕耳"[2]。可知清嘉庆初年时，受戏剧表演影响，子弟书已背离最初的样子，本为单唱鼓词，如今却让人不辨是书是戏。

另外，初传入盛京时，子弟书只在八旗子弟中流传，不作书馆茶社演出，故定名为"清音子弟书"。除具有东韵特点外，其音调平缓，少变化，但用语灵活，不拘一格，善讽喻诙谐，且不用乐器伴唱。约在嘉庆中期，随着宗室贵族的迁居和旗籍获罪人员的遣乡，子弟书传回沈阳，传入时不用乐器伴奏，因此称之为"东韵清音子弟书"。清音子弟书《万寿山》结尾曲文"可知是祝贺清帝圣寿时所专用之子弟书"[3]，说明子弟书和岔曲一样，不仅在旗人亲友宴集上演唱，也进入宫廷帝王的视野，为其所欣赏。金受申《老北京的生活》载："'东韵子弟书'是韩小窗所编，每篇八十句，十句一落共八落，宗旨以忠义刚烈为主……'西韵子弟书'不是小窗编的，每篇大半一百句，共分十落，宗旨以情意缠绵为主……子弟书的特点是'词细''腔长''声低'。现在能唱东韵子弟书的，只有七十多岁老瞽者赵秀峰一人而已。"[4]"文词雅洁，对仗工整，每回八段，每段八十句，全用对

---

[1]　关德栋，周中明：《子弟书丛钞》，上海古籍出版社，1984年，第821页。

[2]　关德栋，周中明：《子弟书丛钞》，上海古籍出版社，1984年，第818页。

[3]　陈锦钊：《子弟书之题材来源及其综合研究》（博士论文），台湾"国立"政治大学中国文学研究所，1977年，第132—133页。

[4]　金受申：《老北京的生活》，北京出版社，2016年，第369页。

句，就是三字冒头也要对句。"[1]

《文化志初稿》的第七章《曲艺》载："沈阳的曲艺源远流长。1620年时沈阳民间就流传有'八角鼓'和'哎咳调'等一些说唱形式。1783年子弟书艺人黄辅臣等由北京来到关外，把子弟书唱腔传入沈阳，经过和东北小调及方言的融合、演变，逐渐形成了新的曲种——奉天大鼓（因沈阳曾名奉天，故又称奉天大鼓、奉派大鼓和奉调；奉天省易名辽宁省后，又叫辽宁大鼓；因一度盛行于东北各地区，故又称东北大鼓）。"[2]1783年时值清乾隆四十八年癸卯，《文化志初稿》提出了子弟书传入东北的时间是在乾隆中后期，但通常说法是在嘉庆年间，这里存疑。总之，清末活跃在农村的东北大鼓，是以演唱子弟书见长的。

缪润绂《陪京杂述·杂艺》曰："说书人有四等，最上者为子弟书，次平词、次漫西成，又其次为大鼓、梅花调，文既荒唐，词句又多鄙俚。"[3]书中注云："按：俗喜听大鼓书梅花调，闺人为甚。每值春秋佳日，花月良辰，富族豪宗，竞延之于家，小康者亦或尤而效之。以故鸣铁击鼓之声往往彻夜不绝。"[4]刘世英《陪都纪略·大鼓》也载："讲通套，说的妙。大鼓书，梅花调。漫西成，拔高帽。如狼嚎，似鬼叫。鼓皮繁，使劲造。胡说瞎恼。"注释中云："刘世英的记述，对大鼓，尤以梅花调，均有贬意。因听惯了词唱典雅的子弟书，就觉得以说唱野史为主，唱词通俗的梅花调大鼓'如狼嚎，似鬼叫'的'胡说瞎闹'了。"[5]大鼓书梅花调和子弟书的区别一目了然，前者通俗，后者典雅，受众人群各不相同。

由上观之，子弟书源于鼓词、学于弹词，与大鼓梅花调等曲种在同一时

---

[1] 金受申：《老北京的生活》，北京出版社，2016年，第349页。

[2] 《文化志初稿》，油印本，1986年，第1页。

[3] （清）缪润绂：《陪京杂述》，沈阳出版社，2015年，第85页。

[4] （清）缪润绂：《陪京杂述》，沈阳出版社，2015年，第85页。

[5] （清）刘世英：《陪都纪略》，沈阳出版社，2015年，第314—315页。

期相同领域流播，但它们截然不同。清震钧在《天咫偶闻》（卷七）中说：
"旧日鼓词有所谓子弟书者，始创于八旗子弟。其词雅驯，其声和缓，有东城调、西城调之分。西调尤缓而低，一韵萦行良久，此等艺，内城士大夫多擅场，而鞾人其次也。然鞾人擅此者，如王心远、赵德璧之属，声价极昂，今已顿绝。"[1]子弟书始创之时，重文学而轻演出，开始只在八旗子弟中流行，演唱时只用一面八角鼓作为击节乐器。曲调较为简单，一唱到底，每回一韵到底，从音乐和板式上均较少变化。子弟书演唱开场以七言诗一二首概括全曲内容。内容题材广泛，以改编旧本小说戏曲为主，也有社会时事类作品。篇幅多为一二回的短篇，也有三十二回的长篇。曲词参照鼓词的格式以七言为体，无说白，多为以叙述故事为主的书段。有许多满语、汉语混合组成的"满汉兼"书段。

　　清乾隆之后，旗人的生计问题日趋严重，子弟书于嘉庆年间传入民间，开始产生职业艺人，后传入天津和东北等地。子弟书曲文《子弟图》中写道：后来说唱者身份沦落，他们为得钱粮混口酒饭，习染江湖不良风气，把说唱子弟书变成了解馋养命的护身符。子弟书因此逐渐传入民间，开始形成其职业演出的情况。二者区别即是"演剧受钱者为生艺，不受酬者为子弟"。[2]"子弟书"这一名称就此形成，称谓去掉了表明身份的"八旗"二字，去掉了表示雅驯特征的"词"一字，只留下了演唱的意味。1922年金台三畏氏在《绿棠吟馆子弟书选》的自识中言："厥后如石玉昆、随缘乐辈亦负盛名。然其所唱者只可谓之弦子曲，不得谓之子弟书。"[3]这里所说的"弦子曲"，即指子弟书的又一名称"弦子书"。清末旗籍子弟成为职业艺人之后，把关注点放在演奏技艺上的提高，把注意力放在唱词腔音上的改

---

[1]　（清）震钧：《天咫偶闻》，北京古籍出版社，1982年，第175页。

[2]　金台三畏氏：《绿棠吟馆子弟书选》，民国十一年（1922）稿本。

[3]　金台三畏氏：《绿棠吟馆子弟书选》，民国十一年（1922）稿本。

良。清嘉庆末年之后的北京民间鼓词艺人也开始演出子弟书，给其增加了一把三弦伴奏，故称"弦子书"。演出时和之以八角鼓或三弦乐器伴奏，无角色装扮及动作表演，观演一体，围坐而唱，击鼓或扣弦而歌。与此同时，子弟书由北京传入天津，它与天津民间艺术相结合，形成了自己的流派，称为"卫调"或"津子弟书"，表现出节奏较快、重口语、通俗易懂的特点。

清代中叶兴起摘唱精彩片段的演唱形式，于是出现了单唱鼓词"子弟书"。产生于清乾隆中期的子弟书，在嘉庆、道光时盛行于北京、东北地区，后因北京遭时乱，到清末时子弟书的演唱已渐趋衰微。齐如山《北京三百六十行·游艺类·梨园行》载："戏剧界谓之梨园行。在光绪年间，西太后玩乐的时代，此行人数到过八千余人，以后日渐其微了。"[1]下附曲种名单中与八旗说唱文学有关的是：大鼓书、弹词、八角鼓、太平鼓、莲花落、什不闲。《老北京风情记趣·下层社会的民间小曲》曰："清末是曲艺的黄金时代，流传在北京市面上带唱腔的曲艺相当庞杂。杂耍馆子里上演的满、汉曲种不下十多种。满曲艺有单弦牌子曲、什不闲莲花落；汉曲艺有京韵大鼓、梅花大鼓、北京琴书、西河大鼓、乐亭大鼓、唐山大鼓、联珠快书、河南坠子、天津时调、靠山调等。"[2]上述所引，已不见子弟书的名称列在其中，但民国初年在天津还有踪迹可寻。创作者早期是罗松窗，晚期有韩小窗等。子弟书的很多曲文作品转入大鼓书等其他曲种，曲调和牌子作为演唱的脚本却未保留下来。如民国年间金台三畏氏所云：（子弟书）"是种词曲在昔年八角鼓之老宗友颇有擅长此技者。近年人心趋向时调小曲，视此竟如陈羹土饭。盖此种词曲其中多属忠孝节义故事，非若靡靡之音可以娱耳也。倘过数年无人过问，特恐广陵散不复在人间矣。"[3]百年之余，湮没于

---

[1] 齐如山：《北京三百六十行》，中华书局，2015年，第138页。

[2] 常人春：《老北京风情记趣》，北京出版社，1993年，第112页。

[3] 金台三畏氏：《绿棠吟馆子弟书选》，民国十一年（1922）稿本。

历史长河之中的子弟书，主要靠北京百本张等书铺的抄刻本流传。现今子弟书流传于世的曲名约五百四十种，作品不足四百种，而刊刻本更少。现存所见刊刻本较多的有文萃堂子弟书刊本。子弟书现存最早的刊刻本是清乾隆二十一年丙子（1756）《庄氏降香》，处于乾隆中期 。此之前是否还有刊刻本流播于世，存疑待考。20世纪80年代的著名学者对此高度评价，启功先生称子弟书为"创造性的新诗"，给予其在艺坛上极高的评价和地位："唐诗、宋词、元曲、明传奇，在韵文方面，久已具有公认的评价，成为它们各自时代的一'绝'。有人谈起清代有哪一种作品可以和以上四种杰出的文艺相媲美？我的回答是'子弟书'。"[1]

在漫长的历史发展过程中，形成了独具满族风格特色的八旗说唱文学——八角鼓岔曲、牌子曲、单弦、子弟书等。它们来自民间，播于军队，传于艺术，为八旗子弟在闲余习唱，在满族贵族、中下层文人手中渐趋发展——创作、演唱、刊行，成为雅乐，是富有诗情画意、词婉韵雅、雅俗共赏的清代说唱文学中的一种满族曲艺、民族说唱。关于任光伟提出的子弟"诗赋贤"即"什不闲"的论述，因是艺人的口头传说，或所引资料不够全面，数说并存，头绪不清。

目前，可以明确的一些说法是，什不闲有"子弟什不闲"和"生意什不闲"的分别。"子弟什不闲"是指什不闲常与民间的香会结合在一起演唱。旗籍子弟好习演自娱之人，组成会社后或结伴走会或应酬庆典，纯属义务。清嘉庆年间盛行。光绪年间"乐有群芳"会社，因入内廷献艺受到慈禧的赏识，赐社名曰"太平歌词"，遂改之。酷爱此曲种的慈禧，在宫内专设的名曰"万寿无疆"的会社，由内务府掌仪司组织，专门在宫里演唱什不闲。由此，民间的"生意什不闲"，即民间什不闲戏班也风生水起，著名者有西

---

[1] 启功：《创造性新诗子弟书》，载《文史》，1985年第23期，第309页。

四牌楼的"太平歌词"，地安门的"乐善歌词"，禄米仓的"万年歌词"，西便门的"亿寿歌词"，香山的"击壤高歌"，门头沟的"吉祥歌唱"。它们皆供奉内廷。《陪都纪略·什不闲》载："莲花落，包头侨。有作正，有说笑。斗贫哏，学京调。当丑角，无有票。"什不闲，指什不闲莲花落，又称对口莲花落，分为旦丑两个角色。旦角叫包头的，由男艺人扮演，子弟票友常装扮，表演内容逗唱庄谐。演丑角的则都是专职艺人。[1]这样的演出情形在子弟书曲本《拐棒楼》中有描写。

综上所述，八旗说唱文学中的八角鼓岔曲最早由旗籍兵丁在军营中所创，是军营俗曲。清乾隆年间传入庙堂，在宫廷王府广为流播，在词臣的笔下逐渐雅化，但表现内容过于单调，于是八旗子弟书在八角鼓岔曲的基础上扩充表现容量，扩大题材内容。子弟书词属八旗子弟自编演唱的满族曲种，后传入坊间。清末子弟什不闲是先在坊间充分发展，才引起旗籍子弟关注。清代有一定文化素养、受民间艺术熏陶的八旗子弟，创作了融会满汉民族文化精华的八旗说唱文学，对我们研究以满族为主体的八旗子弟说唱具有一定的史料价值。

八旗说唱文学所包括的曲种在繁衍交融过程中，以北京为中心辐射周边，深入东北，漕运途经的城市天津和沈阳，也呈现出一种自由积极的状态。八旗说唱文学流播初期，存在一定的限制性。因官方严密的禁戏政策，以八旗子弟为主的创作队伍隐秘、散落。但自上而下崇尚满汉文化的社会风尚，极大地促进了八旗说唱文学的中后期创作和在茶馆、堂会等场所的频频演出，以及小唱本在寺庙地摊、书铺坊肆的流动售卖。八旗说唱在上层统治的缝隙中顽强生存，更从潜在的坊肆刻印市场和成熟的民众购阅消费市场中发展壮大。

---

[1] （清）刘世英：《陪都纪略》，沈阳出版社，2015年，第318页。

第二节　清代满汉文化的深度融合

清康熙、雍正、乾隆时期，国家稳定的局面完全形成，经济发展繁荣，政治制度完备。清统治者对汉文化关注和倡导，从修订文字、兴学立教，到尊孔读经、科举选士等方面，推行了一系列文化举措。他们这种高涨的社会文化氛围为民间坊肆的大发展创造了重要的外部条件。盛京地区，跟北京城情况类同。

一、兴办各类学馆，确定满文、汉文为书面通行文字，科举用书社会需求量大为增加

清顺治九年壬辰（1652）十二月初九日，每旗各设宗学，教授满文。顺治十三年丙申（1656）十二月二十四日，命太庙牌匾只书满文、汉文，停书蒙古文。顺治十四年丁酉（1657）正月初十，命各坛庙门匾额，悉如太庙例，只书满文和汉文。清雍正五年丁未（1727）十月十三日，命建八旗学舍。雍正六年戊申（1728）十一月初十日，设咸安宫官学。雍正七年己酉（1729）九月十九日，设汉军清字义学；十月初六日，设满洲、蒙古清字义学；十月设西洋学馆，选内务府官员子弟入学，由巴多明等教授拉丁文，是清代北京第一所官办外语学校。清乾隆十三年戊辰（1748）五月二十五日，于在京童生内选充译字生，设会同四译馆。乾隆十五年庚午（1750）五月二十日，命大学士傅恒等重定满文十二字头音训，以规范满字之汉字注音。乾隆三十四年己丑（1769），重修八旗官学，李文藻作《琉璃厂书肆记》。乾隆四十九年甲辰（1784）八月二十三日，定考试满洲、蒙古翻译生童，三

年一次。清同治元年壬戌（1862）五月十五日挑选八旗学生10人，由英教士包尔腾教习英文；七月二十九日在总理衙门东侧设同文馆，培养外语人才。同治二年癸亥（1863）三月初六日，同文馆添设法文、俄文馆。

清朝统治者一直重视对八旗子弟的教育。八旗官学是专门为教育八旗子弟而建立的学校，隶属国子监管辖。清朝政府在东北也设立了一些学校，主要分为两大类：一是专为满族和其他各族贵族及八旗官兵子弟设立的学校，有宗室觉罗学、八旗官学及八旗义学等。另一类是为汉军旗人及汉族地主等设立的学校，有儒学、书院、义学等。在清乾隆末年以前，这些学校主要集中在盛京地区和吉林南部地区。

清代宗学、觉罗学最初于京师八旗各设一所，雍正后改宗学为八旗左右两翼各设学一所，左翼学在灯市口，右翼学在宣内绒线胡同，学隶宗人府。八旗官学，则每旗设学一所，入学者皆可领取八旗钱粮，所学内容包括满文、汉文、翻译、骑射四科，学隶国子监；学习地址分别在西四牌楼北祖家街（正黄旗学）、安定门大街圆恩寺胡同（镶黄旗学）、朝内南小街新鲜胡同（正白学）、东单牌楼观音胡同（镶白学）、阜成门内南巡捕厅胡同（正红学）、宣武门内头发胡同（镶红学）、东四牌楼南新开路（正蓝学）、西单牌楼甘石桥东斜街（镶蓝学）。此外还有景山官学和咸安宫官学，均为内务府上三旗子弟而设。对旗籍子弟的教育，尤其注重满语满文的学习和使用。

至清乾隆年间，满语语法和遣词造句的规则不断规范和完善，"国语骑射"成为选拔八旗子弟的一个重要标准。满人为官，必须用满文拟写奏章、履历；不通满语满文之八旗官员，不授予官职。《啸亭杂录·宗室小考》曰："乾隆中，上尝召见宗室公，宁盛额不能以国语应对。上以清语为国家根本，而宗室贵胄至有不能语者，风俗攸关甚重，因增应封宗室及近支宗室十岁以上者之小考。于十月中，钦派皇子、王、公、军机大臣等，亲为考试清语、弓马，而先命皇子较射，以为诸宗室所遵式。诸宗室视其父之爵，列次考试。其优者，带领引见，上每赐花翎缎匹以奖励之；其劣者，停其应封之爵以耻之。故诸宗室无不谙习弓马、清语，以备维城之选焉。"[1]

随着满族和汉族聚居共处、频繁交往，在汉族政治经济文化的耳濡目染下，满族贵族、官僚渐习汉语汉文。清顺治、康熙年间的满文档案占多数，雍正、乾隆两朝满文和汉文档案各参半，嘉庆朝以后汉文档案居多，等到同治、光绪朝几乎看不到满文档案。满语满文的使用范围日趋狭窄，逐渐衰落，许多满人已不会说满语（清语）、写满文。汉语汉文逐渐成为满族人的交际工具。

二、满汉文化的社会风尚盛行，满族学者文人不断涌现

在清朝初年，选择旗员中谙习满文者在翻书房，人员不确定，翻译并刊行了《资治通鉴》《古文渊鉴》诸书。中国传统小说戏曲《三国演义》《水浒传》《西游记》《金瓶梅》《西厢记》等，均被翻译成满文并印成书籍发行，盛行一时。还有一种翻译是"满汉兼"的合璧形式，满汉文参半。京师琉璃厂书肆有满文《金瓶梅》和《西厢记》，人名旁注汉字，说是内务府刻本，户部郎中和泰所译，言辞雕琢，都切中要害，众人争相传诵，这或许是当时参与者们以玩笑戏谑的方式所形成的。《清实录·高宗实录》乾隆十八年癸酉（1753）载："（七月）壬午，又谕：满洲习俗纯朴，忠义禀乎天性，原不识所谓书籍。自我朝一统以来，始学汉文。皇祖圣祖仁皇帝欲俾不识汉文之人，令其通晓古事，于品行有益，曾将五经及四子、通鉴等书，翻译刊行。近有不肖之徒，并不翻译正传，反将《水浒》《西厢记》等小说翻译，使人阅看，诱以为恶。甚至以满洲单字还音抄写古词者俱有。似此秽恶

---

[1]　（清）昭梿：《啸亭杂录》，中华书局，1980年，第205—206页。

之书，非惟无益；而满洲等习俗之偷，皆由于此。如愚民之惑于邪教，亲近匪人者，盖由看此恶书所致。于满洲习俗，所关甚重，不可不严行禁止，将此交八旗大臣、东北省将军、各驻防将军大臣等，除官行刊刻旧有翻译正书外，其私行翻写并清字古词，俱著查核缴严禁，将现有者查出烧毁，再交提督从严查禁，将原版尽行烧毁。如有私自存留者，一经查出，朕惟该管大臣是问。"[1]清嘉庆年间，旗籍子弟清话生疏，不识清字，不能翻译，粗晓汉文，专取各种无稽小说、喜警词俗，编造新文，广为传播，影响世道人心。于是下谕各坊肆书贾及家藏非传统小说的要停禁刊播，自行烧毁原版，不得再编造刊刻《水浒传》《西厢记》等小说、曲文。

然而满汉文化自觉融合，王公至闲散宗室，文人代出：红兰主人，名岳端，是安亲王之子、安节王之弟。因擅长诗词，安亲王曾命其教诸子弟。清康熙间宗室文风以安邸为最盛，有《寒瘦集》刊行于世。安节郡王，名玛尔浑，是安亲王岳乐之子。年少封世子时，即好习学，著有《敦和堂集》；尝选诸宗室王公诗，有《宸萼集》行世。果恭王，名弘曕，是雍正皇帝第七子，年幼时跟随沈德潜学习诗歌词文。在孙殿起《琉璃厂小志》所收录的有关琉璃厂书市记述专书中，李文藻《琉璃厂书肆记》载："宝名堂周氏，本卖仕籍路程记，今年忽购得果亲王府二千余套。列架而陈之，其装璜精丽，俱钤图记。"[2]宗室王公平日里与琉璃厂坊肆也有来往。

首都图书馆藏有：1.《满汉西厢记》（满汉对照），四卷十六出，清文盛堂，四册。半页满文6行，汉文6行，行字数不等；小字双行，字数不等；白口，四周双边，单黑鱼尾。板框16.4×12.1厘米。书名页题"合璧西厢记"，佚名圈点，钤"北平孔德学校之章"。2.《音汉清文鉴》（满汉对照），20卷，4册，清乾隆二十二年（1757）绣谷中和堂。

---

[1] 《清实录·高宗实录》（第十四册），中华书局，1986，第773页。

[2] 孙殿起：《琉璃厂小志》，上海书店出版社，2011年，第76页。

这些因素都大大促进了清代坊肆业的发展。乾隆之前刻书以官府为主，至乾隆年间，官府刻书的发展反过来促进坊刻发展。在组织大量官刻的同时，还委托一些坊肆老字号进行官书的刻印。这样一来，官府省时省力，坊肆获名获利。隆福寺街旧书业从清中叶起，曾长期经营过官书的刻版印刷业务。琉璃厂的二酉堂、英华堂、尚友堂、文宝堂、书业堂、三槐堂和隆福寺的聚珍堂等都先后镌刻并经销了数十种满汉对译以及学习满文的工具书。其中，三槐堂刻印满汉合璧书籍甚多；聚珍堂前后刊行过《书经》、《孙子兵法》、满文《圣谕广训》等二十余种书，还印过藏文、蒙文等书籍。

张秀民《中国印刷史》载："琉璃厂炳蔚堂、文光堂、天绘阁、英华堂、隆福寺聚珍堂、文盛堂，多出版满文（清文）书。文萃堂有《新刻买卖蒙古同文杂字》。"[1]"北京琉璃厂、隆福寺等书坊出版了不少清文初学启蒙课本、字典……"[2]孙殿起、雷梦水《记厂肆坊刊本书籍》载："三槐堂，龚宜古，于道光□年开设，在隆福寺对门。刊有圆音正考。案：圆音正考一书，道光十年庚寅，三槐堂刊本。首有满洲乌扎拉氏文通序称：庚寅春，三槐堂书坊氏宜古，持圆音正考一册，欲付诸，请序于余，兼请校正其讹云云。是书封面，圆音正考四大字在当中，道光庚寅年镌等六字横排在上端，京都隆福寺对门三槐堂书坊发兑等十四字，分在左右；可见三槐堂创设者，龚姓也。"三槐堂刊书有：清孟保撰、约光绪间刊《翻译小学》（十二卷，一名《合璧小学》）；清李廷基编、光绪间与中和堂双峰阁同刻《清文汇书》（满汉文，十二卷）；光绪十四年重刊《清文接字》（满汉合璧，不分卷）；约光绪间刊《清文启蒙》（满汉，四卷）；长白舞格寿平著、约光绪间刊《清文指要》（满汉合璧，五卷）；光绪十五年腊月刊《清语摘抄

---

[1] 张秀民：《中国印刷史》，上海人民出版社，1989年，第552页。

[2] 张秀民：《中国印刷史》，上海人民出版社，1989年，第626—627页。

四种》（计折奏成语一卷，衙署名目一卷，公文成语一卷）。[1]聚珍堂刊书有：周孙武撰、道光二十六年丙午刊《孙子兵法》（满汉合璧，四卷）；清镶红旗文康铁仙撰、光绪四年戊寅刊木活字本《儿女英雄传》（四十回，首回一卷）；清雍正御撰、光绪三年丁丑仲冬以木活字排印《御制悦心集》（四卷）；宋蔡沈集传、光绪十三年丁亥刊《书经六卷》；光绪十五年刻本《清语摘钞》（满汉分类）；光绪十六年刊《初学必读》（满汉分类，不分卷）和《清汉对音字式》（一卷）；清万福撰、凤山订，光绪二十年甲午刊《重刻清文虚字指南编》（满汉合璧，二卷）等。[2]

清乾隆以来，坊肆业在承担官府委托刻书的过程中，虽提高了声誉、显示了实力、赚到了利润，但也只是官刻的补充和附庸，受清政府政策的牵制打压，缺乏独立发展的空间。满汉文学的深度融合打破了显贵官宦、士子学者与市井百姓之间对文化渴求的界限，很大程度上改变了官刻、私刻和坊刻的传播方向和传播途径。下层百姓，尤其是旗籍子弟的审美情趣和阅读导向开始为社会、坊肆所关注。

[1] 孙殿起：《琉璃厂小志》，上海书店出版社，2011年，第120—121页。

[2] 孙殿起：《琉璃厂小志》，上海书店出版社，2011年，第129页。

第三节　清政府对说唱曲艺的重视与禁毁

一、内廷重视

满族好歌舞，"盛京建鼓"深受喜爱。《喜起庆隆二舞》载："国家肇兴东土，旧俗所沿，有《喜起》《庆隆》二舞。凡大燕享，选侍卫狷捷者十人，咸一品朝服，舞于庭除，歌者豹皮挂貂帽，用国语奏歌，皆敷陈国家忧勤开创之事。乐工吹箫击鼓以和舞者应节合拍，颇有古人起舞之意，谓之《喜起舞》。又于庭外丹阶间，作虎豹异兽形，扮八大人骑禺马作逐射状，颇沿古人傩礼之意，谓之《庆隆舞》。列圣追慕祖德，至今除夕、上元筵宴皆沿用之，以见当时草昧缔构之艰难也。"[1]

康雍乾时期沿袭传统，新式歌舞表演即宫廷演剧、观剧活动日盛风靡，为此专设南府。清初时沿用明朝称谓"内廷乐部"。南府之名，始自清康熙年间，是内务府掌戏曲者，是掌管宫廷演出活动的管理机关，因府址所在位置是南长街南口，被称为"南府"。初始，宫廷演戏令年幼太监应承庆典，形成内廷太监伶人之戏班。清乾隆时已有宫外苏籍戏班入内廷演唱，戏曲艺人当差，建立了外学，原习演戏曲的太监命为内学。清代中叶海内升平、社会安定，各地戏班常聚于城市中心巡回演出，南方为扬州，北方为北京。乾隆皇帝曾多次南巡，两淮一带的盐商们精心准备各种戏班为皇帝演剧。清乾隆五十五年庚戌（1790），为庆祝乾隆帝八十寿诞，全国众多戏班来京演

---

[1]　（清）昭梿：《啸亭杂录》，中华书局，1980年，第394页。

出，三庆、四喜、和春、春台四大徽班入京献艺。

清统治者对戏曲的提倡和重视，更是体现在内廷大戏的演出上。乾隆初年，词臣张文敏遵钦命编撰院本进呈皇帝，将屈子竞渡、子安题阁等典故事件一一谱入，按照各节令乐部演习奏演。有所谓"法宫雅奏"，逢内庭诸喜庆事，奏演祥征瑞应者。又如于万寿令节前后奏演群仙神道添筹锡禧，以及黄童白叟含哺鼓腹者，谓之九九大庆。宫廷中产生了四部连台本戏：一部是《劝善金科》演目连救母事（十本），于岁暮奏之，以其鬼魅杂出，以代古人傩祓之意。一部是《升平宝筏》演唐玄奘西域取经事，在上元前后日演奏。其曲文皆词臣张文敏亲制，词藻奇丽，引用内典经卷，大为超妙。其后又命庄恪亲王允禄[1]谱蜀汉《三国志》典故，谓之《鼎峙春秋》；又谱宋政和间梁山诸盗及宋金交兵，徽钦北狩诸事，谓之《忠义璇图》。这两部连台大戏曲文，多是王公府中的帮闲游客抄袭元明《水浒义侠》《西川图》诸院本曲文而敷衍成章的，与词臣张文敏所撰相差甚远。清廷大戏除此之外，还有《封神天榜》《楚汉春秋》等据小说改编的连台大戏。

这类连台大戏，皆为成本大套，从数十出到二百四十出。搬演需要相应的固定场地，为此清代先后建造了三座御用大戏台，为宫中演戏之所，即乾隆帝龙潜时的旧邸重华宫东漱芳斋院内的大戏楼、乾隆十六年辛未（1751）改建的寿安宫以及乾隆四十一年丙申（1776）落成的宁寿宫东路畅音阁大戏楼。内廷之外京城西郊的圆明园于乾隆年间建成，内设演剧之处同乐园。清光绪十三年丁亥（1887），开始在西直门外改建旧时的清漪园，1888年完成，后更名为颐和园，有戏台德和园，成为内廷之外恩赏王公百官观剧之处。另外，热河行宫也设有戏台清音阁。内廷演剧素有定期，每月朔望，每戏定时。但逢时令佳节、喜寿大典则每月数次，或半月为期。南府艺人要进

---

[1] 庄恪亲王允禄，祖辈为清初"铁帽子王"之一，精通音律，在乐部任职时对朝乐的完善多有建议，曾参编修订《数理精蕴》。

宫或在圆明园等处为宫廷演出。

清嘉庆十八年癸酉（1813），"上以教匪事，特命罢演诸连台，上元日惟以月令承应代之，其放除声色至矣"[1]。清嘉庆、道光年间，节庆寿诞演戏活动缩减衰落。清道光七年丁亥（1827）二月，宫廷戏曲演出机构南府被撤销，取歌舞升平之意，更名为升平署，遣散外学的固定人役，但还兼管从民间招选艺人，临时进宫当差演出或任内学教习。到清同治时因太后慈禧嗜戏成癖，内廷演剧规模逐渐恢复，修建戏园，挑选民籍伶人、戏班名角入宫演剧教习，还传唤外班进宫表演。等到清光绪朝恢复旧观。详见下表1-1。

表1-1　清代宫廷演剧例举

时间	剧本	创作者、演出地	史料	著录来源
乾隆六年（1741）	《忠义璇图》	常熟周祥钰	《啸亭杂录》卷一	《明清江苏文人年表》
乾隆十年（1745）	1.《月令承应》 2.《法宫雅奏》 3.《九九大庆》 4.《劝善金科》 5.《升平宝筏》	娄县张照	《乾隆娄县志》	《方志著录元明清曲家传略》
嘉庆二十四年（1819）	1.《鼎峙春秋》 2.《升平宝筏》 3.《劝善金科》	1.清内廷同乐园演出 2.清内廷重华宫演出		《中国戏曲志·北京卷》
道光四年（1824）	1.《征西异传》 2.《下河东》	1.南府外学 2.清内廷重华宫 3.重华宫、漱芳斋		《中国戏曲志·北京卷》
道光十五年（1835）	《昭代萧韶》	清内廷同乐园		《中国戏曲志·北京卷》
咸丰五年（1855）	《铁旗阵》	清内廷同乐园和重华宫		《中国戏曲志·北京卷》
光绪十年（1884）	《忠义璇图》	清内廷漱芳斋、丽景轩		《中国戏曲志·北京卷》

注：根据《清代戏曲史编年》[2]整理。

---

[1]　（清）昭梿：《啸亭杂录》，中华书局，1980年，第378页。

[2]　王汉民，刘奇玉：《清代戏曲史编年》，巴蜀书社，2008年。

清统治者不仅观剧，更喜听曲。岔曲是北京旧时八角鼓曲词的分支。在旗人的口耳相传中，岔曲是清乾隆时阿桂攻打金川时的军用歌曲，因是宝小岔（名恒）所编，故名"岔曲"。金川数战，阿桂军得胜而归。回京之后的岔曲，被看作是凯歌、得胜之词，遂被邀约于旗人亲友的燕居喜宴之上，最初的演唱者是在外征战、胜利归来的军士。盛行旗人圈中的岔曲从宫外传入宫内，乾隆也偏爱其腔调，多次命词臣张照等人据腔编新词，令南府太监习唱，在漱芳斋、景祺阁、倦勤斋内的小戏台上都演唱过。《升平署岔曲》引言提及："至同光时，慈禧后尤嗜八角鼓曲词。曾命内务府掌仪司挑选旗族子弟擅长此道者，入宫授太监演唱，名曰教习，赏给升平署钱粮。岔曲则仍依旧本演之。按乾隆时王廷绍《霓裳续谱》中即采录岔曲，是此种曲词盛兴于乾隆之时，当属可信。"[1]此阶段岔曲的创作来源、歌唱地点和演唱主体都发生了重大改变。《升平署岔曲》中收录的岔曲共有九十多种，计一百段，原本有朱笔改过的字迹，可见岔曲在清代内廷被重视。自同治以后，宫廷之内的岔曲风格大变，基本朝雅化的方向发展，内容上多以四时景物、燕京八景、西湖十景、潇湘八景和古代文人故事、小说传奇故事为主，精求文学技巧，显示学问渊博。此时的岔曲由清代宫廷词臣编制，宫中戏台习演，内廷太监歌唱，因此岔曲的辞藻从最初的军中号角，融入了更多的诗词歌赋后，逐渐趋于典雅清丽。光绪末年，登台献艺的旗人随缘乐对岔曲进行了改编，令其的演唱简洁隽永、别具一格，岔曲演唱的各方面因素和条件再次发生了改变，开始进入北京城的茶馆戏园，做职业演出的旗人以之为"生意门的"技艺。至此，岔曲经历了军中凯歌到宫廷御曲，再到生存之计的起伏变化。宫廷演剧和岔曲演唱因统治者的重视而迅速发展，也因政治经济等因素而缓慢前行。八旗说唱文学在其氛围之中浸染，于夹缝中渐长，也随之到光

---

[1]　（清）昭梿：《啸亭杂录》，中华书局，1980年，第62页。

绪末年趋于衰微。

二、政府禁毁

对于个人所酷爱的戏曲说唱，清代帝王的情感始终是矛盾的。清代的戏曲说唱，表现出一种不可遏制的发展趋势：由军队走向宫廷、走向民间；由歌谣诗词走向舞台演艺、走向文本创作；昆曲让给京腔，大戏让给小调；逐渐俗化、民间化和地域化。一旦其妨碍社会发展进程，清政府则毫不犹疑地颁布了一道又一道禁毁政策。

清代对戏园、坊肆管制和禁止旗员兵丁观剧演戏，大致可以分为四个阶段：第一，乾隆以前有申禁，但以劝化为主；第二，嘉庆、道光时期惩戒与禁治并行；第三，咸丰前后放松政策，任其回潮，同治年间回遵祖训，加强禁令；第四，光绪以后禁令渐弛，另开新风。

首先，针对八旗子弟沉溺于稗官野史、戏剧小说的现象，监管民间坊肆的经营活动。既命令坊肆不得刊刻并销毁相关书版，又杖责惩戒购读之人，采取双管齐下的策略，试图从源头遏制。素尔纳等《钦定学政全书·卷七·书坊禁例》载："顺治九年提准，坊间书贾，止许刊行理学政治有益文业诸书；其他琐语淫词，及一切滥刻窗艺社稿，通行严禁，违者从重究治。"[1]这是清廷较早对坊肆刊刻内容所颁布的禁令。从清康熙二年癸卯（1663）、二十四年乙丑（1685）和五十三年甲午（1714），到雍正二年甲辰（1724），清廷先后出告谕严禁书坊私刻戏文等，还实行了对买看之人杖责治罪。其中，八旗子弟、官员兵丁对于养戏听剧的沉迷程度尤为突出。清乾隆十九年甲戌（1754）再次下诏严禁坊间书贾售卖《水浒传》等小说，并毁其书版。清嘉庆十八年癸酉（1813）颁行不准开设小说书坊的禁令，认为

---

[1] 《续修四库全书》，上海古籍出版社，2002年，第828册，第584页。

稗官野史类小说最害人心，非家藏多由坊肆租赁，应禁止并销毁。清道光十四年甲午（1834）再次下谕申明例禁，尽行搜求销毁坊肆刊刻和租赁书铺一切关于传奇演义的版书。

其次，根据旗籍子弟听戏观戏甚至演戏的表现，开展对北京内外城戏馆（园）的整顿工作。清廷主要采取禁止夜唱、不设列女座、内城不得开设戏馆茶园等措施，从时间、地点上进行严格管控。自清康熙十年辛亥（1671）开始，朝廷法律条文明确规定在内城永行禁止开设戏馆，对城外戏馆也有规定。《台规》载："（康熙十年）又议准，京师内城，不许开设戏馆，永行禁止。城外戏馆，如有恶棍借端生事，该司坊官查拿。"[1]清乾隆十八年癸酉（1753）六月二十八日，禁满洲官员居住京师外城。清乾隆二十七年壬午（1762），严禁旗人、官员出入戏园酒馆，要求随时稽查。清乾隆二十九年甲申（1764），命五城戏园一概禁止夜唱。清同治九年庚午（1870），东四牌楼开设春华茶轩、景春茶园，清廷重申内城不准设立戏园。《台规》又载："（清嘉庆四年己未），向来京城九门以内，从无开设戏园之事，因查禁不力，城内戏馆日渐增多，八旗子弟征逐歌场，习俗日流于浮荡，生计日见其拮据。城外戏园仍准照旧开设，城内戏园一概永远禁止，不准复行开设。"[2]清咸丰二年壬子（1852）一月二十一日，禁京师五城戏园添夜唱、列女座。清光绪七年辛巳（1881）八月，禁内城开设演戏茶园。子弟书《女勰斗》有相应描述："一自那城中断戏馆子苦，都说是柜子能事会调停。"[3]说明虽上有政令，但下有对策，观戏唱曲演剧的活动从未因清廷禁令而真正停止过。

再次，面对旗籍官员和宫廷太监在观剧方面的肆意妄为，清廷直接下

---

[1]　（清）延熙等：《台规》（卷二十五），清光绪十八年（1892），第1页。

[2]　（清）延熙等：《台规》（卷二十五），清光绪十八年（1892），第17页。

[3]　《清蒙古车王府藏子弟书》，国际文化出版公司，1994年，第43页。

禁令或解官职。清雍正二年甲辰（1724），颁布了惩戒八旗官员遨游园馆、演戏弹唱的禁制令，《清实录·世宗实录》第七册卷十八载："（夏四月）戊申，谕八旗官员等，朕以八旗满洲等生计，时廑于怀，其纵肆奢靡、歌场戏馆、饮酒赌博等事，屡经降旨训诫，即诸臣条奏，所应请行禁止之外，亦已施行……凡清语、骑射、当差行走、操演技艺、娴习礼仪等事，皆当尽心努力学之。或有不改前愆，不遵法度之人，一经查出，务必从重治罪，以警众人……将此传谕八旗都统知之。"[1]清雍正三年乙巳（1725）施行禁治、驱逐措施："（夏四月）庚辰，谕盛京将军、满汉大臣、大凌河副都统、众城守尉等：迩来盛京诸事隳废，风俗日流日下。朕前祭陵时，见盛京城内，酒肆几及千家，平素但以演戏饮酒为事，稍有能干者，俱与人参内谋利；官员等亦不以公务为事，衙门内行走者甚少，其聚众往来，不过彼此相请，食祭肉嬉戏而已……应将盛京陋习，极力整饬，令其改，复还满洲旧日俭朴风俗，勤学骑射武艺……再，盛京地方，乃本朝创业之地，关系甚重，尔等将聚集恶乱之人，不时稽查，应逐去者，作速逐出境外。"[2]清雍正七年己酉（1729），周瑛领兵驻藏期间，因令所辖兵丁等演戏而解任，受到严惩。清乾隆五年庚申（1740）颁行《大清律例》，再次申明："凡旗员赴戏园看戏者，照违制律杖一百；失察之该管上司，交部议处；如系闲散世职，将该管都统等交部议处……凡违令者笞五十……凡不应得为而为之者，笞四十。事理重者，杖八十。"[3]后附乾隆四十一年丙申（1776）十一月，因员外郎德泰等赴戏园看剧被参革送部，而再次下谕不准旗人入园看戏。清乾隆二十七年壬午（1762）："又奏准，前门外戏园酒馆，倍多于前，八旗当差人等，前往游戏者，亦复不少，嗣后应交八旗大臣、步军统领衙门，不时稽查，遇

---

[1]　《清实录·世宗实录》（第七册卷十八），中华书局，1985年，第297页。

[2]　《清实录·世宗实录》（第七册卷三十一），中华书局，1985年，第472页。

[3]　张荣铮等点校：《大清律例》（卷三十四），天津古籍出版社，1993年，第586页。

有此等违禁之人，一经拿获，官员参处，兵丁责革。仍令都察五城（指五城察院，是稽察京师地方治安的机构）、顺天府各衙门出示晓谕，实贴各戏园酒馆，禁止旗人出入。又奏准，在京如有需次人员，出入戏园酒馆，不自爱惜名器者，交步军统领、顺天府及五城御史严行稽查，指名纠参，以示惩儆。"清乾隆二十九年甲申（1764）："又奏准，五城戏园，概行禁止夜唱。"[1]各衙门出示晓谕，遍贴外城各戏园酒馆。清咸丰二年壬子（1852）正月，御史张炜上奏折请求严禁演戏奢靡等积习，提及一再被禁止的京师五城内戏园戏庄已成合法，为例所不禁，逢宴集尚奢华，添夜唱或列女座等。清咸丰朝旗籍官员观看演剧有所放任，到清同治帝时仍遵循道光二年壬午（1822）示谕，再次重申旗人不准登台唱戏。清同治十一年壬申（1872）五月二十三日（6月28日），查禁太监在京城内外蓄养戏班及到各处演戏。然而清光绪三十二年丙午（1906），由内廷大公主府总管事刘燮之出资建戏园并开业，一说于清光绪三十四年戊申（1908）二月九日由大公主府总管太监王德祥出资建成启用，当时谓之'吉祥园'。这是北京最早接待女观众的戏园。1949年后，改名为'吉祥戏院'。"

向来戏馆是仕宦宴会之所在，戏园为商贾聚集之场所。八旗说唱也成为茶坊酒肆中的表演，尽管清廷一再采用传贴告示、竖立禁牌等方式反复申禁，警示旗人不得入戏园，不准登台表演等。旗籍子弟从开始的公开出入戏园，到私去帽顶着便装潜入戏园，直至最后登台亮相、唱戏卖艺，一步步从观演的局外人，到参与的娱乐者，到融入其中的表演者，以致最后成为生活收入来源的职业艺人。

清光绪二十八年壬寅（1902），清政府将各种摊贩集中到废弃的八旗神机营的练兵场内，第二年正式取名为"东安市场"。清光绪三十二年丙午

---

[1] （清）延熙等：《台规》（卷二十五），清光绪十八年（1892），第13页。

（1906），东安市场北吉祥茶园开业演戏，从事实上取消了清廷对内城演戏的禁令。

由以上史料可知：一是清康熙、乾隆年间的禁令主要针对坊肆，目的是禁卖。清道咸禁令中则把禁书的焦点指向小说类坊肆的新开办，目的是禁产，由此可见其发展壮大的程度。清嘉庆禁令更是双管齐下，一面禁止书肆，一面毁坏坊肆书版。二是清康熙、雍正、乾隆时段的频繁禁令，说明坊肆戏曲的兴盛。坊肆业对此类书籍的刊刻已引起社会各阶层的广泛关注和评判，在社会文化中占有一席之地。因此，反观清政府对宫廷演剧是重视的，对坊肆业生产管理是严格的，关于小说、戏曲、说唱的一道道禁令日渐增多，坊肆刻印售卖的外部条件不容乐观。

第二章　八旗说唱文学的地域流播

　　八旗说唱文学属于特殊人群，其勃兴与城市的发展进程、八旗子弟的文化需求有着密切关系。坊肆的发展不仅与同时期的社会教育、科学文化的发展紧密相连，而且与一个城市的地理位置及其在历史上所发挥的作用密不可分。

第一节　北京城的繁荣与八旗说唱文学
消费市场的兴起

北京，是由北方边塞的一座军事重镇发展为建立了政权、满汉文化融合的都城。

北京城拥有天然优越的地理位置，北、东、西三面环山，依傍永定河渡口东岸，是南北交通的要冲。南下江南，北上草原，东去东北，北京城居于枢纽地位。隋代在此曾设立军事机构幽州总管府，后改为涿郡，治所在蓟城。自洛口开渠，达于涿郡。隋大业四年（608），开凿永济渠，是为大运河的北段。大运河以东都洛阳为中心，向西通长安，向南至余杭，向北达幽州，全程分为四段。洛阳以北为永济渠，直通幽州。永济渠是从今河南武陟县引沁水为水源，通黄河，东接清水、淇水，通往内黄、魏州、临清、贝州、东光等富庶的地方，其北段经今天津武清、河北安次等地，最终汇入今北京永定河，直达北京城区西南隅，由此加强了太行山以东各都会城市的经济联系和政治统治，也成为隋炀帝用兵辽东的军事运输线。金代运河经由今卫河、滏阳河、滹沱河、子牙河、大清河等汇集到今海河，然后入潮白河（今潞河）北至通州，再由陆路达中都。金代每年的漕粮多达百余万石北运至中都。到元大都时商业繁荣，主要集中在北京城中心钟鼓楼周围。钟鼓楼西边的积水潭是繁忙的运河码头，其漕运和海运都很畅通，南来装载粮食和货物的漕船，由新开的会通河和通惠河（即京杭大运河）转入大都。元朝末年，大都的粮食几乎全部从海运来，再加上四通八达、密织如网的驿站，各方商贾陆载舟运，齐集大都。明代每年的万艘漕船运南粮五百万石以上，从杭州经三千里大运河到北京，还包括随船而来的货物。明代漕运的终点从元代的积水潭南移到正阳门迤东（南移的原因之一是汉族官员的聚居），正阳门一带成为繁华的闹市。

北京城随着历史角色的转换，其人口构成和分布也发生着巨变。汉代的蓟城人口不足2万户，共7万人。元代初年的燕京人口有14万户，约40万人。明朝末年的北京人口则猛增到70万人。自1644年清政权从盛京迁都北京，大批的满族、蒙古族和汉军旗人也随之来到北京。"据统计，1771年，北京有八旗满洲、蒙古、汉军等6.39万余名，养育兵2.15万，圆明园驻防兵有3900多人，合计有十万来人。如果再算上他们的家属，北京旗人所占比重是相当可观的。到清朝末年，北京有八旗兵12万余人。当时北京地区总人口已超过80万人。"[1]清政府规定：兵有定员，饷有定额，要求八旗兵丁随时听候调遣应征，不准离开所属佐领，不准自谋生计。自康熙之后，社会稳定，战事日稀，八旗人丁无所事事，闲散旗人日渐增多。八旗说唱文学市场逐渐长成。

清代的内外城是兵民分界，也是满汉民族分界。清朝中后期，外城商业繁华，屡有内城八旗旗人私自迁居外城的情况发生。而一些汉族官员、富商也渐迁内城，多居住在接近通惠河码头大通桥及外城商业区的内城东部一带。明代，通惠河城内河道被括入东皇城垣内，其终端码头移至今北京东便门外大通桥。在元大都时，文明门（今崇文门）是通惠河与闸河的交汇之处，是船只来往进入大都的津口，门外有草市、猪市、鱼市等专业市场。顺承门（今宣武门），是南来商贾的云集之地。平则门（今阜成门），是西来客商的会集之所。这三门之外因位于通惠河码头附近而成为交通便利、

---

[1]　沙之沅：《北京的少数民族》，北京燕山出版社，1988年，第19页。

人烟辐辏、百货荟萃的繁华商业区，尤其是今天北京积水潭东北之旧鼓楼西大街一带。清乾隆二十五年（1760），开发积水潭风景区，设码头、船坞。

北京四通八达的水运系统，主要用于粮食供应，包括漕粮和商品粮的流入，一部分来源于东北地区。清康熙年间，奉天地区的粮食已开始流入关内，转粜于京畿。康熙五十五年丙申（1716），又因关外米谷颇多，清政府暂开山海关米禁，让关外之民以谷易银，关内之民以银易粟，生活日渐饶裕。清雍正元年癸卯（1723），政府派满族官员到盛京，将锦州等处将军府尹及内府佐领所属现存米石查看总数，在近海口处兑米粮，雇觅民船装运至天津，以备京师之用。清乾隆年间，东北地区粮食产量日加丰盈。清道光五年乙酉（1825），出于京粮的筹备，也从奉天解通粟米。在京师粮价上涨的年份，常从东北地区采买小麦，由海道运至天津，再行接运至京，以供平粜之用。东北、天津和北京因粮食水运，紧密联系在一起。北京八旗说唱文学，也随着由仓谷平粜而来的商品粮和估舶粮贾贩运来往的商品粮而传入天津、东北等地。

金受申《老北京的生活》中写道："前清八旗领军米（老米），王公百官领俸米（白米不限八旗），亲郡王爵第领江米、黑豆、黍米（黍米北新仓放），一年十二月，月月开仓，天天领米，东城及京通道上，热闹非常。军米由京内放领，俸米由通州放领，所谓'五闸二坝十三仓'的便是……"[1]金受申先生指出，"五闸"中的头闸是东便门大通桥的大通闸，二闸是庆丰闸，三闸是平上闸（又称高碑店闸），四闸是平下闸（又称花儿闸），五闸是普济闸。普济闸往东的八里桥仅限里河粮船停靠。通州有"二坝"，包括石坝、土坝。运京漕粮的在石坝交兑，贮通漕粮的在土坝交兑。"十三仓"即为"京仓"，不包括通州二仓。内城有七仓，其中海运仓（东直门南）和北新仓（东直门北）与海运相连。外城有六仓，其中朝阳门外的太平仓于清

---

[1] 金受申：《老北京的生活》，北京出版社，2016年，第504—505页。

光绪八年壬午（1882）成立"公余同乐"票房，票首敏斋主人、集乐主人。子弟书《阔大奶奶逛二闸》曲词曾写："只因那寂寞闺门生郁闷，况逢这花明柳媚鸟语莺愁。这佳人静坐华堂无个事，忽想起庆丰闸［上］好清幽。趁着这美景韶光无限意，奴何不把山水风流尽兴酬……不多时家人回话俱齐备，伺候着佳人前往二闸游。出绣房侍女搀扶把香车上，不多时画轮转动出了皇州……命仆从前往渡头将船雇……这佳人香车慢下弃岸登舟……迢迢载米船来往……三忠祠选胜人来争唤酒，得月轩叫会声喧过渡头。弦管嘈杂三块板，笙歌宛转韵偏幽。"[1] 激滟的水波，往来的米船，袅袅的弦管乐声，夹杂交融。

　　通州—三河区间地处京畿，是以北京为中心的四通八达的交通运输网的一部分。清中期，通州附近的燕郊"铺以西，里落相望，渡潞河以船，极目江干，百万帆樯，接于天津，此诚天下壮观"[2]。具有地理区位优势的天津，是开埠较早的通商口岸，是商贾积累资本、谋求发展的休养生息之地。津门附近的京畿，海防綮重，这里吸纳着大量的流动人口。聚居在一起的众多消费群体，必然形成一个潜在的文学消费市场。因此，这一群体和市场的存在，为八旗说唱文本的大量问世提供了条件。

　　写于1891年的小说《永庆升平·前传》演述了清康熙年间天地会八卦教叛反起义一事。其中有描写八角鼓岔曲、牌子曲和子弟书的故事情节，反映了旗籍子弟从北京至天津又到上海的一段生活，具有一定的文史价值。该书作者燕南居士郭广瑞（字筱亭）在《自序》中云："余少游四海，在都尝听评词演《永庆升平》一书……书理直爽，实有古迹可凭，并非古词野史。国初以来，有此实事传流。咸丰年间，有姜振名先生，乃评谈今古之人，尝演

<hr>

[1] 《清蒙古车王府藏子弟书》，国际文化出版公司，1994年，第111页。

[2] （韩）黄普基：《明清时期辽宁、冀东地区历史地理研究——以〈燕行录〉资料为中心》，复旦大学出版社，2014年，第41页。

说此书，未能有人刊刻流传于世。余常听哈辅源先生演说，熟记在心，闲暇之时录成四卷，以为遣闷。兹余友宝文堂主人，见此书文理直爽，立志刊刻传世，非图渔利，实为同好之人遣闷……"[1]

书中讲武清县河西务广聚粮店三少东张广太，自父亲去世后不好读书，店里支钱，专习外务；惟喜琵琶丝弦，耗财买脸，时常走局；呼朋引类，不学上进，游手好闲。被逼离家后前往天津游耍想找个出路，一路上用尽了盘缠、典当光衣物，无奈在西城东门娘娘宫前空地将家中练着玩的拳脚打起来卖艺。此间巧遇一位清真道长，一连三载有余教他武艺。这一日与师傅分别，在河沿往西路北的一个福来轩茶园里喝茶，看到"同桌有一瞽目之人，放着一个弦子，也在那里吃茶。少时来了一个人，说：'先生，大人传你上去啦，你要好好的伺候！听见说天津卫的子弟书，就是你的好。你上去要唱的时候，须要留神。这位大人是京城里的旗官，新放上海道，最喜欢八角鼓儿。你要是唱好了，大人一爱听，就把你带到任上去了。'广太一听，他素日所好的是八角鼓儿、琵琶丝弦、马头调，会完了茶钱，跟在瞽目先生身后，出离茶园，站在门首往下河一看，见河内有几只大太平船，上插黄旗，写的是'钦命上海道哈'。见那个瞽者上得船去，弹起丝弦，唱的是《得钞傲妻》，错唱了一韵，广太不觉失声叫了一个倒好儿。不多时，公差带他上船去，拜见上海道哈大人及在座的盐院那大人、天津道托大人。哈爷问张广太说：'大概你必是懂得这子弟书，要不然你不能叫倒好儿。'广太说：'是小民习学过几天，不敢说会，略知一二。'哈爷说：'你不必太谦，你消遣一段。'又叫道：'阿喜，把咱们城里头带来的茶叶给先生泡点茶。'广太在旁边落座，拿起那弦子，定准丝弦，唱了一段《黛玉悲秋》子弟书。哈公连声说好。只见那边有一个管家哈喜，说：'张爷你跟我来。'广太同

---

[1] 郭广瑞，曹亦冰：《永庆升平·前传》，宝文堂书店，1988年。

他到别的船上落座，又向三爷说：'方才我们大人听见阁下清音高唱，甚是爱惜，有心要把你带同上任，不知尊意如何？大人闷来之时，也不能拿你当生意待，你消遣几句，不知尊驾怎样？'""张广太应允前往。一夜无话。次日天明，开船起身，用完了早饭，大人叫张三爷上去唱了几个岔曲儿，方归自己船上。"[1]沧州河口张广太杀贼救大人家小，细说自己家中之事，讲天津学艺经过，深得大人信任，结为昆仲弟兄。大人许诺张广太等其任满之后，给他捐个一员武职的功名，好荣耀归家。"到了上海，接了任，派的哈喜总管税务，张广太帮办。到任有半年，大人时常唤广太进里面去，谈谈唱唱……大人待他甚好，叫那大爷与他练练拳脚、刀枪；广太倒愿意教那丹珠，无奈他不甚爱习练。"[2]少大爷那丹珠，约二十岁以内，白脸膛儿，长眉大眼，斯文儒雅。

在《永庆升平·前传》的这些文字叙述中，我们可以了解到：1.八旗子弟说唱文学随着旗籍官员的调任升迁和离职而流播。2.旗员办公之余，家中专请说唱者，以八旗文学为消遣内容。3.旗籍子弟尚武功的风尚渐衰，闲暇之余不喜读书，嗜好丝弦走局，但最终还是得以武职参加朝廷对八旗子弟的选拔和录用。岔曲《马甲叹》中的旗籍子弟马甲兵"自幼儿，有心胸，演习本事用过功，痴心要把功名挣，学文习武有才能，寒窗十载将功用，念过些文章与五经，开过笔，考过童生，功名运塞偏不中；弓马箭，练得精，演撒放，不脱空，满洲话，翻得精，念过一本《清文启蒙》；抢甲喇，挑缺拉过六力弓"[3]。4.旗籍子弟擅长八角鼓岔曲和子弟书的演唱。5.故事内容虽然标明是清康熙年间的事，但根据其自序可知，此应为咸丰年间八旗说唱之情

---

[1] 郭广瑞，曹亦冰：《永庆升平·前传》，宝文堂书店，1988年，第179—181页。

[2] 郭广瑞，曹亦冰：《永庆升平·前传》，宝文堂书店，1988年，第184页。

[3] 伊增埙：《古调今谭：北京八角鼓岔曲集》，知识产权出版社，2004年，第255—256页。

形。旗籍子弟因生活所迫，面临从玩票走局到生意酬唱的转型过渡。6.故事蕴含了以旗籍官员为代表的清统治者，痛心疾首地看到了优越环境中长大的八旗子弟面对生活变故时束手无措的窘境和随时跌入底层选择生死的困境，他们寄托美好期冀，愿八旗子弟们抓稳机运、回归正轨，遵照尚武祖训重新安身立命、荣耀门庭。7.清咸丰年间子弟书早已传入天津，卫子弟书表演者以瞽者为主，重在唱得好、吸引人。但与旗籍子弟中的精通擅玩者相比，在韵律的精准把握和研究方面还是有一定的差距。谭凤元在《单弦艺术经验谈·单弦表演艺术》中谈道："北京有一位精通曲艺、能编能唱的专家，他就是已故的溥叔明先生（溥德）。他虽然没走过票，也没下过海，可是一般的票友、演员都很钦佩他，很多人都向他请教。过去，他家经常请有几档子家档子，不论单弦、京韵大鼓演员，'弹套'的盲演员，唱小曲的盲演员，都和他有来往。傅先生多知多阅，能编能唱，对曲艺造诣很深。"[1]

《永庆升平·前传》现存较早的版本有：清光绪十八年壬辰（1892）北京宝文堂刊本，光绪二十一年乙未（1895）上海广益书局石印本。其中，有些精彩的故事情节先后被改编成京剧连台本戏《永庆升平》（八本）、单本剧京剧《五龙捧圣》（源自第五回"五英雄救驾兴顺店"）、京剧《二马下苏州》（源自第五十七回"二英雄江苏访故友"），以及京剧《汝宁府》（取材于第八十一回至第八十五回的故事内容）。

清政府对河运贸易采取保护和鼓励的政策，甚至以优惠政策倾斜的形式鼓励更多的船只从事贸易活动。在宽松的贸易条件下，八旗说唱文学随之转运也是顺理成章的事情，在更广的意义上成为一种重要的社会商品，以满足社会中下层的需求。

---

[1] 《单弦艺术经验谈》，中国曲艺出版社，1982年，第83页。

第二节　盛京城的角色定位成为八旗说唱文学 繁荣的土壤

沈阳，是清朝的发祥重地，拥有特殊的政治环境，同时也是东北地区的重要枢纽。

清初的沈阳，效仿北京，形成八门八关的城市格局，分为内城、外城和城外。外城与内城之间又称"关厢"。满洲八旗住在内城；"新满洲"与民人住在外城关厢内，且不得混居。内城中心为皇宫，周围则是各王府。在德盛门内大街东侧是吏部、户部、礼部衙门；在内治门内大街西侧是兵部、刑部、工部衙门。内城北部对应的两个十字路口分别建钟鼓二楼，其间形成著名的商业街——四平街。

1644年，清军入关，初定北京。在沈阳，既留下驻防和守护盛京宫殿、陵寝的八旗满洲官兵及其家属，又有看护满洲贵族庄田的人丁家属，还拨还了盛京充差的官兵及家属。清顺治十四年丁酉（1657），改沈阳城为奉天府，设置"盛京五部"，仅限满人任职，是清朝统治东北地区的最高行政机构。盛京成为陪都。清康熙十七年戊午（1678），副都统职衔布克头等31佐领奉旨移居盛京驻防，不限人口并迁家属，为其提供官房地粮，也令其披甲种地、顶补当差。雍正之后，盛京各级满洲八旗属籍官员大多数从北京调派，任命后携带家属前往盛京。清康熙二十六年丁卯（1687），大批满洲八旗官兵从关内调回东北，以加强其防御力量。清朝八旗是满族的社会组织，它具有军事、政治及生产的职能。清军入关后，满族八旗的贵族和宗室基本上都聚居在北京。八旗兵丁被分为在京城驻扎的"京旗"和在各地要塞布防的"驻防旗人"。根据《清史稿》可知,清顺治初年先建置畿辅驻防拱卫京城(包括独石口、张家口、山海关、喜峰口、古北口、采育里、固安县、罗文裕、冷口、热河、察哈尔、天津、密云、昌平、顺义、三河县、良乡县、宝坻县、玉田县、霸州等),和东三省驻防(包括盛京、吉林、黑龙江等44所)做好后方保障。清顺治二年乙酉(1645)设立了直省驻防(包括江宁、西安、太原、德州、杭州、京口、宁夏、福州、广州、荆州、青州、凉州、庄浪、绥远、右卫、乍浦、成都等)占据各军事要冲。最后补充建立藩部驻防,包括内外蒙古、青海与西藏,以当地兵丁编旗,安抚少数民族。[1]自此盛京城内外驻防的八旗人口与日俱增。

满洲八旗贵族和宗室基本上都聚居在北京。清雍正年间,开始有部分闲散宗室、觉罗移居盛京。至清嘉庆年间,人丁浩繁,居地供给和管理已成忧患,于是下诏将闲居在京城的众多皇家宗室移居到边远重镇,既疏散了皇族,又可达到控制地方政权的目的。清嘉庆十八年癸酉(1813),朝廷从京城移居宗室约60户于盛京,在盛京内治关外里许迤北小东门外,大兴土木,择地建房,官学堂、武庙、衙署戍楼等皆备,外筑高墙围护。迁移满族的集中居所被称为"盛京宗室营",老百姓俗称"高墙子"或"皇城",成为和故宫一样的禁地。移居出去的满族皇室、王公、贵族在盛京的远近郊区都建有自己的封地或田庄,皇族宗室从出生到离世都一直享有正四品的俸禄。宗室内一个家族的男性成员,从孙子到祖父,是同品级,权势地位完全相同;官学堂内师生的品级也是一样的。因此,八旗子弟从小的成长是听其自然、为所欲为的。于是大多八旗子弟养尊处优,只知享受玩乐,认真务学的旗人不足半数。

盛京也是八旗子弟中政治家们的避难所,满族贵族犯罪发遣人员及家

---

[1] 赵尔巽:《清史稿》,天津古籍出版社,2007年,第702页。

属人役多至沈阳。清康熙四十八年己丑（1709），护军统领车克因管围不严革职，发往奉天。清雍正元年癸卯（1723）、乾隆三年戊午（1738），朝廷都曾下令要求驻防将军、副都统等在驻扎之所十数里内就近管辖、监督，不游荡滋事。清嘉庆年间，盛京城内外又迁来一批奉旨由北京东归的闲散宗室，包括一些犯罪之家，约三百人左右。出于方便管理，他们被集中安置在沈阳大东门外的宗室营内。清嘉庆十一年丙寅（1806），"近来八旗子弟，往往沾染汉人习气，于清语、骑射，不肯专心练习，抛荒正业，甚至私去帽顶，在外游荡，潜赴茶园戏馆，饮酒滋事，实为恶习"[1]。旗籍子弟们大多不务正业偷闲游荡，换装看戏，嗜戏入迷，躲避清查。嘉庆十一年丙寅（1806），在旗披甲兵丁图桑阿、乌云珠、德泰、全魁和李惠五人在戏园演剧之日，与戏班同台表演；查办后销去户籍，发往伊犁充当苦役。同年，笔帖式德馨个人置买戏箱行头租赁戏班，按日收钱。该年十月，御史和顺多次潜赴西单牌楼戏楼、广成茶园等处，私去帽顶，谎称秘密访查，实为听戏，曾因争座与市侩多次发生冲突。二人经查实后被革职，把和顺发往习俗醇厚、风气淳朴的吉林当差，令将军察看督促其学习清语、骑射，潜心正业；德馨发往乌鲁木齐效力赎罪。[2]同年同月，宗世子坤都勒也因常随戏班到馆观剧，乳名为市井传知，而革去顶戴，发往盛京居住，命将军严加管束，以清语、骑射学习庶化积习，涤除积习。[3]满洲有演戏自唱、弹琵琶弦子，效仿汉人约会攒出银钱戏耍的，为官者革职。清嘉庆十三年戊辰（1808），四品旗员椿龄不戴顶帽，出城听戏恃酒肆横，杖责革职，发往伊犁充当苦差。但伊犁边防军营也出现了容留戏班之事，清廷下令南北各处驻防大臣，严密亲查驱逐戏班回内地谋生，每年年底自

---

[1]　（清）延熙等：《台规》（卷二十五），清光绪十八年（1892），第26页。

[2]　《清实录·仁宗实录》（第三十册），中华书局，1986年，第199页。

[3]　《清实录·仁宗实录》（第三十册），中华书局，1986年，第202页。

行向朝廷通奏，不再由伊犁将军汇奏。清道光二年壬午（1822），二品旗员副都统阿隆阿，因国服内在署演唱影戏被革职，发往乌鲁木齐当差。清道光八年戊子（1828），土默特扎萨克贝勒属下之人巴彦巴图尔，私雇边内戏班在家演唱，并诱使蒙古子弟演习，这一"恶习"影响远近。清道光十四年甲午（1834），金连凯《灵台小补序》中言："彼梨园所奉之三郎、金花、俳神、清音、鼓板公婆，等等诸号……闻有镶蓝旗宗室文举人者，条陈六端感雨，十事消邪，此中有严禁鼓词一事……且喜听鼓词者，亦无非老妪、稚子，几畔窗前，数人而已，万不及酷好观剧者，百千余众，奔走若狂……夫古词者，世俗之小疵也；梨园者，世俗之痼疾也……实观彼演剧招邪，尤当严禁也。况乎国家制度，凡五城内，例禁开设戏园，从未闻严禁说书厂也……更有朝列诸贵中，因演戏而受责污名，黜爵夭寿……余更奢望后世诸少年，观余是作，互相劝戒，慎勿甘居卑陋，为人所贱，自暴自弃，以玩票为美谈，甚可惜也……"[1]清道光十八年戊戌（1838）十月，二品武职旗员、副都统善英率其子扎拉芬，带领驻防旗兵罗阿常、连润、禄明，学习弹唱，在署演唱，助长了旗兵嬉戏风气，有违营制。善英终被革职，发往军台效力赎罪；兵丁被撤防，永不准挑差。还颁布了一条续纂令，旗人因贫糊口，登台卖艺，有玷旗籍者，连子孙一并消除旗档，可免其发遣治罪。[2]

自清康熙开始，经雍正、乾隆、嘉庆、道光，约有过所谓十次皇帝东巡。清康熙十年（1671）九月，皇帝、太皇太后和皇太后去盛京拜谒陵园。清康熙三十七年戊寅（1698）七月，皇帝陪太后出山海关拜谒祖陵。清康熙五十一年壬辰（1712）十一月，皇帝出山海关拜谒祖陵。每次赴沈阳谒陵或游狩前后，沈阳城的名胜古迹、故宫、陵寝和庙宇等都进行维修、扩建和粉

[1] 金连凯：《灵台小补序》，道光十四年（1834）刊本。
[2] 《清实录·宣宗实录》（第三十七册），中华书局，1986年，第915页。

刷，影响很大。雍正、乾隆年间开始规定爱新觉罗氏家族中奉祀盛京陵寝的要每年轮流派往或长期居住。自康熙年间开始的历代皇帝东巡，给沈阳城带来了翻天覆地的变化，不仅是城市的建设，还有历史文物文化的积累，在短时间内通过朝廷人力物力的不断投入，盖宫殿、修陵寝、调运京师文物和名家字画，并且每次东巡都留下了大量皇帝御制匾联和诗赋。这些举措在百年之间，令沈阳城内少数民族骑射狩猎文化与中原汉族儒家文化激烈地碰撞，迅速地交会，潜移默化地融合。

沈阳位于辽宁中部，是连接关内外的交通枢纽。清朝初年的交通是通过陆路驿站连接四面八方。沈阳是各驿道之交会处，其中一条线路是自沈阳南行经辽阳至海城等地。同时为提高运力也积极开发水运，曾借助流经城北、城南的辽河、浑河，与港口城市营口（牛庄）相连接，使海运与河运相衔接，运粮的中小船只常常经此至辽阳、沈阳等地。清代以北京为中心，向东北方向有一条陆路驿传路线，途经直隶通州，再过山海关，经过沈阳到达东北各地。其中辽东以广宁为中心，分西、西南和东南三条路。东南线是自广宁东，南下到今辽宁省海城之牛庄，后经海州（卫）转辽阳，在三岔河口连接辽阳南线。清代之前离沈阳不远的辽阳，在中国历史进程中一直是辽河东部地区至山海关外的政治中心和交通中心。

清人小说《风月梦》第十三回记述："三个人上来，将桌子摆在中间，有一个拿着一担大弦子坐在中间，那一人拿着一面八角鼓站在左首，那一人抄着手站在右边。那坐着的念了几句开场白，说了几句吉祥话，弹起大鼓弦子，左边那人敲动八角鼓。那坐着的唱着京腔，夹着许多笑话。那右首的人说闲话打岔，被坐着的人在颈项里打了多少掌，引得众人呵呵大笑，这叫作斗缏儿（即'逗哏'）。""据传凡是清代漕运所经的码头市镇都有旗籍子弟演唱（八角鼓）。清人小说《风月梦》里描写的就是道光年间在扬州演唱的情景，书中记述：'一班杂要：八角鼓、隔壁象声、冰盘珠棒、大小戏法、扇子戏。'"[1]八角鼓说唱的格局，在清乾隆已具雏形。单弦是从八角鼓脱胎出来的派生曲种。清道光以前只是打着八角鼓唱集中岔曲，如平岔、长岔、脆唱、荡韵等，后加枣核和腰节等形式。到道光年间八角鼓有了三弦伴奏和锣鼓等打击乐器配合，发展成了八种形式，即岔曲、琴腔、马头调、梅花调、联珠快书、群唱、拆唱、彩唱等。在演唱和乐器演奏技巧方面，也有了所谓说、学、逗、唱、吹、打、拉、弹"八功"。清乾隆年间的牌子曲脱胎于诸宫调，有一套曲牌结构。作为物资集散中心和交通要道的沈阳，也有渡口运送食盐、粮食等物，是清代漕运的重要组成部分。八旗说唱文学在这里也生根发芽长大。

人口的迁移与商业的繁盛，必然带来大量的民间艺术。当时通向辽南的主要通道是海路：一是自山东烟台、青岛向北；一是自河北、天津向东。《陪都纪略·船行》载："来往小艇，营口载粮，十里码头，西关有行。"[2]在清咸丰元年辛亥（1851）营口建埠前，这两条海路都经辽宁海城之牛庄镇上岸。当时的牛庄成为辽宁通往关内的第一港岸（东北第一海上商埠，分三条路线向外流转），是南北商业的集散地，也是民间艺术交流的重要场所。这里产生了大量的职业、半职业艺人。

八旗说唱文学中的子弟书，海城有清光绪七年辛巳（1881）合顺书坊刻本《天台奇遇》和《二仙采药》；清光绪二十九年癸卯（1903）合顺书坊刊本《明妃别汉》；清光绪三十二年丙午（1906）文林书房刻本《珍珠衫》，同年有聚有书坊刻本《白蛇传》和聚有堂刻本《武松》。聚有堂刻本《武松》（三本，是残本），整个封面背景是带有幕布装饰的戏台样子，上端题"新五龙堂刻"，中间分三行写有"海城""聚有堂　武

---

[1]　王素稔：《八角鼓与单弦》，载《曲艺艺术论丛》（第二辑），1981年，第11—12页。

[2]　（清）刘世英：《陪都纪略》，沈阳出版社，2015年，第255页。

松""李虎"字样，下端是一幅两人打翻桌椅的全相图；版心象鼻处写"五龙堂"，单黑鱼尾，下标页码；卷端题"清音子弟书"。现摘录部分原文：

诗曰：英雄好汗少年强，家住山西孔圣庄。谈自李虎活倒运，抢来武松当姑娘。

宝刀湾弓将武双，先表名来后表家乡。家住广府青河县，离城十里孔圣庄。孔圣庄到有个武子顺，所生一儿叫振刚。振刚在家人打死，充军法配羊五堂。杨老尸分付三班伐众，伐上犯人叫振岗。振刚跪趴寻半步，老尸上边问中常。家住那州并那府，河里马头说其祥。振刚闻听不怠慢，寻声老尸听中常。家住广府青河县，离城十里孔圣庄。杨老尸闻听乡里到，乡里必得乡里邦，自种自吃不的粮。振刚跪趴寻半步，寻谢老尸好心肠。振刚迈步回家转，自巴来到自巴庄。东庄有个姜员外，有个女儿姜三娘。他看振刚是好汗，女儿许配他身傍。过上三年并二载，所生矮子武大郎。又过三年并二载，所生好汗二天罡。武林南斋把书念，武林好斋巴使行。练了几路杆子几路棍，卞剑捶抓玩的强。大郎下斋来用饭，二郎这里问中常。大哥习文我习武，文武齐□谁□□。若打官事哥俩去，打仗兄弟会成邦。大郎闻听心好恼，兄弟说话太不强。习文习武中何用，不如我个衙门差使当。好好熬个都头作，哥哥嫂嫂也占光。二郎闻听心好恼，大哥说话太不强。我今年长十六岁，莫非嫌我吃的你。你若嫌我我就走，混海沧州保定王。毛腰失起宝仞套，折缺刚刀放手上。武松迈步才若走，嫂嫂上前拉衣裳。叫声二弟且慢走，我的言语计心上。回手打开描金柜，十两文艮交与你，与备一路买酒尝。武松□□心欢喜，嫂嫂还比哥哥强。二尸说哭往外走，吕顺大道往前□。武松正走天气热，路傍闪出橱椿杨。武松放下宝入套，回身坐在刃套上。不言武松歇凉爽，眼前来了人一邦。有说一伙聚亲客，个个骑马代刀枪。有说一伙打仗的，花红小轿出中央。正是武松发仇闷，有个老者占一傍。武松上前忙使礼，寻声老者听中常。那伙人事他往那里去，他今若奔那一座。老者这里台头眉，打量不住汗中王。身高还有一丈二，两膀一恍有力量。脑代也有留斗大，两眼一瞪赛月亮。巴掌还有荷叶大，手指头根棒捶长。看罢多时开言道，寻声大个听中长。离此道有十里路，十里路有个五龙堂。五龙堂里出坝道，李虎行走天关庙。南庄推倒关王庙，北庄坟茔全向北。东庄抢去群钗女，西庄抢去二兰香。离此亥有五里路，五里路有个赵家庄。赵家庄有个赵员外，所生一女赵兰香。他上西庄去逛庙，路过李虎大门傍。李虎看他长的好，下聘才礼抢姑外。（二本）二尸闻听心好恼，当时就把脸气黄……

子弟书《武松》开篇一首七言诗，曲词中存在大量的谐音字，如汗—汉，湾—弯，羊—杨、尸—爷、分付—吩咐，祥—详，邦—帮，不—补，巳—己，傍—旁，失—拾，代—带，仇—愁，占—站，台—抬，恍—晃，脑代—脑袋，棒捶—棒槌，坝道—霸道，亥—还，才礼—彩礼，姑外—姑娘，等等。且在摘录的这段曲文中，前后几行"振岗—振刚""中常—中长"随意使用。全文唱词通俗易懂，保留了口头流传阶段的特点，也体现出子弟书擅用韵文描摹人物形象、环境场面以及心理活动等。如对武松的外貌描写："身高还有一丈二，两膀一恍有力量。脑代也有留斗大，两眼一瞪赛月亮。巴掌还有荷叶打大，手指头根棒捶长。"对情节发展的铺陈叙述："南庄推倒关王庙，北庄坟茔全向北。东庄抢去群钗女，西庄抢去二兰香。"曲文中还巧妙嵌入坊肆商号"五龙堂"，起到广告效果。在内容上，此曲文以《水浒传》中有关人物为线索，发挥想象，重新演绎武松的故事，隐晦表达对旗籍子弟的厚望："习文习武中何用，不如我个衙门差使当。"曲文属通俗英雄传奇内容，情节结构上翻新，但添置的故事内容不如原书《武松打虎》《醉打蒋门神》等情节更脍炙人口。曲本总体粗糙。同年聚有书坊刊刻的四回本《白蛇传》则曲词驯雅，行文精致。从坊肆的商号来看，聚有堂——新五龙堂，聚有堂——聚有书坊，更名为"书坊"的向说唱曲本文人化进程迈进，仍以"堂"命名的意图保持坊肆的传统模样。

现还存有清光绪二十九年（1903）辽阳三文堂刻本《离情》和《诏班师》，清光绪年间刻本辽阳三文堂《打关西》。1953年，原辽阳三文堂书坊的刻工徐迟老先生曾提及，光绪年间辽阳的三文堂和海城的聚有书坊曾印过一些蹦蹦书段，如《禅宇寺》《蓝桥》《大西厢》《思凡》，两本三文堂刻本《离情》（未标曲种，1903年版）、《洪月娥做梦》（秧歌词，1900年版）。1962年，还找到海城聚有书坊刻印的无曲种标记的《洪月娥做梦》（1903年版）、《燕青卖线》（1903年版）。1963年，中国戏曲研究院藏有该书坊的清音子弟书《新蓝桥会》（1909年版），但词句俚俗不似子弟书，存疑。

综上所述，由于当时旗籍军兵在各地驻防，后来屯田，以及各地旗籍官吏的爱好，八角鼓鼓声、子弟书唱词遍及南北，主要在北方地区，远至新疆。说唱流传情况与人口输出、经商路线等因素密切相关。八旗说唱文学繁荣在北京、沈阳和天津等地绝非偶然，从人口迁徙与交通贸易看，历史上沈阳与北京、天津两省之关系极为密切。一方面，由于地理优势、政治流放和港口通商使大量人口聚集此地，形成潜在的读者市场；另一方面，迅速形成的八旗说唱文学作家群体密切结合读者需要不断自我调整，逐步激活消费市场，并使读者的期待和八旗说唱文学的旨趣彼此共振与合拍，在作家和读者的互动交流中，清代八旗说唱文学充分把握市场优势，迎来了它的繁荣。

第三章　社会性的传播渠道
——书社、堂会、茶园

　　子弟书在形成刊刻本之前，已经酝酿发展了一个相当阶段：
一、子弟书刊刻本之前的初期阶段，子弟书的内容取自民间、历
史、时事题材故事，在八旗子弟的书社、堂会中口头流传；二、有
一定文学才能的八旗子弟或底层文人、民间艺人进行创作改编，形
成各类各样的抄本；三、出现职业艺人公开说唱；四、在说唱的基
础上再加工润色，形成了书坊刊刻本并对其进行编目和售卖。

第一节　书社中的消闲

古往今来，无论是京朝官方、都门名流，还是文人雅士，都喜好通过建立诗社、文社、灯社、书社的方式以文会友。清嘉庆二年丁巳（1797）顾琳（字玉林，金台人）著《书词绪论》，这是最早关于子弟书评论的记载，其中第八条论述是关于"立社"的讨论。清代旗籍子弟创立书社，是借唱书一事联子弟之情，为的是把酒言欢，陶己之情，获知音耳。教八旗子弟消闲之余、兴之所至编撰的岔曲、子弟书，不求大众的认可，仅是子弟的玩艺儿，是其玩弄诗文技巧的游戏，是在旗人圈中自娱性质的玩赏和请教。如社会习俗时事类子弟书《代数叹》，以游戏的论调生动地叙述了晚清一个厌恶代数的学子，到教室上课好似去阎罗殿的趣事。在调侃的笑声之中，虽觉内容荒唐，但深感文采斐然的文字背后蕴含着创作者个性解放后的独到见解。书社活动主要以效仿梨园子弟排戏为主，择日定期，不同年龄层次的人共聚一堂，轮流上阵。书社成员往往脾气相投，说书畅演之余，市井俗谈无不论及。顾琳在《书词绪论》的自序中也谈到人生一瞬，富贵场中可别寻蹊径，载酒邀朋吟风弄月、著书立说是雅人深致之快事。言他"平生无他好，该值之暇，惟以说书为消遣计。无寒与暑，吟哦不辍，虽梦寐不能忘，虽非笑不暇顾……然余之癖好，实非贸贸然一无所得。此中本有况味，凡局中之好余之好者，自必深悉，不更仆数；而局外之非予之好者，有告之而不及备述"[1]。在顾琳等人看来，虽书以遣兴，但非游戏之事，是关乎身心性命的。

---

[1] 关德栋，周中明：《子弟书丛钞》，上海古籍出版社，1984年，第819—820页。

早期的演唱是非营利性的，无非是熟人相聚，一室之内，品茗弹唱，是八旗子弟们纯粹的自娱自乐。正如《书词绪论》的《立社》中所述："其一立社不过借说书一节，以联朋友之情，并非专以说书为事。""其一既以立社通朋友之情，必平日气味相投，彼此相喻，毫无参商态。""喜说者说之，不喜说者听之。其说者之工妙与否，不许讥评。"[1]好友李镛"因回思往日听予之书者，睨笑腹非者，不知几何人；撑看欲逃者，不知几何人；出而哇之者，又不知几何人。而予竟握弦高坐，恬不为怪。兹承顾子教，甫知前此之造孽匪浅……相此书一出，意见吻合，击节称赏者，必大有人"。认为顾琳"以说书三昧告人"是"风雅之为"。[2]

在《书词绪论》中，顾琳从立品、脱俗、传神、详义、还音和调丝等角度深入浅出地阐述了什么是"书"。"书"演唱的目的是深明大义，劝善惩恶，警戒邪淫。令说之者以理性情，听之者身心小补。然而很多唱子弟书的背道而驰，甚至以之为奇技，不肯轻易示人或不屑与亲友说之。子弟书演唱的俗与雅，不在乎读书多少，不关乎效新声悦人、弄繁音斗巧，而在于摹唱一声半句时的悠然可听和不可言状，握弦定弦时的神闲气定和手口相应。"书"是通过文词来传达古人之性情。唱书之人应设身处地，调气还音，以抑扬顿挫而传之，不仅仅是字斟句酌、板眼不紊，或为口技。唱书之前要推究文义，对其主宾断句要了然于心。在子弟书发生衍变的嘉庆初年，及时写下评论，为子弟书的发展匡正方向，并提出立社规矩。社中成员为知己好友，最多不超过八九人。有碍于情面的，可作为"附社"，即书社编外之人。活动地点选清净寺庙禅房。活动时间可每月一次，或一年八次。书社社长为活动组织者，按人轮流推选。壶酒盘疏等活动资费，按约定时间每人凑齐交付社长。演排活动时要求纪律整肃，好说唱的登台亮相，不擅长的侧耳

---

[1]　关德栋，周中明：《子弟书丛钞》，上海古籍出版社，1984年，第829页。

[2]　关德栋，周中明：《子弟书丛钞》，上海古籍出版社，1984年，第818页。

听之，禁止讥笑嘲评；闲暇饮酒时可行小令助兴。表明立社目的是有益于社中人身心，令社外人观之不失为雅道。这并非普通泛泛之书社，可谓是名园雅集。据以上内容可知，子弟书本是诗词之余流，但在最初口耳传播的十余年间，只有曲文刊刻而无演唱等文字规范记录，受京剧等戏曲表演影响，于是子弟书曲种敷衍变化，到嘉庆中后期已面目走样了。

顾琳所阐述的这套子弟书理论，在盛京满族文人的集会结社（芝兰诗社、荟兰诗社）中得到了验证。两个诗社先后持续了七十余年。自清嘉庆十八年癸酉（1813）前后至同治年间，许多八旗子弟、宗室贵胄被遣送回沈阳，从京城向盛京也拨来大批移民。他们不仅带来了京都的各种民间曲艺，同时也把子弟书带至盛京，在满族宗亲中广为流传。清嘉庆十八年癸酉，宗室裕瑞[1]因林清攻入皇宫案革职，次年移盛京禁城圈禁，居住了二十五年，在盛京去世。清代恭亲王常颖，是顺治皇帝的第五子，清康熙十年辛亥（1671）封恭亲王。其裔孙晋昌，于乾隆五十三年戊申（1788）袭镇国公，嘉庆八年癸亥革爵，嘉庆二十二年丁丑（1817）袭辅国公，历任盛京、伊犁将军和理藩院尚书；嘉庆五年庚申至嘉庆八年癸亥（1800—1803），两次以镶红旗满洲副都统为盛京将军，至道光八年戊子（1828）卒，著有《且住草堂诗稿》等。嘉庆末年道光初年，盛京鼓楼小南门里的程记书坊，是江苏苏州人程伟元[2]在盛京将军晋昌的出资支持下所开办。他们在一起浅斟低唱，赏心娱目。程记书坊开办不久，当时盛京名士缪润绂的曾祖父缪公恩组织了芝兰诗社，参加者多为官场、文坛名流，一起吟诗唱对，学诸技艺，以诗词八股为主。间或清唱各自创作的子弟书段（即所谓清音子弟书）和灯谜等小品，唱和即弃，流传颇少。因嘉庆、道光年间清廷屡禁唱词、小说、戏曲之

---

[1] 裕瑞，字思元，满族宗室，豫亲王多铎后裔，封辅国公，历任镶白旗蒙古副都统、镶红旗满洲副都统、正白旗护军等职，著有《沈居集吟》《思元斋全集》。

[2] 程伟元，字小泉，1800—1803年以晋昌将军幕僚身份居住在沈阳。

编写，旗籍子弟或有创作也大多不肯署真实姓名，加之年代较久远，目前子弟书创作者的考证较为艰难。缪公恩（1740—1826），字立庄，号梅澥，别号兰皋，汉军正白旗人，著有《梦鹤轩诗钞》《梅澥杂著》等。缪家始祖缪德懿是江苏常州人，明朝天启年间居官北迁，后金时编入汉军八旗，其子缪礼山官至布政司，后人落籍沈阳。清乾隆四十八年癸卯（1783），缪公恩陪同致仕的父亲缪廷玢定居盛京，后考取盛京礼部右翼八旗官学助教，又被聘为萃升书院山长，教授旗籍子弟，盛京名士多出其门下。缪家的经历体现了满汉文化在家族内部自身发展过程中的有机融合。

　　清光绪初年的盛京有一批文坛名士，包括韩小窗、王晓屏、鹤侣氏[1]、春树斋、邸文裕以及之后的喜晓峰、尚雅贞等，经常在辽阳才子、辽东名士王西园家中聚会，逐渐形成一个无定期、以文会友、作诗著文、创作春谜和子弟书的消闲集会组织。1877年，这个组织公开命名为"荟兰诗社"。该诗社除以文会友、赋诗著文外，开始大量从事子弟书以及春灯谜的创作。每月逢三六九，在会文山房会文堂以南、东华门外一家清茶馆的墙上，张榜公布新创作的子弟书段、对联、灯谜、言贴诗等，让公众品评传抄，而且在馆内演唱，打破了八旗子弟与民间中下层社会民众的界限，将诗社文人创作与民间百姓需求相结合。茶社张榜的创作活动和流播方式持续三年之久，期间引起统治者的高度关注，甚至干涉禁止其活动。清光绪八年壬午（1882），缪润绂[2]、荣文达、曾显堂等中兴诗社，会文山房主人邸文裕也参与其中。他们在沈阳鼓楼会文山房写文作诗，以诗会友，文酒酬唱；他们依托坊肆，编创子弟书，《露泪缘》《青楼遗恨》《宁武关》等作品大量刊行，在坊间

---

[1]　鹤侣氏，满族宗室，爱新觉罗·奕赓，道光年间御前侍卫，道光二十四年甲辰（1844）谪居沈阳。

[2]　缪润绂（1851—1939），笔名蛤溪钓叟，原名裕绂，号东霖，缪公恩曾孙，清末翰林庶吉士，汉军正白旗人，著有《陪京杂述》《沈阳百咏》，子弟书《锦水祠》等。

广为流播。《沈阳百咏》载："邸文裕于光绪元年（1875）正月十五日所作书序中即云：'向年逢此，前后五日出设灯谜，会集文人，颇能遣兴。'同光年间沈城之'荟兰诗社'亦以此处为经常性活动场所之一。当时陪都盛京与北京同为八旗文人荟萃之地，又逢满族曲艺'子弟书'盛行之时，因其书词作者多为八旗中下层文人，会文山房常客中即有擅长此技者，且书坊主人邸文裕于之醉心尤深，故而使该店成为沈阳刊刻发售子弟书唱本最为知名之处。"[1]正是这批仕途失意的文人，如韩小窗、喜晓峰、罗松窗等人，以盛京的会文山房与荟兰诗社为活动场所，积极创作子弟书曲目。特别是会文山房主人邸文裕，重视子弟书的刻印出版，有力地推动了盛京子弟书的创作与发展。

在某处结社、聚会、畅谈，逐渐成为八旗说唱文学底本诞生的新方式。这是坊肆抄本出现的前身，这是非商业的文化经营模式。在自娱自乐阶段，旗籍子弟、票友已经在编演作品。与此同时，沈阳先后出现了两家以出版子弟书为主的坊肆，即程记书坊与会文山房。它们刊印的子弟书传入北京后，又经北京的百本张等书坊转抄梓行，在京城内外广为流传。坊肆抄写刻印的唱本，主要提供给各种鼓书艺人演唱，进而产生了一批专唱子弟书的著名艺人，如北京的郭栋儿、王心远、赵德璧以及石玉昆等，沈阳的郭维屏、王卉亭、陈菊仙等。光绪十年（1884）后，荟兰诗社的中坚分子或因银库失盗案牵连贬谪，或因年事已高退出文坛，都相继散去。子弟书创作由此走向衰落。

---

[1] （清）刘世英：《陪都纪略》，沈阳出版社，2015年，第333—334页。

第二节　堂会中的扬名

《升平署岔曲》引言曰："岔曲为旧京'八角鼓'曲词之一种，传为清乾隆时阿桂攻金川军中所用之歌曲，由宝小岔（名恒）所编，因名岔曲，又称'得胜歌词'。曲中以描景写情者为多，词句雅驯简洁。班师后，从征军士遇亲友喜庆宴聚，辄被邀约演唱。"[1]清乾隆四十一年丙申（1776）夏四月，定西将军阿桂等凯旋，自此满族八旗子弟演唱八角鼓岔曲逐渐兴盛起来。清嘉庆九年甲子（1804），《白雪遗音》（卷三）所收的八角鼓（多为岔曲）曲词内容《今日大喜》《才郎夜读书》等，反映了满族八旗子弟的生活和情感。八角鼓岔曲、子弟书从军中传至宫廷、传入堂会，为士大夫阶层所攫夺，经润色加工成为贵族文艺，岔曲辞藻从铿锵开始变得典雅。

清代那些精通词曲、干吃皇家钱粮的旗人子弟，常组成戏班，或在富斋大户里三五成群聚集清唱，或结合走会演出，或应酬喜庆寿典。八旗子弟们甚至亲自粉墨登场，上台玩票。因纯系义务，仅自娱娱人，故旧称"玩票"。旗籍子弟班者所唱为快书、岔曲、单弦之类，最初有个有名的叫抓髻赵，曾在宫中供奉教习。声势浩大的八旗子弟聚会演唱，引起朝廷的注意。有一种说法是，旗籍子弟演唱前须报请清廷内务府批准，获准后收到内务府发放的一张印有两条金龙的龙票，上有"发给某某票房"字样。演出场所称为"票房"，于是有了票房之设。自娱演出称为"玩票"，这些自演的旗籍子弟称为"票友"，于是有了票友之称。票友多习生、净，学花旦者很少

---

[1]　《升平署岔曲》，上海古籍出版社，1984年，第62页。

见。清同治光绪年间，京剧演出频繁，票友们逐渐从演唱子弟书改为演唱京剧。自乾隆发给龙票起，至道光、咸丰年间，北京有大大小小很多八角鼓票房，每个票房都有自己的堂号，即字号。随缘乐是司瑞轩的堂号，醒世金铎是德寿山的票房字号。平时票房活动的地方常租赁寺庙房间，如清同治、光绪年间的"赏心乐事"在西直门内南小街翠峰庵，清光绪十六年（1890）的元明寺票房，清光绪二十年（1894）西城护国寺的塔院票房，1924年至1930年间还有位于千佛寺胡同的千佛寺票房。他们的活动主要以自我消遣或探讨宣传为目的。票友们对剧目的创作和演唱艺术都深得内行敬重。他们组成票房，定期过排、聚会、彩唱演出且皆不收取报酬，全部自行出资。

旗籍子弟立班之始，亲贵富厚人家子弟游手好闲，习为娱乐，有约谓之走票，清唱谓之坐唱，上妆谓之彩唱。后乃走票登台，即票友走局，内外场之犒资皆由自备不取资，谓之曰"耗财买脸"，一年半载耗费资财，买个脸面光彩。岔曲《子弟登场》唱："子弟登场，到处把名扬，消闲逸兴，云幻霓裳，醒目怡怀，各有所长。［过板］松风雅韵，竹翠留芳，超然集萃，今古宜畅。拟音合韵人称赏，同叙幽怀，共乐非常。"[1]生活优裕的旗籍子弟自诩身份，将平日里八角鼓子弟书的消闲活动吹嘘为高雅出众的盛世遗风。但真实的结果是，往往因此而破家。《旧京琐记》载："因走票而破家者比比。最可怪者，内务府员外文某，学戏不成，去而学前场之撒火彩者。盖即戏中鬼神出场必有人以松香裹纸撒出，火光一瞥者是也。学之数十年，技始成而巨万之家破焉。又有吏部郎玉鼎丞者，世家子，学戏不成，愤而教其二女，遂负盛名，登台而卖艺焉。日御一马车，挟二女往返戏院，顾盼以自豪。"[2]

---

[1] 伊增埙：《古调今谭：北京八角鼓岔曲集》，知识产权出版社，2004年，第255页。

[2] 夏仁虎：《旧京琐记》，北京古籍出版社，1986年，第105页。

有部子弟书叫《票把儿上台》，其中的"票把儿"，是以诙谐之语调侃票友中唱得最好的那一个。票房拴拢子的承办人，被称为"把儿头"。故事具体写的是旗籍子弟票友在消闲娱乐活动中求新奇，竟想着效仿梨园相邀来表演。他们平日里选择固定的时间和场所（在庙里）一起排演，演前有一系列的准备工作——祭喜神，铺毯子，从别处借来桌椅，挂台帐和台帘，后台写好有戏目的水牌，样样齐备。曲文描写的今天要唱的是全堂八角鼓。先是打鼓的师傅锣鼓敲响，戏幕拉开。接着来了文场什不闲"帽儿唱完开单戏，也无非花包头金玉帽与青花衫"。后跳出个戏角不在行，装腔作势，嗓干忘词。还有个未上过场的一般朋友，道具衣装一应俱全，扮相不男不女，台上唱念做打，一片胡闹。而后台锣鼓、唢呐、铙钹不合，声音好比市集，嘈杂混乱。台下观众喝倒彩，嘲笑起哄。正如曲词所唱："这都是教习名公指点的到，也搭着老爷们只求像样不怕花钱""玩票的不过如厮混着玩"，只可叹"子弟班玩艺儿平平挑眼又大，请局的人何苦频频不惮烦"。[1]这场热闹过头的过排演出，在细节上还能找到顾琳关于立社的规矩，如活动地点在寺庙，活动时间要择日等。但嬉笑打闹的场面、忍俊不禁的表演、嘲笑起哄的观众，已与"立社"所言相去甚远。

子弟书《拐棒楼》讲的则是在东郊外拐棒楼茶园里，旗籍子弟票友演出，捧亲友董六的喜事场不讨赏，演鼓排书从上场非说即唱整一天，为的是能够承教凑趣名扬四海。先是"内廷巡更""跟大人查城拜客"身份的票友精彩献艺，唱一曲东韵《宁武关》震全场。也有风流子弟演出的曲目，内容良莠不齐。后上了一场八角鼓，坐正的唱了岔曲《今日下班》，连着湖广调马头调与边关调。这拐棒楼里的说唱技艺，观众赞高超，"自从那小窗故后缺会末，蔼堂氏接仕袭职把大道传"，"喜的是子弟艺业真绝妙，叹的是老

---

[1]　《清蒙古车王府藏子弟书》，国际文化出版公司，1994年，第219页。

少行为太不端"。[1] "蔼堂氏"编撰过子弟书《背娃入府》。曲词中还提到了顾琳所言子弟书演唱的文品问题。

此外,马头调《阔大奶奶逛西顶大爷追顶》曲文也写道:"有个阔大爷家业相当,他与那五府六部长来往,结交的是内务府八旗营城司坊。每日里喜寿人情、红白事,再不然宴会出城上戏庄。这一日午后外边公私事毕,身觉倦困,夏热天长……咱们即忙将家上。寝房……净面漱口把茶添上,吩咐声快些开灯预备烟枪……(唱)我也曾背地里羞妻长劝讲,我说是若好繁华上戏庄,不听戏就把杂耍叫。几样生意人个个沾我的光。《女勘斗》,认得好几档,好歹别叫,侉声野气,哈哈腔。还有一宗不许唱,什不闲莲花落分外轻狂。(念白)不许唱,甚轻狂,穿红挂绿假扮妆。若有亲朋来看望,一定说我作事慌唐。(唱)再不然邀请子弟戏法、丝弦会弹唱,八角鼓儿、票戏坐腔,会门中的玩艺,一档一档,下个帖请来排演、会场。就是我得闲也会弹唱。最好的是子弟书《得钞傲妻》。世态炎凉亚赛如劝人方。(念白)世态炎凉劝人方,听戏演礼说劝良,这叫做得欢畅且欢畅。名利何必挂心肠。"[2]曲文中点明会拉弦弹唱八角鼓的阔爷是旗人身份,平日里排演走会好不自在,尤其擅唱子弟书名篇《得钞傲妻》。

票友走局是有一套规矩的。请局前票房收到一份"红白帖",白纸封套上贴红签,写受帖人姓字,封套里装着红请帖。走局时,用铜茶盘压住红白贴上口,使之垂在桌帘上,一看便知是请来的票友并非生意门。应邀参加堂会时,最初常自带铜壶,内有沏好的茶水,不扰事主茶饭,表明纯属玩票。更重要的是票友走局,所唱内容由票友自己选择,真正是随意消遣。俗话云,洋人吹喇叭,各有所(锁)好(号)。八旗子弟,素日喜爱看戏,每次看戏必对其唱、念、做、打进行品评,并亲自参与社团、堂会跟唱表演,

---

[1] 《清蒙古车王府藏子弟书》,国际文化出版公司,1994年,第181—182页。

[2] (清)《聚巷堂李、百本张所抄杂曲》(钞本9册),首都图书馆藏。

图个乐子，是玩票子弟书《郭栋儿》曲词中所写"猛见了红笺报子写着个郭栋"。[1]

清朝皇帝酷好戏曲，王府贵族也仿效内廷，在宅邸设戏台，八旗子弟粉墨登场，时与艺人同台表演。清朝中后期，一些精通诗词书画、有一定文化修养的皇亲贵族子弟，常以唱子弟书为消遣。有一种以贵族蓄养方式进行的表演：京城的王公显贵将说唱艺人聚集在自己的王府进行表演或者养起来进行娱乐活动，《蒙古车王府曲本》的问世就是一个很好的例子。"在前清时，拴八角鼓拢子的很多，尤以王公府第中为甚，恭王的府邸中就曾有'赏心悦目'的组织，瑞雪岩、奎松斋、赵子俊、布俊亭、常茂亭等，都是其中的中坚人物"[2]。"拴拢子"，表明演出群体。拢子是放置乐器道具的圆笼。拢子上有铜字，四字的是票房，称"桄万儿"（如"赏心悦目"）；三字的是生意门，叫"堂号儿"（如"凤元堂"）。票房拴拢子的承办人，称为"把儿头"，是班儿头的谐音。"当时北京拴拢子的很多，有'群贤荟萃'，把儿头是张啥咧；有'群俗访雅'，把儿头是刚鹤峰；有'惠我同人'，把儿头是全家都能唱石韵书的周建安；有'醒世金铎'，把儿头是恭亲王的儿子贝勒载澄，等等。"[3]文中提到了"恭亲王的儿子贝勒载澄"。恭亲王是溥伟，清道光帝第六子硕恭亲王奕䜣的孙子，清光绪二十四年戊戌（1898）袭恭亲王。清光绪七年辛巳（1881）闰七月初七日，丁鹤年请禁内城茶园演戏。李莼客云："十刹海演剧，恭王之子贝勒载澄为之，以媚其外妇者。大丧甫过百日，即设之，男女杂坐。内城效之者五六处，皆设女座。采饰爨演，一无顾忌。澄与所眷日微服往观，惇邸欲掩执之，故恭邸谕指鹤

---

[1]　《清蒙古车王府藏子弟书》，国际文化出版公司，1994年，第45页。

[2]　金受申：《老北京的生活》，北京出版社，2016年，第350页。

[3]　《单弦艺术经验谈》，中国曲艺出版社，1982年，第30—31页。

年疏上，即日毁之。外城甫开茶园，一日亦罢。"[1]

清咸丰、同治年间，恭亲王奕䜣重修王府（位于前海西街），在萃锦园建造了戏楼。清同治、光绪时期，恭王府蓄有昆腔科班"全福班"。陈德霖九岁学戏即入此班，程长庚之子也曾入恭王府当差。清光绪十一年乙酉（1885）八月初七，何桂山、余紫云、杨月楼、金秀山等著名演员均参加了恭王府堂会演出。光绪年间俞菊笙主持的春台班在恭王府也曾连演数日，演出剧目多达七十出。清光绪二十年甲午（1894），肃亲王耆善府邸（位于东交民巷）设有票房，红豆馆主和载涛等是主要票友。1914年，东皇城根的达王竹香在府中设立票房，票友有载洵、载涛和祺少疆。红豆馆主于1918年自设言乐会，言菊朋、金仲仁和包丹庭为主要票友。祺少疆和王瑞芝于1924—1930年在千佛寺胡同设立千佛寺票房，主要票友有于幻荪、于菊人。清代中叶，旗籍子弟玉瑞自创梅花大鼓，因其别号梅花馆主，曲种又称梅花调；因其住在北城，亦称之北城板儿或北板儿大鼓。清光绪二十六年庚子（1900）前后，梅花大鼓由北城传至南城，曾有票友文玉森（一说名文玉福）赴各王府演唱。

最初的子弟书演唱是非营利性的，图的是有人捧场，自己乐呵。《书词绪论·李序》中有曰："辛亥夏，旋都门，得闻所谓子弟书者，好之不异曩昔，而学之亦不异曩昔，于杯酒言欢之下，时快然自鸣，往往为友人许可，而予意颇自得。"[2]而演唱者因其"子弟"的身份，其演出场所大多是在满族官宦世家的府第中，由主家盛情邀请才去献艺。在演唱时有请场的仪式和规矩，以示与其他艺人为"生意"演出者有别。子弟票友也有暗中接受报酬的。其技佳者约票，主人代备犒资而暗有馈遗，谓之"吃票"。《绿棠吟馆子弟书选》的序中提到："盖京师俗谓演剧受钱者为生意，不受酬者为子

---

[1] （清）延熙等：《台规》（卷二十五），清光绪十八年（1892），第373页。

[2] 关德栋，周中明：《子弟书丛钞》，上海古籍出版社，1984年，第818页。

弟。"[1]随着清王朝内忧外患的加剧、旗人生计问题的更趋恶化，八旗子弟也一步步走向穷困潦倒，日趋没落。他们即使当官也消极怠工，当值不干正事，不是谈笑取乐就是拿腔唱戏，甚至很多演唱的旗人沉迷于玩票传声名，最终既遭妻儿埋怨，又耽误了公差。

　　总之，旗籍子弟在结社、堂会中的表演活动属自娱自乐性质，其说唱底本是非商品性的流播。直到职业艺人演唱的出现，唱本开始演变为商品交换的载体，进入贸易流通的初步阶段。

---

[1]　金台三畏氏：《绿棠吟馆子弟书选》，民国十一年（1922）稿本。

第三节　茶园中的生计

清嘉庆之后，为人们所喜闻乐见的曲艺种类八角鼓岔曲、子弟书，不仅在宫廷堂会上广泛唱，而且在茶园戏馆里公开演。民间岔曲文与宫体岔曲本迥然不同，在内容上前者活泼多样、感情真挚、文字朴实，既有宫体岔曲的写景抒情和小说故事，又有反映民俗民风的滑稽文字和谚语歌谣，对于御制类的歌功颂德篇目常弃之不用。清道咸以来，旗人生计日益艰难。清同治以后，旗籍子弟耗财买脸的风气渐衰，子弟票友因生计问题暗中开始收取报酬，但表面仍维持子弟清高的身份。岔曲《八角鼓子弟规》记载："子弟为吃饭，生意为要钱，至于那场面规矩都是一般，离不开说学逗唱吹打拉弹。〔过板〕快书与大鼓，岔曲单弦，要听拆活儿〔卧牛〕必须改头换面，九龙闹海把大碗变，马头调儿有点要失传。"[1]子弟书自走入民间，词唱典雅的西调渐趋衰微，豪气万丈的东调成为生意门中的主场。

随着清嘉庆、道咸之后旗人生计的日益艰难，八旗阶层更加分化。初期子弟书中不乏"子弟"的优秀形象："自是旗人自不同，天生仪表有威风。学问深渊同翻译，膂力能开六力弓。性格聪明嘴头滑顺，人情四海家道时兴。本就是赳赳武夫干城器，更兼他手头散漫衣帽鲜明。"（《少侍卫叹》）[2]年轻的八旗子弟的形神气质为"名士风流循循儒雅"；"琴棋书画、作诗词、镌图章、编灯谜都曾学"，"遍览经文旁搜子史，偏爱把国朝

---

[1]　伊增埙：《古调今谭：北京八角鼓岔曲集》，知识产权出版社，2004年，第263—264页。

[2]　《清蒙古车王府藏子弟书》，国际文化出版公司，1994年，第36页。

的典律细揣摩";"偏忘不了固山呢牙拉吗的本分学",骑马射箭不在话下,还"清语儿飞熟兼通翻译,写清字真是笔走动龙蛇,唱一支满洲曲儿嘟噜儿圆软。"(《风流公子》）[1]各种政治特权和优厚待遇,让这些八旗子弟沉溺于穿锦衣、骑肥马、吃喝玩乐、入班唱戏。清朝定鼎之后,子弟呈现日趋奢靡的形象:"肥马轻裘意气扬,膏粱子弟逞酸狂。有生不解艰难况,没齿甘为酒饭囊。大爷说宴会今朝在戏庄……还有鸦片烟全份器具收拾妥。"(《禄寿堂》)[2]岔曲《子弟谱》中所勾勒的清末八旗子弟形象,则代表了不得已跌入社会底层的旗人模样,为现存子弟书曲文中八旗子弟的形象发展变化画上了完整的句号。清代子弟书中八旗子弟的不断蜕变,真实袒露了作为清统治阶级满族贵胄的内心世界:既想要博览诗书、做有用的学问,却又在安逸中渐忘弯弓射箭、研究战略。

天津图书馆藏《子弟谱》,一回,钟久轩撰。卷端题:上为"子弟谱",下为"京兆钟久轩先生口述"。版心题:上为"子弟谱",下为"天津社会教育办事处印"。开首是:"唱曲儿说书,休拿他当正务。沾染了流毒,不过是逢场作戏助欢呼。好与歹何荣辱,又不借他求取衣食谋道路,也不比梨园子弟与江湖,又何用逢人争胜论功夫……"[3]结尾处有"林兆翰附识"。此岔曲文是由一位名为钟久轩的北京老人口述而成,具体事迹不详。全文以第一人称的口吻情真意切、语重心长地拿自己说事,生动诙谐、颇为详细地记录了一次他及圈子中人玩票走局的前后见闻,说明此时的落魄子弟们已经是处于既想保持颜面,又要靠此技贴补家用的窘境,并重点劝诫跟他一样身份的人,即京都八旗子弟们要早日彻底醒悟,明白"唱曲儿说书,休拿他当正务。沾染了流毒,不过是逢场作戏助欢呼。好与歹何荣辱,又不借

---

[1] 《清蒙古车王府藏子弟书》,国际文化出版公司,1994年,第191—192页。

[2] 《清蒙古车王府藏子弟书》,国际文化出版公司,1994年,第167页。

[3] (清)《子弟谱》,天津图书馆藏,刻本。

他求取衣食谋道路，也不比梨园子弟与江湖，又何用逢人争胜论功夫，也不必到处张狂夸独步。就便是一个曲儿一回书，也不能够加官进禄。"[1]全曲文穿插生活场景，又讲说道理，是清末民国初年戏曲与时事政治结合的产物。民国初年，天津社会教育办事处的总董林兆翰先生，在该曲文结尾处也提到对这一现象问题的共识："走票之风，京都最盛，天津次之。一般少年无所事事，日沉酣于丝竹之中，而于良师益友遂愈疏而愈远矣。技之精者不过东西奔驰，应接不暇。到处受人之假恭维，欣欣然意颇自得。虚掷宝贵光阴，不求切实学问。吾素识如某君某君者均坐此失，以致老大徒伤，不可追悔。故特登此谱聊当晨钟，甚愿青年子弟其各早自猛省，勿蹈覆辙也。"[2]

然而面对生活的窘境，很多旗籍了弟在走票之后的日子里，最终不得不加入职业演唱的队伍。他们对于唱本的需求量大为增加，给书籍坊肆提供了巨大的市场空间，进一步扩大了坊肆刊刻书籍的种类。杂唱类的俗文学小本成为坊肆编印书籍的一个新门类，为社会中下层，尤其是城市市民阶层所喜闻乐见。一人自唱，自弹三弦伴奏，曰单弦；一人持八角鼓击节演唱，另一人操三弦伴奏，则曰双头人，而且八角鼓的击节要跟弦子配合，细听弦子的过门，敲在弦子点上，声音要清脆，轻重须合适，一切击节以配合丝弦声调为准。清末随缘乐演唱单弦，备享盛名。随缘乐，原名司瑞轩，满族人，清咸丰至光绪年间人，在光绪初年开始唱单弦，自此单弦成为独立的曲种。子弟书《随缘乐》曲词提到：随缘乐擅学北京相声第一代艺人张三禄（原为八角鼓艺人，改说相声后专攻"说学逗唱"四功，收弟子三人：朱绍文、阿彦涛和沈春和）的逗哏，京剧艺人余三胜、铜骡子的演唱。由此说明始于随缘乐的单弦演唱，借鉴了八角鼓的逗乐形式和京剧的优美唱腔，唱词夹叙夹议、亦庄亦谐。八角鼓丑角张三禄、京剧名角余三胜，均是清咸丰、同治年

---

[1] （清）《子弟谱》，天津图书馆藏，刻本。
[2] （清）《子弟谱》，天津图书馆藏，刻本。

间人；铜骡子刘姓于同治年间的中后期才渐有名气。

子弟书《随缘乐》的开头，由众多行路人的言谈，三言两语引出随缘乐的高超技艺——"相声绝妙，巧调丝弦"。接着描述了茶楼旗籍子弟演唱的实况：一是演唱前的筹备。选择演唱的场地是一家"破馆荒园，座儿挤严"，"砖瓦房椽都不全"。[1]金受申《老北京的生活·茶馆》载："庚子以前，北京大茶馆林立……北新桥天寿轩，专卖镶黄旗满蒙汉三固山顾客。灯市口广泰轩专卖正蓝、正白、镶白九固山顾客。阜成门大街天禄轩，专卖右翼各旗顾客。"[2]据此可知随缘乐在登台卖艺过程中的艰辛。茶轩高贴报帖，因是子弟演唱，在报帖上又粘红签表示尊重。至日西斜开始演唱前的准备，场上摆好磁壶，子弟房中洗完脸上场，听众或是衣服罗绮的大员，或是文雅非凡的功勋子弟，或是酒肉英贤的老叟尊翁。清代在旗的讲究泡茶馆，茶客中有终日清闲、干吃钱粮的，也有办完差事的官员衙役和圉人走卒。前来的拥挤人众都为的是听岔曲慕丝弦，随缘乐曾效仿张三禄的相声，学过余三胜的京剧。二是演唱时的热闹。先慢坐台心摆开坐唱的形式，半晌静定丝弦；再以匪言鄙语、巷论街谈凑趣说俗白，逗得满园齐声笑。一曲《武松杀嫂》，语出《左传》；八角鼓牌子曲《风流焰口》，过于驯雅让听众烦。三是听众与演唱者的互动。进场前人群拥挤，进场时互相搭讪奉承，开场前鸦雀无声，演唱间歇充满捧场笑声和虚美之词，但也有讨脸之人点曲挑衅，要求明天换演《聊斋》段。四是旗籍子弟职业演出的酬劳。曲中言："真是子弟全都不要，只要车钱。到处无非交友圆信，只备下四辆车仪，大事全完。"[3]"光绪刊《朝市丛载》卷七咏随缘乐诗说：'技艺京西号随缘，张贴特请姓名传，受他刻薄人争乐，子弟明称暗要钱。'""据晚清小说《小

---

[1]　关德栋，周中明：《子弟书丛钞》，上海古籍出版社，1984年，第739页。

[2]　金受申：《老北京的生活》，北京出版社，2016年，第193页。

[3]　关德栋，周中明：《子弟书丛钞》，上海古籍出版社，1984年，第739页。

额》的叙述：'河沿上通河轩，是初七、初八两天的随缘乐'，'那天书座儿上的还是真不少，天才一点多钟，人已经快满啦！'，'两边柱子上都挂着一个牌子，上头贴着黄纸的报子，是'本轩四月初七、八日两天，特约子弟随缘乐消遣《风流焰口》《五圣朝天》，别调咤曲（即岔曲）《别母乱箭》'。左边儿飞了一个签子是外定双子，右边儿写着的是每位茶票七百文'（见日本波多野太郎教授《中国小说史研究》影印社会小说《小额》）"。[1]

对比这几处资料所载内容，有相互可以印证的细节，子弟随缘乐演唱《风流焰口》是一种消遣，自己指定演唱曲目，唱词属八旗子弟显示文采的一种创作。演唱全程中出现了听众点曲的环节，成为生意门。因此可知，这是旗籍子弟由消遣向职业艺人过渡的表现。同时，《随缘乐》曲文以一个来自城市社会下层的"我"（幼而失学，不通翰墨，全不知子曰、诗云、孔孟言）的口吻道出心声："余本是乘兴而来败兴返，倒不如，回家自去练丝弦；从此后，不敢搜奇学雅事，再叨音，准是霍乱，定转伤寒。"单弦票友下海卖艺出于生计问题，底层百姓学艺也是在寻找生存的出路。在北京城说唱圈子里，自上而下和自下而上两种艺人为求生存展开了艺术上的竞争，也暴露出旗籍子弟下海，改吃生意门，演唱内容由雅至俗的艰难。

自编自演的随缘乐，在生意门里为了有立锥之地，不仅创单弦，而且改编岔曲。他比较重视形式，加长岔曲第一段，扩充曲词内容。如傅惜华《岔曲选集》中著录的《风雨归舟》第一段为八句："卸职入深山，隐云峰，受享清闲。闷来时抚琴饮酒，山崖以前。忽见那，西北乾天风雷起，乌云滚滚黑漫漫。"闲散之情，溢于言表。[2]另一首《疾风骤雨》，又称《反风雨归舟》，据说是随缘乐改编，第一段改编增加为十二句："疾风骤至，

---

[1] 关德栋，周中明：《子弟书丛钞》，上海古籍出版社，1984年，第740—741页。

[2] 伊增埙：《古调今谭：北京八角鼓岔曲集》，知识产权出版社，2004年，第161页。

一阵阵寒彻骨，一点点打厦前（沙滩），刮倒竹篱。檐挂飞瀑若盆倾，横流满地，涨沟渠。见行人难举步，征夫住马蹄。忽见那，江上的渔翁打透了蓑衣飘斗笠，离岸甚远好着急。"[1]曲文节奏紧锣密鼓，笔法细腻丰满，景似在人耳目。编撰者所要表达的惨恻文意、出世思想，透过曲词，在不经意间已跃然纸上。谭凤元口述中曾提及："单弦大师随缘乐，他和当时的几位带有'窗'字别号的曲艺创作家、表演家都是老朋友，尤其是和奎松窗最知己。"[2]从中可知，曲本的创作者与演唱者、演唱者和受众，双向有关联。

上文中讲凡非优伶而演戏者，以串客称之，也谓之清客串、顽儿票、票班、票友。京师习惯称票友改而业唱者曰某处某处，"处"是"出"的讹字，表明旗籍子弟下海。子弟而下海者有异装登台、所演之曲皆靡靡之音的奎松斋，是清咸丰、同治年间北城的旗籍子弟，曾对联珠快书进行改革，曲目如《摔镜架》《黛玉悲秋》《花亭夜宿》等。有善说《聊斋》、词较雅驯的德寿山，通文墨曾任府官，后以单弦卖技为活。另外还有因八角鼓著称的荣剑尘。

但并非所有的旗籍子弟都如此幸运，能以此技艺为生。盛京的文盛堂刊本子弟书《绝红柳》，详述了盛京艺人郭维屏演唱子弟书的实况。《新编子弟书总目》著录，今中国艺术研究院藏有清同治八年己巳（1869）盛京会文山房刻本《绝红柳》，书名版权页题"同治己巳年新正元宵节日剞劂""清音子弟书""会文山房藏板"。[3]说的是清同治年间，子弟书职业演唱也在盛京时兴开来。"闻说都京多绝调，近来关东大时兴"[4]。曲艺表演靠本事吃饭，不论出身士农工商。沈阳东关有一位姓郭号维屏排行在三，本是玩票

---

[1] 伊增埙：《古调今谭：北京八角鼓岔曲集》，知识产权出版社，2004年，第162页。

[2] 《单弦艺术经验谈》，中国曲艺出版社，1982年，第48页。

[3] 黄仕忠：《新编子弟书总目》，广西师范大学出版社，2012年，第371页。

[4] 张寿崇：《子弟书珍本百种》，民族出版社，2000年，第476页。

的儒生子弟却改为生意门。上场时有弦师配合，演子弟书时不唱无关紧要的诗篇，不照本宣科而是随机应变。与下层的说曲艺人相比，他的嗓音嘹亮，唱腔委婉，字韵清晰，吞吐有力。平日里和气交人的性格、好戴毡帽的着装，与鱼龙混杂的说书场子格格不入。毕竟之前是玩票走局，娱乐消遣，如今生意场上所唱段子内容不熟，一个差错"众公只顾大家乐，姓郭的憋得两眼红"。甚至在座的听众打趣说："今日定准每位一串钱，明日五鼓就登程。上北京给郭老爷加捐一个外务府的白头顶，钱要花不了，有剩然后插上大眼棒槌翎。"[1]既讽刺了当时花钱捐官的丑陋事实，也见证了旗籍子弟每况愈下的生活现状，以及子弟书在职业演出过程中被迫改进的情形。

清同治九年庚午（1870）《沈阳百咏》言："楼南九月上新粮，籴粜争论价短长，何事超闲人早起，也来茶馆坐听行。"[2]诗中的楼南即指鼓楼南。这一带是各粮行上市之地，商人多在路东茶馆落脚。盛京程记书坊也在此开设。据《沈阳菊史》记载，清朝末年沈阳出现了供戏曲戏班演出的固定场所，内设茶座和包厢，观众品茶听戏，多称之为"茶园"。"沈阳有文字记载最早的茶园，是位于城内西北角的长发园（又名俱乐茶园）和城北的全盛茶园（又名新发园）"。"自1907年开始，仅两年多的时间，就建起砖木结构的广庆、庆丰、聚丰、会仙、呜（鸣）盛、宝春等七家茶园；同时，开设了临时性席棚式的茶园旭乐、春乐、福仙、东盛、长乐、大同、清乐、三盛等十余家。"[3]

最早是清光绪三十二年丙午（1906）（一种说法是光绪二年）四月，新发园（又名"同盛茶园""天桂茶园""会明茶园"）在城北空前胡同建成开业，1912年2月后停业。光绪三十二年六月在城西北隅建成长发园，

[1] 张寿崇：《子弟书珍本百种》，民族出版社，2000年，第478页。
[2] （清）缪润绂：《沈阳百咏》，沈阳出版社，2015年，第85页。
[3] 《文化志初稿》，油印本，1986年，第1页。

清光绪三十三年（1907）夏因房屋倒塌不复修而歇业。清光绪三十三年丁未（1907）秋，位于大西关平康里的广庆茶园（又名"第一楼""会丰茶园""维新茶园""昆明茶园"）建成，至宣统年间停业。位于小北门里的会仙茶园（又名"聚宾楼"），于清光绪三十四年戊申（1908）二月营业，至宣统年间歇业。清光绪三十三年丁未（1907）四月，位于城西高台子庙街的畅乐茶园和春乐茶园，支席为棚两相对峙。同年十二月，畅乐茶园改名"昶乐茶园"，年底歇业。翌年四月春乐茶园改名"桂升茶园"，于夏天停业。清光绪三十三年丁未（1907）八月在城北门外白塔寺院内建成天仙楼（又名"聚丰楼""广德茶园""福仙茶园"），宣统三年（1911）十一月之后停业。清光绪三十四年戊申（1908）先后开设庆丰茶园（又名"翠芳楼"，位于城内鼓楼南干石桥胡同）和宝春茶园（又名"咏仙楼""大观楼""文明茶园"，位于城南隅），均经营至宣统年间。宣统元年（1909），鸣盛茶园（又名"福德楼"）在大南关（一种说法是大西关）平康里开业。此外，每年至夏设在万泉河畔的百花楼（又名"东庆丰""东天仙"）有天仙楼和庆丰茶园的季节性演出，秋冬之际歇业。

清代沈阳演出的场所，最先多称为茶园，也有临时搭棚演出的，基本位于城北。相继建成的时间主要集中在清光绪三十二年丙午（1906）至宣统年间。在此期间，沈阳没有固定的专业戏班，茶园演出需到外地聘请流动戏班，各园园主为获更大利润，不惜重金礼聘京津等地的名伶前来演出。沈阳茶园热闹非常，全国各地的戏班纷至沓来。其中，旅顺水师营以宋庆成为主的"双合班"（以唱直隶梆子为主，同时兼演皮簧戏），曾在沈阳长发园和新发园等场所演出。茶园名称也频繁更改，或应景应时取名"百花楼"，或讨个彩头取名"同盛茶园""聚丰楼"，或紧跟社会变革取名"维新茶园""文明茶园"等。1911年之后，原清末建立的茶园大多数因房屋倒塌而停业，只剩下广庆、聚丰、会仙、庆丰四家继续营业。20世纪初小南门里有吕茶馆、玉昌永和天兴成（茶馆），30年代鼓楼南灰市有天合茶社，鼓楼南双井胡同二十八号有作新茶社［其前身是清光绪元年乙亥（1875）项德福开办的项茶馆］，以及1935年开业的沈阳城规模最大、历时不长的万泉茶社。

随着社会的变迁，尤其清朝咸丰、同治以后，旗人生计问题日益严重，生活方式变化多样。为迎合市井百姓的娱乐需求，为适应供需市场的发展趋向，以牟取经济利益为主要目的八角鼓岔曲、子弟书演出逐渐增多。随之而来的是，当时的坊肆书铺对于此等说书效应能敏锐把握，于是大量刊行、翻刻、兜售子弟曲本，既供鼓书艺人演唱，也为人们案头传阅。

第四章 市场性的传播组织——坊肆

　　入关之后的满族八旗欲巩固政权，迫切地需要学习汉族先进文化，从汉人著作中学习长治久安之道，对汉文书籍的需求量很大。同时，为迎合汉族文人学士的科举选拔需要，以及宗室子弟的欣赏消遣需求，一些书贩坊肆投其所好，从大量贩运售卖书籍开始，到自己刊刻翻印。这些坊肆，不仅刻售汉文书籍，还编译发行"满汉兼""满汉合璧"的说唱曲本。京师城里，抄刻书的工作通常在坊肆中进行，活动频繁，风气极盛。

第一节　八旗说唱文学坊肆辑目

　　坊肆发展的最大特点是其具有社会性，力求所刊刻之书种类多数量大，营销四方、流传各地，在寻求最大市场空间的同时，尽可能发展壮大自身。明朝末年北京地区人口已有70万人，到清朝末年北京地区总人口已超过80万人。清定鼎北京之后，一般环绕京师、拱卫京城的京旗驻防人数保持在10万以上，占据八旗兵丁半数左右，且平日里游手好闲、无所事事、出入戏园。面对城市人口中的这类特殊群体，北京部分坊肆瞅准商机，据其文化需求，特设说唱文学中的一个新门类——八角鼓岔曲、子弟书等，抓住了这个广阔而又长期的市场。张秀民在《中国印刷史》第一章《雕板印刷术的发明与发展·清代刻书要地》的"北京书坊本"一节中提到："当时厂甸书肆所售者多为新书，供应入京会试举人一般经史用书及八股文试卷。后来所刻主要为小说、民歌、俗曲、鼓词、子弟书、山歌、谜语、字典、医书、法律、善书及初学满文课本……刊鼓词子弟书最多者为二酉堂、文萃堂、会文山房，多为小型木板，清末改为石印。"[1]"清乾隆二十一年（1756）顾森撰《燕京记》成。始有《子弟书》刊本。"[2]由此可知，清乾隆中期子弟书已经开始有了刊行本。现存最早的子弟书，是清乾隆二十一年丙子（1756）罗松窗著、文萃堂刻本《庄氏降香》。这是子弟书曲本成为商品，在市场开始出售的标志，是最早进行贸易的时间起点。

　　现存关于八角鼓岔曲的书籍，如清俗曲集《霓裳续谱》《白雪遗音》，伊增埙先生的北京八角鼓岔曲集《古调今谭：北京八角鼓岔曲集》等，仅收

---

[1]　张秀民：《中国印刷史》，上海人民出版社，1989年，第552页。

[2]　陈文良：《北京传统文化便览》，北京燕山出版社，1992年，第1359页。

录了曲文唱词，其刊刻等情况只能从《北京传统曲艺总录》中寻找踪迹。
《北京传统曲艺总录》总收1018首岔曲，八旗说唱文学曲本题名基本根据
《霓裳续谱》《白雪遗音》《中国俗曲总目稿》等曲本辑目，以每支曲为单
位著录；个别曲本例外，如百本张《四连雪景》小岔，一本。其中，北京坊
肆中百本张、别埜堂发售了大量的八角鼓岔曲、牌子曲抄本。现将收集、整
理、补缺的清代子弟书唱本中的坊肆进行汇总，列表如下：

表4-1　清代子弟书坊肆汇总

题名	地域	刊行书坊	刊行时间	回数	别名	备注
八郎别妻	北京	百本张		一回		
八郎探母	北京	百本张 乐善堂		八回	八郎别妻	
八仙庆寿	北京	百本张		一回		
八字成文	盛京	老会文堂	清光绪三十二年（1906）	一回		有石印本
百宝箱	北京	百本张 乐善堂		三回		
白帝城	北京	百本张 别埜堂 聚卷堂 乐善堂		一回	白帝城托孤、白帝托孤、托孤	版心"托孤"；贾天慈有藏本；另有铅印本；韩小窗撰
	不详	三盛堂				
百花亭	北京	别埜堂 聚卷堂 乐善堂		四回	百花点将	
百里长恨	盛京	老会文堂	清光绪三十一年（1905）	一回		附图一幅
	上海	茂记书庄				
白蛇传	海城	聚有书坊	清光绪丙午年	一回		
百里奚	北京	乐善堂		四回		

续表

题名	地域	刊行书坊	刊行时间	回数	别名	备注
宝钗代绣	北京	百本张 别埜堂		一回		韩小窗撰
鸨儿训妓	北京	百本张		四回		
背子入府	北京	百本张 别埜堂		二回	背娃入府、入府、温凉盏	蔼堂氏撰
碧玉将军翡翠叹	北京	百本张 聚卷堂		四回	碧玉将军	二西氏撰
碧云寺	北京	百本张 别埜堂	《俗》曲文前有手抄杜牧《清明》诗，诗尾题："丙午桃月初次抄"	二回	逛碧云寺	
鞭打芦花	盛京	财盛堂		一回		有石印本
别姬	北京	百本张 乐善堂		二回	霸王别姬	青园撰
别善恶	不详	久敬斋		一回		邸文裕撰；贾天慈有藏本
薄命辞灶	盛京	财盛堂书坊		一回		有石印本
藏舟	北京	百本张 老聚卷堂 乐善堂		五回	苍舟、舱舟、太子藏舟	双红堂藏
	上海	槐荫山房				
草桥惊梦	京都	合义堂		一回		
草诏敲牙	北京	百本张 别埜堂 乐善堂		四回	千钟禄	韩小窗撰
查关	北京	百本张 乐善堂		二回		双红堂藏；竹轩撰
产玉	北京	百本张 别埜堂 乐善堂		二回	宝钗产玉、宝钗产桂	
长板坡	北京	百本张 别埜堂 乐善堂		二回	长坂坡、长坂（板）坡救主、糜氏托孤	韩小窗撰；洗俗斋钞本，马彦祥藏；民国石印本，贾天慈藏；《俗》封面题"清音子弟书"
	不详	三盛堂				
	盛京	会文山房	清光绪十八年（1892）榴月			
嫦娥传	北京	百本张		一回	嫦娥	

续表

题名	地域	刊行书坊	刊行时间	回数	别名	备注
长生殿	北京	百本张 乐善堂 老聚卷堂		一回	雀桥、雀（鹊）桥密誓	双红堂藏
长随叹	北京	百本张 别埜堂 乐善堂		一回		文西园撰
长亭饯别	北京	百本张 乐善堂		三回	长亭	
沉香亭	北京	百本张 乐善堂		一回		
陈云栖	北京	百本张	《俗》曲文前题"宣统己酉元建菊月念二日早十句中抄"	一回		
称心愿	北京	百本张 别埜堂 乐善堂		三回	趁心愿、游西湖	
赤壁赋	北京	百本张 别埜堂 乐善堂 聚卷堂		一回	后赤壁	
吃糠	北京	百本张 乐善堂		二回	五娘吃糠、赵五娘吃糠	
痴诉	北京	百本张 曲厂		一回		
出善会	北京	百本张 乐善堂	《俗》封面题"卅三年六月十九日抄德记"	一回	大奶奶出善会、赴善会、阔大奶奶、阔大奶奶听善会戏、听善会戏	
出塔	北京	百本张		二回		
厨子叹	北京	百本张 别埜堂 乐善堂		一回	厨子诉功	竹轩撰
椿龄画蔷	北京	百本张 别埜堂 乐善堂		一回	椿铃画蔷	双红堂藏抄本
春香闹学	北京	百本张 别埜堂 乐善堂		三回		罗松窗撰

题名	地域	刊行书坊	刊行时间	回数	别名	备注
春香闹学	北京	文华堂 老聚卷堂		不分回		傅惜华藏；双红堂藏
刺虎	北京	百本张 别埜堂 乐善堂	《俗》扉页题："癸丑即五年小阳月念一日灯下抄写，爱新缮记，宫门口五条胡同写。"	四回	费宫人刺虎、宫娥刺虎、韩贵贞刺虎	韩小窗撰；首句是"旧事安凉不可闻"
	奉天	东都石印局				
刺虎	北京	文萃堂	清光绪二十七年（1901）	四回		傅惜华藏；首句是"地覆天翻日月昏"。封面题"京都新刻"
刺虎	不详	双槐堂		四回		首句是"国运心衰不久常"
刺梁	北京	百本张	清道光年间木刻本	一回	刺良	首句是"汉室倾颓气未终"
刺梁	北京	同乐堂		三回		马彦祥藏
刺汤	北京 北京	百本张 乐善堂		一回	雪艳刺汤	首句是"汤勤趋醉寻佳约"
刺汤	北京	文萃堂	清嘉、道年间	二回	审头刺汤、雪艳刺汤	封面题"京都新刻"；清光绪二十七年（1901）钞本；另有铅印本
翠屏山	北京	百本张		二十四回		罗松窗撰
翠屏山	北京	乐善堂		三回		
打朝	北京	百本张		一回		
打关西	辽阳	三文堂	清光绪年间	一回		
大力将军	北京	百本张 曲厂	约为咸丰、同治年间作品	七回		煦园改订
打门吃醋	北京	百本张 别埜堂 乐善堂		四回	吃醋	
打面缸	北京	百本张 乐善堂		二回		竹轩撰

续表

题名	地域	刊行书坊	刊行时间	回数	别名	备注
打十湖	北京	百本张 别埜堂		二回	打十壶、打拾壶、打拾湖	
大烟叹	上海	崇林堂 锦章图书局	清同治十二年 （1873）	一回		未入流录于静乐轩
黛玉埋花	北京	百本张 别埜堂		一回	埋红、双玉埋红	双红堂藏；煦园改订
单刀会	北京	别埜堂		二回		内无《观水》部分
单刀会	北京	百本张 乐善堂		五回		内有《观水》部分
挡曹	北京	百本张		七回		煦园撰
党人碑	北京	百本张		一回		
党太尉	北京	百本张		一回		鹤侣氏撰
荡子叹	奉天	东都石印局		一回		有石印本
盗甲	北京	百本张 乐善堂		三回	时迁盗甲	
盗令	北京	百本张 乐善堂 聚卷堂		五回	张紫艳盗令	马彦祥藏民国初年六回本《盗令》
盗令牌	北京	百本张 曲厂		一回	盗牌	
得钞傲妻	北京	别埜堂 乐善堂 裕文斋		二回	傲妻、得钞、得钞嗷（傲）妻	韩小窗撰；另有铅印本
得钞傲妻	北京	百本张		四回	得钞嗷（傲）妻	韩小窗撰
灯草和尚	北京	百本张		四回		闲窗撰
灯谜社	北京	百本张 别埜堂 乐善堂		一回	灯迷会、灯谜会	
吊绵山	盛京	会文山房	清光绪二十九年 （1903）	一回	重耳走国 吊棉山	
	北京	永远堂	清光绪三十年 （1904）			

续表

题名	地域	刊行书坊	刊行时间	回数	别名	备注
顶灯	北京	别埜堂 乐善堂 百本张		二回		
东吴招亲	北京	百本张 曲厂		一回	三气	
二入荣府	北京	百本张 乐善堂		十二回	二入荣国府	
二玉论心	北京	百本张 别埜堂 乐善堂		二回		竹窗撰；首句是"流水高山何处寻"；标有"双红堂戏曲（章）"
饭会	北京	百本张 别埜堂		一回	小有余芳	
范蠡归湖	北京	百本张 别埜堂		八回		
访贤	北京	百本张 文萃堂 乐善堂		四回	风云会、访贤代戏、访贤带戏、雪夜访贤	韩小窗撰
访贤	北京	别埜堂		四回	访普、雪夜访贤	
		文萃堂		不分回		
分宫	北京	百本张 别埜堂 乐善堂 三盛堂		二回	崇祯爷分宫	
焚宫落发	盛京	文盛堂	光绪二十二年（1896）	二回	焚宫	韩小窗撰
疯和尚	北京	百本张		一回	疯僧治病、疯和尚治病	鹤侣氏撰；标有"双红堂戏曲（章）"
凤姐送行	北京	百本张 别埜堂		一回	凤姐儿送行、凤姐尔送行	

续表

题名	地域	刊行书坊	刊行时间	回数	别名	备注
风流词客	北京	百本张		三回	相声儿麻子、相声麻子	明窗撰
风流公子	北京	百本张		一回	才子风流、风流才子	
凤鸾俦	北京	百本张		十三回	凤銮俦、凤銮传	
凤仙	北京	百本张	约为咸丰、同治年间作品	一回	凤仙传	首句是"堪叹人情笑婿贫"
凤仙传	北京	百本张 别埜堂	约为同治、光绪年间作品	三回	凤仙	
凤仪亭	北京	乐善堂		三回		
	奉天	东都石印局版				
凤仪亭	北京	百本张		四回	新凤仪亭	鹤侣氏删改
风月魁	北京	百本张 乐善堂		三回		
赶靴	北京	百本张 乐善堂		一回		鹤侣氏撰
高老庄	北京	百本张		六回	猴儿变	
		泰山堂		不分回		
		乐善堂		六回		
葛巾	北京	百本张 曲厂	约为咸丰、同治年间作品	一回	葛巾传	煦园改订
隔墙吟诗	京都	中和堂		一回		新出子弟书，版心标有"卷三"
宫花报喜	北京	百本张 别埜堂 乐善堂		三回	报喜、宫花	闲窗撰

题名	地域	刊行书坊	刊行时间	回数	别名	备注
公子戏环	北京	百本张 乐善堂		三回		
骨牌名	北京	百本张 别埜堂		一回		
姑嫂拌嘴	北京	百本张 别埜堂		二回	拌嘴	
		文萃堂	光绪十二年 （1886）十二月			文萃堂刻本封面题 "新刻子弟书"
挂帛	北京	百本张 乐善堂		二回	卦帛、挂帛上 坟	
拐棒楼	北京	百本张		一回		
官哥	北京	百本张 乐善堂		四回	哭官哥、哭官 哥儿、哭官哥尔	韩小窗撰
观水	北京	百本张		一回		
官箴叹	北京	百本张 乐善堂		一回	官衔叹	小雪窗撰
逛二闸	北京	百本张 别埜堂 乐善堂		一回	大奶奶逛二 闸、阔大奶奶 逛二闸	标有"双红堂戏 曲（章）"
逛护国寺	北京	百本张		二回	护国寺	鹤侣氏撰
鬼断家私	盛京	会文堂	清光绪二十年 （1894）	一回		
归窑祭祖	北京	乐善堂		六回		
滚楼	北京	百本张 乐善堂		四回	蓝家庄	韩小窗撰
郭栋儿	北京	百本张 乐善堂		一回		

题名	地域	刊行书坊	刊行时间	回数	别名	备注
过继巧姐	北京	百本张		一回	过继巧姐儿、过继巧姐尔	
郭桥认子	北京	乐善堂		十回		
郭子仪	北京	百本张 乐善堂		一回	满床笏	
	盛京	原财盛堂				
海棠诗社	北京	别埜堂		二回		
合钵	北京	百本张 别埜堂 乐善堂		一回	盒钵、嗟儿合钵	
荷花记	北京	乐善堂		十回		另有二十回本
鹤侣自叹	北京	百本张		一回		鹤侣氏撰；《疯僧治病》第二回；标有"双红堂戏曲（章）"
红拂私奔	北京	百本张 别埜堂 乐善堂		八回	红拂女、红拂女私奔	罗松窗撰
红梅阁	北京	百本张		四回		韩小窗撰
红旗捷报	北京	百本张 别埜堂 乐善堂		二回	张格尔、张格尔造反	
后婚	北京	东泰山堂		一回		
蝴蝶梦	北京	百本张		四回	劈棺	春树斋撰；二凌居士谨识；首句是"贵贱同归土一丘"
	盛京	会文山房	清同治十三年（1874）甲戌			
		文盛堂	清光绪十九年（1893）癸巳花朝日			
蝴蝶梦	北京	乐善堂		四回	劈棺	首句是"一天玄妙造化宽"
花别妻	北京	百本张		三回	花别、花大汉别妻	

题名	地域	刊行书坊	刊行时间	回数	别名	备注
花木兰	北京	百本张 乐善堂		六回	木兰从军、 木兰从行	
还魂	京都	文萃堂		一回		新刊
换笋鸡	北京	百本张 别埜堂		一回	苇连换笋鸡	晴窗撰
惠明下书	京都	合义堂		一回		
魂辩	北京	百本张 乐善堂 聚卷堂		一回	鬼辩、慧娘 鬼辩、慧娘 鬼辩、魂辨	
活财神	北京	宝文堂书局 （刻字局）		一回		清（瀛左）张慎仪 撰；新刻子弟书
活菩萨	北京	宝文刻字局		一回		清（瀛左）张慎 仪撰
火云洞	北京	百本张		五回	火焰山	
活捉	北京	百本张 别埜堂 乐善堂		一回		
祭姬	北京	百本张 别埜堂 乐善堂		一回		
寄柬	北京	百本张 别埜堂 乐善堂	清光绪间	一回	红娘寄柬、 红娘下书	另有石印本和上 海学古堂铅印本
集锦书目	北京	百本张 别埜堂			集书目、杂锦 书目	鹤侣氏撰
祭塔	北京	百本张 乐善堂	《白蛇传集》 "祭塔子弟书" 末尾有"据清光 绪间北京钞本校 印"		状元祭塔	
祭灶	北京	别埜堂		二回		
		文萃堂		二卷， 不分回		
嫁妹	北京	百本张 别埜堂 乐善堂		二回	钟馗嫁妹	
家园乐	北京	百本张		三回	家园会	

续表

题名	地域	刊行书坊	刊行时间	回数	别名	备注
家主戏环	北京	百本张		三回		
借芭蕉扇	北京	百本张 别埜堂 乐善堂		二回	芭蕉扇、盗芭蕉扇	竹轩撰
借厢问斋	北京	合义堂		一回		封面题"新出子弟书"
借靴	北京	百本张		二回	借靴赶靴	鹤侣氏撰
锦水祠	北京	小西山房	清光绪年间	一回		缪润绂撰
	上海	茂记书庄				
酒楼	北京	百本张		一回		
旧奇逢	北京	百本张 乐善堂		三回	旷野奇逢、奇逢	
旧院池馆	北京	百本张 别埜堂 乐善堂		四回	春梅游旧院、游旧院	另有民国上海槐荫山房石印本
		文萃堂		不分回，凡三卷	春梅游旧家池馆	版心是"春梅"；封面题"新刻子弟书"
救主盘盒	北京	百本张 乐善堂		二回	陈琳救主、救主、刘后盘盒、盘盒、盘盒救主	竹轩撰
捐纳大爷	北京	百本张 别埜堂		一回		
绝红柳	盛京	文盛书房		一回		韩小窗撰
军营报喜	北京	百本张		一回	军营	
看春秋	北京	乐善堂		二回		
拷红	北京	文萃堂	清乾嘉年间	不分回		又注为一回本或八回本；首句是"峭挂西厢风月柔"
		乐善堂		九回		首句是"峭挂西厢风月柔"
		百本张		二回		首句是"峭挂西厢风月柔"。开头结尾与不分回本相比，缺很多文字
		百本张		五回		又注为不分回本；首句是"张生寄住在西厢"

续表

题名	地域	刊行书坊	刊行时间	回数	别名	备注
拷御	北京	百本张		二回	打御、拷玉、游宫打御	
哭长城	北京	百本张 乐善堂 经义堂	清乾隆十五年（1750）前后	五回	哭城、孟姜女 哭城、孟姜女 寻夫、寻夫曲	满汉合璧
哭墓	北京	百本张		一回	五娘哭墓	
哭塔	北京	百本张 乐善堂		二回	青儿哭塔、探塔	
		别埜堂	清同治间			
哭像	北京	别埜堂		一回		另注为"五回本"
廊会	北京	百本张 别埜堂		四回		
浪子叹	盛京	文盛堂		一回		梦松客撰，髯柳公评
老斗叹	北京	百本张 别埜堂		一回		首句是"徽斑老板鬻龙阳"
老斗叹	北京	百本张 曲厂		一回		首句是"圣（盛）世升平锦绣春"
老侍卫叹	北京	百本张		一回	侍卫傲妻	鹤侣氏撰
雷峰塔	北京	百本张 乐善堂		八回	雷峰宝塔、全雷峰塔	
	盛京	老会文堂	清光绪三十一年（1905）	不分回，三卷		
离魂	北京	百本张 别埜堂		四回		罗松窗撰
李逵接母	北京	百本张		三回		
离情	辽阳	三文堂	清光绪二十九年（1903）	三回		
梨园馆	北京	百本张 别埜堂		二回		
连环计	北京	百本张		一回	连环记、王允赐环	
连理枝	北京	百本张 乐善堂		四回		
		文萃堂		不分回		

续表

题名	地域	刊行书坊	刊行时间	回数	别名	备注
连升三级	北京	百本张 别埜堂 乐善堂		二回	联升三级	
莲香传	北京	百本张	约咸丰、同治年间	一回	莲香	
两宴大观园	北京	百本张 别埜堂		一回		标有"双红堂戏曲（章）"
林和靖	北京	百本张 乐善堂		一回		芸窗撰
麟儿报	盛京	财盛堂		四回		
灵官庙	北京	百本张		一回		
灵官庙（续）	北京	百本张		二回	绪（续）灵官庙	韫匮氏撰
刘高手	北京	百本张 别埜堂		二回	刘高手看病、刘高手探病、刘高手治病	鹤侣氏撰
柳敬亭	北京	百本张 别埜堂 曲厂		一回		鹤侣氏撰
拢翠庵品茶	北京	百本张 别埜堂 曲厂		一回	栊翠庵品茶、品茶拢翠庵、品茶栊翠庵	标有"双红堂戏曲（章）"
露泪缘	北京	百本张 别埜堂 乐善堂 崇文阁 耕心堂		十三回	红楼、红楼梦、路林缘、十三道辙	韩小窗撰；文盛书房封面题"新刻子弟书"；另有三卷本
露泪缘	盛京	会文堂			红楼、红楼梦、路林缘、十三道辙	韩小窗撰；文盛书房封面题"新刻子弟书"；另有三卷本
露泪缘	盛京	文盛书房		三本	红楼、红楼梦、路林缘、十三道辙	韩小窗撰；文盛书房封面题"新刻子弟书"；另有三卷本
路旁花	北京	百本张 别埜堂		四回	打花鼓、花鼓子、路傍花	
禄寿堂	北京	百本张 别埜堂 乐善堂		一回		
绿衣女	北京	百本张 别埜堂 聚卷堂	约光绪年间	二回		竹窗撰；另有韩小窗撰之说
銮仪卫	北京	百本张		二回	銮仪卫叹	

题名	地域	刊行书坊	刊行时间	回数	别名	备注
论语小段	盛京	财盛堂		一回		
骂城	北京	百本张 别埜堂 乐善堂 书业堂		三回	樊金定骂城	韩小窗撰
马介甫	北京	百本张	约咸丰、同治年间	七回		又标为一回本
骂朗	北京	百本张 别埜堂		二回	骂王朗、诸葛骂朗	煦园撰
骂朗	北京	百本张		一回	骂王朗、诸葛骂朗	
骂女	北京	百本张 乐善堂		一回	骂女代戏、骂女带戏	
马上联姻	北京	百本张 别埜堂 乐善堂		十四回	马上连姻	
马嵬坡	北京	百本张 乐善堂		二回	惊变埋玉、马嵬驿、埋玉	
卖刀	北京	百本张 别埜堂 乐善堂		二回	卖刀试刀、杨志卖刀	韩小窗撰
卖画	北京	敬诒堂		八回	意中缘	
卖胭脂	北京	百本张 别埜堂		二回	买胭脂	
梅花梦	北京	百本张		十三回	何必西厢	鹤侣氏撰
梅花坞	北京	百本张 别埜堂 乐善堂		十二回		
梅屿恨	北京	百本张 乐善堂		四回		芸窗撰
梦榜	北京	百本张		二回	莺莺梦榜	云崖氏撰
孟子见梁惠王	北京	百本张 别埜堂		一回		鹤侣氏撰
面然示警	北京	百本张		一回	面然示惊	
明妃别汉	海城	合顺书坊	清光绪二十九年（1903）	一回		

题名	地域	刊行书坊	刊行时间	回数	别名	备注
拿螃蟹	北京	百本张 别埜堂 乐善堂 文萃堂		三回	吃螃蟹、螃蟹段儿	
难新郎	北京	百本张 别埜堂		四回	三难新郎、三难新娘	西林氏撰；标有"双红堂戏曲（章）"
尼姑思凡	北京	百本张 别埜堂 乐善堂		三回	思凡	
宁武关	北京	百本张 别埜堂 乐善堂		五回		韩小窗撰；首句是"小院闲窗泼墨池"。《鼓词汇集》（第一辑）所收曲文结尾处有"同乡处士朱儒流谨跋"。
	日本	风陵书屋		五回		有"泽田瑞穗（章）"
	盛京	会文堂	清光绪六年（1880）	五回		有二凌居士跋文
女劢斗	北京	百本张		一回		闲窗撰
女侍卫叹	北京	百本张 别埜堂		一回	闺怨、女侍卫论	鹤侣氏撰
盘夫	北京	乐善堂		三回	牛氏盘夫	
盘丝洞	北京	百本张		三回		
票把儿上台	北京	百本张 别埜堂		一回	票把儿上场、票把尔上台、票把上台	
葡萄架	北京	百本张 别埜堂 乐善堂		一回		
麒麟阁	北京	百本张		五回		
齐人有一妻一妾	北京	百本张 别埜堂 老聚卷堂		一回	齐人一妻一妾	鹤侣氏撰

续表

题名	地域	刊行书坊	刊行时间	回数	别名	备注
遣春梅	北京	百本张文萃堂		四回	不垂别泪、遣梅香	韩小窗撰；车王府钞本分为四回；首句是"岭上梅开欲报春"
遣梅	北京	百本张乐善堂		五回	不垂别泪、遣春梅	首句是"金谷繁华眼里尘"
遣晴雯	北京	百本张乐善堂		二回	追囊遣雯	芸窗撰；又注"蕉窗撰"标有"双红堂戏曲（章）"
黔之驴	北京	百本张		一回		鹤侣氏撰
俏东风	北京	百本张别埜堂乐善堂		十二回	玉美人长恨	
俏东风（续）	北京	百本张乐善堂		八回	绪（续）俏东风	
巧断家私	盛京	老会文堂	清光绪三十一年（1905）	一回		
巧团圆	北京	百本张别埜堂乐善堂		四回	下河南	韩小窗撰
巧姻缘	北京	百本张乐善堂聚卷堂		二回	乱点鸳鸯谱、乔太守乱点鸳鸯、乔太守乱点鸳鸯谱	
窃打朝	北京	百本张		三回		
秦王吊孝	北京	四宝堂		一回		罗松窗撰
秦王降香	北京	百本张别埜堂乐善堂		二回		
秦雪梅吊孝	北京	百本张别埜堂乐善堂		二回	雪梅吊孝	
青楼遗恨	北京	百本张乐善堂		五回	杜十娘、杜十娘怒沉百宝箱	

续表

题名	地域	刊行书坊	刊行时间	回数	别名	备注
庆寿	北京	百本张		一回	八仙庆寿	
晴雯赍恨	北京	百本张 别埜堂		一回	晴雯遗恨	
穷鬼叹	北京	百本张		一回	穷鬼自叹	
秋容传	北京	百本张	约咸丰、同治年间	一回	秋容	
全悲秋	北京	百本张 别埜堂		六回	悲秋、林黛玉悲秋	另有五回、三回本；有题为《林黛玉悲秋》版本附图一幅
		乐善堂		六回	悲秋探病	
		打磨厂寿山堂			黛玉悲秋	首行题"新刻悲秋子弟书""子弟书全段"
	盛京	会文山房	光绪己亥季春月（重镌）		黛玉悲秋	有二凌居士跋
	上海	槐荫山房		一回	黛玉悲秋	韩小窗撰
全彩楼	北京	百本张 乐善堂		三十回	彩楼、吕蒙正全事	闲窗撰；又标为"三十二回"本
全德报	北京	百本张 乐善堂 泰山堂		八回	千金全德、全德	韩小窗撰
	盛京	财盛堂	清光绪岁次甲午榴月			
	北京	打□□学古堂				
全扫秦	北京	百本张 乐善堂		二十八回	疯僧扫秦、天楼阁	首句是"大宋衰微国运艰"
全扫秦	不详	静一斋	清同治十一年（1872）	二十六回	天楼阁	晴窗撰
全杀山	北京	乐善堂		十七回		

续表

题名	地域	刊行书坊	刊行时间	回数	别名	备注
全西厢	北京	合义堂中和堂	清道光间	十五回	西厢、西厢全本、西厢记子弟书全本	
		乐善堂		四十回		
	不详	晴空斋			西厢记子弟书词六种	附图四幅
			清光绪三十四年（1908）	卷六	全西厢	石印本；附图七幅
雀桥	北京	百本张别埜堂		二回	长生殿、七夕密誓、鹊桥、鹊桥盟誓、鹊（雀）桥密誓	罗松窗撰；首句是"鹊桥刚逢七月七"；听秋馆钞本附注曲谱
		听秋馆	清光绪年间			
雀缘	不详	韵花斋	清光绪年间	一回		
热河围	北京	百本张别埜堂		二回	打围回围	
三不从	北京	百本张		六回	投店三不从	车王府本标为十三回本，实与《俗文学丛刊》刊印的后六回内容相同
三笑姻缘	北京	百本张别埜堂		五回	三笑姻元（缘）、三笑缘	
三宣牙牌令	北京	百本张别埜堂	卅三年四月廿六日镶黄汉刘氏涂抹（《俗》卷末题）	一回	牙牌令	标有"双红堂戏曲（章）"
	不详	裕寿吟秋山馆				
三战黄忠	北京	文萃堂		一回	三战黄忠硬书	
僧尼会	北京	百本张		三回		
商郎回煞	北京	百本张别埜堂乐善堂		二回	回煞、商郎	
烧灵改嫁	北京	百本张		一回		

题名	地域	刊行书坊	刊行时间	回数	别名	备注
少侍卫叹	北京	百本张		一回		
射鹁子	北京	百本张 别埜堂 乐善堂		二回	鹁棚尔	小雪窗撰
升官图	北京	百本张 乐善堂		一回		
圣贤集略	盛京	老会文堂	清光绪三十二年 （1906）	一回		
时打朝	北京	百本张		三回		
时道人	北京	百本张 别埜堂		二回	假老斗、假老斗叹、时道人儿、时道人尔、时道人假老斗	
石头记	北京	百本张		四回	红楼	
侍卫论	北京	百本张 别埜堂 乐善堂		一回	侍卫叹	鹤侣氏撰
十问十答	北京	别埜堂		二十二回		
石玉昆	北京	百本张 别埜堂 乐善堂		一回	评昆仑、评昆论	
数罗汉	北京	百本张 乐善堂		一回	入塔、入塔数罗汉、入塔数罗汗、入塔转塔、转塔	《子目》《绥》标注"韩小窗撰"；另标为二回本
摔琴	北京	百本张 乐善堂		五回	伯牙摔琴、俞伯牙摔琴、俞伯牙摔琴谢知音	一石山房版本中部分曲文有眉批，后有附录
		一石山房	清嘉庆二十年乙亥（1815）小阳月既望			

题名	地域	刊行书坊	刊行时间	回数	别名	备注
双官诰	北京	百本张	清同治三年（1864）钞本；清光绪十七年（1891）六月初十日（扉页题：光绪丙年杏月念日初次抄写，爱新氏涂）	六回		明窗撰；《子目》注为"闲斋作"
双美奇缘	盛京	程记书坊	清同治年间	一回		
双玉听琴	北京	百本张 别埒堂 乐善堂	清光绪二十四年（1898）	二回		
	盛京	文盛堂				
水浒	北京	百本张 乐善堂		一回	全水浒、水浒纲目、水浒全人名、水浒人名	
思春	北京	百本张 别埒堂		四回	狐狸思春	
司官叹	北京	百本张 别埒堂		一回		
撕扇	北京	百本张	光绪戊申（1908）清和月初八日付涂，迪元氏抹	一回	晴雯撕扇	标有"双红堂戏曲（章）""煦园改订"
思玉戏环	北京	百本张 乐善堂		一回	候（侯）芳魂	
送盒子	北京	百本张 别埒堂		二回		
送枕头	北京	百本张 别埒堂 乐善堂		二回		
随缘乐	北京	百本张 别埒堂		一回		标有"双红堂戏曲（章）"
太常侍	北京	百本张 别埒堂		一回	太常寺、太常寺学念	
探病	北京	百本张 别埒堂		二回	宝玉探病	
谈剑术	北京	百本张		三回		
叹旗词	北京	百本张		二回	叹固山	

题名	地域	刊行书坊	刊行时间	回数	别名	备注
探雯换袄	北京	百本张 乐善堂		二回		
桃花岸	北京	百本张 乐善堂 聚卷堂		十三回		
天台传	北京	百本张		一回	刘阮入天台、天台奇遇、天台缘	渔村撰；标有"双红堂戏曲（章）"
天缘巧合	北京	百本张 别墅堂 乐善堂 文萃堂		六回	红叶题诗、天缘（元）巧配	梅窗撰
调春戏姨	北京	百本张 别墅堂 乐善堂		二回	戏姨	
调春戏姨 （续）	北京	百本张 别墅堂 乐善堂		一回	续戏姨	
投店	北京	百本张 乐善堂		十三回		《俗》标为"前七回"
托梦	北京	百本张 乐善堂 文萃堂	清乾隆六十年（1795）	八回	罗成托梦	罗松窗撰
望儿楼	北京	百本张 别墅堂 乐善堂		三回		
望乡	北京	百本张 乐善堂		一回		
为赌傲夫	北京	百本张 乐善堂		一回	为赌嗷夫	文西园撰
为票傲夫	北京	百本张 乐善堂		一回	为票嗷夫、劝票嗷夫	恒兰谷撰
渭水河	北京	百本张 乐善堂		五回	飞熊梦、飞熊兆	芸窗撰
闻铃	北京	百本张 别墅堂 乐善堂		二回		
闻铃	北京	丽堂	清光绪二年（1876）	一回		

题名	地域	刊行书坊	刊行时间	回数	别名	备注
文乡试	北京	百本张 别埜堂		三回		
蜈蚣岭	北京	百本张 乐善堂		四回		
武陵源	北京	百本张 乐善堂		一回		芸窗撰
五娘行路	北京	百本张 乐善堂		四回	行路	
武松	海城	新五龙堂 聚有堂		三本		标为"清音子弟书"
武乡侯	北京	百本张 别埜堂 乐善堂 曲厂		一回	叹武侯	
武乡试	北京	百本张		一回		
喜舞歌	北京	百本张		一回	喜起舞	
戏秀	北京	别埜堂 文萃堂		上下本		
侠女传	北京	百本张	约咸丰、同治年间	一回	侠女	
先生叹	北京	百本张		一回		文西园撰
乡城骂	北京	百本张		一回	探亲	
相梁	北京	同乐堂		四回		
湘云醉卧	北京	百本张 别埜堂 乐善堂		一回	史湘云醉酒、湘云醉、湘云醉酒	标有"双红堂戏曲（章）"
新蓝桥	盛京	聚盛书坊	清光绪三十二年（1906）	一回		
新奇逢	北京	百本张		一回	奇逢	
新乡城骂	北京	乐善堂		一回		
新昭君	北京	百本张		二回	昭君出塞	
绣荷包	北京	百本张 别埜堂		二回		沧海氏撰；标有"双红堂戏曲（章）"
续得钞傲妻	北京	百本张 乐善堂		二回	得银、借银续钞、绪（续）钞借银	

题名	地域	刊行书坊	刊行时间	回数	别名	备注
叙阁	北京	百本张 别埜堂 乐善堂	《俗》卷末有"戊申菊月廿五日涂，爱新氏迪元写"	四回	絮阁、杨妃叙阁	道光二十八年（1848），或光绪三十四年（1908）
绪花别妻	北京	百本张 乐善堂		二回	续别妻、绪（续）花别妻、续花别	
续骂城	北京	曲厂		一回		古香轩撰
徐母训子	北京	百本张 别埜堂		一回		韩小窗撰
须子论	北京	百本张 别埜堂 乐善堂		一回	篡须子、篡须子论	闲窗撰
须子谱	北京	百本张		三回		
薛蛟观画	北京	百本张		二回	观画	标有"双红堂戏曲（章）"
寻梦	北京	百本张 别埜堂 乐善堂		三回	杜丽娘寻梦、游园、游园惊梦、游园寻梦	罗松窗撰
烟花楼	盛京	会文山房	清同治十三年（1874）	四回		张松圃撰
		老会文堂	清光绪三十一年（1905）	不分回		
烟花叹	北京	百本张		二回		
颜如玉	北京	百本张	约清咸丰、同治年间	一回	如玉、书痴	
炎天雪	北京	百本张 乐善堂		一回	斩窦娥	竹轩撰；标有"双红堂戏曲（章）"
胭脂传	北京	百本张 别埜堂	约清同治、光绪年间	二回	聊斋胭脂传、胭脂	渔村撰
阳告	北京	百本张 乐善堂		一回		
姚阿秀	北京	百本张 别埜堂	约清光绪年间	三回	阿绣	
要账大战	北京	百本张 别埜堂		四回	大战脱空、脱空老祖、要账该账、要账该账大战脱空	
夜奔	北京	百本张		一回		

续表

题名	地域	刊行书坊	刊行时间	回数	别名	备注
一顾倾城	北京	百本张		二回	范蠡	伯庄氏撰
衣锦还乡	北京	中和堂		一回		标有"十五卷"字样
一疋布	北京	百本张		四回	一匹布	蔼堂撰
一入荣府	北京	百本张 乐善堂		四回	一入荣国府	韩小窗撰
议宴陈园	北京	别埜堂		二回	游亭入馆	符斋氏撰
忆真妃	盛京	会文山房	清同治癸亥二年（1863）	一回		喜晓峰撰；全文上端有眉批
	北京	起升堂	清光绪癸亥长夏新编			
意中缘	北京	百本张 乐善堂		八回	卖画	
忆子	北京	百本张 别埜堂 乐善堂		一回	秦氏思子、秦氏忆子、思子	
永福寺	北京	百本张 乐善堂		四回		
游龙戏凤	北京	百本张		十六回	游龙传	
有人心	北京	泰山堂	清道光年间	四回		孔素阶撰
游武庙	北京	百本张 乐善堂		六回		车王府本分为七回
玉儿送花	北京	百本张 乐善堂		一回	献花、玉儿献花	
渔家乐	北京	百本张 乐善堂		七回		白鹤山人撰
渔樵问答	北京	百本张 别埜堂 乐善堂		一回	渔樵对答	芸窗撰
玉天仙痴梦	北京	百本张 乐善堂		一回	痴梦、天仙痴梦	
玉香花语	北京	别埜堂		四回	玉香	叙庵氏撰
玉簪记	北京	百本张 乐善堂		十回		
鸳鸯记	北京	百本张		二十四回		

续表

题名	地域	刊行书坊	刊行时间	回数	别名	备注
月下追舟	北京	聚卷堂		一回		此书即《玉簪记》第十回"秋江"
葬花	北京	百本张		五回	伤春葬花、黛玉葬花	标有"双红堂戏曲（章）"
乍冰	北京	百本张乐善堂		一回	观雪乍冰、乍水	
咤美	北京	百本张		一回	诧羡	
张君瑞游寺	北京	百本张别墅堂		四回	借厢、游寺、张生游寺	标有"双红堂戏曲（章）"
张良辞朝	盛京	财胜书坊	清光绪三十二年（1906）	一回	紫罗袍	
张生闹斋	北京	合义堂		一回		新出子弟书
诏班师	辽阳	木刻本	清	一回	调精忠	虬髯白眉子撰，蛤溪钓叟评点
昭君出塞	北京	乐善堂		四回		
		百本张别墅堂		五回	出塞	
珍珠衫	海城	文林书房	清光绪三十二年（1906）	四卷	汗衫记子弟书词、循环报	
郑生求配	京都	合义堂		一回		新出子弟书
钟生	北京	百本张		三回		
周西坡	北京	百本张别墅堂乐善堂		三回	箭攒、箭攒罗成、淤泥河箭攒、洲西坡	韩小窗撰
庄氏降香	北京	百本张		六回	登楼降香、降香、庄翠琼降香、庄氏登楼降香	罗松窗撰
撞天婚	北京	百本张		四回		
追信	北京	别墅堂		六回	月下追信	《子弟书丛钞》注作者为"梁霜毫"
		同乐堂		五回		
紫鹃思玉	北京	乐善堂		一回		
子路追孔	奉天	格致书坊东都石印局	清光绪二十八年（1902）	一回		
子母河	北京	百本张		一回		

续表

题名	地域	刊行书坊	刊行时间	回数	别名	备注
子胥救孤	北京	百本张		二回	禅宇寺	
救孤	北京	乐善堂		四回		
紫艳托梦	北京	文萃堂		一回		
走岭子	北京	百本张 乐善堂		一回		琐窗撰
醉打山门	北京	百本张		一回	山门	标有"双红堂戏曲（章）"
醉归	北京	别埜堂 东二酉		二回		
醉酒	北京	百本张 乐善堂		五回	杨妃醉酒	
醉卧芍药阴	北京	别埜堂		一回		
醉卧怡红院	北京	百本张 别埜堂		一回	刘姥姥醉卧怡红院	标有"双红堂戏曲（章）"
坐楼杀惜	北京	百本张 乐善堂		四回	杀惜、坐楼	

注：此表根据《清代八旗子弟书总目提要》[1]整理。

根据上表中子弟书曲目可知，清代子弟书曲本书名页上刊载的坊肆有63家。其中，北京有34家坊肆：百本张、别埜堂、乐善堂、聚卷堂、老聚卷堂、合义堂、中和堂、文华堂、文萃堂、丽堂、裕文斋、永远堂、同乐堂、书业堂、四宝堂、一石山房、曲厂、宝文堂、小酉山房、（东）泰山堂、（北平打磨厂）学古堂、敬诒堂、亿卷堂、格致书坊、东二酉堂、经义堂、（北平打磨厂）寿山堂、耕心堂、崇文阁、文魁堂、文德堂、听秋馆、起升堂、洗俗斋。东北地区有16家坊肆：盛京程记书坊、财盛堂、会文山房、会文堂、老会文堂、文盛堂、文盛书房、聚盛书坊、财胜书坊、东都石印局，海城聚有书坊、聚有堂、五龙堂、合顺书坊、文林书房，辽阳三文堂。上海地区

[1]　昝红宇：《清代八旗子弟书总目提要》，三晋出版社，2010年。

有6家坊肆：槐荫山房、茂记书庄、大成书局、锦章图书局、学古堂、崇林堂。地区所属不详的坊肆有7家：三盛堂、久敬斋、静一斋、晴空斋、双槐堂、韵花斋（清光绪年间钞本《雀缘》）、裕寿吟秋山馆（《三宣牙牌令》）。

清代子弟书曲本目录中还保留了海外传播的信息。日本早稻田大学的风陵文库中有相关文字留存：《宁武关》子弟书和文萃堂梓行的"京都新刻刺虎子弟书"（四回，首句是"地覆天翻日月昏，神州赤县起烟尘"），均盖有"风陵书屋藏本泽田瑞穗"印章。日本东京大学东洋文化研究所的双红堂文库收藏了大量清末民初北京木刻本、石印本"唱本"目录。其中，源自老聚卷堂的子弟书有《藏舟》《雀桥密誓》《春香闹学》3种；收自百本张的子弟书有《查关》《椿龄画蔷》《双玉埋红》《二玉论心》《逛二闸》《疯和尚治病》《两宴大观园》《品茶栊翠庵》《三难新郎》《遣晴雯》《三宣牙牌令》《醉卧怡红院》《醉打山门》《晴雯撕扇》《随缘乐》《刘阮入天台》《湘云醉酒》《绣荷包》《观画》《斩窦娥》《葬花》《游寺》共22种。双红堂文库收藏的子弟书坊肆本共计25种。此外，双红堂还收录了京都打磨厂宝文堂《大鼓书词呼延庆打擂》等41种；北京打磨厂东口致文堂《新出大鼓书单刀赴会》等37种；京都打磨厂老二西堂《光绪戊戌新镌同音百家姓》1种；京都锦文堂《大鼓书新刻罗成托梦》等7种；京都泰山堂《王登云休妻小姑贤》《新刻淮词何先生散馆》2种；经义堂《京都新刻大秧歌》1种；青云书屋《新出金环记》1种；槐荫堂《头本陈玉生接姑娘酒醉回家》1种；第一书局《新出饽饽阵》1种；得月书坊《新编姑娘打秋千刁翎配》1种；打磨厂文和堂《玉姐出阁》1种；义和堂《新刻大鼓书弦子调七黑驴段》1种。[1]

《京师坊巷志稿》载清代北京打磨厂街上"均江西公所，粤东、潮

<hr>

[1]　黄仕忠：《双红堂文库藏清末民初北京木刻、石印本"唱本"目录》，《北京大学"俗文学研究的理论与方法"学术研讨会论文集》2006年第4期，第1—13页。

郡、临汾、宁浦、应山、钟祥诸会馆……乾隆四十四年，四库馆开，雠校事繁，座师董公诰为总裁，嘱总校江宁孙舍人溶延先生至打磨厂寓斋，总司其事"[1]。打磨厂街上书坊竞相开设，有文献可考的最初在清乾隆、道光、同治年间已开业，约有宝文堂、二酉堂、泰山堂、致文堂、锦文堂、文和堂、学古堂等十几家旧书店。它们以印刷日历、百家姓、曲艺唱词、京剧评剧以及文明小调等为主，常通过书商小贩在乡村集市、庙会上大量售卖。清代宝文堂是一家专门刊刻售卖小唱本的坊肆，清同治元年壬戌（1862）成立，清同治八年己巳（1869）在打磨厂开张。其经营灵活，注重资本投入，再加曲艺圈中行家里手专门供稿，前后共出版了六百余种曲艺唱本，有千余种说唱段子，或短段鼓词，或八角鼓牌子曲，或各种文明小调。民国初年其销售已遍及整个华北，远至东北地区，有极大的影响力。吉林省图书馆保存了一些宝文堂的曲本：1.《鸿雁捎书》，封面题"新出大鼓书词""打磨厂东口宝文堂"。封面板框8×9.6cm，内文板框9.7×11cm。共五页。版心标"捎书"。首句是"寒北沙陀硬烈风，有一位出了塞昭君。国母盼想还宫。这位娘娘怀抱着琵琶懒弹唱"。末句是"在江边盖下了一座昭君娘娘庙，到如今万古千秋落下了美名"。曲文结尾处有"打磨厂宝文堂刻"字样。2.《韩信算卦》，封面题"新编改良大鼓""打磨厂东口内宝文堂"。封面板框10×13.1cm，内文板框8.4×10.9cm。共五页。首句是"韩信算卦大鼓，汉张良访韩信。石崇豪富范丹穷，运早甘罗晚太公"。末句是"韩信挣下功劳十汉马，到后来萧何定计未央宫中一命顷"。曲文结尾处有"打磨厂东口内路南宝文堂板"字样。3.《华容道小段》，封面题"新刻大鼓书""京都宝文堂梓"。封面板框10.1×13.2cm，内文板框8.5×11.3cm。共五页。版心标"挡曹"。首句是"自古英雄志量高，三国之中出英豪"。末句是"关夫子

---

[1] 朱一新：《京师坊巷志稿》，古籍出版社，1982年，第208页。

放了曹孟德，留下信义把名标"。曲文结尾处有"宝文堂"字样。

清代书籍刊刻是比较发达的，包括官刻、家刻与坊刻。本书所研究的坊肆，单指民间书坊，是清代至民国期间，为满足市场需求和读者受众需要进行的生产兼营销售的私营作坊。但关于清代坊肆的文献史料却头绪众多，表述极简。现以北京坊肆为中心，以南北各地"小说类""说唱类"坊肆为辐射点，统计情况如下：

清缪荃孙《琉璃厂书肆后记》所载1867年—1911年期间的书肆60家。（详见附录五）

20世纪50年代，孙殿起撰写的《琉璃厂书肆三记》收录坊肆273家，其中琉璃厂196家，隆福寺36家，琉璃厂、隆福寺之外其他坊肆41家。（详见附录六）

雷梦水《琉璃厂书肆四记》所载1940年—1958年琉璃厂坊肆49家，《隆福寺街书肆记》所载1965年—1966年隆福寺街书店20家，共计69家。（详见附录七）

1966年北京市书业同业会编《北京坊肆名录》收录年代不详的坊肆180家，有时间可考的397家。其中，年代可考的为乾隆32家、道光3家、咸丰10家、同治13家、光绪80家、宣统4家、民国255家。（详见附录一、二、三）

《中国印刷史》载清代北京书坊可考者有112家，其中八旗说唱文学坊肆有16家左右。（详见附录十一）

《小说书坊录》收录清代小说坊肆共1076家，其中：顺治年间11家，康熙年间31家，乾隆年间94家，嘉庆年间98家，道光年间121家，咸丰年间37家，同治年间43家，光绪年间380家，宣统年间85家，民国时期167家。乾隆时有"程伟元萃文书屋"，嘉庆时有"三槐堂"，光绪时有"老二酉堂""营口成文信"，宣统时有"盛京德和义"。八旗说唱文学坊肆有"程记书坊""三槐堂"和"老二酉堂"。据清代小说书坊所著录，可知程伟元除程记书坊外，还开办过萃文书屋。三槐堂和老二酉堂，既售卖唱本，也经营小说。清代小说书坊著录东北地区有两家，即光绪时的营口成文信和宣统时的盛京德和义。

《津门书肆记》收录清光绪初年至新中国成立前的坊肆21家。

《滨文库所藏唱本目录》收录清末至民国时期唱本坊肆40家，其中：北京15家（八旗说唱坊肆5家），河南11家，陕西8家，山东3家，天津1家，上海1家，江苏1家。（详见附录九）

《中国俗曲总目稿》收录说唱类坊肆247家，其中：北平79家，四川35家，江苏34家（苏州32家），河南32家，广东26家，上海16家，山东9家，云南6家，福建3家，厦门3家，武汉汉口2家，天津1家，江西南昌1家。（详见附录十）

《文化资料选》收录清末至民国的沈阳地区书店有62家，八旗说唱文学坊肆有3家。（详见附录十二）

《中国鼓词文学发展史》收录说唱类坊肆85家，其中：山东48家，北京16家，东北14家，河北2家，陕西2家，天津1家，山西1家，江苏1家。

综上所述，在可考的资料中，清代坊肆有千家之多，说唱类坊肆占到三分之一。由此可知，清代坊肆有着各自的经营范围，小说类坊肆和说唱类坊肆各有阵地。刻印刊行活动主要在清乾隆、嘉庆、道光和光绪年间以及民国时期比较活跃。坊肆地区遍及南北，北方主要集中在北京、沈阳、山东，南方主要集中在四川、江苏、广东和上海。这些地区的坊肆分布密度较高，形成南北方的刊刻中心。政治中心城市和工商业发达城市在坊肆业发展的过程中都担当了重任，它们根据自身特点发挥的作用不同：南方刻书条件成熟，刻印历史悠久，侧重于书籍新品的生产；北方发展时间短暂，在流通领域特点鲜明。总之，清代书坊分布的地域更广了。

第二节　地区性八旗文学坊肆唱本的刊刻特征

清代八旗坊刻，是坊肆主所刊印的八旗说唱文本的来源。它与唱本的形成关系密切，也与发售的渠道紧密相连。唱本撰者、抄本需求、购者阶层、刻印本市场以及坊肆主群体，都是影响八旗坊刻说唱本来源的重要因素。

一、北京坊肆的商业性经营模式

（一）北京八旗说唱文学坊肆

北京地区将近有30余家坊肆抄售、刊刻以子弟书为代表的八旗说唱文学唱本，分为抄本和刻本两大坊肆系统。清代中后期，北京城内出现了一些以抄卖俗曲唱本而著称的民间书坊，但它们在名家所撰出版史中几乎没有记录。如宝姓的别埜堂，现存抄本曲目《碧云寺》《草诏敲牙》《孟子见梁惠王》，清光绪年间《合钵》等170种；李氏的聚卷堂，现存抄本《白帝城》《百花亭》《碧玉将军》《盗令》《魂辩》《绿衣女》《乱点鸳鸯谱》《桃花岸》《月下追舟》；老聚卷堂，现存抄本《藏舟》《长生殿》《春香闹学》《齐人有一妻一妾》；耕心堂，现存抄本《露泪缘》；丽堂，现存清光绪二年（1876）抄本《闻铃》；曲厂，现存抄本《痴诉》《盗令牌》《东吴招亲》《葛巾》《老斗叹》《续骂城》。

始于清乾隆年间的张姓百本堂最受称赞，它有着将近二百年的营业历史，至民国初年才结束世代相传的个体营业。民国金台三畏氏在《绿棠吟馆子弟书选》的题识中言："此外如东城之隆福寺、西城之护国寺有所谓百本张者，亦出售此项抄本之书。自庚子兵燹以后，而厂肆既相继歇业，则百本张亦杳如黄鹤焉。"[1]它位于西直门内的高井胡同（北起永泰胡同，南至西直门内大街），在北京以抄写发售俗曲而著称，包括岔曲、八角鼓、子弟书、大鼓书、时调小曲等。其经营时间最久，业务活动最丰富，经营方式灵活多样，常自编曲名成目，并标售价，令购买者按图索骥。

傅惜华在《百本张戏曲书籍考略》中提到，百本张抄本《二簧戏目录》有两种，分甲乙本。其中，百本张抄本《二簧戏目录》（甲本），一册，定价六百文。卷首载启事一则："本堂专钞名班昆弋、二簧、梆子、西皮、子弟岔曲、赶板、翠岔、代牌子、琴腔、小曲、马头调、大鼓书词、莲花落、工尺字、东西两韵子弟书、石派大本书词，真不二价，不误主顾。逢七逢八，在护国寺东碑亭；逢九逢十，在隆福寺西角门祖师殿。本堂寓北京西直门内大街、高井儿胡同、东小胡同、路北门。世传四代，起首第一，四远驰名。"[2]此则启事点明百本堂的经营范围为说唱和戏曲，包括八角鼓的具体曲种，即子弟岔曲、赶板、翠岔、代牌子、琴腔，以及东韵和西韵子弟书。其中"工尺字"就是指乐谱。启事标明了百本堂的详细地址，说明了该堂的经营理念是货真价实、诚挚待客，该堂的特征是历史悠久（"世传四代"）、远近闻名、排行第一。启事尤其告诉主顾们，它的营业场所在东西两庙会时就去设摊售卖戏曲抄本。隆福寺的旧书店修绠堂，曾为研究明清曲艺的满族学者傅芸子、傅惜华兄弟俩搜集到很多民间唱本，如百本张手抄唱本（其中有的是宫调小段）。

子弟书《逛护国寺》中"忽想起今朝还是护国寺的庙"，指的就是每月七、八日的庙会。又写道："至东碑亭见百本张摆着书戏本，他翻扯了

---

[1] 金台三畏氏：《绿棠吟馆子弟书选》，稿本，1922年。

[2] 张静庐：《中国近代出版史料二编》，中华书局，1957年，第319—320页。

多时望着张大把话云。我定抄一部《施公案》，还抄一部《绿牡丹》亚赛石玉昆。张大不语扭着个脸，又见张二本旁边挥（掸）着泥人。他说这人儿眉眼儿精神儿做的真奇特，就只是哄孩子拿在家中一会儿的工夫稀烂无存。张二说石头的也怕碰，不然咱们将铁人铸，他说哎呀呀我可拿不起来那么挺沉。"[1]子弟书的曲词正文印证了民国留存的百本张抄本子弟书封面所题内容："凡赐顾者认准百本张，自己成作虎丘顽""物戏人，代塑行乐喜容，便是真不误"。[2]（字分两行）根据曲词可知，百本张每月定时在固定营业场所东碑亭下摆摊售书。它提供预定抄书业务，曲词中的"他"想要预定《施公案》和《绿牡丹》。百本张在商业营销方面十分讲求策略，不仅在集市庙会上开展零售，还采用购书附赠虎丘玩物戏人兼营"代塑"的方式扩大其影响力。曲文中提到百本张是兄弟二人合伙经营，张大是堂主，"他"的定购抄书要与张大商量；张二是手工精妙的艺人，擅长泥塑和铁铸。

　　书籍发行的分支——租书业，在清代也有一席之地。清末，北京的一些馒头铺在叫卖蒸食之余还兼租书或售书，以此为副业。他们组织一些人抄写各种戏剧剧本和曲艺唱本，装订成小册，用于租赁。其中以百本张最为瞩目。除百本张之外，李姓的聚卷堂、老聚卷堂和宝姓的别埜堂也享有盛誉。孙忠铨在《北京的租书业》中提到清末百本张有唱本的租阅活动："在北京，从清末起就出现了一些馒头铺兼营租书，有的也售书，直到光绪三十四年（1908）还存在，做法是：由馒头铺出面组织一些人抄写各种戏剧剧本、曲艺唱本，抄好后，订成小册子，租给读者看，当时差不多每一个馒头铺都兼租书，以此为副业，最著名的属'百本张'。他租阅的剧本、唱本有一百五十多种。租阅的书多是各种小唱本，其中也有大部头的书，例如《三国志鼓词》，共有一百六十五万字，分订成一百七十三本。他出租的图书，

---

[1] 《清蒙古车王府藏子弟书》，国际文化出版公司，1994年，第274—275页。

[2] 张静庐：《中国近代出版史料二编》，中华书局，1957年，第318页。

封面都盖有'百本张'的印迹。"[1]当时北京城多是蒸食铺（又称馒头铺）兼营租书的情况，结合子弟书《逛护国寺》"定抄"一节内容可推断，百本张发售业务之一，是由百本张出面雇佣一些人为其抄写购置者所需的某种曲本。这种经营模式是汉代"市肆佣书人"的承袭。纵观百本张的百年经营发展史，可知张姓的坊肆主先是个人跑单帮，后进入兄弟家庭式及"坊佣"合作式的联合经营。从初始在庙会集市摆摊设点到有固定的发售场所，百本张一直坚持自己的经营之道和品牌特色。它始终以抄本的刊刻发售为核心，规避清廷政策的打压和社会思潮的频变。因此，是"百本张"而非"百本堂"的名号在市井广为流传，它不具备坊肆的特点，而是个体私人作坊经营的典范。现存百本张抄本子弟书有《八郎别妻》《八郎探母》《八仙庆寿》《百宝箱》《白帝城》《百花亭》《宝钗代绣》《鸨儿训妓》《背娃入府》《碧玉将军》《碧云寺》《别姬》《藏舟》《草诏敲牙》等296种。百本张抄本《岔趣目录》，收录岔曲171首。

子弟书《逛护国寺》曲文中载："见同乐堂在西碑亭下摆着书戏本，近日他新添小画想发财。马六站起忙让座，说斋请看这两回新书倒诙谐。这是鹤侣氏新编的两回《时道人儿》《逛护国寺》。他说拿来我看看。坐下将书接过来，看了两篇摇头晃脑说成句而已，未必够板数来宝一样，这是何苦来。论编书的开山大法师还数小窗得三味，那芸窗松窗亦称老手甚精该；竹轩氏句法详而稳，西园氏每将文意带诙谐；那渔村氏他自称山左疏狂客，云崖氏西杭氏铺叙景致别出心裁。这些人俱是编书的国手可称元老，亦须要雅俗共赏合辙勾板，原不是竟论文才。他批评了多时将书扔下扬长去，将马六气的眼发呆。"[2]曲词中提到一个售卖子弟书的坊肆——同乐堂，现存其抄本《相梁》（一回）和《永福寺》（四回，一册，国家图书馆藏）。根据词

---

[1] 《北京出版史志》（第13辑），北京出版社，1999年，第179页。

[2] 《清蒙古车王府藏子弟书》，国际文化出版公司，1994年，第276—277页。

意可知，护国寺中摆摊设点都有规矩，上文提到百本张在东碑亭，此处则讲同乐堂在西碑亭。百本张在圈内声望高，占位置好的东边，同乐堂只好在西边。在文里，通过"他"与同乐堂主马六的对话，发现以下信息：1.同乐堂有获得子弟书最新作品的独家发售渠道。鹤侣氏一出新作就为其所获。马六与旗籍宗室子弟有交往。2."他"对子弟书编撰者的情况非常熟悉，品评高下提出己见，认为韩小窗是编子弟书的开山大法师，而其他"窗"和"氏"已背离子弟书演唱的要求，未能"雅俗共赏合辙勾板"，在子弟书创作方面更讲求文才笔法的炫耀，已呈现案头化趋势。马六称"他"为爷，曲文开首言他"欲待出城听天戏"，说明"他"很有可能是一位旗籍子弟票友。

　　《逛护国寺》文末还言："他又混批了一回全未买，出花厂见聚文书坊曾秋谷在柜上发呆。他说我要殿板金批初刻绣像的《六言杂字》，你闲着与我找出来。"[1]曲词中所提及的"聚文书坊"在各出版物中不见著录。联系上文所述，可知清代内城有隆福寺和护国寺两处坊肆。在护国寺这里既有摆摊设点的固定书摊点，附近也有略具规模的坊肆。从曲文内容来看，聚文书坊出售用于初学者记诵的启蒙识字读本，版本却特殊，是"殿板"，是初刻本，且书上带有"金批"，可见聚文书坊的经营服务层面与百本张、同乐堂是不可同日而语的。这一细节描述也表明，清代北京城的书摊坊肆也分三六九等，充分满足了各阶层对不同类型书籍的需求，在经营范围上各有优势和亮点，同时也揭示了坊肆发展过程中不可逆转的一个趋势——书籍经营需综合性、多样化，紧跟社会脉搏，敢于改变。购售八旗坊刻唱本渠道，与坊肆主、创作者和传播者都息息相关。如马六对鹤侣氏新品的极力推荐，是凭借自己对选本的判断力和鉴别力，以及对市场动向的准确把握。聚文书坊主人对内府本的精心寻找和购买收藏，虽说追求高额利润是坊肆主的根本，

---

[1]　《清蒙古车王府藏子弟书》，国际文化出版公司，1994年，第278页。

但客观效果上一箭双雕。购者的定抄、选买和品评行为，目标明确，标准清晰，既指明了撰者新作的努力方向，也促进了唱本的发展和广泛传播。

得硕亭《草珠一串·商贾》曰："东西两庙（隆福寺、护国寺名曰东西两庙）货真全，一日能消百万钱。多少贵人闲至此，衣香犹带御炉烟。"[1]张秀民在《中国印刷史》中谈到："明代书坊分布在正阳门内、旧刑部街、宣武门内。到清代则集中在内城隆福寺与宣武门外琉璃厂两处，尤以琉璃厂为最盛，俗称'厂肆'。"[2]《清代北京的刻书》载："北京清代在琉璃厂、隆福寺、护国寺等地书坊林立，有的以卖书为主，有的兼做雕版印行。"[3]清缪荃孙《琉璃厂书肆后记》曰："至庙会书摊，慈仁寺久已无之，后护国寺、隆福寺东西两庙会，虽无古书，尚有小摊，今则并摊俱无。"[4]在本书上篇清代坊肆的梳理过程中，有清末民初位于护国寺街开设的同文书局、集成书局。在子弟书曲文中找到了关于护国寺书摊的记录，即百本张、同乐堂和聚文书坊。

北京以百本张、别垫堂和聚卷堂为代表的坊肆，在发售八旗说唱文学的整个过程中，是先以雇人抄写的方式著录下来，再印刷刊行。究其原因，一跟清政府对说唱刊刻与传播的限禁政策有关。当其刊刻和传播妨碍政治教化，甚至与统治思想相背离时，清廷会采取压制政策命其销毁原版禁止刊刻，阻止其一切可能流通的渠道。因此，坊肆主为规避风险，压缩成本，对于敏感性的子弟说唱本均不刻版，组织抄录后直接发行。二是与农工商贩的财力有关。生活于社会底层的人们受自身经济条件所限，无法购买，只能靠租赁小唱本来满足阅读的愉悦和好奇，获得对历史故事人物的了解和认知。

---

[1] 杨米人，路工：《清代北京竹枝词（十三种）》，北京古籍出版社，1982年，第52页。

[2] 张秀民：《中国印刷史》，上海人民出版社，1989年，第551页。

[3] 陈文良：《北京传统文化便览》，北京燕山出版社，1992年，第918页。

[4] 孙殿起：《琉璃厂小志》，上海书店出版社，2011年，第79页。

北京地区八旗说唱文学坊肆圈虽是抄本的天下，但也形成了一定规模的刻本系统。以子弟书刊刻本为例，在南柳巷有经义堂（五回刻本《哭长城》；《新刻藏舟子弟书》一册，半页9行23字，小字双行，白口，四周单边，单鱼尾）、文盛堂（刻本《焚宫落发》）、四宝堂（刻本《秦王吊孝》）。在打磨厂一带有宝文堂刻字局书局（刻本《活财神》《活菩萨》）、泰山堂（刻本《高老庄》《后婚》《全悲秋》《全德报》）、学古堂（刊本《全德报》）、寿山堂（印本《黛玉悲秋》）。在琉璃厂有文华堂（刻本《刺虎》）、文魁堂（《新刻千金全德子弟书》）、永远堂（清光绪三十年甲辰刻本《吊绵山》）、东二酉堂（刻本《醉归》）。还有其他坊肆，如小酉山房（清光绪刻本《锦水祠》）、敬诒堂（清同治元年壬戌绿棠吟馆存残本《卖画》，即《意中缘》前半部）、格致书坊（清光绪二十八年壬寅刻本《子路追孔》）、崇文阁（木刻本《露泪缘》）、三盛堂（刻本《长板坡救王》、文德堂（刻本《樊金定骂城》）、裕文斋（刻本《得钞傲妻》）等。

清代北京城有一家历史悠久、引人注目的书坊——文萃堂，以木刻著称，现存最早子弟书刻本是清乾隆二十一年（1756）罗松窗著《庄氏降香》。清光绪年间，叶德辉在《书林清话·卷九·吴门书坊之盛衰》中曰："其在外者，有玉峰考棚汗筠斋书籍铺，《续记》旧抄本《江月松风集》十二卷。扬州艺古堂，旧抄本《鼓枻稿》一卷。武林吴山瓻遇赏楼书肆，残钞《阳春白雪》十卷。会稽童宝音斋，抄本《汪水云诗》，不分卷。琉璃厂文粹堂，《续记》宋本《梅花喜神谱》二卷。又有萧山李柯溪去官业书，侨寓吴中。"[1]清乾隆年间的文萃堂与苏商有贩书来往，这段简短的记录表明，不再是书贩或者是书肆在进行书籍零售，而是直接从北京或苏州大宗批发出去，其业务量是零售业根本无法比拟的。大量的书籍由民间私船在北

---

[1]　（清）叶德辉：《书林清话》，中华书局，1957年，第337—338页。

京与苏州之间贩运。现存文萃堂子弟书刻本有：清乾隆六十年乙卯（1795）《托梦》，清乾嘉年间《拷红》，清嘉庆年间《合钵》，有朱笔圈点的《商郎回煞》（国家图书馆藏），清光绪十二年丙戌（1886）《姑嫂拌嘴》，还有《祭灶》《刺虎》《刺汤》《访贤》《还魂》《连理枝》《遣春梅》《三战黄忠》《天缘巧合》《戏秀》《螃蟹段儿》《单刀会》《打门吃醋》等。其中，个人所藏文萃堂子弟书刊本《还魂》，封面题"京都新刊""还魂子弟全书""文萃堂"。封面板框14.5×9cm。共四页。版心写曲名"还魂"二字。首句是"杏眼双合紫闭唇，只有胸前一点温"，末句是"老夫人五十二岁生子，鳌头独占状元尊"。卷尾有"还魂子弟书十三四终"。个人所藏文萃堂子弟书刊本《刺汤》，封面题"京都新刻""刺汤子弟书""文萃堂梓行"。封面板框11×15.4cm，内文板框10.8×15.4cm。共六页。版心写曲名"刺汤"二字。首句是"半启芸窗翰墨香，满满风雨助凄凉"，末句是"大事毕响叮当我自刎于堂上，半酬夫志半留名"。

抄本与刊本是相辅相成的。抄本的最先形成，为下一步的坊刻打好了文本基础；抄本的广泛流传，为坊肆主购稿及刊刻提供了可靠的依据。但随着刊刻本的流播，抄本的销路和售价也必将受到很大影响，不少子弟书经历了从抄本到刻板刊印的过程。《白帝城》有聚卷堂抄本、三盛堂刻本，《春香闹学》有老聚卷堂抄本、文华堂刻本，《刺虎》有双槐堂抄本、文萃堂刻本，《合钵》有清光绪年间别墅堂抄本、清嘉庆年间北京文萃堂刻本。《子弟书总目》著录，傅惜华藏二十八回精抄本《西厢》，和清道光年间京都合义堂、中和堂合刻本《西厢全本》（十五卷十五回）。马彦祥藏十六回抄本《西厢》。[1]抄本有十六回的，还有二十八回的，刻印阶段的《西厢》则精简为十五回本。"'滨文库'所藏北平学古堂石印本《西厢子弟书词六

---

[1] 傅惜华：《子弟书总目》，上海文艺联合出版社，1954年，第51页。

种》，实则合缀一册，只有三种，即《红娘下书》《红娘寄柬》《莺莺降香》"[1]。

　　个人藏有京都合义堂刊行子弟书《西厢记》系列的五种单行本为：1.《借厢问斋》（卷二），第二册封面题"新出子弟书二　借厢问斋"。封面板框11.2×15.7cm，内文板框9.7×15cm。共七页。首句是"世间万事有机关，千里无端会有缘"。2.《张生闹斋》（卷四），第四册封面题"新出子弟书四　张生闹斋"。封面板框11.6×16cm，内文板框9.7×14.4cm。共六页。首句是"书斋寂寞闷鄠鄠，塔院梅香写信传"，末句是"这正是有心无心怎奈好，多情恰被少情□"。3.《惠明下书》（卷五），第五册封面题"西厢记全本五　惠明下书"。封面板框16×11.5cm，内文板框14.5×9.3cm。共八页。首句是"东风吹尽腊梅残，暑退凉生枕簟寒"，末句是"夫人再三留不住，鞭摘金灯齐唱凯歌还。"4.《草桥惊梦》（卷十三），第十三册封面题"新出子弟书十三　草桥惊梦"。封面板框9.5×14cm。共六页。版心写"卷十三"。首句是"西风冷冷透衣寒，吹动离愁夜少眠"，末句是"有人通报夫人请，姑侄相逢喜不胜言"。5.《郑生求配》（卷十四），第十四册封面题"新出子弟书十三　草桥惊梦"。版心写"卷十四"。首句是"目笑浮生如梦间，光阴一过欲留难"。这五种单行本为统一的封面格式，左下角标注的出处是京都合义堂梓行，右上角写明这些"新出"子弟书是《西厢记》全本系列，总共十五册。版心写清卷数。

　　个人藏有京都中和堂刊本两种：1.《隔墙吟诗》（卷三），第三册封面题"新出子弟书三　隔墙吟诗"。版心写"卷三"。首句是"万事随机一旦间，无因那好线来牵"。2.《衣锦还乡》（卷十五），第十五册封面题"新出子弟书十五　衣锦还乡"。版心写"卷十五"。首句是"大地春回万象

---

[1]　康保成：《"滨文库"读曲札记》，载《艺术百家》，1999年第1期，第65页。

鲜，一团佳气绕门前"。这两种刊本有统一的封面格式，右下角标注的出处是京都中和堂梓行，右上角写明是"新出"子弟书系列，总共十五册。版心写清卷数。

根据上述比较可知，京都合义堂、中和堂根据《西厢记》受市场购买者的欢迎程度，统一版式，联合刻印，在综合考虑坊肆自身财力和刊刻特点等因素后，大胆尝试同城联合刊刻发售的营销模式。在互相帮衬提携的过程中，它们既提高了自身的影响力，又在分担风险的基础上各取所需、各赚所得。

（二）北京坊肆的经营发展

追溯北京书肆市集之始，在明代的大明门附近（即清代正阳门内，中华门前右隅）、考市（礼部贡院门前）、灯市（今东华门之东）和庙市（西城之都城隍庙、东城隆福寺和西城护国寺等）。明末清初，书肆渐往南迁，在正阳门（今前门）外打磨厂、西河沿一带兴盛。此时的琉璃窑厂虽然已有书肆，但地处京城东郊，野旷人稀不繁盛。在孙殿起《琉璃厂小志》所收录的有关琉璃厂书市记述专书中，陈康祺《郎潜纪闻》（卷八）载："京师书摊，今设琉璃厂火神庙，谓之庙市。考康熙朝诸公，皆称慈仁寺买书，且长年有书摊，不似今之庙市仅新春半月也。"[1]南城是汉族官员、文人和科考举子们的聚居之地，自宣南至前外大街迤东地方置房安家，如徐乾学、纪昀住在菜市口以南，朱彝尊、查他山则在宣外大街以东。会馆、试馆也云集于此。书市应其需要而设，继续南移。《道咸以来朝野杂记》云："慈仁寺，后改报国寺，顺、康间，书估皆聚于此。"[2]南城广安门内的慈仁寺街，每月朔望及二十五必定百货集于寺中。每逢集市、庙会，必有书摊展售。清初

---

[1] 孙殿起：《琉璃厂小志》，上海世纪出版集团，2011年，第74页。

[2] （清）崇彝：《道咸以来朝野杂记》，北京古籍出版社，1983年，第25页。

的慈仁寺书肆属清代坊肆的恢复生长期，这一时期已有坊肆之名，有一定的关注度。摆有书摊的集市，时有秘本，吸引北京官宦人士、文人学者常游寺买书购物。且清初大户宅第均在城西，前往游玩甚是方便。清康熙五十八年己亥（1719），慈仁寺集市上出现《客氏拜三字敝刺》，朱克生用三钱购得，据此赋《客氏行》。此阶段还缺乏坊肆之实，官刻仍是刻书的主流。清康熙十八年己未（1679），北京地震，慈仁寺被毁，书肆渐趋衰落，书肆、古玩铺都迁至琉璃厂。正如孙殿起《琉璃厂小志》中，清代李彦彬《厂市》诗所言："慈仁旧肆冷如秋，灯市无人问昔游。留得承平书画地，厂桥东去驻骅骝。"[1]

清乾隆三十八年癸巳（1773），应诏令，全国各地两千多名文人来到京师参与《四库全书》的编修工作，广征天下藏书。诸多书贾以四库馆的开设为良机涌入京城，设店开肆；一些书摊和小书肆也逐渐发展成有实力、有知名度的大店铺。清统治阶层自上而下的倡导和重视，有力地促进了北京坊肆的发展和壮大。

琉璃厂书肆大规模集中兴起，充分体现了北京书业与文化区域、居民成分相结合的特点。清代前期，琉璃厂逐渐形成居民区，许多文人学者及汉族官员的宅第集中于厂甸附近。明末清初学者孙承泽住在厂甸南侧，清代著名文人王士祯住在火神庙夹道，清代学者孙星衍在乾隆年时住在琉璃厂（万源）夹道，清康熙时朱彝尊住在海波寺，清乾隆年间《四库全书》总纂官纪昀（字晓岚）的阅微草堂位于琉璃厂南的虎坊桥。在琉璃厂附近除一些著名的文人官员居于此之外，还集中了许多进京候补的官员、赶考的举子和南来北往的客商们投宿、居住的会馆。他们对书籍的购买需求，直接促进了琉璃厂书肆的繁荣。

北京坊肆从战火之后的萧条中重新恢复了经营，在乾隆年间开始形成，

---

[1]　孙殿起：《琉璃厂小志》，上海书店出版社，2011年，第64页。

并逐渐成熟，具有了一定的规模和市场，有相对固定的经营场地，成为比较完整的行业。它作为传播文化的桥梁，促进了满汉文化的交流和融合。清末民初，为适应专家学者大批购书的新风气，北京琉璃厂、隆福寺的古书肆以及东安市场、西单商场中的小书摊鳞次栉比。

查阅清乾隆三十四年己丑（1769）李文藻《琉璃厂书肆记》、清光绪十三年丁亥（1887）缪荃孙《琉璃厂书肆后记》、清光绪年间叶德辉《书林清话》等史料，清代初期几乎无北京书坊名号可考的相关记载。今仅见于张秀民《中国印刷史》"书坊本"一节中提到："洪氏剞劂斋明崇祯时刊《缙绅手册》，清初顺治、康熙又续刻。京都琉璃厂荣锦堂，或称荣锦堂书坊，刻《本朝题驳公案》、《状元策》康熙六十、《爵秩全览》雍正、乾隆。"[1]

1.外城的琉璃厂书肆

至清乾隆年间，慈仁寺书摊只剩下流风余韵。慈仁寺之后，北京书肆中心逐渐转移至琉璃厂、隆福寺等地。清代的琉璃厂在正阳门（今前门）西河沿南、杨梅竹斜街西。明代时，每年正月初一至十七日在东城东华门外灯市街一带有灯市，后渐延伸至灯市口。自清初灯市南移琉璃厂之后，此地就成为南城的繁华所在。自此更多的学者、显贵，如钱大昕、王士祯、孙承泽等移居到琉璃厂四周住下。不同时期，琉璃厂内出现过厂甸、吕祖（仙）祠、观音阁、火神庙、仁威观、真武庙、延寿庵（寺）、前后铁厂、土地祠、小沙土园、东南园、西南园、南新华街、万源夹道、灯笼胡同、铁胳膊胡同、火神庙西夹道、双鱼胡同（亦称门牙胡同）、吉祥胡洞头条、仁威观夹道（也称小香殿）、安平里和东西横街等寺庙、街巷名称。

清康熙年间，窑厂监督汪文柏于1700年秋天奏请朝廷，在琉璃窑前空地建筑房舍，各地书估在此设摊，慈仁寺的书肆和古玩商铺也迁来不少。及至

---

[1] 张秀民：《中国印刷史》，上海人民出版社，1989年，第552页。

乾隆年间琉璃窑场被迁往西郊琉璃渠村之后，琉璃厂始成市肆，逐渐形成京城较大规模的书市、古董和字画商街。曾多次到琉璃厂搜寻古籍的清代藏书家李文藻，在清乾隆三十四年己丑（1769）所著的《琉璃厂书肆记》中就早有记述：琉璃厂街东西长二里许，以厂中间的桥为界，厂桥东狭窄的街上有二十多家书肆，间有卖眼镜、烟筒、日用杂物的店铺。厂桥西街道宽阔，有七家书坊，还有卖古董、字画、印章和碑版字帖的店铺。

　　到清乾隆三十八年癸巳（1773）四库开馆之后的访书时期，琉璃厂坊肆进入黄金发展时期。在孙殿起《琉璃厂小志》所收录的有关琉璃厂书市的诗篇中，清翁方纲《复初斋诗注》云："乾隆癸巳开四库馆，即于翰林院藏书之所。分三处：凡内府秘书发出到院为一处；院中旧藏《永乐大典》内有摘抄成卷汇编成部者为一处；各省采进民间藏书为一处。每日清晨，诸臣入院，设大橱，供茶饭，午后归寓，各以所校阅某书应考某典，详列书目，至琉璃厂书肆访之。是时，浙江书贾，奔辕辇下；书坊以五柳居、文粹堂为最。"[1]四库馆臣们上午到四库馆工作，下午列出名单后到琉璃厂书店去寻找底本。大量的访书需求形成了火爆的旧书善本供应市场，各地的古书更多地汇集到了琉璃厂。北京琉璃厂书肆渐渐形成了中国最大的古旧书集散地。自乾隆以来，士大夫逢退值或休务日，好群集于厂肆。琉璃厂成为官家所需、文人所好和举子应试的常往寓居的热闹地儿，可谓是少长咸集。孙星衍住在琉璃厂桥之西，此时的琉璃厂已与南京三山街、苏州阊门成为全国著名的三大书肆街，最终成为数百年来北京城坊肆的中心。

　　（1）乾隆年间坊肆（32家）

　　①桥东之肆

　　声遥堂：不进入琉璃厂东门，位于路北。经营残本。

---

[1]　孙殿起：《琉璃厂小志》，上海书店出版社，2011年，第25页。

嵩□堂唐氏：入琉璃厂东门，位于路北。

名盛堂李氏：入琉璃厂东门，位于路北。

带草堂郑氏：位于琉璃厂东路南。

同升阁李氏：位于琉璃厂东路南。

宗圣堂曾氏：位于琉璃厂东路北。

圣经堂李氏：位于琉璃厂东路北。

聚秀堂曾氏：位于琉璃厂东路北。

二西堂李氏：位于琉璃厂东路南，即明代旧址，也谓之"老二西"。

文锦堂李氏：位于琉璃厂东路南。

文绘堂李氏：位于琉璃厂东路南。

宝田堂李氏：位于琉璃厂东路南。

京兆堂李氏：位于琉璃厂东路南，经营古旧书。

荣锦堂李氏：位于琉璃厂东路南。

经腴堂李氏：位于琉璃厂东路南。

宏文堂郑氏：位于琉璃厂东路南。

英华堂徐氏：位于琉璃厂东路南。

文茂堂傅氏：位于琉璃厂东路南。

聚星堂曾氏：位于琉璃厂东路南。

瑞云堂周氏：位于琉璃厂东路南。

积秀堂：位于琉璃厂，售卖古旧书。没有说明姓氏和具体位置。"而其略有旧书者，惟京兆、积秀二家。余皆新书，而其装潢，纸不佳而册薄"[1]。

粹堂金氏：位于琉璃厂沙土园北口路西，书籍种类多。肆贾谢氏，苏州人，识书。

---

[1]　（清）叶德辉：《书林清话》，中华书局，1957年，第341页。

文华堂徐氏：位于琉璃厂东，北至正街，路南。

②桥西之肆

先月楼李氏：位于琉璃厂西路南，多古旧书。

宝名堂周氏：位于琉璃厂西路北，售卖仕籍及律例路程记，曾收购果亲王府二千余套书售卖。众云："琉璃厂一条龙，九间门面是'宝名'。"

瑞锦堂周氏：位于琉璃厂西路南，以售卖古旧书为主，是八年前韦氏所经营的鉴古堂旧址。

鉴古堂韦氏：位于琉璃厂西路南，书甚多，以售卖古旧书为主。主人老韦，浙江湖州人，属文化书估，对古籍版本颇有研究，人称"书林中知书者"。其经营有道，与卖字帖的邰阳人董姓合租。其长于贩书，据购书人身份和嗜好，以及对藏书的不同要求进行准确推荐。常奔走于朝廷官员和乡绅之门，持高价得重值。

焕文堂周氏：位于琉璃厂西。

五柳居陶氏：位于琉璃厂西路北。主人是江苏苏州人，名正祥，字庭学，号瑞安，精通版本学，古旧书很多，官宦学者常往购书。与文粹堂每年通过船载从苏州购书，收购大量潢川吴氏藏书。其子珠林。

延庆堂刘氏：位于琉璃厂西路北，经营古旧书。主人刘氏，因项生大瘤，人称"刘葛哒"。肆贾是之前开设过鉴古堂的老韦，曾从内城买书数十部，每部有"栋亭曹"印其上。"栋亭曹"指清康熙年间掌织造盐政十余年的曹寅，曾主持刊行《全唐诗》。

博古堂李氏：位于琉璃厂西路南，经营古旧书。

注：桥东之肆和桥西之肆，据收录于孙殿起《琉璃厂小志》中的李文藻《琉璃厂书肆记》所描述书肆顺序排列。[1]

---

[1]　孙殿起：《琉璃厂小志》，上海世纪出版集团，2011年，第75—77页。

③其他

聚瀛堂：位于琉璃厂，清乾隆五十八年癸丑（1793）开办，门厅宽敞，书籍丰富，店堂环境舒适宜人。据朝鲜学者柳得恭《燕台再游录》所载，李文藻《琉璃厂书肆记》中未提及此书坊。

由此观之，应文化需求，清乾隆时期的坊肆业发展迅速。无论是四库馆每日在琉璃厂的访书，还是清康乾时期政府发布的关于坊肆和小说戏曲说唱的一道道禁令，都说明乾隆时期坊肆的刻书量和影响力已经开始占据主流地位，得到市场认可。此时期琉璃厂书肆多在东门内开设，西门外无鬻书者。坊肆开设总数32家。

值得注意的现象，一是富有之人敏锐捕捉坊肆市场商机，加大投资，扩大经营规模。书业对市场更加适应，已有渐趋成熟的态势。厂桥西焕文堂和宝名堂是由同一个主人周氏经营。厂桥东的主人李氏则同时经营七个书肆：二酉堂、文锦堂、文绘堂、宝田堂、京兆堂、荣锦堂和经腴堂，这七个书肆的经营范围应该各有侧重，可见李氏在书肆中的收益颇丰。鉴古堂主人老韦是湖州人，五柳居陶氏和文萃堂肆贾谢氏皆苏州人，其余书堂主人均是江西金溪人。140多年之后，即1887年，收录于孙殿起《琉璃厂小志》中的缪荃孙续撰《琉璃厂书肆后记》曰："益都李南涧大令书肆记，成于乾隆己丑。时四库馆开，文士云集，四方书籍，聚于辇下，为国朝极盛之时。其中李氏所举数十家，久已不存。"[1]二是乾隆年间的坊肆主，已经树立批发转售的营销思路。他们采用优势互补，借助自己家乡产书的利处，每年船载从苏州等地大批购进成书，直接出售，进而减掉生产环节的成本。清光绪年间叶德辉在《书林清话·都门书肆之今昔》中记录了五柳居与文粹堂"每年购书于苏州，载船而来"[2]。

---

[1] 孙殿起：《琉璃厂小志》，上海书店出版社，2011年，第77页。
[2] （清）叶德辉：《书林清话》，中华书局，1957年，第341页。

表4-2　清乾隆己丑年（1769）琉璃厂书肆名录（30家）

厂桥东（22家）			厂桥西（8家）		
东门外	路北	声遥堂	西门内	路北	宝名堂、五柳居、延庆堂
东门内	路西	（沙土园北口）文粹堂			
	路北	声遥堂、嵩口堂、名盛堂、宗圣堂、圣经堂、聚秀堂		路南	鉴古堂、先月楼、瑞锦堂、焕文堂、博古堂
	路南	带草堂、同升阁、二酉堂、文锦堂、文绘堂、宝田堂、京兆堂、荣锦堂、经腴堂、宏文堂、英华堂、文茂堂、聚星堂、瑞云堂、文华堂			

说明：上述坊肆，自东向西排列。据收录于孙殿起《琉璃厂小志》中的李文藻《琉璃厂书肆记》整理。[1]

（2）道光、咸丰、同治年间至清末坊肆

琉璃厂之书肆，由来已久。清道光、咸丰、同治年间琉璃厂开设坊肆总共23家，其中道光2家，咸丰8家，道咸年间1家，同治12家。自乾隆至光绪，其间坊肆主名号多不可考。（详见附录一）清光绪、宣统年间坊肆开设总数78家，其中光绪74家，宣统4家。（详见附录二）

表4-3　清同治六年丁卯（1867）至宣统二年（1910）琉璃厂书肆名录（28家）

厂桥东（15家）			厂桥西（13家）		
东门外	路北	文光楼	西门内	路北	旧书李、文华堂
东门内	路北	宝文斋、宝名斋、书业堂、肆雅堂		路南	萃文堂、文琳堂、益文堂、酉山堂、会经堂、文贵堂、宝森堂、宝珍斋、宝经堂、同雅堂、同好堂
	路南	文宝堂、善成堂、大文堂、二酉堂、聚星堂、宝华堂、修文堂、翰文斋、正文斋、勤有堂			

说明：上述坊肆，自东向西排列。据收录于孙殿起《琉璃厂小志》中的缪荃孙《琉璃厂书肆后记》整理。[2]

---

[1]　孙殿起：《琉璃厂小志》，上海书店出版社，2011年，第75—77页。

[2]　孙殿起：《琉璃厂小志》，上海书店出版社，2011年，第77—79页。

厂桥东的书肆中均无旧书，厂桥西的旧书李、宝珍斋、宝经堂、同雅堂、同好堂中皆有旧书。聚星堂在清乾隆时期由曾氏开设，是旧记书肆。此时的琉璃厂沙土园口已形成书业公所，书贾租屋栉比。清光绪十六年庚寅（1890）正文斋开设，民国□年易孔群书社；民国十□年孔群书社易待求书社（又称"待求书庄"）；1941年后待求书社易实学书店及松古堂。咸丰年间江西徐氏开设宝森堂，清光绪三十三年丁未（1907）易慎记书庄，宣统三年（1911）易九经堂。书肆进书渠道多样，如肆雅堂去湖南方柳桥购旧籍，益文堂去河南收书，宝名斋和翰文斋等书肆主常在官宦权贵中走动。

清代光绪年间是坊肆的发展期，在坊肆开设的数量上、同一地区的密集度上以及参与贩书的人数上都较之前有突破和飞跃。坊肆也已确立自身发展的角色定位，刻印的书籍以小说、戏曲、说唱等文艺类为主。此时的琉璃厂书肆，著名的有来薰阁、邃雅斋、富晋书社、直隶书局、松筠阁等，稍具规模的有藻玉堂、通学斋、开通书社等。以上所述坊肆，多以贩卖为主，少数售书兼刻印出版。其中，发行兼出版的有：老二酉堂、宝名堂、五柳居、同升阁、聚珍堂、善成堂、文成堂、荣禄堂、文锦堂、文贵堂、文友堂、翰文斋等。如通学斋、来薰阁、富晋书社、文禄堂等书肆都编印过书籍目录。至清中晚期，书业人已经有了店家设分号的经营思路。清光绪十□年，河北束鹿县（今河北辛集市）人丁福毓（字蕴卿）先在琉璃厂路南开设了一家搢绅铺荣禄堂，接着在琉璃厂西路北又开了荣禄堂的分号——文蔚堂。

清光绪十二年丙戌（1886），河北人韩俊华（字星垣）在琉璃厂路南开设翰文斋，受徐苍厓之传，先后得益都李南涧和内城李勤伯藏书，经营古旧书，短短数年间从摆摊、开小铺发展到大书房。1932年，其子林蔚（字子源）继其业，经营五十余年，精通版本，与官宦文人常往，为行辈中最尊者，翰文斋也成为琉璃厂经营时间最长久的大书店之一。

河北冀县人张林怀（字壬甫）的贩书履历也是可圈可点。光绪□年开始跑单帮，住在文昌馆内售卖旧书。光绪年间从同乡师存志（字向仁，河北冀县人）接手在琉璃厂西路南的同雅堂，经营古旧书约三十余年后歇业，转让给鉴古堂。光绪二十□年，张怀林在琉璃厂东口路北创办积山书局，经营古旧书数年歇，后易山东人朱文斌（字益卿），于宣统年间歇。

凡遇兵燹水火，百不一存。传本日少，得者不易。咸丰庚子以后，攻入北京的英法等联军大肆劫掠，官藏、私藏的古籍大量流散于民间。北京城内出现了走街串巷专门收购古旧书的行商小贩，他们之后在东、西晓市售卖。此时北京的一些坊肆主既派人到各地收购古旧图书，又潜心在旧货市场捡漏。

清末民初的北京书肆业已走向萧条衰落。清震钧《天咫偶闻》云："大抵近来诸旧家皆中落，子弟不复潜心学业，每一公卿即世，其家所出售者，必书籍字画也。市贾又百方魆之，不售不止，售不尽不止。"[1]往时，官宦人家因家境没落，卖其家藏书籍者不在少数。1900年八国联军侵入，北京遭劫难，旧书多流散于市面上的行商小贩手中。正阳门东打磨厂也有书肆数家，尽是江西金溪人卖新书。在孙殿起《琉璃厂小志》所收录的有关琉璃厂书市记述专书中，缪荃孙《琉璃厂书肆后记》载："厂东门火神庙，正月三日起，至十六日庙会，从前四大家：一宝森堂，一同立堂，一三槐堂，一善成堂，后各家均败，止有零星小摊……伯希辞官以后，探得打磨厂兴隆店，外来书贾货车萃焉，五更开市，各书陈列于地，论堆估值，厂友悉趋之……价廉于厂肆。近无此事，店亦无矣。"[2]

缪荃孙《琉璃厂书肆后记》云："（乾隆己丑）李氏所举数十家，久已不存。"[3]清光绪年间叶德辉《书林清话·卷九·都门书肆之今昔》曰：

---

[1]　（清）震钧：《天咫偶闻》，北京古籍出版社，1982年，第88页。

[2]　孙殿起：《琉璃厂小志》，上海书店出版社，2011年，第79页。

[3]　孙殿起：《琉璃厂小志》，上海书店出版社，2011年，第77页。

"盖吾在都时，厂甸书肆皆在路南，仅有二家在路北。"[1]与李文藻所记大相径庭，其间变故不得而知。

表4-4　1911年琉璃厂书肆名录（39家）

厂桥东（18家）			厂桥西（21家）		
东门外	路北	文光楼	西门内	路北	同好堂
	路北	晋华书局、文益书局		路北	维古山房、修本堂、文英阁、玉生堂、敬业堂
东门内	路南	弘远堂、修文堂、文宝堂、有益堂、荣录堂、松筠阁、槐荫山房、二酉斋、宝华堂、文盛堂、翰文斋、孔群书社、文友堂、肆雅堂、直隶书局	西门外	路南	文琳堂、萃文斋、宏道堂、来薰阁、善成堂、会经堂、文雅堂、保古斋、同古堂、会文堂、九经堂、鸿宝阁、鉴古堂、述古堂、文焕堂

说明：上述坊肆，自东向西排列。据收录于孙殿起《琉璃厂小志》中的缪荃孙《琉璃厂书肆后记》"荃孙又记"内容整理。[2]

文光楼、文宝堂、二酉斋、宝华堂、文琳堂和萃文斋均是旧铺，宏道堂、来薰阁、维古山房、善成堂、会经堂均是旧肆，后者比前者的店面规模和经营范围要大。萃文斋常氏、大文堂（位于琉璃厂路南，江西人刘氏开设）、晋华书局孔氏（正文斋谭氏之亲戚，时有谭氏书售出），仅见缪荃孙《琉璃厂书肆后记》中提及书肆名和肆主姓。修文堂的主人最初为张氏，在辛亥之后是黄氏，这里存疑。琉璃厂书肆，在路南者多，路北者少，生意兴隆、历年久远的多在路南。清光绪初年琉璃厂还有坊肆商号为文会堂、博通馆，但未见文字记载。清同治年间至宣统二年（1910），琉璃厂有修文堂张氏，民国时期隆福寺也有一家修文堂孙氏。

---

[1]　（清）叶德辉：《书林清话》，中华书局，1957年，第345页。

[2]　孙殿起：《琉璃厂小志》，上海书店出版社，2011年，第79—80页。

2.内城的隆福寺书肆

隆福寺书肆分布于东城隆福寺街路南、路北及附近的广汇大院、盐店大院和大沟巷，是东城的文化中心，是北京旧书业的一道不可或缺的风景，规模和影响力仅次于琉璃厂。隆福寺街的旧书铺，连亘数家，少时十多家，多时二十多家。这里的旧书店历史最早，店也很多。经营者基本上是河北帮，个别户是江西人。每逢会期赶庙，多见散落不全又价低的摆摊卖书者。

《道咸以来朝野杂记》云："隆福寺清道光年间只有书肆三处：同立堂、天绘阁、宝书堂。清光绪年间同立堂、天绘阁经营不力，易主改为三槐堂和聚珍堂。清中晚期又陆续开设一些家，较闻名的有修文堂、文奎堂、修绠堂、带经堂等。"[1]由此可知，清道光年间的书肆同立堂是三槐堂的前身，到清光绪年间易主后更名为三槐堂。但孙殿起在《琉璃厂小志·记厂肆坊刊本书籍》中载："三槐堂，龚宜古，于道光□年开设，在隆福寺对门。刊有《图音正考》。"[2]收录于孙殿起《琉璃厂小志》中的张涵锐《北京琉璃厂书肆逸乘》言："民国初年，三槐堂王氏，乃在隆福寺街设肆云。"[3]因此，关于三槐堂书肆的记载内容存疑。另外，文奎堂、修绠堂、修文堂开店最久，藏书最多，是其中之卓荦大者。文奎堂和带经堂是河北束鹿县王云瑞、王云庆兄弟俩分别开设。文奎堂主人，与士大夫常往还，因重信义人称老王。1911年之后的隆福寺书肆，著名的有三槐堂、聚珍堂、宝书堂、文奎堂等。直到1936年，天安门前槐树林中亦多书摊，后迁至东单牌楼东大地，新中国成立后迁入隆福寺人民市场。

清道光年间至民国时期，北京隆福寺坊肆开设总数为38家。其中，道

[1]　（清）崇彝：《道咸以来朝野杂记》，北京古籍出版社，1983年，第19页。

[2]　孙殿起：《琉璃厂小志》，上海书店出版社，2011年，第120页。

[3]　孙殿起：《琉璃厂小志》，上海书店出版社，2011年，第36页。

光年间至清末10家，分别为道光1家、咸丰1家、同治1家、光绪6家、宣统1家、民国28家。（详见附录三）

（三）清代至民国北京书业人的地域分布

进京赶考的举子，有的考中进士作了京官，爱去书肆买书籍购字画；有的没有考中，也会去书肆卖书返乡。最初相传是某位江西考生因应试多次不中，于是在京长期落户，设肆卖书营生。之后同乡来投者渐多，慢慢形成了书业中的江西帮。清乾嘉以来，江西帮书商在琉璃厂火神庙旁建文昌馆，不让北方书估参加。同时期，在北京经营书业的还有来自河北省南宫、束鹿、冀县等地的人士，他们形成了书肆中的河北帮。清末江西帮势衰，河北帮继起，在小沙土园另建北直文昌会馆。江西帮和河北帮都在京建立了书业行会。

这些坊肆主，以江西金溪，河北束鹿、枣强、南宫、新城、冀县、深县人居多，也有江苏苏州、浙江湖州人。现将清代北京书业人地域分布情况罗列如下（按地区、时间先后顺序）：

1.广东（1家1县市）

番禺县，年代不详：邱璞（立达书局）

2.安徽（3家2县市）

（1）县属不详，咸丰年间：徐志沺（宝文斋）

（2）望江县，年代不详：汪全德（务本堂）；汪全义（慎记书庄）

3.福建（1家1县市）

南安，年代不详：洪栖（人人书店）

4.浙江（6家3县市）

（1）绍兴，民国年间：徐幼乔（大东书局北平分局）；邵康钊（世界书局）；胡柏桢（会文堂新记书局）；史惠生（东亚书局）

（2）黄岩，民国年间：梁范（北京图书公社，即龙门书局北平分局）

（3）宁波，年代不详：姜孝范（锦章书局北平分局）

5.江苏（7家5县市）

（1）苏州，乾隆年间：陶氏（五柳居）

（2）吴县，民国年间：钱辅卿（大众书局）；蒋瀚澄（良友公司）

（3）丹阳，民国年间：李耀培（广益书局北平书局）、陈万里（景山书社）

（4）江阴，民国年间：徐孟若（北新书局北平分局）

（5）钱塘，年代不详：崔琦（聚瀛堂）

6.江西（18家）

（1）县属不详，乾隆年间：周氏（焕文堂）

（2）县属不详，道光年间：王氏（三槐堂）

（3）县属不详，咸丰年间：李氏（文华堂）；李姓（龙威阁）；某姓（黎光阁）；曹姓（槐荫山房）；徐姓（宝森堂）；夏麒麟（三槐堂）

（4）县属不详，同治年间：曹光圃（文宝堂）；王姓（玉生堂）；饶起凤（善成堂）

（5）县属不详，光绪年间：徐春佑（二酉斋）；饶丹肇（二酉堂打磨厂）；刘氏（大文堂）；曹智庄（文宝堂）；王胖子（文盛堂）；王鼎魁（铭德堂）

（6）县属不详，年代不详：周秋门（大文堂）

7.湖南（1家）

县属不详，年代不详：周连渠（石渠山房）

8.湖北（1家1县市）

黄冈，民国年间：罗君迪（新生命书局北平分局）

9.山东（5家5县市）

（1）德平县，光绪年间：朱光谱（耀文堂）

（2）县属不详，宣统年间：朱文斌（积山书局）

（3）监山县，民国年间：孙秀岩（文秀书局）

（4）青城，民国年间：于锡珍（文美书社）

（5）无棣县，民国年间：李汝堃（文林阁，与王桂林、王锡林合设）

10.河南（1家1县市）

汲县，年代不详：孙蕴璞（著者书店）

11.河北（330家左右33县市）

（1）冀县

咸丰年间：乔文兴（同立堂）

同治年间：魏清祥（宝林堂）

光绪年间：阎存堂（文元堂）；魏占良、魏占云（文友堂）；魏富泰（文富堂）；谭庆发（正文斋）；辛立章（玉生堂）；阎文炳（同好堂）；赵宸选（宏远堂）；张庆霞、郭长林（宏京堂）；李兰芳（宝书堂）；赵清魁（宝书堂）；程永年（宝经堂）；李同聚（宝笈堂）；郭庭祥（明经堂，与张福起合营）；魏清彬（奎文堂）；岳修身（修本堂）；李彦坤、李泰昭（耀文堂）；刘英怀（鸿文斋）；孙盛（瑞铭斋）；魏云桢、魏占丰、魏桐华（聚好斋）；魏文智（毓文堂）；段双堂（镜古堂）；常永祥（萃文斋）；刘姓（鸿宝阁）；魏垍斌（益文堂）；张林怀（积山书局）；赵鸿儒（尚友堂）；张玉珂（宝华堂）；程存立（宏道堂）；韩克顺（宏德堂）；李澎（西山堂）；师存志（同雅堂）；程永江（会经堂）；尚善修（古芬阁）；傅鸣谦、傅金魁、傅金泉（龙文阁）；马鹏远（文琳堂）；魏显泰、魏兴泰（文贵堂）；耿来发（文远堂）

宣统年间：邢东璧（九经堂）；殷嘉森（保古斋）；孔庆云（晋华书

局）；程锁成（宏道堂）；高秋发（会文书社）；郭长林、郭振湘（文雅堂）

　　民国年间：李怀钧、谷九经（久安堂）；张振泽、赵清森（天都阁，与孙桂浩合营）；黄玉群（丰记书局）；魏文厚、魏文传（文友堂）；魏升甫（文友堂）；李善言（文华堂）；赵书春（文苑斋）；魏文久（文莱阁）；周庆福（朴学斋）；娄升臣（华盛书局、华鑫书局）；魏广州（多文阁）；赵云捷（企古斋）；李馨甫（自强书局）；阎林（同好堂）；张晋甫（宏文斋）；赵朝选（宏远堂）；李魁喜（学古堂）；陈殿维（学海堂）；李同群（养柑斋）；张晋卿（国粹书庄）；魏□□（奎文堂）；李明立（待求书庄）；阎吉和（致雅堂）；孙诚温（修文堂）；孙锡龄、孙诚温、孙诚俭（修绠堂）；刘立苍、刘金源（钧古堂）；赵万清（清芬阁）；孙清淮（崇文斋）；娄升臣（联合书店）；王富晋（富晋书社）；张文堂（焕文斋）；刘明学、刘根锁（翰友堂）；孔三本（繁山书店）；辛金凯（蔚珍堂）；魏吉恒（震旦书林）；刘清林（聚文堂）；李恒聚（聚古堂）；孙健峰（新华书社）；吕锡九（新华书社）；敬义堂（孔繁义）；陈桂祥（森宝堂）；孔宪群（悦古堂，与吕纯良合营）；张继全（继文堂）；孙殿起（通学斋）；张增福（泰山堂）；孙殿荣（荣华堂）；张书绅（珍古斋）；李建吉（宝铭堂）；李庆聚（宝华堂）；吕佩林（佩文书社）；魏桂辰（经腴堂）；马任国（青云斋）；陈文勃（青云斋）；王连跟（环球书店）；白进臣（廷智书店）；张恒成（观古堂）；石杰川（东华书社）；李允中（东华书店）；李殿臣、肖文豹（文渊阁，与张元升合营）；郭继庄（文光楼）；郭纪森（开通书社）；吴希贤（二希堂）；谷九经（九经阁）；赵怡山（赵怡山书局）；魏文（文在堂）；姚景周（藻玉堂，与王雨合营）；张廷书（聚文山房）

　　年代不详：郭振湘（文雅堂）；柴新元（富强斋）；韩克顺（宝善堂）；魏金水（丽生书局）；宋荔秋（宋荔秋书店）；李惠昌（联益书

局）；陈海江（博古堂）

（2）新城县

民国年间：孟繁荣（九经堂新记）

（3）束鹿县

同治年间：丁福堂（文华堂）

光绪年间：王云瑞（文奎堂）；丁福毓（文蔚堂）；孙广盛（善成堂东记，与王光前合营）；王福田（福润堂）；邓存仁（深柳书庄）；王贞和（文瑞堂）；刘盛发（文润堂）；张福起（明经堂，与郭庭祥合营）；王云庆（带经堂）；丁梦松（肆雅堂）；刘英烈（聚珍堂）；王凤仪（德友堂）；乔景熹（景文阁）；邓存仁（有益堂）

宣统年间：王顺和（问经堂）

民国年间：韩荣华、丁冬长、张礼庭（三友书社）；乔仁诚（天禄阁）；刁达臣（文华阁）；丁和诚（文英阁）；王金昌（文奎堂）；张福起（文益书局）；许焕禄（怀文堂）；刁达臣（武英书局）；丁玉田（肆文堂，与史永安合营）；刘书文、刘书升（聚珍堂）；张文魁（瑞文斋）；吕纯良（悦古堂，与孔宪群合营）；刘元奇、刘成文（宝文书局）；耿贻斋（金利书庄）；丁福麟（武学书局）；张文魁（多文斋）；任根怀（弘简斋）；李庆德（正雅堂，与边书桢、王慎言、于永庆合营）；张栋臣、张辅臣（中原书局，曾改名为"建国书店"）；张恒斌（文琳堂）；王殿馨（文殿阁）；张元升（文渊阁，与李殿臣、肖文豹合营）；李丙寅（开明书局，与姜士存、杜桐菜合营）；丁连和（文英阁）

年代不详：陈荫堂（老二酉堂）；张敬堂（致文堂）；丁福毓（荣禄堂）；赵长瑞（长瑞书店）；丁玉山（大树堂）

（4）枣强县

光绪年间：张继德、张振河（宝仁堂）；鹿氏（开通书社）

宣统年间：孟庆德（开通书社）

民国年间：孙桂浩（天都阁，与张振泽、赵清森合营）；步子□（双义书局）；阴永增、裴连顺（文芸阁）；李存贵（文道堂）；马俊祥（艺文书局、穆斋书局、穆斋鬻书处）；李振海、李恒林（会文书局）；郑冠卿（同好堂）；李恒连（连筠书社）；裴连顺（效贤阁）；裴连顺（文芸阁，与阴宏远合营）；郑庆余（道观斋，与刘德山、马朋采合营）；崔世璋（勤有堂）；张立纯（粹雅堂）；郭乔年（稽古堂）；裴成武（蜇英阁）；武辛宰（蔚文阁）；步子□（景华书社）；杜子山（环球书局）；郑庆余（庆古斋）；刘庆珍（吉珍阁）；王慎言、于永庆（正雅堂，与边书桢、李庆德合营）；李振海、李恒普（五洲书局）；张立纯（三友堂，与高新元、赵连元合营）；杨永维（茹芗阁）

年代不详：李庆德（正雅堂）

（5）深县

咸丰末年：王永田（来鹿堂）

同治年间：韩均（书业堂，与崔贞礼合营）

光绪年间：高致平、高存智（文成堂）；张凌贵（复古堂）；姜士存（文明斋）

民国年间：姜士存（开明书局，与杜桐棻、李丙寅合营）；胡昆计（双义书社）；张长起、张德恒（东雅堂，与韩书义合营）；张逢时（亚新书局）；于魁祥（述古堂）；范睿川（知行书店）；朱茂堂（宜古斋）；王永庆（育文图书馆）；张凌贵（南阳山房）；高洪猷（洪友书店）；于玉起（恒古堂）；郭炳文（蟠青书室）；赵郁文（郁文斋）；王士祺（实学书店）；樊文佩（宝会斋）；常春露（佩文斋）；常恩波（佩文斋、佩文斋人文书店）；黄存瑞（青云斋）；左万寿（松古堂）；董同堂（同文堂）；刘炽昌（刘炽昌书店）；孟文彬（华北书局）；李芳甫（生春红书店）；樊文

佩（文鉴堂）；王雨（藻玉堂，与姚景周合营）

年代不详：于士增（京华书店）

（6）衡水县

光绪年间：韩俊华（翰文斋）；张慎田（慎记书庄）；李清和（宝森堂）；刘际唐（松筠阁）；刘学江、祁书山（书业公司）

民国年间：杜桐棻（开明书局，与姜士存、李丙寅合营）；贡士卿（中原书店）；何培元、何建刚（会文斋）；阎新光（函雅堂）；杜世勋（经纬堂）；刘鸣珂（鸣珂书店）；孙镇西（新智书局）；杜辛鹏（澄云阁）；王永森（醉经堂）；韩林蔚（翰文斋）；孙文洲（瀛文斋）；马崇基（槐荫山房）；刘殿五（集文阁）；崔景诗（维古山房）；刘殿文（松筠阁）；曹志诚（志诚书局）；刘殿文、刘殿斌（同文书店）；曹景华（华兴书局）；申征诚（古香书屋）；高鸿猷（文澄阁）；高新元（三友堂，与张立纯、赵连元合营）；张世顺（养静斋）；李锡海（忠厚书庄）

年代不详：李振声（纯华阁）；张谱臣（永和书局）

（7）雄县

民国年间：王仁桢（友仁堂）

（8）宛平县

光绪年间：郭文煜（鉴古堂）；马永（同善堂）；刘应奎（本立堂）

民国年间：富子珍（太平书店）；钱宝臣（亚东书局）；金普安（集成书局）；马朋采（道观斋，与郑庆余、刘德山合营）；金桂懋（荣盛书局）；黄健吾（金城书社）；吴华清（志成书局）；刘耀庭（本立堂）；王亚彭（三树堂）

年代不详：黄健吾（敬文书社）

（9）景州（景县）

光绪年间：刘庆荣（文盛堂）

民国年间：刘国义（文学斋）；刘振昌（振文阁）

（10）宝坻县

光绪年间：赵文元（文焕堂）；张宏（荣华堂）；王光前（善成堂东记，与孙广盛合营）

年代不详：王连锡（博文斋）

（11）故城县

民国年间：韩立本（见斋书室）

（12）交河县

光绪年间：张宝善（修文堂）

宣统年间：边义元（直隶书局，与宋魁文、刘春霖合营）

民国期间：韩书义（东雅堂，与张长起、张德恒合营）、张瑞昌（瑞芝阁）；韩凤台、韩书田（保萃斋）；魏金水、李恩之（东来阁）；张健堂（孔群书社）

（13）南宫县

宣统年间：宋魁文（直隶书局，与边义元、刘春霖合营）

民国年间：邢荫华、邢之君（华文书社）；陈连彬、陈济川（来薰阁）；邴金渡（邴金渡书店）；白广镇（尊文阁）；白香亭（学古堂）

年代不详：胡增寿（胡介眉书帖店）

（14）大兴县

民国年间：杨雨露（好古堂）；安文魁（耀文书局）；安瑞麟（耀文堂）；张髭（得利、复兴）；章熙廷（富强书局）；常长顺（隐逸书局，与刘德山合营）；孙伯恒（商务印书馆北平分馆）；普志园、金桂懋、常长顺（集成书局）；金桂懋（集成书局）；何长荣（向之书局）；金双保（文化书局、文化堂）

年代不详：张庆魁（瑞文书局）

（15）盐山县

民国年间：宋兆亭（齐鲁书社）

（16）新河县

光绪年间：乔姓（述古堂）

宣统年间：乔度才（述古堂）

民国年间：王志鹏（萃文斋）

年代不详：张樾承（同古堂）

（17）房山县

民国年间：杨学坤（厚记书社）；吕睿泉（文化学社）

（18）安次县

民国年间：谷镜波（朔风书店）

（19）武邑县

民国年间：李铭珍（铭珍斋）；张俊傑（群玉斋）；张俊义（懿古书店）；薛云亭（郁文斋）

（20）定兴县

民国年间：史永安（肆文堂，与丁玉田合营）

（21）任邱县

光绪年间：王凤仪（德友堂）

民国年间：王景德（德友堂）；王中华（文萃堂）；王文进（文禄堂）

（22）良乡县

光绪年间：石镇（黎光阁、文光楼）

民国年间：崔恺（文光楼）

（23）清苑县

民国年间：刘续川（新华书局）

（24）蓟县

民国年间：王仲（泰山书局）

（25）卢龙县

民国年间：白眉初（建设图书馆）

（26）通县

民国年间：刘德山（道观斋，与郑庆余、马朋采合营）；刘德山（隐逸书局，与常长顺合营）；刘敬轩（学古山房）

（27）香河县

年代不详：刘玉铮（宝文堂同记）

（28）满城县

宣统年间：刘春霖（直隶书局，与宋魁文、边义元合营）

（29）井陉县

民国年间：高衷祺（北平科学社）

（30）东光县

民国年间：边书桢（正雅堂，与李庆德、王慎言、于永庆合营）

（31）三河县

民国年间：傅青俊、赵庭贵（文萃斋）

（32）吴桥县

民国年间：赵连元（三友堂，与高新元、张立纯合营）

（33）盐山县

光绪年间：张福顺（宝文堂、宝森堂）；张薪甫、张树勋（宝森堂）

民国年间：王桂林（新明书局）；张兰亭、王桂林、郭明泉（求古堂）；王桂林、王锡林（文林阁，与李汝堃合设）；王锡林（文运堂）；郭玉玺（文益书局）；吕清注、张玉琏（清玉阁）、王桂林（宝林堂）；王锡林（文运堂）；吕清注、张玉琏（清玉阁）

12.山西（2家2县市）

（1）长治县

同治年间：崔贞礼（书业堂，与韩均合营）

（2）县属不详

同治年间：李炳勋（宝名斋）

13.天津（5家）

民国年间：周支山（中华书局北平分局）；邵松如（文化学社）；陈大江（荣记书局）；张保善（玉记书局）

年代不详：段宇樵（仰古斋）

14.北京（3家2县市）

（1）昌平县

民国年间：张润芳（述文堂）；田富有（文通阁）

（2）县属不详

民国年间：傅宗泰（文汇阁）

清咸丰、同治之前，琉璃厂书业多为江西人经营，在厂东门设文昌馆。清光绪中叶之后，河北人从事此业者多，自成河北帮派，在琉璃厂小沙土园另设文昌馆。河北帮中多为冀县、南宫人，经营模式是互相引荐子侄，由乡间走入城市谋生。他们安于肆贾，多少年来师弟相承，父子相继。清光绪六年庚辰（1880），同好堂的肆贾是父子相继，又转让给同乡；清光绪十年甲申（1884），聚好斋是父子和孙子；清光绪八年壬午（1882），文友堂是父子和侄儿；清光绪十□年，宏京堂是舅舅和外甥，奎文堂是坊肆主和族人，翰友堂是同乡几人合伙。民国六年（1917），修缒堂则是父子相承，兄弟合营。另外，肆贾的姓氏和特点在仅有的文献资料中也详细记录，如乾隆年间的延庆堂刘氏项生大瘤，人呼为刘葛哒；清光绪二十□年文盛堂是江西人王氏所开，人称王胖子。南方人在北京开设书坊，带来了南边的书籍资源，也势必会影响北京书坊刻印的风格。

清代至民国时期的河北人，对于贩书情有独钟，不仅在京畿地区活动，还不远万里前往东北地区。1913年，河北乐亭县人姚相轩在哈埠道外南三道街2号创办了新华印书馆（又称新华书馆），主营书刊文具，兼揽印刷，以启蒙读物为主，是哈埠较大的一家书店业。1916年，上海中华书局在哈埠道外十道街开办了中华书局滨江支局，经理人谷正钧，经营图书文具，主要从上海中华书局总局或上海其他书局购进货物。1929年，河北束鹿县人赵仲勋在哈埠道外南五道街1号开设了大东书局，经营图书文具，兼批发零售，主要以上海商务书局、世界书局、开明书店和中华书局等处为货源。

琉璃厂、隆福寺街旧书业有一种坐地行商的小书店，只有一间小门面。小书店经营灵活，时开时关。店主凭借一张包袱皮和少量本钱就开业，去外地用低价收购旧书，背回北京以高价卖出，从中获利。常人春《老北京风情记趣·卖唱本》中记载："虽说是唱本，但质量极糙，由于当时使用的是'工尺字'曲谱，很少有人会用，故只印上唱词而已。""有些外乡人把唱本趸来，用蓝布包裹，背到庙会或市场上出售，其经营方式是将唱本平铺于地，然后就地'画锅'拉场子，以演唱为招徕主顾的手段……唱着与所卖的唱本有关的小曲……如果有人要买唱本，则马上暂停，等把主顾伺候走，再接唱下段……等卖得差不多时，再换个曲子……有的花几个铜钱，买本唱词，站在那里跟他学唱。等到太阳偏西了，他收了摊，主顾们也学会了。因此，生意颇为兴隆。那些专凭地摊正宗卖唱本的都被他㲹了行。"[1]追求利润是旧书业开展一切经营活动的出发点，有住在隆福寺街盐店大院独自经营的河北宁晋县人袁同森、冀县人吕清荣，更有一群特殊的书肆估人"跑单

---

[1]　常人春：《老北京风情记趣》，北京出版社，1993年，第50—51页。

帮"：清光绪二十五年己亥（1899），有益堂书估河北束鹿县人邓（丁）存仁（字峻山）常赴广东收购书籍，这是书肆圈子中关于远路收书的最早记载。清光绪二十□年，住在地藏庵内的河北冀县人孙进德（字信甫）时常往山东收书，南宫县人袁经纬（字少章）每年外出收书。清光绪二十九年癸卯（1903），住在厂甸复古堂同院的河北冀县人丁廷选（原名文礼，字俊丞）常往江浙等地收书，购得秘本毛抄很多。河北冀县人张林怀于光绪□年，衡水县（今河北衡水市）人左书升、束鹿县人赵永治于清光绪二十□年，冀县胡治稳于1918年，先后住在文昌馆内售卖旧书。清光绪二十七年辛丑（1901），住在文昌馆内的崔学德，二十余年来赴河南收书。清光绪二十七年辛丑（1901），住在河北宝坻县的刘宇清常往苏、沪等地收书。清光绪三十四年戊申（1908），住在河北衡水县的萧金铭常往两湖、江浙、皖南、皖北、山东、河南等地收书，1915年于山东购得宋麻沙本《三礼图》（汲古阁毛氏藏物）。清光绪三十□年，住在文昌馆内的衡水县人崔景云自宣统间二十年来常往真定收书，购得梁蕉林家藏之书颇多。衡水县人刘安居，从1925年至1932年在山东济南经理翰文斋分号，后回京独自经营，常往山东、湖南、湖北、江苏、浙江、安徽等地收书。民国十□年，住在河北衡水县的彭文麟，常往山东、山西、河南、江西、安徽、湖南、湖北等地收书，曾在山西某县古玩铺以廉价购得《永乐大典》十余册。

清代孙殿起在《琉璃厂书肆三记》中单独刊载了隆福寺三位坊肆主，与各书籍坊肆名称相提并论：吕清荣（河北冀县）、孙诚巨（河北冀县）、袁同森（河北宁晋县）。书中详列了琉璃厂30位肆主：刘炽昌（河北深县）、丁廷选（河北束鹿县）、白廷智（属地不详）、张宗兴（河北束鹿县）、李跟祥（河北冀县）、牛进福（河北冀县）、孙进德（河北冀县）、袁经纬（河北南宫县）、王恩桂（河北三河县）、李福荣（河北冀县）、苏世桐（河北冀县）、韩树田（属地不详）、张林怀（河北冀县）、何长洲（河北衡水县）、左书升（河北衡水县）、赵永治（河北束鹿县）、崔学德（属地不详）、胡治稳（河北冀县）、崔景云（河北衡水县）、刘安居（河北衡水县）、李恒坦（河北冀县）、贡士才（河北衡水县）、郑纯义（河北冀县）、杜世勋（河北衡水县）、彭文麟（河北衡水县）、周康元（江西临川县）、薛学珍（河北冀县）、魏进考（河北冀县）、刘宇清（河北宝坻县）、萧金铭（河北衡水县），以及其他坊肆主三位：李子才（河北南宫县）、李书舟（河北枣强县）、萧福江（河北衡水县）。

　　对于这些靠书牟利生存的人来说，文献史料中不同时期的不同称呼也意味着经营者身份地位的历史变迁。收录于孙殿起《琉璃厂小志》中的李文藻《琉璃厂书肆记》言："北口路西有文粹堂金氏，肆贾谢姓，苏州人。"[1]缪荃孙《琉璃厂书肆后记》言："路北有宝名斋，主人李衷山，山西人"，"再西则肆雅堂，肆主丁子固"。[2]清叶德辉《书林清话·卷九·吴门书坊之盛衰》中提到"常熟苏姓书估"[3]。这一时期，对书肆的出资人直称姓氏或主人，书肆聘请的经营管理者称肆贾，二者身份兼备的称肆主。到民国之后，随着政府和民间资本集团化经营的发展趋势，他们有了更为时髦的称谓"经理"或"书业人"。《中国古代书坊研究》中则把"在城市中主要从事抄本书买卖，主持书肆业务的小商业主"称"书坊主"。[4]我们认为，在清代书林中"坊"与"肆"的区分不够清晰，一般称之为"坊肆主"，民国时期称为"经理"，总体统称"书业人"。

---

[1]　孙殿起：《琉璃厂小志》，上海书店出版社，2011年，第75页。

[2]　孙殿起：《琉璃厂小志》，上海书店出版社，2011年，第78页。

[3]　（清）叶德辉：《书林清话》，中华书局，1957年，第337页。

[4]　戚福康：《中国古代书坊研究》，上海商务印书馆，2007年，第28页。

二、盛京坊肆的文人型经营模式

张秀民《中国印刷史》言："北京又有所谓子弟书，是鼓词的一个支流，约有一千种……刊行鼓词、子弟书最多的有北京文萃堂、二酉堂、会文山房等书坊，光绪间盛京聚盛书坊、程记书坊，辽阳三文堂出版有《新蓝桥》《双美奇缘》等，可见子弟书又流行关外。"[1]

盛京旗人圈的文人们不仅仅满足于在书社中的演唱和小范围的创作，他们迫切希望把自己的作品刊刻出来、流传出去。根据文献资料记载，东北地区共设有八旗说唱文学坊肆11家。其中，盛京有5家，除东都石印局属民国时期外，其余均为清代同治年间以来的坊肆。曲本有清同治年间程记书坊刻本《双美奇缘》；有财盛堂（书坊）刻本，清同治十三年甲戌（1874）《糜氏托孤》[2]，清光绪二十年甲午（1894）《全德报》[3]《宁武关》[4]，清光绪三十二年丙午（1906）《张良辞朝》，《鞭打芦花》《薄命辞灶》《麟儿报》《论语小段》，《全忆真妃》（中国国家图书馆藏，清音子弟书，一册）；有文盛堂（书房）刻本《浪子叹》《露泪缘》，清光绪十九年癸巳（1893）《蝴蝶梦》，清光绪二十二年丙申（1896）《焚宫》[5]《绝红柳》，清光绪二十四年戊戌（1898）刻本《双玉听琴》《全德报》；有聚盛书坊清光绪三十二年丙午（1906）刻本《新蓝桥》。上述子弟书曲本未标注资料来源者，均据《清代八旗子弟书总目提要》[6]著录。

盛京关于书坊的最早记载出现在清嘉庆末年至道光初年，是指嘉庆、道

[1] 张秀民：《中国印刷史》，上海人民出版社，1989年，第606页。

[2] （清）韩小窗：《韩小窗子弟书》，沈阳出版社，2015年，扉页照片第5—6页。

[3] （清）韩小窗：《韩小窗子弟书》，沈阳出版社，2015年，扉页照片第5—6页。

[4] 黄仕忠：《新编子弟书总目》，广西师范大学出版社，2012年，第328—332页。

[5] （清）韩小窗：《韩小窗子弟书》，沈阳出版社，2015年，扉页照片第8页。

[6] 昝红宇：《清代八旗子弟书总目提要》，三晋出版社，2010年。

光年间盛京名士缪公恩联合友人集资开设的会文山房。会文山房是东北地区一家享有盛誉的书坊，有精品问世。会文山房刻本多标以"清音子弟书"，但尚未发现当时所刻书籍及相关文献的明确记载。另一种说法是，清同治九年庚午（1870）六月会文山房开业经营，"主要印刷发行经史子集之类古籍，作为当时科举选士必读之物。据说还出版过傅梓编写的子弟唱段，但不久被清政府予以禁止。到清同治九年（1870），会文山房已粗具规模，开始印刷发行《子弟书》作为艺人演唱的蓝本。同时还刊印了《陪都景略》，成为最早介绍沈阳风土人情杂事的通俗书籍"[1]。《陪都纪略》的编者刘世英在书中提到："会文山房，在当时盛京四平街东。主人为辽西锦邑邸艺圃。"[2]邸艺圃即指清同治年间盛京的邸文裕。

清同治十年辛未（1871），会文山房刻版印行过邸文裕与沈阳文人金居敬合编的《陪都景略》。该书编辑者邸文裕介绍，会文山房设在盛京城内钟楼南路西，灰市口北，毗邻商业区四平街。邸文裕原稿自题会文山房经营范围是："打鸟丝，画博古。文人作，子弟书。真草字，寿山图，刷仿影，刻图书。宣笺纸，分十路，红白扣，八行书。名家贴，写桃符。"[3]也就是裱画装潢，词林、石图和水笔的售卖，以及子弟书篇的刊行。它类似于清代北京琉璃厂中的搢绅铺、南纸店和字画图章笔墨铺。其门前挂着"会文山房"四字匾额，喜晓峰题写，是"会面居然皆大雅，文心自古有雕龙"[4]之意。门上书有邸文裕友人周怡远所题对联"会得有缘人俱是书家画手，文成无价宝莫非翰墨图章"。清同治十二年癸酉（1873）刊布的《陪都纪略》还记载："会其大意颐同解，文有别肠体不拘。灯谜联徐俚门撰，裱画刻字

---

[1]　聂德宣：《清末的沈阳书店》，《文化资料选》1985年第1期，第61页。

[2]　（清）刘世英：《陪都纪略》，沈阳出版社，2015年，第171页。

[3]　（清）刘世英：《陪都纪略》，沈阳出版社，2015年，第331页。

[4]　（清）刘世英：《陪都纪略》，沈阳出版社，2015年，第332页。

铺。"此联与匾额相互照应，取"以文会友，心有灵犀可同饮一杯酒"[1]之意。这些对联、牌匾的题写，彰显了会文书坊主人对于志同道合友人的渴慕，对于书文编、刊、播的雅致追求，认为"文"是不同于翰墨的无价之宝。由此可知，他们对于本书坊所编撰、刻印、刊行的曲本书籍，必是经过认真挑选，在质量上力求精益求精。其实邸文裕所开办的会文山房，是商业坊肆经营与文人"书会"兼而有之。《陪都纪略》的编者刘世英与邸文裕是世交，在其书中也提到"会文山房是清末盛京城内，以经营文房四宝和刻售鼓词、书帖为主的书坊。因其经营者邸艺圃广交文士，成为盛时一极的文人聚会之所"[2]。

会文山房刊刻的子弟书，现有存本情况如下：

一是清同治二年癸亥（1863）刻本《忆真妃》。收录在《子弟书集》第一辑第21—23页中的该曲本，封面题：癸亥长夏新镌（左）、忆真妃（中）、会文山房藏板（右）。附图一幅。全文上端有眉批，盛赞其："绝妙好词，句句是情，句句是景，情中景，景中情，双管齐下，横扫五千。"[3]这是会文山房较早出版的子弟书篇。

二是清同治十三年甲戌（1874）刻本《烟花楼》，卷首载二凌居士（邸文裕）跋文，云："《烟花楼》乃《水浒传》第二十回事，近来都门名手编出子弟书词。有江湖清客友人张松圃，贯串其辞，余笔录之，脍炙口谈。原本一段，今更为四回。观情会意，被短截长，未免画蛇……"[4]清光绪三十一年乙巳（1905）还有老会文堂刻本《烟花楼》（不分回）。[5]《子弟

---

[1] （清）刘世英：《陪都纪略》，沈阳出版社，2015年，第182页。

[2] （清）刘世英：《陪都纪略》，沈阳出版社，2015年，第331—334页。

[3] （日）波多野太郎编：《子弟书集》（第一辑），日本横滨市立大学纪要，1975年，第24页。

[4] 傅惜华：《子弟书总目》，上海文艺联合出版社，1954年，第91—92页。

[5] 傅惜华：《子弟书总目》，上海文艺联合出版社，1954年，第133—134页。

书之题材来源及其综合研究》著录："此书前附有海上非非居士题跋云：
'……有江湖清客友人张松圃，贯串其辞，余笔录之，脍炙人口……'"[1]
由上可知，"海上非非居士"也称"二凌居士"，即会文山房主人邸文裕。

　　三是清光绪二年丙子（1876）刻本《宁武关》。收录在《韩小窗子
弟书》中的该曲本，封面题：清音子弟书（左）、会文山房藏板 宁武关
（中）、光绪丙子荷夏上澣之吉镌（右）。曲文前有匠体序文："稗官野史
高士批评，论三纲之大节，传百世之英明。周总镇千秋正气，宁武关万代光
容。写慈母良言善语，描夫人玉洁冰清。小公子品同红珊碧树，老家将志秉
翠柏苍松。漫道词场浮夸尽出青莲才子，请看艺苑妙语不啻乌角先生。纸贵
洛阳是三都作赋，书行海内为五没陈情。赞著手之豹管，表将军之精忠。"
结尾处有"同乡处士朱儒流谨跋"，曰："周将军原籍锦州，镇守宁武关山
西代州等处总镇，殉难于崇祯十七年。国朝定鼎，顺治建元甲申，奉天锦州
城西门外街北建有专祠，内塑全眷象，宛然如生。其余享忠烈、表扬大节，
与关壮缪、岳忠武同一典辙。英风不朽，忠孝节义萃于一门，可谓大丈夫
哉。"[2]沈阳故宫博物院佟悦在《韩小窗子弟书盛京刻本附记》一文中提及
《宁武关》："书末有二凌居士跋语：'周将军原籍锦州……英风不朽，
忠孝节义萃于一门，可谓大丈夫哉。同乡处士未儒（入）流谨跋。'"[3]朱
儒流，可能是"未儒（入）流"之误。"未儒（入）流"与二凌居士同为
一人。此外，《新编子弟书总目》著录《宁武关》，还有清光绪六年庚辰
（1880）会文山房刻本、清光绪二十年甲午（1894）财胜堂刻本、清光绪
二十三年丁酉（1897）文盛堂刻本。[4]

---

　　[1]　陈锦钊：《子弟书之题材来源及其综合研究》，载台湾"国立"政治大学中国
文学研究所博士论文，1977年，第18页。

　　[2]　《鼓词汇集》（第一辑），沈阳市文学艺术工作者联合会，1956年，第107—114页。

　　[3]　（清）韩小窗：《韩小窗子弟书》，沈阳出版社，2015年，第536页。

　　[4]　黄仕忠：《新编子弟书总目》，广西师范大学出版社，2012年，第328—332页。

四是清光绪十八年壬辰（1892）刻本《糜氏托孤》。《子弟书集》第一辑文本第33—36页著录长田夏树藏本。封面题：清音子弟书 会文山房（左）、糜氏托孤（中）、光绪壬辰榴月梓镌（右）。另外，早在清同治十三年甲戌（1874）已出现盛京财胜堂《糜氏托孤》，曲文前有二凌居士手写体序言："《糜氏托孤》，子龙救主。字字金石，句句入骨。写夫人节义无双，表将军忠心不二。作者笔快如刀，观者眼明似镜。通篇看来，会意传真，两回编完，文心巧妙，描写如画更如生，神龙见首不见尾。甲戌上巳之书题于静乐轩。二凌居士谨识。"[1]《韩小窗子弟书》载："波多野太郎《子弟书集》收有长田夏树藏光绪十八年盛京会文山房刻本，封面题'光绪壬辰榴月梓镌/糜氏托孤/清音子弟书/会文山房'。篇前二凌居士序同前。"[2]"篇前二凌居士序同前"是指清光绪十八年壬辰（1892）盛京会文山房刻本《糜氏托孤》篇前的二凌居士序文，与清同治十三年甲戌（1874）盛京财胜堂《糜氏托孤》的二凌居士序文相同。由此可知，财胜堂刻本《糜氏托孤》于同治年间刻印，会文山房则在光绪年间重刻，但会文山房在书名版权页和序跋中并未申明是重刻，仍需比对两种刻本的内文进一步判断其是否完全相同，目前仅凭《韩小窗子弟书》中的《糜氏托孤》书名版权页照片很难得出结论。一种情况是没有版权意识的任意翻刻；一种可能是光绪年间的财胜堂和会文山房在经营上有千丝万缕的关联，令其在销售流通领域可以忽视。

另有清光绪十八年壬辰（1892）刻本《青楼遗恨》。收录在《韩小窗子弟书》中的该曲本，封面题：清音子弟书 会文山房藏（左）、青楼遗恨（中）、光绪壬辰新秋上澣（右）。书中还载有同年财胜堂版《青楼遗恨》，封面题：清音子弟书 财胜书房藏板（左）、青楼遗恨（中）、光绪

---

[1] （清）韩小窗：《韩小窗子弟书》，沈阳出版社，2015年，扉页照片第7页。

[2] （清）韩小窗：《韩小窗子弟书》，沈阳出版社，2015年，第534页。

壬辰新秋上澣镌（右）。《新编子弟书总目》著录，中国艺术研究院藏有清光绪三十一年乙巳（1905）老会文堂刻本《青楼遗恨》，封面题"光绪乙巳季春之月重刊""盛京老会文堂印"。由书名版权页相似的信息可以看出，会文山房和财胜堂在同一年同一时间"新秋上澣"（即秋天第一个月的上旬）刻印，这一现象令人费解。再结合这两种曲文前的二凌居士手写体序文来看，内容大致相同："前人韩小窗，所编各种子弟书词，颇多脍炙口谈，堪称文坛捷将，乃都门名手。惟此《悲秋》一段，未注姓氏。而句中笔法，可与欧阳赋共赏。描写传伸（神），百续不厌。故将本内错字，更正无讹，令看官入目了然。书坊主人求余跋序，仅题二句云：'乃见焕乎非俗子，不知作者是何人。'二凌居士拜观。"（扉页照片第二页）但又小有差异，财胜堂刻本录有"心思费尽，描写杜十娘一片痴心，李生一派负心，孙富一种淫心，柳遇春一点良心，青楼姐妹一团热心，作者一段会心，读者一般赏心。余本无心，故而专心，以公同心，庶几悦心、快心。问吾居心，心不在焉，为此留心，待遇知心。未儒（入）流题于静乐轩中"[1]。财胜堂版《青楼遗恨》的书名版权页上写"财盛书房藏板"和"光绪壬辰新秋上澣镌"，比会文山房版分别多出两个字"板"和"镌"。据此可推测，会文山房藏有《青楼遗恨》原本，财胜堂进行了板上镌刻。在财胜堂刊刻过程中，补充加写了二凌居士对曲本人物更为细致入微的体悟，或欣赏品评，或介绍作者。

五是清光绪二十年甲午（1894）刻本《得钞傲妻》。收录在《韩小窗子弟书》中的该曲本，封面题：子弟书 盛京会文山房藏本（左）、得钞傲妻（中）、光绪甲午年正月上浣新镌（右）。

六是清光绪二十六年庚子（1900）刻本《樊金定骂城》。收录在《韩小窗子弟书》中的该曲本，封面题：子弟书 盛京会文堂（左）、樊金定骂城

---

[1] （清）韩小窗：《韩小窗子弟书》，沈阳出版社，2015年，第535页。

（中）、光绪庚子年桃月镌（右）。

　　七是清光绪二十七年辛丑（1901）刻本《黛玉悲秋 》，分别在盛京的会文山房、财胜堂和文盛堂刻印刊行。第一，会文山房版《黛玉悲秋》。收录在《子弟书集》（第一辑文本，第109—114页）中的该曲本，封面题：石头记子弟书 会文山坊（左）、黛玉悲秋（中）、光绪己亥季春月重镌（右）。有序言"前人韩小窗，所编各种子弟书词，颇多脍炙口谈，堪称文坛捷将，乃都门名手。惟此《悲秋》一段，未注姓氏。而句中笔法，可与欧阳赋共赏。描写传伸（神），百续不厌。故将本内错字，更正无讹，令看官入目了然。书坊主人求余跋序，仅题二句云：'乃见焕乎非俗子，不知作者是何人。' 二凌居士拜观。"会文山房，有时也写作"会文山坊"。此为该书坊《黛玉悲秋》的重刻本，其初刻本是何年不得而知，可见其受欢迎程度和销路之好。书坊主人为提高其知名度，向二凌居士约求序跋。据《新编子弟书总目》著录，清光绪二十七年辛丑（1901）盛京文盛堂有会文山房刻本《露泪缘》[1]，曲文前有二凌居士题识，原由阿英藏书。第二，财胜堂版《黛玉悲秋》。《韩小窗子弟书》扉页照片第六页右上是财盛书坊刻本《黛玉悲秋》，封面题：全部 盛京财胜书坊藏板（左）、黛玉悲秋（中）、清音子弟书红楼梦下接露泪缘（右）。说明盛京财胜堂刊刻了整套清音子弟书《红楼梦》，《黛玉悲秋》和《露泪缘》仅是其中两部。第三，文盛堂版《黛玉悲秋》。收录在《韩小窗子弟书》中的文盛堂刻本《黛玉悲秋》，封面题：石头记子弟书 文盛堂记（左）、黛玉悲秋（中）、光绪己亥季春月重镌（右）。收录在《子弟书集》（第一辑，第134—154页）中的该曲本，封面题：头本上结黛玉悲秋 文盛书房梓行/二本 三本/（左）、露泪缘（中）、新刻子弟书（右）。回目：凤谋、傻泄、痴对、□□、□□、误

---

[1]　黄仕忠：《新编子弟书总目》，广西师范大学出版社，2012年，第468页。

喜、鹃啼、婚诧、诀婢、哭玉、鹃□、证缘、余情。吴晓铃在《绥中吴氏双椅书屋所藏子弟书目录》中著录："题：露泪缘；注：'清刊本，一册。在谨案中曰：余所知见之溢出傅氏目录外者，复有辽宁省图书馆及日本长田夏树氏所藏文盛书房刊二凌居士序本，波多野太郎氏所藏上海锦章书局石印本暨余所藏疑是崇文阁所刊之此本也。'"[1]两种文盛堂版的子弟书正文前都刊载了二凌居士序跋，内容与会文山房版完全相同，说明会文山房和文盛堂处于同一时期，有一定的联合经营关系，合作密切。二凌居士邸文裕是会文山房主人，同时为文盛书坊书文写序跋，推测其或为文盛堂长期约稿者、编辑人，或也为文盛堂主人，这仍需更多的资料作为佐证。

八是清光绪二十九年（1903）刻本《吊绵山》。收录在《子弟书集》第一辑第1—2页中的该曲本，封面题：时癸卯清明（左）、吊绵山（中）、临滇痴痴子 岁京会文山房（右）。末句是："至而今汾州留下禁烟节，一年年冷餐风雨过清明。"[2]《鼓词汇集》（第一辑）题：重耳走国。末四句是："至而今汾州留下禁烟节，一年年冷餐风雨过清明。小窗氏泪洒忠贤谱，描写列国君吊卿。"[3]据末句可知作者为韩小窗。但《鼓词汇集》所录文本与其他版本（如《子弟书珍本百种》等）相比较，几乎相同，唯多最后两句。关于编撰者，存疑。

此外《新编子弟书总目》著录，今中国艺术研究院收有傅惜华旧藏本清同治十二年癸酉（1873）刻本《大烟叹》，书名版权页题"会文山房"。《子弟书集》第一辑载长田夏树藏本，封面题：（左）清音子弟书，（中）

---

[1]　吴晓铃：《绥中吴氏双椅书屋所藏子弟书目录》，《文学遗产》1982年第4期，第156页。

[2]　（日）波多野太郎：《子弟书集》（第一辑），日本横滨市立大学纪要，1975年，第1—2页。

[3]　《鼓词汇集》（第一辑），沈阳市文学艺术工作者联合会，1956年，第164—166页。

大烟叹，（右）同治昭阳作鹗季冬镌。《韩小窗子弟书》所收版本（扉页照片第八页下）与之相同，均未标明"会文山房"。曲文前有"未入流录于静乐轩中"的序言："量不在高，有瘾则名。交不在深，有钱则灵。斯是烟客，惟群类馨，横陈半面黑，斜卧一灯青。谈笑有走狗，往来无壮丁。可以枕瑶琴、编茶经，无忠言之逆耳，无正事之劳形。长登严武床，如在醉翁亭。鬼子云何戒之有。"回顾上文，把财胜堂《糜氏托孤》二凌居士的谨识"甲戌上巳之书题于静乐轩"、财胜堂《青楼遗恨》"未儒（入）流题于静乐轩中"和文盛堂、会文山房《黛玉悲秋》曲文前的二凌居士序跋，以及会文山房《宁武关》"未（朱）儒（入）流"跋语结合起来看，可以推断邸文裕有二凌居士、未儒（入）流和海上非非居士之别称。据"光绪元年（1875）会文山房刻本《白话成文》邸氏自序：'余性本拙鸠，情同懒鹊，一生潦倒，半世无成。今近不惑之年，诗文少见，笔墨难明。'"[1]可知，有一定文学修养的邸文裕，是胸怀大略的。清乾隆八年（1743），皇帝第一次拜谒祖陵时曾写下著名的满文体《盛京赋》。邸文裕在世交刘世英编著的《陪都纪略》中也曾撰写题识《志疆域》和《盛京论》，精准概述了清代陪都盛京是边防之重、王业所基、翰拱神京的历史地位，热情赞誉了盛京的地利形胜、物阜丰沛和人气旺盛。因此，邸文裕不仅是商人，是坊肆主人，也是积极参与子弟唱本创作的下层文人。仕途不畅、年近不惑的邸文裕寄情于通俗文学的创作，自编子弟书《别善恶》以求"与市井助兴消愁解闷烦"。开首"末儒流看透了世态炎凉薄如纸"点明了撰者为邸文裕。在"诗篇"中发出"为人难作作人难"的苦衷，在曲词中唱出"众善奉行反来竟成绝户气，诸恶做尽这些东西倒儿女双全……任凭你说的巧腔儿珠玑妙句儿锦绣，也不能挂才子匾也不能立学问旗杆"的愤懑之情，终了以"莫看眼前天理循

---

[1]　（清）刘世英：《陪都纪略》，沈阳出版社，2015年，第332页。

环无报应，观后效史书上自有芳名万古传"之话聊以自慰。[1]《子弟书珍本百种》文末写所收子弟书《别善恶》为"久敬斋石印本"。

盛京地区的这三家书坊，包括财胜堂（财盛书坊）、会文山房（会文山坊、会文堂、老会文堂）和文盛堂（文盛书坊）在内，因二凌居士在子弟书的选稿、刊刻、发行方面将之紧密地联系在一起，或同为一家书坊主人的不同堂号，或是同一爱好群体的相互帮衬与扶持。会文山房所形成的文人型经营模式，是以一批约稿人或朋友或同乡的下层文人身份，密切活跃在书坊周围。他们志同道合，给书坊编稿、校勘，甚至评点、写序跋。这些人在当时盛京的文人圈中都小有名气，具有较高的文化水准。他们都是在会文山房主人的组织下，编写刊刻，接纳文酬，在盛京形成了以荟兰诗社下层文人为主体，依托会文山房编刊书籍为目的的书坊文人群体。他们在共同爱好中工作交流，以文会友，切磋技艺。纵观会文山房在子弟书封面上的题字，诸如"光绪己亥季春月重镌"（《黛玉悲秋》，会文山房刻本）、"光绪戊戌年次臾伏日梓镌"（《双玉听琴》，文盛堂刻本）、"同治甲戌清和月""光绪壬辰榴月梓镌"（《糜氏托孤》，财胜堂、会文山房刻本）、"光绪甲午年正月上浣新镌"（《得钞傲妻》，会文山房刻本）、"光绪庚子年桃月镌"（《樊金定骂城》，会文堂刻本）、"光绪壬辰新秋上瀚"（《青楼遗恨》，会文山房刻本）和"光绪丙子荷夏上瀚之吉镌"（《宁武关》，会文山房刻本），以及"同治昭阳作萼季冬镌"（《大烟叹》，会文山房刻本），不难发现，盛京八旗说唱文学坊肆刊刻活动频繁有序，一年到头，从春到冬，连过年正月里、夏季入伏天都井然有序地安排刻书事宜。

自清同治初年至光绪末年，以会文山房为核心的盛京坊肆刊刻八旗说唱文学的活动从未间断过，甚至庚子之年，他们都未被战争所扰。尤其在

---

[1] 张寿崇：《子弟书珍本百种》，民族出版社，2000年，第504—506页。

光绪年间，盛京名气较大的书坊都在争先恐后地刊刻《红楼梦》，以清音子弟书、子弟书小段的形式广泛流播。正如清光绪二十四年戊戌（1898）盛京文盛堂刻本《双玉听琴》曲文末二凌居士题诗所言："作者当年手非凡，都门名士共相传。开谈不讲《红楼梦》，读尽诗书是罔然。"[1]最早整理的一百二十回《红楼梦》程甲本，就是在清乾隆五十六年辛亥（1791）由程记书坊刊印的。这是一代又一代八旗子弟用自己的努力对旗籍文人创作进行保护、宣传和留存，也充分说明了满汉文化交融的子弟书词被广泛刊刻行市，虽属于不登大雅之堂的末技，但为社会各阶层群众所喜爱和欢迎。

清代子弟书多为盛京地区旗籍文人所创，最享盛名的首推韩小窗，春树斋、张松圃等位列其中。清同治末年，会文山房出版了一批标明为"清音子弟书"的曲本，有喜晓峰《忆真妃》、缪润绂《锦水祠》、春树斋《蝴蝶梦》、韩小窗《大烟叹》《周西坡》《千金全德》《绝红柳》《露泪缘》《梅峪恨》《游旧院》《青楼遗恨》等。后来北京百本张把这些刻本转誊为手抄本，于北京发行。除子弟书外，会文山房还刊刻过其他书文，如清同治九年庚午（1870）皮影戏刊本《金石语》、清同治十三年甲戌（1874）皮影戏刊本《谤可笑》。《会文山房与韩小窗》一文中谈到《谤可笑》封面上题：影卷单出又名犯相（左上），会文山房藏版（左下），谤可笑（中），同治甲戌仲夏梓镌（右上）。[2]二者现存首都图书馆。清同治五年丙寅（1866），会文山房还出版了喜晓峰的《朱熹家训》。"喜晓峰（1821—1886），瓜尔佳氏。隶满洲镶黄旗。曾官知县、大理寺丞。光绪十一年（1885）解职归居盛京新民辽滨塔村。精心致力于子弟书创作，有较多数量作品。其中以《忆真妃》为最著名，传唱辽沈诸地。曾与文友韩小窗、缪东

---

[1] 黄仕忠：《新编子弟书总目》，广西师范大学出版社，2012年，第466页。

[2] 张政烺：《文史丛考》，中华书局，2012年，第393页。

霖等人组建'荟兰诗社'。著有《检查诗稿》《挦扯集诗稿》。"[1]目前明确标注为喜晓峰编撰的子弟书，仅为《忆真妃》。会文山房在其经营的四十多年间，刊刻子弟书篇达十多种。除上文提及的篇目外，还有《巧断家私》《十问十答》《圣贤集略》《八字成文》《百年长恨》《雷峰宝塔》等。

　　会文堂，即会文山房。据现存会文堂子弟书清光绪六年庚辰（1880）刻本《宁武关》和清光绪二十年甲午（1894）刊本《鬼断家私》，推测会文山房在邸文裕经营时，最初的堂号名是"会文堂"，后随着盛京城旗籍文人的大量加入，改称为"会文山房"，是"房"不是"坊"。清光绪三十一年乙巳（1905）前后，因政治局势瞬息万变，会文山房更名为"老会文堂"，但继续出版子弟书等。老会文堂刊本子弟书有清光绪三十一年乙巳（1905）刻本《百年长恨》《雷峰塔》《巧断家私》《烟花楼》和清光绪三十二年（1906）《八字成文》。数年后，因动荡不安的时局和石印、铅印技术的逐渐普及，以及经营内容的单一、售卖范围的狭窄和投入资金的断链等诸多因素而歇业。

　　另外，略论文盛堂。清代除盛京之外，北京、上海两地的出版物上也都标注过文盛堂。国家图书馆藏《群玉新增说文》十二卷刻本，宋代阴时夫编，清康熙五十五年丙申（1716）京都文盛堂、天德堂合刊（11行22字，小字双行，白口，左右双边，单鱼尾）。《书经体注大全合参》六卷刻本，清代钱希祥纂辑，清嘉庆二十一年丙子（1816）刊，三册（上下双栏，上栏21行5字，下栏9行17字；小字双行；白口，四周单边，单鱼尾；有朱墨笔圈点）。《剪灯余话》三卷刻本，明代李祯撰，清同治十年辛未（1871）刊，三册（9行17字；黑口，四周单边，单鱼尾）。《萧邑郁氏宗谱》五卷木活字本，清光绪七年辛巳（1881）刊，四册含彩色画像（10行28字，小字

---

[1]　（清）缪润绂：《陪京杂述》，沈阳出版社，2015年，第48页。

双行；白口，四周双边，单鱼尾）。《经络歌诀》刻本，清代汪昂清撰，清光绪二十四年戊戌（1898）刊，一册（10行28字，小字双行；白口，四周双边，单鱼尾）。沈阳市图书馆藏清乾隆四十八年癸卯（1783）刻本《增补地理直指原真大全》，8册，有插图。天津图书馆藏清嘉庆五年庚申（1800）《六才子西厢文》刻本（封面题"嘉庆庚申年重镌金圣叹先生评点文盛堂梓"）和《第六才子书》刻本（封面题"绣像第六才子书"）。吉林省图书馆藏清光绪十九年癸巳（1893）刻本《新刻太原府鼓词》（四卷四十回）。清缪荃孙《琉璃厂书肆后记》中记录的文盛堂，是位于琉璃厂东路南，清光绪二十□年江西人王□（外号王胖子）开设，经营古旧书三十年。至光绪二十□年其徒弟河北景州人刘庆荣（字瑞卿）继其业，在琉璃厂西门内东北园西斜对过开了分号，经营十余年歇业后转让给匋庐文玩铺。孙殿起、雷梦水《记厂肆坊刊本书籍》中载文盛堂刊书有："六部成语（满汉分类）六卷 不题撰人姓氏 嘉庆二十一年（1816）重刻；钦定宗室王公功绩表传十二卷 首一卷 约咸丰间刊 袖珍本。"[1]可知京都文盛堂从清康熙年间至光绪年间一直存在于北京城，由此推断清代初年北京城有文献可考的坊肆有文盛堂和天德堂。清末民初石印技术在上海广泛应用，上海文盛堂书局应运而变，以经营医药类书籍为主，诸如清光绪三十一年乙巳（1905）陈念祖撰《医学三字经》四卷石印本，一册（20行42字，小字双行；白口，四周双边，单鱼尾）。盛京、京都、上海这三地都有文盛堂，它们之间是否有关联，还需更多的资料来证明。

可以说，盛京文人型的经营模式给坊肆的发展提供了诸多启示：一是对于市场空间不大的小众类题材，仅凭单个坊肆的经营力量是难以长久支撑的，必须走与官府长期合作刻书售书的道路，或者寻求多个坊肆联合经营共

---

[1] 孙殿起：《琉璃厂小志》，上海书店出版社，2011年，第124页。

同发展的机会。二是文化素养较高的学者加入到书坊主行列中，对坊肆社会地位的提高有着巨大的影响力。三是坊肆的角色定位更为精细化，不再是经营门类多样化，追求多而全的社会适应性，而是开始具备专科性特征。四是围绕在书坊周围进行编撰的下层文人群体，在一定程度上说他们是以坊肆主的意愿和市场需要为导向进行编书，并以此作为谋生的手段之一。他们既把旗籍子弟社会底层的生活情感写入唱本，丰富了说唱的题材内容，间接提高了说唱的艺术水平，也促使说唱文学的民间表演性减弱，文人案头化增强。五是坊肆主表现出积极参与的意识，并付诸行动，或寻找稿源、或自题序跋、或编创唱本、或建立书坊文人创作队伍、或拓展经营业务。六是以北京百本堂为代表的世代累积型坊肆在向文人独立创作、雅俗共赏型书坊迈进。

第五章 历史性的传播记录
——版本、目录

　　清代中后期的坊肆既售卖抄本，又有刻印本刊行，二者是夹杂共存的。我们要研究抄本时期的书肆发展情况，也要研究印本时期书坊的发展过程、地位、价值和意义。尤其是刻印八旗说唱文学底本已处于发展较为成熟的阶段。在市场条件下，他们已经有了成熟的经营思想：固定约请八旗说唱方面的行家里手撰写书稿，并题写序跋；懂得运用广告、商标为坊肆大力宣传；注重唱本在装帧形式上的标新立异；积极采用先进的刊刻印刷技术，激发阅读者的购买和收藏欲望。

第一节　八旗说唱曲本的版本特征

现存八旗说唱曲本的版本特征突出，以子弟书为例，分为抄本、刻本和印本三大类型，其中抄本分为私抄和坊抄两种，刻本基本上是坊刻，印本则分为石印本和铅印本两类。曲本上都清楚标明了回数、刊刻的坊肆、抄录或刊行的时间，扉页上还有坊肆住址、广告语等印章内容。

表5-1　子弟书刊行样式

样式	题名	版本著录
刻本	百年长恨	一回；清光绪三十一年（1905）老会文堂刻本
	白蛇传	四回；清光绪丙午年海城聚有书坊刻本
	鞭打芦花	一回；清盛京财胜堂刻本
	长板坡	二回；又名《长板坡救主》，三盛堂刻本；又名《糜氏托孤》，一种为清光绪十八年（1892）会文山房刻本，一种为清同治十三年（1874）财胜堂刻本
	春香闹学	不分回；文华堂刻本
	刺虎	四回；文萃堂刻本
	刺梁	一回；清代道光年间木刻本
	刺汤	二回，清嘉、道年间文萃堂木刻本
	打关西	一回；清光绪年间辽阳三文堂刻本
	大实话	一回；木刻本
	大烟叹	一回；清同治十二年（1873）木刻本
	得钞傲妻	二回；裕文斋刻本

续表

样式	题名	版本著录
刻本	吊绵山	一回；清光绪二十九年（1903）盛京会文山房刻本，光绪三十年（1904）永远堂刻本
	访贤	不分回；文萃堂刻本
	焚宫落发	二回；清光绪二十二年（1896）文盛堂刻本
	芙蓉谋	二集，清道光间木刻本；一回，清代刻本
	高老庄	不分回；泰山堂刻本
	姑嫂拌嘴	二回；清刻本；清文萃堂刻本
	郭子仪	一回；原财盛堂木版
	合钵	一回；清嘉庆间北京文萃堂刻本
	后婚	不分回；东泰山堂刻本
	蝴蝶梦	四回；清同治十三年甲戌（1874）沈阳会文山房刊本；清光绪十九年（1893）盛京文盛堂本
	还魂	一回；文萃堂刻本
	活财神	一回；宝文书局刻本；宝文堂刻字局刻本
	活菩萨	一回；宝文刻字局刻本
	祭灶	二卷，不分回；文萃堂木刻本
	锦水祠	一回；清光绪年间小西山房刻本
	奇逢	三回；精刻本
	春梅游旧院	凡三卷，不分回，文萃堂刻本；三卷，又名《春梅游旧家池馆》，京都文萃堂刻本
	绝红柳	一回；清盛京文盛书房刻本
	拷红	不分回，清乾嘉间文萃堂刻本；一回，清嘉庆间北京刻本
	孔子去齐	一回；木刻本
	哭城	五回；清乾隆间（1750年前后）刻本；清经义堂刻本
	浪子叹	一回；清文盛堂刻本
	雷峰宝塔	不分回，三卷；清光绪三十一年（1905）老会文堂刻本

续表

样式	题名	版本著录
刻本	离情	三回；清光绪二十九年（1903）辽阳三文堂刻本
	连理枝	不分回；清文萃堂刻本；清刻本
	麟儿报	四回；清财盛堂刻本
	露泪缘	十三回；崇文阁木刻本；清文盛书房刻本；清会文堂刻本
	论语小段	一回；清盛京财盛堂刻本
	樊金定骂城	三回；书业堂木刻本；清代木刻本
	梦中梦	三回；清光绪辛丑年刻本
	螃蟹段儿	三回；清代文萃堂刻本
	宁武关	五回；清光绪六年（1880）会文堂刻本
	不垂别泪	五回；清文萃堂刻本
	巧断家私	一回；清光绪三十一（1905）老会文堂刻本
	秦王吊孝	一回；四宝堂刻本；旧钞本
	雪梅吊孝	二回；精钞本
	黛玉悲秋	六回，木刻本；清代槐荫山房刻本
	千金全德	八回；清代泰山堂刻本
	西厢记子弟书全本	十五回，清道光间北京合义堂中和堂合刻本
	圣贤集略	一回；清光绪三十二年（1906）老会文堂刻本
	双美奇缘	一回；清同治间盛京程记书坊刻本
	双玉听琴	不分回；清光绪二十四年（1898）文盛堂刻本
	红叶题诗	不分回；文萃堂刻本
	罗成托梦	八回，清乾隆六十年（1795）文萃堂刻本
	武松	三本（残）；海城聚有堂、新五龙堂刻本
	戏秀	二回；文萃堂刻本
	新蓝桥	一回；清光绪三十二年（1906）盛京聚盛书坊刻本

续表

样式	题名	版本著录
刻本	奇逢	三回；精刻本
	烟花楼	四回，清同治十三年（1874）会文山房刻本；不分回，清光绪三十一年（1905）老会文堂刻本
	疑媒	二回；清光绪十年（1884）木刻本
	忆真妃	一回；清同治二年（1863）会文山房刻本
	有人心	四回；清道光间北京泰山堂刻本
	月下追贤	不分回；清刻本
	诏班师	一回，清代辽阳刻本；清木刻本
	珍珠衫	一回；清光绪三十二年（1906）海城文林书房刻本
	庄氏降香	六回；清乾隆二十一年（1756）刻本
	子路追孔	一回；清光绪二十八年（1902）格致书坊刻本
	紫艳托梦	一回；北京文萃堂木刻本
	醉归	二回；东二西刻本
钞（抄）本	八郎别妻	二回；精钞本
	百花亭	四回；李氏聚卷堂钞本、别埜堂钞本
	背子入府	二回；清代别埜堂钞本
	碧玉将军翡翠叹	四回；清代聚卷堂钞本
	碧云寺	二回；清别埜堂钞本
	别姬	二回；百本张抄本
	惨睹	一回；清抄本
	草诏敲牙	四回；百本张钞本
	查关	二回；百本张钞本
	产玉	二回；百本张钞本
	长坂坡	不分回；洗俗斋钞本百本张钞本
	长随叹	一回；清代百本张钞本

续表

样式	题名	版本著录
钞（抄）本	沉香亭	一回；清代百本张钞本
	痴诉	一回；清代曲厂钞本
	集锦书目	一回；清代旧钞本
	椿龄画蔷	一回；清代百本张钞本
	春香闹学	一回，清代老聚卷堂钞本；三回，百本张钞本
	刺虎	四回；双槐堂抄本
	刺梁	三回；同乐堂钞本
	刺汤	不分回；清光绪二十七年（1901）钞本
	赐珠	二回；清钞本
	翠屏山	二十四回；清代百本张钞本
	打朝	一回；清代百本张手抄本
	大力将军	七回；清代曲厂钞本
	打门吃醋	四回；清代百本张钞本
	打十湖	二回；抄本
	大爷叹	一回；民国初年钞本
	代数叹	一回；清光绪三十二年丙午（1906）稿本
	黛玉埋花	一回；清百本张钞本；车王府抄本
	单刀会	五回；清代精钞本
	当绢投水	二回；民国初年钞本
	盗令	六回；民国初年钞本
	盗令牌	一回；清代曲厂钞本
	得钞傲妻	四回；清百本张钞本；车王府钞本
	灯谜社	一回；清别埜堂钞本
	东吴招亲	一回；清代曲厂钞本
	二玉论心	二回；钞本

续表

样式	题名	版本著录
钞（抄）本	二玉论心	二回；清代百本张钞本
	访贤	四回；精钞本
	焚稿	四回；钞本
	分宫	二回；清抄本
	焚棉山	一回；清钞本
	凤仙	一回；百本张钞本
	凤仪亭	四回；清代精钞本
	凤月魁	三回；百本张钞本
	佛旨度魔	二回；清蒙古车王府曲本
	赶靴	一回；百本张钞本
	赶斋	一回；抄本
	纲鉴图	一回；清钞本
	葛巾	一回；清代曲厂钞本
	宫花报喜	三回；清代百本张钞本
	逛二闸	一回；清百本张钞本；清别墅堂钞本
	韩信封侯	一回；清钞本
	合钵	一回；清光绪间别墅堂钞本；清百本张钞本
	鹤侣自叹	一回；旧钞本
	红拂	八回；旧钞本
	红梅阁	四回；清代百本张钞本
	胡迪骂阎	一回；清百本张钞本
	华容道	一回；抄本
	宦途论	一回；清钞本
	幻中缘	五回；抄本

样式	题名	版本著录
钞（抄）本	会缘桥	六回；钞本
	魂辩	一回；清代聚卷堂钞本
	击鼓骂曹	三回；精抄本
	祭姬	一回；清别埜堂钞本
	红娘寄柬	一回；清光绪间北京别埜堂钞本
	集锦书目	一回；清代旧钞本
	绩女	二回；抄本
	妓女上坟	一回；旧钞本
	祭塔哭塔	一回；旧钞本；清代百本张钞本；清光绪间北京钞本
	寄信	二回；精钞本
	祭灶	二回；别埜堂钞本
	借芭蕉扇	二回；百本张钞本
	借东风	十二回；车王府钞本
	借靴	二回；清抄本
	奇逢	三回；抄本
	春梅游旧院	三回；民国初年钞本
	救主盘盒	二回；民国初年钞本
	军妻叹	二回；钞本
	拷玉（御）	二回；百本张钞本；车王府钞本
	齐景公待孔子	一回；清钞本
	寻夫曲	五回；满汉合璧，清旧抄本
	哭塔	二回；清同治间北京别埜堂钞本；车王府钞本
	哭像	一回；别埜堂钞本
	廊会	四回；清代别埜堂钞本

样式	题名	版本著录
钞（抄）本	老斗叹	一回（首句是"徽斑老板鬻龙阳"）；清别墅堂钞本
	老斗叹	一回[首句是"圣（盛）世升平锦绣春"]；曲厂钞本；车王府钞本
	李逵接母	三回；百本张钞本；精钞本
	梨园馆	二回；百本张抄本
	连升三级	二回；百本张钞本；清别墅堂钞本
	菱角	二回；抄本
	刘高手治病	二回；别墅堂钞本；民国初年钞本
	六国封印	四回；精钞本
	柳敬亭	一回；曲厂钞本
	刘姥姥初进大观园	一回；清钞本
	刘姥姥探亲	十二回；清钞本
	品茶栊翠庵	一回；清代曲厂钞本
	楼会	二回；钞本
	露泪缘	一回；耕心堂清钞本
	禄寿堂	一回；百本张钞本
	吕蒙正	三回；精钞本
	绿衣女	二回；清别墅堂钞本；聚卷堂钞本
	罗刹鬼国	五回；精钞本
	诸葛骂朗	二回；清代百本张钞本
	骂朗	一回，百本张抄本；不分卷，一册，清钞本
	马上联（连）姻	十四回；百本张钞本；旧钞本
	惊变埋玉	二回；清代百本张钞本
	马嵬驿	一回；清抄本
	卖刀	二回；清代百本张钞本

续表

样式	题名	版本著录
钞（抄）本	卖油郎独占花魁	上、下两卷；清抄本
	孟子见梁惠王	一回；清代别埜堂钞本
	女觔斗	一回；百本张抄本
	女侍卫叹	一回；百本张钞本
	怕老婆滚灯	一回；石印本，附图一幅
	盘夫	三回；民国初年抄本
	琵琶记	四回；旧钞本
	票把儿上台	一回；百本张钞本
	齐陈相骂	一回；清百本张钞本；别埜堂钞本
	齐人一妻一妾	一回；老聚卷堂钞本
	不垂别泪	四回；车王府钞本
	遣春梅	五回；清抄本
	遣晴雯	二回；百本张钞本
	乔公问答	六回；民国六年（1917）钞本
	巧团圆	四回；清代旧钞本
	巧姻缘	不分卷二回；聚卷堂钞本
	乔太守乱点鸳鸯谱	不分回；清钞本
	穷鬼叹	一回；百本张钞本
	悲秋	五回，清钞本；二回，清光绪二十七年（1901）钞本
	全扫秦	二十六回；清同治十一年（1872）静一斋钞本
	全西厢	十六回，钞本；二十八回，精钞本
	鹊桥密誓	二回；清光绪间听秋馆钞本，附注曲谱
	七夕密誓	二回；清代别埜堂钞本
	雀缘	残存一回；清光绪间韵花斋钞本

续表

样式	题名	版本著录
钞（抄）本	热河围	二回；清百本张抄本
	荣华梦	一回；手抄本
	瑞云	原书回数不详，仅存第一回至第三回，旧钞本
	三宣牙牌令	一回；百本张钞本；裕寿吟秋山馆旧钞本
	扫秦	一回；清钞本
	森罗殿考	一回；手抄本
	僧尼会	三回；清代百本张钞本
	烧灵改嫁	一回；百本张钞本
	少侍卫叹	一回；百本张钞本
	射鹄子	二回；百本张抄本
	石头记	四回；清代百本张钞本
	侍卫论	一回；百本张钞本
	十问十答	不分回；清钞本
	石玉昆	一回；清代别埜堂钞本
	守楼	三回；精钞本
	俞伯牙摔琴谢知音	五卷五回、附录一卷，一册；清嘉庆二十年乙亥（1815）北平王锦雯两帆氏京师之一石山房精钞本
	双官诰	不分回，清同治三年（1864）钞本；六回，百本张钞本；清光绪十七年（1891）六月初十日吉具，光绪丙年杏月念日初次抄写，爱新氏涂
	双郎追舟	一回；清钞本
	双美奇缘	一回；钞本
	双生贵子	一回；清钞本
	水浒全人名	一回；精钞本
	晴雯撕扇	一回，清代百本张钞本；《撕扇》，五篇，清光绪戊申清和月初八日付涂，迪元氏抹
	送荆娘	五回；民国初年钞本

样式	题名	版本著录
钞（抄）本	诉功	四回带戏；手抄本
	随缘乐	一回；清代百本张钞本；手抄本
	探病	一册；百本张钞本
	叹旗词	二回；抄本
	探雯祭雯	二回；钞本
	桃洞仙缘	二回；清精钞本
	桃花岸	十三回；李氏聚卷堂钞本
	刘阮入天台	一回；清代精钞本
	红叶题诗	不分回，清代别墅堂钞本；四回，清钞本；五回，旧钞本
	续戏姨	不分卷一回，一册；百本张钞本
	罗成托梦	五回，精钞本、旧钞本；六回，清代精钞本；□回，百本张钞本
	渭水河	五卷五回；清代百本张钞本
	闻铃	二回；清代百本张钞本；清代精钞本；清抄本
	闻铃	不分回；清光绪二年（1876）丽堂钞本
	五娘描容	一回；民国初年钞本
	叹武侯	一回；清代别墅堂钞本；曲厂钞本
	西厢记	八回；北京旧钞本
	先生叹	一回；清代百本张钞本
	弦杖图	一回；清抄本
	相梁	四回；同乐堂钞本
	相如引卓	十回；钞本
	湘云醉酒	一回；清代百本张钞本
	萧七	二回；抄本
	新长亭	三回；旧抄本

续表

样式	题名	版本著录
钞（抄）本	奇逢	一回；清代百本张钞本；抄本
	雄黄酒	一回；清钞本
	绣香囊	四回；清钞本
	续钞借银	二回；清代百本张钞本
	续骂城	一回；清代曲厂钞本
	须子谱	三回；百本张钞本
	雪江独钓	一回；旧抄北平俗曲本
	学堂	一回；抄本
	杜丽娘寻梦	三回；清钞本
	寻亲记	民国初年钞本
	烟花叹	四卷四回、残存卷一头回；百本张钞本，一册
	炎凉叹	一回；清钞本，一名《苏秦叹》
	斩窦娥	一回；清代百本张钞本
	胭脂传	二回；清代百本张钞本
	大战脱空	四回；清代百本张钞本
	一顾倾城	二回；台北傅斯年图书馆藏手抄本
	一疋布	五回；钞本
	一入荣府	四回；清代百本张钞本
	忆真妃	一回；绥中吴氏双楣书屋手钞本
	意中缘	八回；百本张钞本
	永福寺	四回；清代旧钞本
	幽闺记	十六回；钞本
	游武庙	七回，车王府钞本；不分回，旧钞本
	玉儿献花	一回；百本张钞本

续表

样式	题名	版本著录
钞（抄）本	渔家乐	七卷七回；百本张钞本
	玉润花香	二回；钞本
	玉搔头	五回；国立北京图书馆藏抄本
	玉香花语	四回；别埜堂钞本
	玉簪记	十卷，百本张钞本；八回，钞本；钞本，分为前后二本；二册，亿卷堂亿本刚钞本
	玉簪记	十八回；清光绪十七年抄本；清光绪十八年壬辰抄本
	月下追舟	一回；聚卷堂钞本
	赞礼郎	一回；钞本
	葬花	四册；清代百本张钞本
	调精忠	一回；清钞本
	昭君出塞	五回；清代百本张钞本
	庄氏降香	六回；清代乌丝栏钞本
	追信	六回，钞本；五回，清代同乐堂钞本
	子弟图	一回；清抄本
	紫鹃思玉	一回；百本张钞本
	子母河	一回；百本张钞本
	子胥救孤	二回；清抄本
	走岭子	一回；百本张钞本
	醉打山门	一回；清代百本张钞本
	醉卧芍药阴	一回；别埜堂钞本
	醉卧怡红院	一回；百本张钞本；双红堂藏抄本
	坐楼杀惜	四回；清代百本张钞本
石印本	八字成文	一回；石印本
	百年长恨	一回；上海茂记书庄石印本；石印小字本

续表

样式	题名	版本著录
石印本	鞭打芦花	一回；石印本
	别善恶	一回；久敬斋石印本
	薄命辞社	一回；石印本
	藏舟	五回；民国上海槐荫山房石印本（另有不分回石印小字本）
	糜氏托孤	又名《长坂坡》；一回；民国石印本
	刺虎	四回；原奉天东都石印局版
	荡子叹	一回；原奉天东都石印局版
	洞庭湖	一回；石印本
	凤仪亭	三回；原奉天东都石印局版
	富春院	不分回；民国石印本
	甘露寺	一回；北京石印本，又北京排印本
	古城相会	一回；石印本
	光棍叹	一回；石印本
	郭子仪庆寿	一回；上海槐荫山房石印本
	花谏会	一回；石印本
	华容道	一回；石印本
	火烧战船	一回；石印本
	红娘下书	一回；石印本
	姐妹易嫁	一回；原奉天东都石印局版
	借东风	一回；北京石印本
	锦水祠	一回；上海茂记书庄石印本；北平铅印本
	游旧院	一回；民国上海槐荫山房石印本
	孔明借箭	一回；石印本
	哭长城	五回；石印本

续表

样式	题名	版本著录
石印本	阔大烟叹	一回；民国初年石印本
	浪子叹	一回；石印本
	露泪缘	一册；上海锦章书局石印本
	樊金定骂城	三回；石印本
	梦中梦	三回，上海茂记书庄石印本；不分回，分三段，石印本
	宁武关	三页；石印本
	玉美人长恨	十二回；石印本
	俏佳人离情	三回；石印本
	乱点鸳鸯谱	二回；上海槐荫山房石印本
	乔太守乱点鸳鸯谱	二回；石印本
	乔太守乱点鸳鸯谱	一回；原奉天东都石印局
	杜十娘怒沉百宝箱	五回；上海椿荫书庄石印本
	穷酸叹	石印本
	悲秋	不分回；民国槐荫山房石印本
	全德报	八回；上海茂记书庄石印本
	全西厢	六卷，又名《西厢子弟书词六种》，清光绪三十四年（1908）石印本，附图七幅
	三国子弟书词	八种；石印本
	书生叹	一回；上海大成书局石印本
	望儿楼	不分回；民国石印本
	新蓝桥	一回；石印本；原奉天东都石印局
	烟花楼	四回；石印本
	忆真妃	一回；上海茂记书庄石印本
	阴阳叹	一回；上海茂记书庄石印本
	莺莺降香	二回；石印本

续表

样式	题名	版本著录
石印本	莺莺听琴	一回；北京石印本
	玉天仙痴梦	一回；石印本；上海槐荫山房石印本；原奉天东都石印局
	天仙痴梦	一回；石印本
	冤外冤	一回；上海槐荫山房石印本；北平石印本
	调精忠	一回；上海槐荫山房石印本
	折西厢	一回；石印本
	珍珠衫	四种；北京石印本
	子龙赶船	一回；原奉天东都石印局
	子路追孔	一回；清奉天东都石印局本
铅印本	白帝城托孤	一回
	审头刺汤	二回
	大烟叹	一回；锦章图书局印行
	得钞傲妻	二回
	红娘下书	一回；上海学古堂铅印本
	红娘寄柬	一回；上海学古堂铅印本
	拷红	不分回；铅印本
	杜十娘	五回；铅印本
	千金全德	八回；铅印本
	忆真妃	一回；北平铅印本
	林黛玉葬花	五回；铅印本

注：此表根据《清代八旗子弟书总目提要》[1]整理。

---

[1]　昝红宇：《清代八旗子弟书总目提要》，三晋出版社，2010年。

清代子弟书唱本的流播形式以抄本和刻本为主，民国时期石印本、铅印本后来居上。清代八角鼓岔曲也有稿本、抄本和刻本三种留存形式。现存稿本有：傅惜华《北京传统曲艺总录》载碧蕖馆藏清光绪间原稿本牌子曲《老少易嫁》、稿本《小二》和民国初年稿本《壬子纪略》等，收藏于首都图书馆由吴晓铃捐赠的《岔曲选录》《曲辞》《岔曲抄存》等清末俗曲岔曲类稿本。抄本主要有：清咸丰六年（1856）抄本《百万句全》，中国艺术研究院藏；清抄本《岔曲六十九种》、清光绪年间抄本《岔曲三十九种》《岔曲四十一种》《杂曲四十一种》，傅惜华碧蕖馆藏；《升平署岔曲》中收录的故宫清抄本现存九十种、一百段，为清宫内廷曩岁所唱之曲的戏剧文献，今存有1935年故宫博物院文献馆的排印标点本；与坊肆抄售刊刻有关的《清蒙古车王府藏曲本》中收录的出自百本张、别埜堂和聚卷堂的近六十种岔曲坊抄本等。刻本主要有：清天津三和堂曲师颜自德辑集、直隶大兴人王廷绍（字善述，号楷堂，官任刑部主事、员外郎）点订，清乾隆六十年乙卯（1795）集贤堂刻本《霓裳续谱》（八卷附录一卷，收有各体岔曲147首）；清山东历城人华广生（字春田）编，清道光八年（1828）刻本《白雪遗音》（卷三）收有四十九首八角鼓鼓曲，多为岔曲。《霓裳续谱》和《白雪遗音》两书中的岔曲皆系百本张抄本。还有国家图书馆藏有会文斋刊本岔曲《荡荡和风》一册，会友斋刊本岔曲《劝娘子》，宝文堂刊本岔曲《无缝儿下蛆》。傅惜华《北京传统曲艺总录》收有北京宝文堂刻本《岔曲集锦》中的岔曲《急风骤至》、牌子曲《大爷纵妻》《小秃闹洞房》《老妈开唠》；北京致文堂牌子曲刻本《大爷纵妻》《老妈开唠》；北京学古堂排印本《夫妇顶嘴》《小秃闹洞房》；北京中华印刷局排印本小岔《十爱》《八怕》《八茶》《八喜》和岔曲《喜庆》等。

现以典型曲本为例，分析清代八旗说唱文学唱本传播过程中经历的不同阶段，以及呈现出的民族特征和地域特色。

一、手工抄写阶段

八旗说唱底本，开始时几乎都是靠手工抄写。最早在升平署剧本箱内检获的《升平署岔曲》原本，演唱时供御览之用，为清末慈禧时抄本，用东昌纸缮录，有大小形式两种。每本封面上粘有红签，标写曲名，并注明"岔曲"字样，句读间均加朱点，且有朱笔涂改之处。每一曲在重叠文字处加"、"。如岔曲《山景》"看山上白云白云似无心"句中，重唱曲词"白云"下加"、"，表示顿挫之意。这种稿本的印记，难得可贵。尤其是对于岔曲中重叠文字的醒目标注和特殊标记，表示曲中［卧牛］这种腔调，避免衍文的错误理解。曲词内容多为承应帝王后妃节日时令玩乐之用，如描写春夏秋冬和锦绣河山风景的《玉泉垂虹》（描写北京八景之一）、《夏雨新晴》（描写夏景），有吉祥颂祝歌功颂德的《喜庆延年》《富贵寿考》，还改编了耳熟能详的古诗名篇和小说戏曲《赤壁赋》（讲演苏东坡游赤壁的故事）、《岳阳楼记》（编自范仲淹《岳阳楼记》），等等。因是奉诏命词臣所撰，常摘取原诗文词曲成句，因此歌词多工整典丽。这些由宫廷曲师撷取精华、俗语改编、配乐演唱的岔曲，也为坊间所关注。

无论是旗籍子弟圈，还是藏书赏鉴家、市井坊肆中，不乏珍贵的私人手抄本，留有传抄人的印迹。子弟书《三宣牙牌令》扉页题："□月末日常远峰抄抹。"卷末题："卅三年四月廿六日镶黄汉刘氏涂抹。"[1]子弟书《刺虎》扉页题："癸丑即五年小阳月念一日灯下抄写，爱新缮记，宫门口五条胡同写。"[2]清嘉庆二十年乙亥（1815）王锦云辑《俞伯牙摔琴谢知音子弟书》，旧抄本卷首有王氏序文，文末署"清嘉庆二十年乙亥题于京师"，后有用墨笔描画的墨印"一石山房""王锦文""雨帆之印"。笔墨字体有乾

---

[1]　《俗文学丛刊》，台北新文丰出版股份有限公司，2001—2005年，第573—588页。

[2]　《俗文学丛刊》，台北新文丰出版股份有限公司，2001—2005年，第1—44页。

嘉风格。

以子弟书《藏舟》为例，比对从最初的手稿本到刻印本在文字上的修改。天津图书馆藏《藏舟子弟书草稿》中有两次修改的痕迹，第一次是墨色，第二次是朱色。第一回原文是："一照烟波是妾家，满江风浪作生涯。终年摇橹磨残月，每日搬罾手落霞。几片白云迷艳（雁）影，无边秋色点芦花。断肠两眼江湖恨，只落得泪得冷凄（西）风切齿牙……今日里有一杯酒要在爹爹坟前供，提竹篮上离舟，去，报达。"墨色改动后为："一照烟波是妾家，满江风浪作生涯。终年摇橹磨残月，每日搬罾手落霞。几片白云迷艳影，无边秋色点芦花。断肠两眼江湖恨，只落得泪得冷凄（西）风切齿牙……今日里一杯酒去到爹爹坟前供，哭一回这气儿免乃在心口砌磕。"主要对句义的表述进行了调整，使所要表达的情感更加厚重，并非简单的动作描写。朱色修改后为："一棹烟波是妾家，满江风浪作生涯。终年摇橹磨残月，每日搬罾守落霞。几片白云迷雁影，无边秋色点芦花。断肠两眼江湖恨，只落得泪得冷西风切齿牙……今日里一杯酒去到爹爹坟前供，哭一回这气儿免乃在心口砌磕。""照"改为"棹"，"手"改为"守"，"凄"改为"西"。通过同音字替换，使语义更加丰富，意味深远。

阿英《中国俗文学研究·关于石玉昆》载："李家瑞编《北平俗曲略》，由于俗曲的发现，始获得若干新资料，知玉昆说'子弟书最有名'，人称'石先生，以巧腔著'。在过去，所能知之石玉昆史事，如此而已。日昨，平贾以道光二十三年（一八四三）至二十五年（一八四五）金梯云抄本《子弟书》五册十六种求售，其中竟有叹石玉昆一目，余乃大惊异，亟检视之，果系记石玉昆事……"[1]"此册，史语所亦有藏本。附录《关于石玉昆》。本刊二十九期如晦兄谈起他所新得的金梯云抄本《子弟书》……史语

---

[1] 阿英：《中国俗文学研究》，中国联合出版公司，1944年，第90页。

所藏有此种唱本五十本，就是《中国俗曲总目》上所特列的一类石派书。这些书在当时是乐善堂发卖的抄本，下有注云'按段抄卖，另有目录，要有定写'，因此每本都自成段落。例如'长桥''拷御''救主''盘盒''七里村''九头案''小包村''包丞相''苗家集''相国寺''范仲禹''乌盆记''访玉猫'等都是。"[1]据上文所述可知，清道光二十三年癸卯至二十五年乙巳期间（1843—1845），北京子弟书抄本系中有一家金氏抄本，"梯云"疑其字号。金氏抄本由乐善堂采用定写、编目，以按段抄卖的方式对外发售，因此人们也常把子弟书称为"子弟段儿"。曾在北平商贾书贩手中待价而沽的金氏抄本，为阿英（笔名魏如晦）购得珍藏。

　　现存乐善堂著录的子弟书共174种，有道光年间抄本《乐善堂子弟书目录》，藏于台北傅斯年图书馆。[2]《新编子弟书总目》的前言中提到，乐善堂编抄的《子弟大鼓书目录》是"据傅斯年图书馆藏有清钞本校录"。傅斯年图书馆所藏这两种目录之间的关联，还需看到原始资料之后再做比较。"同乐堂亦为清代抄录俗曲唱本的书坊，此目的编成时间，或较今存的百本张、别埜堂《子弟书目录》要早"[3]中，"此目的编成时间"是否可以理解为同乐堂也曾编撰过一本《子弟书目录》，乐善堂在同乐堂编撰的基础上进行过重新编抄。关于这两家坊肆之间的联系，存疑。现在关于清代乐善堂的记录，几乎很少见到。清震钧《天咫偶闻》（卷三）载："又怡亲王府藏书之所曰：乐善堂。大楼九楹，积书皆满。绛云楼未火以前，其宋元精本大半为毛子晋、钱遵王所得。毛、钱两家散出，半归徐健菴、季沧苇。徐、季之书由何义门介绍，归于怡府。乾隆中，四库馆开，天下藏书家皆进呈，惟

---

[1]　阿英：《中国俗文学研究》，中国联合出版公司，1944年，第92页。

[2]　陈锦钊：《现存清钞本子弟书目录研究》，载《说唱艺术学术研讨会论文集》，2003年，第49页。

[3]　黄仕忠：《新编子弟书总目》，广西师范大学出版社，2012年，第3页。

怡府之书未进。其中为世所罕见者甚多，如施注苏诗全本有二，此外可知。至载垣原作端华误。以狂悖诛，其书始散落人间。聊城杨学士绍和、常熟翁叔平尚书、吴县潘文勤、钱唐朱修伯宗丞得之为多。"[1]怡亲王府始于爱新觉罗·允祥，清康熙皇帝第十三子，康熙六十一年壬寅（1722）封为怡亲王。康、雍、乾三朝，其在治理京畿水利、防治河患、开辟营田方面有成效，颇受恩赏。乾隆时定为世袭铁帽子王，直至清末慈禧宫廷政变，载垣在政治斗争中被革爵夺职赐死，落得人亡府没。载垣后人袭辅国公，在东四二条胡同另居别所，一种说法是迁居至东四头条东口旧邸跨院。世代所藏的上品书画玩物，三十年间携出卖尽，流落于市井坊肆和书贩个人。隆福寺三槐堂、同立堂诸多书肆皆见其书，书画之上均有乐善堂印。综合以上内容可知，乐善堂为怡亲王府藏书堂，自清康熙年间累代积累而成。清末因遭政治变故，府第之书散落民间，尤其见于隆福寺和护国寺两处的坊肆之中。

阿英《中国俗文学研究·刺虎子弟书两种》载："在金氏钞本《子弟书》十六种之中，有韩小窗署名者凡四种，其目为《叹子弟玩票》《傲妻》《齐陈相骂》及《刺虎》。而《刺虎》一种，尤称杰作，且与一般流行之《刺虎》本子不同。小窗《刺虎》之开场句云：'旧事凄凉不可闻，最惨是分宫时国破家亡流泪伤神。侠气欲消明主恨，笔刀故斩叛贼心。若问那花容铁胆的精忠女，就是那宝剑冰心费宫人。小窗前闲墨表扬红粉志，写一段贞娥刺虎节烈之文。'而寒斋所藏旧钞本则作：'地覆天翻日月昏，神州赤县起烟尘……三百年养士一场……复君仇谁知倒是费宫人。'……无论在取材布局、遣词、描写，小窗本皆胜过一筹。旧抄本只是将本事平铺直叙，无特别精彩，且时令读者有冗赘之感。小窗本则着力于《刺虎》一段，描写贞娥刺虎经过，雄浑细腻，叠峦重峰，声色俱现，洵为杰作。如其写贞娥准备动

---

[1]　（清）震钧：《天咫偶闻》，北京古籍出版社，1982年，第70页。

手一节。”[1]文中将清代韩小窗的编撰本和寒斋所藏的旧抄本中的曲文进行比对，展示了抄本的魅力，同一题材在不同人的写稿中呈现出迥然不同的风格，充分融入了撰者、抄者的文学修养和生活体悟。韩小窗对于人物心理的刻画更胜一筹，在几番曲折回环的心理描写之后，不再延宕，直接写出人物的连串动作，行文流畅，一气呵成。

坊肆抄写费工多、时间长，产量相对小，流通比较慢，影响范围大不如刻印本，但抄本阶段的子弟唱本也已具备编辑的特征。《绥中吴氏双楈书屋所藏子弟书目录》中著录《代数叹》子弟书“清光绪三十二年丙午稿本”[2]。首都图书馆所藏曲本封面题“代数叹子弟书”；扉页题“煮雪山人手订，耕烟子过目，眠云道士编辑”；尾处题“岁首月首□□订”；曲文是“先翁辉山府君在北京汇文大学堂肄业时游戏之笔”。《代数叹》子弟书是煮雪山人亲手撰写，完成之后由耕烟子过目，眠云道士进行编辑，最后于岁首月首□□订本。从撰稿到定本，分工明确，整个过程中的每个环节完整无缺。

天津图书馆现藏子弟书抄本数量不少，有九种：1.《子弟书目录》，民国间抄本，2册（函）。2.《子弟书》，不分卷，民国抄本，一册，不著撰人，有《望儿楼》《托孤》《子弟图》《骂城》《训子》《一疋布》《义侠记》《叫关》《淤泥河》《荣归》《焚宫》《长阪坡》《落发》《别女》《赶斋》《入府》十六种曲本。其中《子弟图》仅见于此处收藏全文，该曲名首次在崔蕴华《书斋与书坊之间——清代子弟书研究》一书中登载。3.《子弟书词曲汇编》十九种，抄本，八册，此书为清末津门子弟书权威华学源先生的亲传弟子杨芝华编撰，主要谈及西韵声腔。4.《藏舟》子弟书，五回，草稿，稿本，一册，不著撰人。段落结束时，（镌）画有句读圆圈

[1]　阿英：《中国俗文学研究》，中国联合出版公司，1944年，第94页。

[2]　吴晓铃：《绥中吴氏双楈书屋所藏子弟书目录》，《文学遗产》1982年第4期，第152页。

"〇"。5.《藏舟》五回，不著撰人，民国抄本，一册。6.《黛玉悲秋》，不分卷，清抄本一册，不著撰人。7.《千金全德》八回，民国间抄本，一册。8.《千金全德》，民国华海门间抄本，不分卷，清韩小窗撰。9.《连升三级》一册，民国间抄本，不著撰人；装帧形式比较单一，字体不规范、不整齐，版式尚无一定规则。

二、刻印刊行阶段

坊肆编辑子弟唱本过程，主要是对其抄本加工整理，从案头阅读的角度考虑增强其生动性、趣味性和可读性。子弟唱本的编辑工作表现出由雅而俗、雅俗共赏的特点，体现了坊肆主和编辑者推新尚奇的理念。

（一）版式设计推陈出新

封面书坊名号前多冠以"京都"字样。清代北京除内府官刻外，又有很多私商设立的书坊及刻字铺，均冠以'京都'二字，如"京都文萃堂""京都合义堂""京都中和堂"等。前文所述个人所藏的京都合义堂和京都中和堂子弟书《西厢记》系列的曲本，就收自东北。可见京本的传入，起招牌广告作用，也是为了弥补坊肆的特色唱本稿源。京都唱本来源丰富且刊刻质量上乘，对阅读者有很大的吸引力。此外标题上经常增加"新刊""新刻（镌）""新出"等字样，标明刊印时间和刊印质量，也为购买者提供参考信息。如中国国家图书馆藏《姑嫂拌嘴》封面题：文萃堂梓行（左下），新刻子弟书（右上）；扉页题：光绪十贰年十二月（事）□日置。《子弟书集》第一辑文本收《红叶题诗》，封面题：文萃堂梓行（左），新出子弟书（右）。[1]《子弟书集》第一辑文本《忆真妃》封面题：癸亥长夏新镌

---

[1] （日）波多野太郎：《子弟书集》（第一辑），日本横滨市立大学纪要，1975年，第201—205页。

（左），会文山房藏板（右）。[1]个人所藏子弟书《还魂》封面题：还魂子弟全书（中），京都新刊（右上角），文萃堂（左下角）。盛京财胜堂在书名版权页上除标明刊刻时间、藏版之处和子弟书曲名之外，还为本坊肆的其他唱本作广告，如子弟书《黛玉悲秋》封面（右栏上）题"清音子弟书红楼梦下接露泪缘"，子弟书《红娘下书》封面（上栏）题"下截拷打红娘"。坊肆编辑者注重封面书名醒目，有时周围饰以各种花边框栏吸引读者。其中，版框四周有花纹图案的"花边栏"是难得一见的。子弟书《大实话》，其封面曲名"大实话"三字放在长方形立体花边栏内，并注明了刊刻单位和印行年月。

封面艺术形象性增强。因市民阶层的阅读者日益增多，对受众来说图文并茂的唱本样式更赏心悦目、富有艺术感染力，于是坊肆主令刻工根据曲文内容描写适宜添加图画。清代子弟书唱本继承传统，或在扉页上插图，或在正文中插图，或左图右文（子弟书《何氏卖身》），或左文右图（子弟书《阴阳叹》）。个人所藏单行本《新刻珍珠衫子弟书词》封面上端题"烟花楼"，下端长方形框内双行竖写子弟书曲名别称"循环报 珍珠衫 汗衫记 赠汗衫"（从右至左）。曲名周围鲜花团簇，背景格线阴影有立体感。扉页有全相图一幅，所画为朝阳县令吴杰成全王三巧重新回到蒋兴哥身边的情形；图中还有陈商平氏以及薛婆的绣像。子弟书合集本（六种），其封面在荷花叶边栏上端题"王天宝讨饭"，下端写"吃洋烟叹十声"，中间竖写四列"沈阳景致""怕老婆顶灯""观音赐箭""何氏卖身"（自右而左）；每篇曲文前附全相插图一幅，或右图左文，或左文右图。太平歌和子弟书的合刊，其封面是布纹点式的全背景，正中间一幅坤伶绣像图，图上端分别题"逛公园""新出时事词"，图下端注明"北平打磨厂泰山堂印行"，图右

---

[1]（日）波多野太郎：《子弟书集》（第一辑），日本横滨市立大学纪要，1975年，第21—23页。

边竖写"大实话子弟书",图左边标识"劝人学勤俭二字"。整版插图布局协调,线条清晰,人物生动,背景逼真。

正文插图是在曲文中间隔页插图或连续插图。《子弟书之题材来源及其综合研究》所收石印本《三国子弟书词八种》注:"此书附有插图九幅,首种附'关公送貂蝉出家'两幅,余各一幅。"[1]《俗文学丛刊》所收石印本《三国子弟书词八种》附图八幅:关公送貂蝉出家、古城相会(戊申重九墅秋题)、孔明借箭(戊申菊秋干生作)、借东风(妙生题)、火烧战船(时在戊申九月莘如写)、华容道(岁在戊申秋九月铁岩子作于沪上)、甘露寺(餐霞子画于淞浦旅店)、赵云赶船(乘槎客题)。[2]《俗文学丛刊》所收石印本《新刻玉天仙痴梦子弟书词全卷》(一回),附图《痴人梦》,有海上非非居士题跋。[3]插图版式,多为单面整幅。图文互注,与正文情节紧密配合。或标明作图时间、题写之人和作画地点等信息,或有他人所作题跋,突显坊肆刊刻之全之美的优势,成为坊肆之间自我推介的重要手段。

清代子弟书唱本还有封面插图形式,详见前文子弟书《武松》封面描述。它是一幅版画,属于单张印刷品。画面简洁,有一张打翻在地的桌子和两个正在武斗的人物。整个画面人物形象生动,神情自然富于变化,与戏台幕布式的背景相配恰到好处。这是坊肆封面设计中的一大亮点,选购者在随意翻阅中,通过浏览封面信息就可以迅速做出是否购买的决定。

---

[1] 陈锦钊:《子弟书之题材来源及其综合研究》,载《台湾"国立"政治大学中国文学研究所博士论文》,1977年,第13—15页。

[2] 《俗文学丛刊》(第386册),台北新文丰出版股份有限公司,2004年,第15—16页。

[3] 《俗文学丛刊》(第400册),台北新文丰出版股份有限公司,2004年,第628—639页。

（二）版权意识更为自觉

清代坊肆市场竞争激烈，刊刻市场不很规范，为了生存发展不惜挖版、删改和篡夺，以抢占发售市场。《绿棠吟馆子弟书选》中小莲池居士的序中言："所谓《拐棒楼》也者，所制曲厂肆竟为刊版。庙市有张姓亦丐稿钞鬻之。"[1]因此，以刊记形式刻印在扉页或序后卷末，在卷首或卷尾标注"某某家"，成为购书者认同其坊肆书籍的凭证。有些印本书还有简单的文字说明，诸如"校正无误"等简要识语广告，百本张的木章戳记即属此标识。这些刊记既为唱本外形增色，突出其优点，又激发阅读者购买欲望，同时也达到招揽生意的目的，一举多得。

百本张、聚卷堂所刊子弟书曲本的书衣或封面上均有长方形墨色木章图记，简单的仅写堂号"百本张"，标明卷数"老聚卷堂起首第壹"；稍作变化的，或附着一句广告语"别还价百本张（永不退换）"，或在广告语的基础上写清刊刻时间"由乾隆年起至今少钱不卖别还价 百本张"，或标注坊肆地址和坊主姓氏"住西直门大街高井胡同张姓行二 百本张"。接下来则是将其重要信息综合标识，通过受众的购买和租赁，以流动广告的形式在北京城各个阶层形成影响力，有"住西直门大街高井胡同张姓行二 言世童叟无欺百本张"，有"当面看明拿回不换 百本张别还价"，更为复杂的宣传口号还有"本堂书戏岔曲，当日挑看明白，言明隔期两不退换，""诸公君子莫怪。由乾隆年起至今，少钱不卖。住西直""门内高井胡同中间东小胡同东头路北，张姓行二"。[2]图记装饰有墨印长方木章、长方木刻朱印记，有四周双线框、松竹梅图案的花边框和几何形图案的边框。

---

[1] 金台三畏氏：《绿棠吟馆子弟书选》，稿本，1922年。

[2] 张静庐：《中国近代出版史料二编》，中华书局，1957年，第318页。

表5-2　子弟书封面格式

封面图记	题名	版本著录
别还价百本张（永不退换）	白帝城	一回；百本堂
	背子入府	二回；百本堂
	查关	二回；百本堂
	椿龄画蔷	一回；百本堂
	刺汤	一回；百本堂
	翠屏山	二十四回；百本堂
	双玉埋红	一回；百本堂
	单刀会	五回；百本堂
	疯和尚治病	二回；百本堂
	风流词客	三回；百本堂
	风流公子	一回；百本堂
	凤仙传	三回；百本堂
	赶靴	一回；百本堂
	逛二闸	一回；百本堂
	疯和尚治病	二回；百本堂
	红旗捷报	二回；百本堂
	集锦书目	一回；百本堂
	借靴	二回；百本堂
	酒楼	一回；百本堂
	救主	头回；百本堂
	盘盒	二回；百本堂
	离魂	四回；百本堂
	两宴大观园	一回；百本堂
	刘高手	未分回；百本堂
	品茶栊翠庵	一回；百本堂
	路旁花	四回；百本堂
	骂女带戏	一回；百本堂（永不退换）
	三难新郎	四回；百本堂
	齐陈相骂	一回；百本堂
	黔之驴	一回；百本堂
	三不从	六回；百本堂
	三宣牙牌令	一回；百本堂
	少侍卫叹	一回；百本堂
	晴雯撕扇	一回；百本堂
	随缘乐	一回；百本堂

续表

封面图记	题名	版本著录
别还价百本张（永不退换）	桃李园	一回；百本堂
	刘阮入天台	一回；百本堂
	投店	前七回；百本堂
	望儿楼	三回；百本堂
	湘云醉酒	一回；百本堂
	绣荷包	二回；百本堂
	烟花叹	二回；百本堂
	斩窦娥	一回；百本堂
	夜奔	一回；百本堂
	玉儿送花	一回；百本堂
	葬花	四册；百本堂
	乍冰带戏	一回；百本堂
	咤美	一回；百本堂
	游寺	四回；百本堂
	醉打山门	一回；百本堂
	醉卧怡红院	一回；百本堂
由乾隆年起至今少钱不卖别还价　百本张	碧玉将军翡翠叹	四回；百本堂
	东吴招亲	一回；百本堂
	郭子仪硬书	一回；百本堂
	红旗捷报	二回；百本堂
	捐纳大爷	一回；百本堂
	拷红	五回；百本堂
	连环计	一回；百本堂
	僧尼会	三回；百本堂
	时道人	二回；百本堂
住西直门大街高井胡同张姓行二　百本张	刺虎	四回；百本堂
	党人碑	一回；百本堂
	凤仪亭	四回；百本堂
	借芭蕉扇	二回；百本堂
	林和靖	一回；百本张
	露泪缘	一回；百本堂
	穷鬼叹	一回；百本堂
	双官诰	六回；百本堂
	阳告	一回；百本堂
	夜奔	一回；百本堂

续表

封面图记	题名	版本著录
住西直门大街高井胡同张姓行二　言世童叟无欺百本张	活捉	一回；百本堂
百本张	盗令牌	一回；百本堂
	顶灯	二回；百本堂
	两宴大观园	一回；百本堂
	拢翠庵品茶	一回；百本堂
	烧灵改嫁	一回；百本堂
	武乡试	一回；百本堂
	咤美	一回；百本堂
	子母河	一回；百本堂
老聚卷堂起首第壹	春香闹学	一回；老聚卷堂

注：根据《清代八旗子弟书总目提要》[1]整理。

中山大学黄仕忠教授言："在考察北京大学、首都图书馆藏车王府旧藏近三百种子弟书时，发现其中近十种钤有'百本刚'印记，有几种有'百本张'印记。从而证实清道光年间车王府旧藏曲本，既不是稿本，也不是车王府自己抄录的，而是从专门钞书的书坊买入的。"[2]这一重要发现，将民间坊肆与王府显贵间接联系在一起，可知满族宗室王亲对于本族说唱文学的高度关注，可见北京内城百本张的影响力。对于现存亿卷堂亿本刚抄本《玉簪记》（十卷十回，残存二卷三、四两回，戳记是"京师第一，天下驰名"），吴晓铃在《绥中吴氏双梅书屋所藏子弟书目录》按语中言："亿本刚钞本极为鲜见"[3]，前后"百本刚""百本张"以及"亿卷堂亿本刚"三个坊肆的堂号，有着语义表达上的共同点。"百本""聚卷""亿卷"，十

---

[1]　昝红宇：《清代八旗子弟书总目提要》，三晋出版社，2010年。

[2]　黄仕忠：《日本所藏中国戏曲文献研究》，高等教育出版社，2011年，第148页。

[3]　吴晓铃：《绥中吴氏双梅书屋所藏子弟书目录》，《文学遗产》1982年第4期，第152页。

分强调其生产抄售量之多，以此为吸引买者的亮点，但三者之间的联系仍需更多史料来证明，存疑。

（三）名人写序点校收藏

坊肆子弟唱本的序跋是创作者和购阅者之间的桥梁，应后者需要而产生，为其提供有益借鉴。这些序跋题识，或交代写作缘起、刊刻时间和地点，或品评曲词、分析人物、传达编撰者和刊刻者的理念。子弟书序跋据内容可分为以下几类：

一是注释字词，润色语句。天津图书馆现存《子弟书三种》铅印本，封皮左上角注明"刘先主白帝城托孤 徐母训子 长坂坡 子弟书三种"，左下角写明"天津艺剧研究社 审定润色"，右上角标明"林校此本妥存"。正文内部，子弟书《徐母训子》卷端写"大兴韩小窗先生原本 天津艺剧研究社润色"，版心标"天津社会教育办事处印"；子弟书《长坂坡》卷端写"北京韩小窗先生原本 天津艺剧研究社润色"。[1]可知民国期间，清代韩小窗所撰子弟书《白帝城托孤》《徐母训子》《长坂坡》，经天津艺剧研究社润色文字，天津社会教育办事处总董林兆翰校对印行。天津艺剧研究社始创于1913年，自天津社会教育办事处成立后当即并入，联合绅商学界同仁，研究改良之艺剧，选择艺员中能改良者，或代为编稿劝令排演，或就其原稿稍事增删，或仅拟过场说白由伶界教师另自填补唱词，或转相介绍使之传习。此外，更搜集各处新旧稿本，加以修饰润色登于《社会教育星期报》，以期流传各埠相继仿行。

二是对作品内容具体评论。个人所藏清光绪年间新镌《忆真妃》（起升堂藏版）全文上端有眉批。眉批之人，情况不详。《忆真妃》最早有清同治二年癸亥（1863）会文山房刻本，为喜晓峰所作。曲词"好容易盼到行宫

---

[1] 《子弟书三种》，天津社会教育办事处，刻本，1918年。

歇歇倦体，偏遇著冷雨凄风助惨情"上端有眉批"是大家手段"。曲词"洒窗桄点点敲人心欲碎，摇落木声声使我梦难成。当嘟嘟惊魂响自檐前起，冰凉凉彻骨寒从被底生。孤灯儿照我人单影，雨夜儿同谁话五更"上端有眉批"句句是情，句句是景。情中景，景中情。双管齐下，横扫五十"。曲词"妃子呀我一时顾命就耽搁了你"上端有眉批"'顾命'二字"只气太毒，伯书人应缄寿十年"。写批语之人肯定撰者在子弟书创作圈中的身份和地位，细致入微地对其景色描写赞不绝口。但最后抓住曲中敏感字词，十分中肯提出写法不妥。民国时期萧文澄编撰的《子弟书约选日记》，据当时社会教育要求对所选录的百余种子弟书做出个人评价，如"（钞）《荆轲刺秦》确系一付事实，文句亦不俗""《望乡》全篇说鬼，过于迷信，与社会教育宗旨不合"。[1]

三是阐释清代子弟书发展。首都图书馆现存的《绿棠吟馆子弟书选》中记载："金台三畏先生，饱学士也。悯古道之不存，惜前人之心血，效明臧氏元人百种曲之例，集当代子弟书百种，为书二十卷示余……壬戌之秋重阳日小莲池居士书于十刹海之汉严卯斋。"小莲池居士的序言，明确指出子弟书选集的标准为保存曲文中的优秀文本，即"效明臧氏元人百种曲之例，集当代子弟书百种，为书二十卷"。金台三畏氏的题识也再次印证其说法，即"爰仿元人百种曲体，裁选成百种以存古人高山流水之遗韵"[2]。（民国十一年岁次壬戌夏历中秋前三日，金台三畏氏自识于绿棠吟馆）题识中还分析了导致子弟书说唱消失的因素：1.擅唱此种词曲的是"八角鼓之老宗友"，民国初年可娱耳的靡靡之音"时调小曲"为人们所好，视子弟书如陈羹土饭；2.清光绪庚子年兵燹以后，书坊厂肆相继歇业，私人藏书尽行遗失，"百本张亦杳如黄鹤焉"。曲文编辑者金台三畏氏，在题识中通过感情

---

[1] 萧文澄：《子弟书约选日记》，天津图书馆藏，民国钞本，第5、9页。

[2] 金台三畏氏：《绿棠吟馆子弟书选》，稿本，1922年。

诉求和现身说法增强感染力，以产生潜移默化的影响。

四是对子弟书版本的考订和留存。《绿棠吟馆子弟书选》著录，《绿棠吟馆子弟书百种总目》第十卷《卖画》，其封面右边题："壬戌七月二十六日录绿棠吟馆存敬诒堂藏""钞本不全""癸亥二月二十七日复于东四牌楼买得后部并知书名乃意中缘也"[1]。可知绿棠吟馆主人于清同治元年壬戌（1862）买到敬诒堂所藏子弟书抄本《卖画》，是个残本，第二年补齐后部凑成全本，由后部获知此本子弟书正名为《意中缘》。天津图书馆所藏《千金全德》（不分卷，清韩小窗撰，民国华海门间抄本）正文前写："捐赠者：金立甫""登记民国三十一年二月28日"。末尾有标签，上写"华凤阿编订"。曲文前有小序"承索《全德》一书，行箧无比，然此为一生所最醉心者，尚熟记之。支离讹误勉为追录，尚希订正。若能推而行之，固所愿，□琴湘，我叔大鉴。辛巳夏日华海门书于林西寓楼。时年七十二岁"，说明作为案头化的子弟书仍然在爱好者们的手边留存、阅读。

五是对子弟书表演的改良。由于子弟书属于非正统的通俗文学范畴，它的传播，受到来自社会舆论以及自身思想观念等方面的无形控制更多。尤其在进行表演传播时，其内容选择、表达形式总是不自觉地依据社会需要来筛查作品、改编题材。民国七年（1918）七月，林兆翰（1862—1933）在《徐母训子》识语中写道："按韩小窗先生在前清康熙年间，所编子弟书甚多。每回有八起八落者，有十起十落者。此回《徐母训子》，本系十起十落之格。第一段意在浑写大概，惟词藻过多，未免稍晦，非普通人所能领略。近今子弟书不为社会欢迎，其故亦实由于此……但演唱诸君宜取通俗主义，务（似"宜"）将开首数行全行删去，即从第二段'太夫人见徐庶请安在膝下跪'句唱起。"[2]

---

[1] 金台三畏氏：《绿棠吟馆子弟书选》，稿本，1922年。

[2] 《子弟书三种》，天津社会教育办事处，刻本，1918年。

清代子弟书，是在八旗子弟乐的基础上，结合鼓词摘唱形成的一种以七言为主、具有韵文形式、无说白可歌唱的曲种。最初我们能够看到的是一些曲文、工尺音谱俱收的文本，既可让表演者使用，又可供案头阅读。它既以文字为媒介，又能通过表演者进行更为广泛的传播。然而子弟书"表演"传播的共时性特征，却使之无法保持原初的传播状态。著名学者启功先生曾提及，幼年时一些"盲清客"在自家书房或客厅中拿起乐器来唱，若是子弟书，他因其唱法沉闷便跑开去玩。而当时北京能唱子弟书的老艺人仅剩了两位，且没有谱子流传下来。如今成为百年绝唱的它，已无从考察其具体的"表演"传播方式，只能在只言片语的文献资料记录中寻绎、识别和摸索。

六是对子弟书创作者情况的考索。古往今来，对于类似子弟书的俗曲，大方之家始终认为是"不登大雅"的小技。由于这种轻视曲艺的风气，很多创作者的姓名与个人事迹被隐没。在子弟书的卷首诗篇、结尾、序跋以及曲文中常嵌入创作者的信息，成为后世查寻中较为可靠的线索。如《红拂女私奔》开首诗篇云："寂静松窗闲遣性，写一代娥眉领袖女英雄。"[1]其中"松窗"二字，即指清乾隆年间西调子弟书的代表人物罗松窗。作品《庄氏降香》写于清乾隆二十一年丙子（1756），是现存最早的刻本。其代表作品还有《闹学》《游园寻梦》《离魂》《罗成托梦》《翠屏山》等近十种。

子弟书曲文《逛护国寺》中云："见同乐堂在西碑亭下摆着书戏本，近日他新添小画想发财。马六站起忙让座，说斋请看这两回新书倒诙谐。这是鹤侣氏新编的两回《时道人儿》《逛护国寺》。他说拿来我看看。坐下将书接过来。看了两篇摇头晃脑说成句而已，未必够板数来宝一样，这是何苦来。论编书的开山大法师还数小窗得三昧，那芸窗松窗亦称老手甚精该；竹轩氏句法详而稳，西园氏每将文意带诙谐；那渔村氏他自称山左疏狂客，云

---

[1] 《清蒙古车王府藏子弟书》，国际文化出版公司，1994年，第1111页。

崖氏西杭氏铺叙景致别出心裁。这些人俱是编书的国手可称元老，亦须要雅俗共赏合辙勾板，原不是竟论文才。"[1]

其中提到编撰子弟书的"开山大法师"有三"窗"。包括前面谈到的罗松窗，还有一"窗"是指"芸窗"，生平事迹不详，其作品有嘉道间刻本，代表作有《渔樵对答》《渭水河》《林和靖》《武陵源》《遣晴雯》《钟馗嫁妹》等。该曲文中另有"小窗"二字，是指韩小窗。清光绪三十一年乙巳（1905）盛京老会文堂重刻本《露泪缘》扉页上有二凌居士题词："前人韩小窗所编各种子弟书词，颇为脍炙口谈，堪称文坛健将，乃都门名手。唯此《露泪缘》一段，未注姓氏，而句中笔法，可与古人歌词共赏，描写传神，百读不厌。故将本内错字，改正无讹，令看官入目了然。书坊主人，求余跋序。仅题二句云：'乃见焕乎非俗子，不知作者是何人！'"[2]子弟书《徐母训子》中，还保存了民国七年（1918）七月天津社会教育办事处总董林兆翰的题识："韩小窗先生在前清康熙年间，所编子弟书甚多。"[3]首都图书馆所藏《绿棠吟馆子弟书选》的序中也谈到："顾曲者其系重之其源。盖不知所自来。若《千金全德》《宁武关》诸本，凡题小窗氏者，义正辞雅，实韩小窗先生手自制。则谓子弟书，始自韩氏，殆无不可。先生者，嘉道间尝游于京师东郊之青门别墅。"《绿棠吟馆子弟书选》凡例第二条曰："一是词曲不知创自何人，惟韩小窗先生实开先河。先生绿汉军旗籍人。于道咸间家居东直门之拐棒楼。所制之曲人争传诵，纸贵一时。凡曲中题有小窗氏云云者，皆先生之手笔也。"[4]

关于韩小窗的生卒年代问题，现今学者众说纷纭。综合上述资料，可

---

[1] 《清蒙古车王府藏子弟书》，国际文化出版公司，1994年，第276—277页。

[2] 耿瑛：《东北大鼓资料丛书·东北大鼓艺术论辑》，春风文艺出版社，2007年，第27页。

[3] 《子弟书三种》，天津社会教育办事处，刻本，1918年。

[4] 金台三畏氏：《绿棠吟馆子弟书选》，稿本，1922年。

以得出以下结论：民国初年林兆翰在题识中提到韩小窗在清康熙期间已大量创作子弟书，这一说法目前尚无更多详细资料来证明，存疑。据《绿棠吟馆子弟书选》凡例第二条所述，以及清道光末年鹤侣氏所编《集锦书目》[1]中已收录韩小窗的作品《滚楼》《卖刀试刀》《齐陈相骂》《下河南》等近十种可知，韩小窗在清道光末年已经成名。民国十一年（1922），小莲池居士在《绿棠吟馆子弟书选》的序中，以亲身见闻记下了"先生者，嘉道间尝游于京师东郊之青门别墅"的情况，该书的凡例中也言韩小窗"于道咸间家居东直门之拐棒楼"，可知韩小窗生活于清嘉庆、道光、咸丰年间，在北京的东城居住。在清光绪六年庚辰（1880）、三十一年乙巳（1905）二凌居士的跋文中，先后称呼"故友小窗氏""前人韩小窗"，以及提出"唯此《露泪缘》一段，未注姓氏""不知作者是何人"的疑问，由此推论韩小窗可能于清光绪初年过世。作为东调子弟书的代表人物，韩小窗今留存可考的代表作品有《徐母训子》《白帝城》《长坂坡》《千金全德》《刺虎》《得钞傲妻》《哭官哥》等三十余种。

在子弟书其他序跋中，明确记载了关于子弟书创作者春树斋的珍贵资料。子弟书曲文《忆真妃》的开篇收录了隆文的序和张日晸的题词："乙未夏，余由藏旋都，驻蜀之黄华馆，适树斋同年亦以别驾来省。他乡遇故知，诚为快事。树斋诗文，固久矣脍炙人口，而尤善著书。如《忆真妃》《蝴蝶梦》《齐人叹》《骂阿瞒》，及《醉打山门》诸作，都中争传，已非朝夕。兹长夏无事，欲解睡魔，树斋因以近作诸本赐观。余卒读之，纯是八股法为之。以史迁之笔，运熊、刘之气，来龙去脉，无不清真，而出落处，更属井井。至于意思新奇，字句典雅，又其余事。曾记共研时，霜桥孝廉戏树斋云：'前有袁才子，后有春树斋。'虽曰戏之，实堪赠之云。愚兄云章隆文

---

[1]　《集锦书目》，清百本张钞本，现藏首都图书馆。

拜读。”“通首诗文，尚未之见。今观此本，已诚为文坛捷将矣。拜服，拜服！晓瞻弟张日晟拜读。”[1]

在中国国家图书馆中收录的子弟书曲文《蝴蝶梦》内（封面上有“同治甲戌花朝日梓镌”字样）题有：“爱新觉罗春树斋先生，都门优贡生，宦游奉省年久，与余笔墨中最为知己。所著各种书词，向蒙指示。公寿逾古稀，精神健壮。临终先时，敬呈楹联十四字云：‘公正廉明真学问，喜笑怒骂尽文章。’夫子赏鉴，遂以此书稿相赠，梓付手民，以志不忘云尔。二凌居士谨跋。”[2]从这些跋语题词中，可以看出春树斋在“乙未夏”，即清道光十五年乙未（1835）之前已撰写了子弟书《蝴蝶梦》，当时“都中争传，已非朝夕”。二凌居士于“同治甲戌”，即清同治十三年甲戌（1874）将春树斋临终时所赠书稿《蝴蝶梦》刊印。隆文的序和张日晟的题词中，还介绍了与春树斋的交往以及对其生平的了解和对作品价值的肯定、推荐，盛赞其见识深广、内容出新、笔风雄健、字句典雅，并将其与前人袁枚相提并论，评价甚高。任光伟《子弟书的产生及其在东北之发展》一文谈到：“春树斋，生卒年不详，仅知略小于韩小窗，辽阳人。”[3]综合上述内容可知，春树斋，满洲旗人，爱新觉罗氏，生活于清道光、同治年间，是一位文坛上的捷将，尤善著书，特别是子弟书的作品脍炙人口，如《忆真妃》《蝴蝶梦》《齐人叹》《骂阿瞒》，以及《醉打山门》诸作。

在众多序跋的撰写者中，有一位名为“海上非非居士”的人，由上文可知其为会文山房主人邸文裕。子弟书曲文《烟花楼》、《玉天仙痴梦》（又名《痴梦》《天仙痴梦》）前附其所作的两篇跋语，分别为：“烟花

---

[1] 启功：《创造性新诗子弟书》，《启功丛稿》（论文卷），中华书局，1999年，第325—326页。

[2] （清）《蝴蝶梦》，中国国家图书馆藏，刻本，1874年。

[3] 任光伟：《艺野知见录》，春风文艺出版社，1989年，第9页。

楼，乃水浒传中第二十回事。近来都门名手，编出子弟书词。有江湖清客友人张松圃，贯串其辞，余笔录之，脍炙口谈。原本一段，今更为四回。观情会意，补短截长，未免画蛇添足，点金成铁。遂刊付棘梨，致贻笑大方，以公同好，非吾所知也。海上非非居士题跋。"[1] "岁在己卯次庚伏日，是时阁内独居，静观文中游戏。闲赏懒游，清吟无句。借得《痴梦》残篇，补缀完成合璧。一枕初醒，黄粱半榻，当天红日。灯火三更，寒冬十季。会稽太守，文运而转鸿钧；山野悍妇，房中以当幻续。著典出于老手，高歌尽乎壮志。本馆各种奇书，尽属词林笔墨名贯东都，声超北冀。海上非非道人谨此特跋。"[2]在上述资料中，首次提及子弟书《烟花楼》的创作者是张松圃，生平事迹不详，只知生活在盛京，是编撰子弟书词的行家里手、"江湖清客"，与邸文裕是友人。

在台湾"中央研究院"历史语言研究所中还藏有清代子弟书序跋的珍贵资料，如"史语所藏某钞本千金全德子弟书第六回《骂女》第二页阴面，有抄者评语云：'子弟书以小窗笔墨为最秀，他写书无不传神，即如此回，将窦老一片婆心热肠，真是活脱纸上……'"[3]这些评价不一定具有理论上的高度和深度，但还是能给研究者或读者提供值得参考的鉴赏资料。现存子弟书序跋、评点十余篇，保留了时人的稀见序跋和珍贵题识，凸显了不受重视的传播者（编撰者、书坊主、受众等）在子弟书传播轨迹中所发挥的作用。清中后期子弟书的文人型序跋和书商型评点，主要是针对中上层的文人群体，为士子阶层服务。他们是创作刊行子弟唱本的主体，也希望得到圈中人的认可。清末民初的综合性评论，则是为了迎合社会普通民众购阅听看的需

---

[1] 《俗文学丛刊》（第400册），新文丰出版股份有限公司，2004年，第635页。

[2] 《俗文学丛刊》（第400册），新文丰出版股份有限公司，2004年，第638页。

[3] 陈锦钊：《子弟书之题材来源及其综合研究》，载《台湾"国立"政治大学中国文学研究所博士论文》，1977年，第200页。

求，为了适应民国初年的社会改良思潮而出现的，这样既扩大了子弟唱本的社会影响，也拓宽了其传播的渠道途径。

此外，国家图书馆藏《新刻商郎回煞子弟书》，文萃堂刻，有朱笔圈点。《奇逢子弟书》刻本，一册，有朱笔圈点。《樊金定骂城子弟书》，文德堂刻，有黑笔粘贴校改字。子弟唱本序跋的评点形态趋于多样化，包括了眉批、旁评、夹评、圈点以及篇前后总评等样式。

（四）内容选本标准多样

在选本内容方面，坊肆青睐旧本，尤其是关注历史方面的题材。《蝴蝶梦》有清同治十三年甲戌（1874）沈阳会文山房刊本、清光绪十九年癸巳（1893）盛京文盛堂本。《烟花楼》有清同治十三年甲戌（1874）会文山房刻本、清光绪三十一年乙巳（1905）老会文堂刻本。《锦水祠》有清光绪小西山房刻本、上海茂记书庄石印本。《藏舟》有老聚卷堂本、上海槐荫山房石印本。《新蓝桥》有清光绪三十二年（1906）盛京聚盛书坊刻本、原奉天东都石印局版。《诏班师》有清辽阳刻本、上海槐荫石印本。《阴阳叹》有锦章图书局□，寒斋望湖楼驾藏；上海茂记书庄石印本。《子路追孔》有清光绪二十八年壬寅（1902）格致书坊刻本、奉天东都石印局本。

坊肆常组织文人独立创作时事类子弟唱本，反映社会现实。盛京的会文山房有：清韩小窗《得钞傲妻》《续钞借银》《大烟叹》《绝红柳》，西园氏（文西园）《长随叹》，竹轩《厨子诉功》。北京的百本堂有：清鹤侣氏《侍卫论》《老侍卫叹》《女侍卫叹》《逛护国寺》，明窗《风流词客》，闲窗《女觔斗》《篡须子论》。

坊肆注重观察选本市场反应。不同的坊肆先后都选择同一种唱本刊刻，选本的重复情况，充分体现其受欢迎程度。据《清代八旗子弟书总目提要》统计，子弟书《全德报》有清光绪甲午（1894）财胜堂、清代泰山堂刻本，以及北平打磨厂学古堂印行、上海茂记书庄石印本。《长坂坡》有洗俗斋钞本、三盛堂刻本、清光绪壬辰年（1892）会文山房刻本。《乱点鸳鸯谱》有聚卷堂钞本、上海槐荫山房石印本、原奉天东都石印局版。《黛玉悲秋》有清光绪年间会文山房镌刻本、清代槐荫山房刻本、北平打磨厂寿山堂印本。天津图书馆现存《新刻悲秋子弟书·黛玉悲秋》，不分卷。《忆真妃》有清同治二年癸亥（1863）会义山房刻本、清光绪癸亥长夏新编起升堂藏版、北平铅印本、上海茂记书庄石印本。由此可知，内容流传范围之广、受欢迎程度之高，打破了地区界限。

选本注重品牌效应。天津图书馆现藏有韩小窗子弟书八类：1.《子弟书三种》，民国天津艺剧研究社编，铅印，一册，甄选了韩小窗的三种子弟书《徐母训子》《长坂坡》《白帝城托孤》。2.《子弟书三十种》，民国铅印本，一册。3.《千金全德》，卫子弟书，铅印本。4.《千金全德》，民国华海门间抄本，不分卷。5.《千金全德》八回，民国间抄本，一册。6.《千金全德》一卷，1911年铅印本。7.《常峙节傲妻》二回，1911年铅印本。8.《常峙节傲要》一卷，铅印本。（《常峙节傲妻》《常峙节傲要》曲名未见各目录和曲本收录）首都图书馆藏韩小窗子弟书单行本两种：《全本千金全德》（又称《不垂别泪》），一册，清道光二十五年（1845）；《齐陈相骂》，一册，别垫堂刊本。国家图书馆藏《新刻千金全德子弟书》，一册，文魁堂。首都图书馆藏1916年半亩老人著《半亩寄庐子弟书》，稿本。《半亩寄庐子弟书》名为"子弟书"，实际包括岔曲十种（《酒》《色》《财》《气》《鲁智深赞》《李逵赞》《武松赞》《八怕》《八恨》《八乐》）和单弦五种（《屈原》曲头、数唱、太平年、南城调、罗江怨、叠断桥、流水板，《雪燕娘》一本、二本，《三笑》一本、二本，《荆轲刺秦》，《汉文帝夜梦黄头郎》）。

坊肆选本的取舍标准，基于市场动向和购者需求。经过精心筛选、去粗取精的选本比原曲文更有市场，更易于传播出去。从对旧本的依赖到文人的独立创作，坊肆在其形成和传播过程中起着不容忽视的作用。同时，选本内容的表现形式也被不同时期、不同阶层购者关注。

最初的子弟书是满汉合璧本，如《寻夫曲》《螃蟹段》《升官图》等，是借鉴朝廷推行满汉译著的翻译方式。清乾隆年间（1750年左右），刻本《哭城》子弟书，就是满汉合璧的四回旧抄本。在乾隆皇帝东巡时所创的歌咏盛京民风的诗作中，就曾以满语入律诗，如《盛京土风杂咏十二首》中的《罗丹·汉语鹿蹄腕骨也》："鹿蹄骨非无用物，以为戏亦有时需。中原漫语人人逐，一具还看面面殊。偶语何须较土木，采名乍欲拟枭卢。帕格真足方投石，可用从来如此乎。""罗丹"满语俗称"嘎拉哈"，是用鹿羊等蹄腕骨制成的一种满族民间玩具，简称鹿（羊）拐。满语"帕格"是指用又薄又圆的石头击打鹿（羊）拐的玩法。[1]子弟书的创作者们也习而效之。随着满汉民族的相互融合，子弟书曲文逐渐演变为"满汉兼"的形式（以汉文为主，掺杂满文字句），如子弟书《查关》，牌子曲《鸟枪诉功》《护军诉功》。首都图书馆藏清末北京聚卷堂钞本《八旗叹》，就是用满洲语和汉字音并列记录的岔曲唱段："乌克申马甲（马甲兵，即骑兵，每佐领下二十人。旗人成丁后，其出路主要是挑补马甲）更无能，坐槽儿（俚语，与'的根儿''天生的'同义）会吃不会挣，他的钱粮不中用，去了暑班儿不剩铜，想要巴结又无能，印房（旗营中专司文书事务的办公室）效力弄人情，满（满文）不通，汉（汉文）不能，遇见来文急得横蹦，不会写字糊封筒。"[2]最后，随着旗籍子弟在生活中彻底不用满语，而使后起子弟书唱词形式也开始以全部使用汉语为主。

坊肆通过形式上的不断翻新和大量生产精品唱本，以满足适合包括旗人

---

[1]　《沈阳地域文化通览》，沈阳出版社，2013年，第485页。

[2]　伊增埙：《古调今谭：北京八角鼓岔曲集》，知识产权出版社，2004年，第259页。

在内的市民各阶层对于小说、戏曲、说唱的需求，也是为了突出坊肆刊本特点、强调与其他书坊不同、打击盗版维护版权的行为。这些刻书实践中的良苦用心，都充分体现了坊肆主人为追求更大的市场空间，在生产环节中的一步步努力和尝试。

清末民初的子弟书渐趋文人案头阅读，曲词日渐华美，形式渐至完善，舞台表演遂渐失传。尤其在经历了清末水火虫蠹、兵燹政禁等灾难后，大多曲本已散佚湮没，少许劫后余生的作品散落于各种文献的辑佚当中。而曲本作为一种实际的存在，是最为可靠的，是今人考证其传播轨迹的有效凭证。

清中叶至光绪末年子弟书曲本的传播，一是通过八旗票友聚会结社，讨论创作交流演出，实现自我陶醉和调整认知的情感满足。"立社不过借说书一节，以联朋友之情"，"喜说者说之，不喜说者听之"，"庶社中人可以有益身心；即社外人观之，亦不失为雅道"。[1]二是"一是种词曲在咸同以来颇盛兴一时。故前门外打磨厂一带之铺肆，多有刊板出售者。此外，如东城之隆福寺、西城之护国寺有所谓百本张者，亦出售此项钞本之书"[2]。可见坊肆、庙会在子弟书的传播中发挥了不可估量的媒介作用，但此时的私人传抄还处于小规模状态。

子弟书曲本在传播中可谓历经磨难。1925—1929年间，北京孔德学校购买了大量散落在旧书摊上的原清代北京车王府所藏曲本（手抄本，包括子弟书近三百篇），现首都图书馆列子弟书目录近千种，其中一些子弟书名也见于刘复的《中国俗曲总目稿》（1932年），[3]但实际曲本藏量并不多，见目不见文。笔者在北京民族图书馆有幸找到《旧钞北平俗曲》，抄本不分卷，单页8行，每行14字，版框22.8×14.6cm。首页注"明煦园改订"，左下端

[1] 关德栋，周中明：《子弟书丛钞》，上海古籍出版社，1984年，第829—830页。

[2] 金台三畏氏：《绿棠吟馆子弟书选》，稿本，1922年。

[3] （清）《集锦书目》，首都图书馆藏，清百本张钞本。

有刘复印章"江阴刘氏""刘复所藏"，收入子弟书曲文《群仙祝寿》《托孤》《雪江独钓》《渔樵问答》等。50年代初，傅惜华在《子弟书总目》藏者项中提及很多子弟书作品属于"前中研院（已毁）"情况。目前，这些标注"已毁"的曲文保存在台湾傅斯年图书馆。

随着1994年《清蒙古车王府藏子弟书》、2004年《俗文学丛刊》（第384—400册说唱类子弟书总目），以及2012年黄仕忠《子弟书全集》、2020年陈锦钊《子弟书集成》的先后出版，子弟书曲本的辑佚无论从数量、分类还是版式设计等方面都是集成性的研究成果。正是这些酷爱曲艺的传播者们的努力，以及受众的思想观念和喜好选择，对子弟书的传播起到了无形的导引。今天子弟书仍有精粹之遗存，是选辑之功。

三、石印铅版阶段

西方传教士将石印术传入中国，并开办书馆。英国传教士麦都思（司）于清道光十二年壬辰（1832）在广州设立石印所，道光二十三年癸卯（1843）在上海设置墨海书馆，印刷中文书籍。道光二十五年乙巳（1845），美国人谷玄在宁波开办美华馆，咸丰九年己未（1859）迁往上海。同治十一年壬申（1872），美国人美查开设上海申报馆，又于光绪五年己卯（1879）成立点石斋石印书局，光绪十年甲申（1884）再连续设立申昌书局和图书集成印书局。光绪十三年丁亥（1887），英国教士韦廉臣在上海设置广学会。光绪七年辛巳（1881），最早由个人集资创办的石印书局——上海同文书局出现在人们的视野中，书局购置了石印机十二架，雇工五百人，翻印古善本书售卖。光绪八年壬午（1882），拜石山房、鸿文书局、崇文书局等相继开办，大批石印版书开始售卖。至清朝末期，在清政府官书局、译书馆和外国传教士积极创办书馆的大背景下，我国的印刷技术有了质的飞跃。

20世纪30年代初，东北有一家以出版小唱本闻名的奉天东都石印局，位于沈阳城内东华门十字路口拐角处。这些小唱本竖行石印单线简装，每本仅有三四页，绿或红单色封面，上画花瓶等图案，书中作品题目或横或竖印在上面，如《小姑贤》《十字坡》等。每本收入作品三五篇不等，其中以大鼓、子弟书为主，间有蹦蹦二人转、秧歌和小评戏，兼售《三字经》《百家姓》等实用书。每本售价五分钱，因本薄价廉远销于偏远乡镇的集市庙会上。售卖者边唱边卖，购买者甚至可以用一个鸡蛋换一本书。早在清末时，市井百姓就把目光更多地投向有故事情节的较长唱段，他们既想听又想跟唱，印有唱词的小唱本便应运而生。有的坊肆将民间流行的唱段刻印成小册售卖，或批发给零售小贩们。50年代，沈阳的王英将小书摊上买到的五十多种东都版小唱本捐赠给沈阳市文联，被编入1956年12月出版的《鼓词汇集》中。这些唱本的出现，是因九·一八事变后上海的书无法出关，于是对上海大成书局的唱本进行了大量翻印。60年代，春风文艺出版社还仿照当年小唱本形式，出版过一批曲艺集。现存原奉天东都石印局版的子弟书曲本有十种：《乱点鸳鸯谱》《红娘寄柬》《新蓝桥》《姐妹易嫁》《子龙赶船》《子路追孔》《玉天仙痴梦》《荡子叹》《刺虎》《凤仪亭》。

民国时期的上海以石印技术为主，有五家坊肆刊印子弟书：1.槐荫山房石印本：《藏舟》《郭子仪庆寿》《旧院池馆》《乱点鸳鸯谱》《全悲秋》《玉天仙痴梦》《冤外冤》《诏班师》。2.茂记书庄石印本：《锦水祠》《梦中梦》《全德报》《忆真妃》《阴阳叹》。3.大成书局石印本：《书生叹》。4.锦章图书局石印本：《阴阳叹》。5.学古堂铅印本：《红娘寄柬》。

天津图书馆现存民国期间子弟书的铅印本有七种，包括：1.《子弟书三种》，民国天津艺剧研究社编，铅印，一册。2.《千金全德》，卫子弟书，铅印本。3.《子弟书三十种》，韩小窗撰，民国铅印本，一册。4.《费宫人制虎》，不分卷，1918年铅印本。5.《常峙节傲妻》二回，韩小窗撰，1911年铅印本。6.《千金全德》一卷，韩小窗撰，1911年铅印本。7.《常峙节傲要》一卷，铅印本。

清末民初的八旗说唱文学坊肆，是以市场为生存发展的根本。清代八旗说唱文学曲本的刊行，出现了由手工刻抄到雕版石印、铅印印刷的转变。作为印刷技术的承担运用者，坊肆只有通过率先采用新生产技术，加快印书和获利的速度，才能在日趋激烈的竞争中找到自己的一席之地。

第二节　八旗说唱文学坊肆目录

清代以来为适应学术的需要，各种专科目录大量出现，诸如戏曲等都有了自己专门的目录。同时，为特定书籍所编的目录也在快速发展。八旗说唱文学从产生，到初步繁荣，再到成为"绝响"，历时百年。直到今天，我们依然能在中国古代文学史中找到它们准确的定位，在俗文学发展历程中看到它们多彩的面貌，在读者群体中听到它们清晰的音色，这不能不归功于八旗说唱文学各类目录的产生和发展。

自清乾隆年间至今，有关子弟书的各种目录层出不穷。首都图书馆现存原国立"中央研究院"历史语言研究所藏子弟书总目列有790种。清道光年间，鹤侣氏《集锦书目》中记有书目近150余种，北京百本堂编《子弟书目录》著录达290余种。1954年，傅惜华编著的《子弟书总目》记有书目446种。2020年，陈锦钊编纂的《子弟书集成》收录子弟书539种。2012年，黄仕忠等编纂《子弟书全集》，收录子弟书520余种，存目70余种。中国艺术研究院现藏有岔曲目录7种，即《岔曲目录》（百本张70首）、《岔趣目录》（百本张171首）、《带牌子岔曲单》（百本张260首）、《赶板目录》（百本张250首）、《杂牌子岔曲》（百本张241首）、《赶板牌子快书岔曲马头调各种曲目》（又称《岔曲长岔琴腔赶板牌子莲花落目录》，别埜堂214首）。[1]《中国俗曲总目稿》收录了1931年以前的岔曲作品共计390首左

---

[1]　伊增埙：《古调今谭：北京八角鼓岔曲集》，知识产权出版社，2004年，第423页。

右的目录名称。本节主要以子弟书目录为研究范围。

清中叶经济生活不断提高，造纸印刷技术长足发展。子弟书的目录传播异彩纷呈，受众层次日趋复杂。清道光末年，鹤侣氏编撰的子弟书《集锦书目》，将150余种子弟书篇名艺术化地连缀在一起，是一种具有独创性的时人记录时事的子弟书目录。最初，这是八旗子弟编撰者为在小范围内创作讨论交流演出，而自编自娱的一个子弟书名目录。《中国俗曲总目稿》有抄本小岔《子弟书名（目）》："《春梅游旧院》，走进《露泪缘》，独占在《百花亭》上，仔细《查关》，《祭姬》相对《桃花岸》，《活捉》设摆《巧姻缘》。〔过板〕移莲步，走到《长坂坡》下，上《杀山》，《鹊桥》下，与《廊会》《奇逢》，《连姻》《投店》，意〔卧牛〕《意中缘》内得《忆子》，《趁心愿》，《宫花报喜》在《桃李园》，《连升三级》《下河南》。"[1]《子弟书名（目）》也属此类目录，可见当时子弟书受欢迎的程度。

在清中叶之后民国中期以前，更多的子弟书目录是以抄本目录中的坊抄目录为主。清乾隆之后的一些知名书铺，如北京的乐善堂、百本堂、别埜堂、聚卷堂、文萃堂、泰山堂、合义堂、中和堂、打磨厂等；东北盛京的程记书坊、会文山房、文盛书房、文盛堂、财盛堂、老会文堂、东都石印局，宽城子的格致书坊、崇文阁，海城的合顺书坊、聚有书房，辽阳的三文堂等相继开业。他们大量翻印京剧大鼓、文明小调、曲艺唱词等大众百姓喜欢的通俗读物，专以手抄、刻印（木刻、石印）刊行子弟书唱本为业，如木刻本子弟书《露泪缘》、石印本子弟书《八字成文》等。各地坊肆为扩大销路竞相比争，既刊行内容多样的唱本，又雇人抄写编目出售，此即子弟书坊抄目录的肇始。

---

[1]　伊增埙：《古调今谭：北京八角鼓岔曲集》，知识产权出版社，2004年，第283—284页。

百本堂，主人姓张，又名"百本张"，是清代北京书肆中一家专门以翻印戏本、唱词而出名的书坊，由清乾隆起至光绪庚子年间传了四代，年代久名气大，为时人同行所瞩目。百本张抄写发行各种戏曲的唱本，都是编有出品目录的，详细记载了名目，标注了每种曲本的价目。在傅惜华《百本张戏曲书籍考略》中，列举了《二簧戏目录》（甲本，售价六百文）、《二簧戏目录》（乙本，售价六百文）、《子弟书目录》（甲本）、《子弟书目录》（乙本，售价六百文）、《大鼓书单》（售价五百文）、《马头调上趣单》（售价六百文）、《马头调上咂目录》（售价四百文）共七种目录，并言："以上七种目录，仅是百本张钞本戏曲出品的一部分目录而已。我们根据甲本《二簧戏目录》卷首所载的百本张启事，可以知道关于戏剧方面，除了'二簧'戏（包括'西皮'在内）剧本以外，应当专有一本'昆曲'与'弋腔'剧本的出品目录的。在嘉庆道光年以后，北京剧坛盛行着'梆子'，所以百本张也必定有一本'梆子'戏的出品目录。至于曲艺方面，如子弟'八角鼓'中所属的'岔曲''翠岔''赶板''琴腔''杂牌子曲'等，那当然是另有一本出品目录，还有北京流行的各种'时调小曲'，也必然有一本出品目录的。此外，在戏曲音乐方面，所谓'工尺字'的本子——乐谱，恐怕数量也不少，所以必有一本专门的目录。"[1]百本张各类抄本，一定要编有出品目录，这体现了市场出版导向，也跟传播链条中重要的一环购阅者密切相关。这类出品目录，是为售书而编，促进了书籍流通。

百本张所售子弟书目录有不同版本，后以《百本张子弟书目录》统称。首都图书馆现存的《百本张子弟书目录》有两种：一种目录收子弟书三百多种，另一种目录收子弟书二百五十余种，册数多，内容全。百本张

---

[1] 张静庐：《中国近代出版史料二编》，中华书局，1957年，第328—329页。

目录在编纂类型、内容结构、目录分类等方面都体现出紧跟市场变化、关注受众需求的特点，使其与同时期的其他类型目录相比，更具有鲜明的时代特征。

一是应受众需求而设计的目录结构。子弟书目录结构通常为"子弟书曲名""回数""价格"，没有传统目录结构中的源流考证和学术评价等专业内容。书坊主为投受众所好，在子弟书的书业目录中特意编写了简明的书目提要，列出了"别名""故事梗概""主人公"及"特点"等专项。这类设计是为了让受众在购买之前一睹为快，了解欲购曲本的大致内容以便购买。这类提要与藏书目录的提要相比，更注重向受众推介图书，而不是对学术的辨析。

二是以有利于销售为取向的目录分类。子弟书出品目录多为活页或簿册式目录，让受众对书坊所刊印的曲本一目了然，摒弃了传统的书本式目录书册不易流通的缺点。对于一些记录数量较多的子弟书出品目录，常从该书坊刊印曲本的实际出发，以利于推介和销售为原则进行分类。目录中醒目处标明所刊印曲本的回数及售价，并按各种曲本的回数和价目进行分类，因为曲本回数与价格的合理性是受众最为关心的，受众可据所需和自身经济能力选择单册单回、多册多回或合集购买，从而形成了多样化的销售方式，也扩大了流传范围。

除百本张子弟书目录外，还有一类颇具时效性的目录类型。天津图书馆藏民国抄本《子弟书目录》按故事内容将目录分成不同类型（共计六十七大类），比如紧跟市场、突显统治阶层喜好，为喜庆节日而作的"喜庆子弟书目录"；与清宫大戏内容相关的，如"三国志""水浒传""西游记"子弟书目录；反映时政教育的，如"四书""古文""汉书"子弟书目录。

表5-3 《百本张子弟书目录》例表

曲名	别名	故事梗概（甲/乙）	主人公	特点	回数（甲/乙）	售价（甲/乙）
骨牌名					一回	三百/五百
鬼辨	慧娘魂辨（甲）		李慧娘（乙）	《红梅阁》以后（甲）	一回	四百
观雪乍冰				代戏	一回	五百
升官图			西门金莲	满汉兼春	一回	五百
宝钗产玉		产黛玉，绪《红楼》/产黛玉			二回	八百
借靴		接《赶靴》			二回	一吊
灯草和尚（甲）				粉（甲）	四回（甲）	一吊六（甲）
八郎别妻				硬书	八回/五回	二吊
花木兰		女扮男妆代父征/出征			六回	二吊
雷峰塔		借伞 招亲 盗宝 求丹 还愿 水漫 断桥 合钵		苦	八回	二吊八/三吊六
续俏东风	还魂（甲）			人臣拆的（乙）	八回	三吊二
全彩楼		"吕蒙正不弟"起至"荣归"完		上好绝妙文字（甲）	三十回	拾二吊

注：中国国家图书馆藏《百本张子弟书目录（一）》，成书于清道光、同治年间；著快书三种，后附石派书《通天河》等十一种，上简称"甲"。首都图书馆藏《百本张子弟书目录（二）》，成书约在光绪年间；著快书十种，后附石派书《通天河》等二十一种，上简称"乙"。

书坊主投入大量的人力物力，夹杂着明显的商业企图，对繁芜复杂的唱本进行改编、编目。在目录结构方面力求写全别名、标注序评、细化故事梗概，以便让受众在购买之前一睹为快，了解欲购曲本的大致内容，方便选取。从上表可知，曲本回数越多，售价越高；相同回数，选本为名著小说《红楼梦》等，售价略高。单本与合集的价格，也大相径庭。《百本张子弟书目录（一）》著录："《魂辨》。《慧娘魂辨》。《红梅阁》以后。一回。四百。"[1]《魂辨》，又名《鬼辨》《慧娘魂辨》。《百本张子弟书目录（二）》著录："《红梅阁》，连《魂辨》。共四回。三回。一吊二。"[2]书坊主先以单篇出售，再以小册子"集"的形式出版发行，受众可根据需要和自身经济能力，选择单册单回、多册多回或合集购买。根据《百本张子弟书目录》中不同回数本的子弟书，售价从三四百文到一吊不等，十二吊的《全彩楼》实属最贵。坊肆大规模的子弟书抄本，与刻本相比较更受欢迎，流通销路更好。子弟书自从广泛进入传播领域，由受众之间的文本传阅，到后来逐渐成为一种以赢利为目的的商业传播活动，从客观上保存了子弟书近千种篇名和唱本，对其的发展和传播发挥了重要作用。

　　清代子弟书出品目录是以盈利为目的的，在编写目录、刊印书册时充分展示了当时市面上的书籍流行情况，即一般大众阅读趋向。比较《百本张子弟书目录》甲、乙曲本收录的异同，发现乙本多收录以下曲名:通俗小说《三国演义》中的《诸葛骂朗》《挡曹》，《西游记》中的《子母河》《盘丝洞》《火云洞》，《三言》中的《花叟逢仙》，《红楼梦》中的《三宣牙牌令》《品茶栊翠庵》《晴雯撕扇》《双玉埋红》《晴雯赍恨》，《聊斋志异》中的《侠女传》《凤仙传》《秋容传》等十四篇，以及戏曲名篇《昭君出塞》《天缘巧配》《敬德钓鱼》《八郎别妻》，反映曲艺活动的《柳敬亭》《随缘乐》。清末子弟书书业目录更多地选择了小说类曲本，以迎合普通受众休闲娱乐的需要，这就为研究当时社会思潮在受众中的普及情况、流行程度提供了有力依据。现存的560余篇子弟书篇目，以《清蒙古车王府藏子弟书》（收297种，下简称《车本》）改编自昔人小说的篇目为例，列举题材来源如下。

---

[1]　（清）《百本张子弟书目录》，中国国家图书馆藏，抄本。

[2]　（清）《百本张子弟书目录》，首都图书馆藏，抄本。

表5-4　子弟书曲目题材来源举例

子弟书曲目	题材来源	诗篇	七言律（绝）	情节
《挡曹》等12种	三国演义	16	5	《白帝城》"苦"
《翠屏山》等8种	水浒传	10	2	《走岭子》"苦"
《挑帘定计》等9种	金瓶梅	11	3	《哭官哥》"苦"；《葡萄架》《升官图》"春"
《子母河》等7种	西游记	10	4	《观雪乍冰》"代戏"；《芭蕉扇》"春"
《百宝箱》等7种	三言二拍	7	5	《摔琴》"苦"
《宝钗代绣》等28种	红楼梦	58	26	《两宴大观园》《醉卧怡红院》《品茶栊翠庵》《过继巧姐儿》《凤姐儿送行》"笑"
《嫦娥传》等15种	聊斋志异	23	2	嫦娥与宗生结连理
《风月魁》等5种	西湖佳话	14	7	各回回目：一开春、二慧解、三游湖

　　由表格中的统计数据可知，改编自明清小说的作品共91种，占到《车本》子弟书篇目的31%。《车本》中原创作品仅收录55种，占全部篇目约18%。其余内容基本取自戏曲。大部分作品开头设置诗篇，多为七言律诗（个别在末联添字或减字），偶见七言绝句。抒情性浓郁的曲目，其诗篇多达13首，如《路林（露泪）缘》（十三回），每回开头有诗篇一首。《百本张子弟书目录》在一些篇目后用一个字标注故事情节，迎合受众需求，利于读者购买。清代的子弟书源自先代歌词，其内容或劝善惩恶、或陶己之情，以尖团分明、韵调悠扬的唱法使表演雅俗共赏。

除了为售书而编的清代子弟书坊抄目录（《乐善堂子弟书目录》《百本张子弟书目录》《别埜堂子弟书目录》）外，还有传统的文献目录。民国十一年（1922），金台三畏氏编撰的《绿棠吟馆子弟书百种总目》（稿本）[1]，是现存较为完整的子弟书文献目录。今首都图书馆有子弟书百种存目和八篇曲本，另有反映子弟书演唱印迹的抄本目录，如天津图书馆所藏民国间抄本《子弟书目录》（2册），现抄录如下：

　　望儿楼　九落

　　子弟图

　　训子

　　义侠记　第二回首句是"访却根由事果真，归来佛事已铺陈"。

　　托孤　十二落

　　骂城　头回

　　骂城　二回

　　一疋布　二回、三回、四回

　　叫关　首句是"万里乾坤似玉团，长空飞雪正漫漫"。末句是"只有那断云晴雪北风寒"。

　　游泥河　首句是"云破遥山晓日红，长川晴雪血罗成"。末句是"割不断那母子牵连夫妇情"。

　　焚宫

　　落发　附 草诏敲牙

　　别女　十落

---

[1]　金台三畏氏：《绿棠吟馆子弟书选》，稿本，1922年。

入府　十落

荣归　十落

长板坡　头回十落

长板坡　二回十落

赶斋　　八落

　　该目录中的子弟书以"落"这个音乐标记作为分段依据，不见于其他目录。《子弟图》，一回，清抄本，佚名撰，七页。开首是："游戏登场手重书，只因雅趣有规模。弦歌创始公同好，名色由来列两途。挥霍应酬称子弟，风流乞丐（气概）贬江湖。而今几至归同道，驱使由人不自如。"《书斋与书坊之间——清代子弟书研究》最早提及该内容。此曲文概述了八旗子弟初期创编说唱子弟书的盛况及其后来的发展情形，是研究子弟书的创作缘起、发展过程以及由盛而衰的重要参考资料。创作者的编写意图是为子弟书正名，本来的它既高雅又贵族。该曲文是清中后期子弟书与时事政治结合的产物，表现出鲜明的时代特征，即当时日益高涨的感伤时世的社会思潮。

　　另外，还有学者专家的考证目录。阿英《中国俗文学研究·小窗子弟书》载："过去可考者，有《托孤》《千钟禄》《宁武关》《周西坡》《长板坡》《得钞傲妻》《贾宝玉问病》诸作，金氏钞本之得，则又增益三篇，但《傲妻》一篇为重记。附记：金氏钞本《子弟书》十六种，其全目为《傲妻》四回，《刺虎》四回，《齐陈相骂》一回，《叹石玉昆》一回，《叹武侯》一回，《琵琶行》四回，《热结十弟兄》一回，《叹子弟玩票》一回，《百花亭》四回，《梭罗宴查关》二回，《宝青换衣》二回，《双玉听琴》二回，《长亭》三回，《怜玉》三回，《花大汉别妻》三回，《满床笏》一回，硬书一种《游武庙》六回，已佚。此外尚有《弋腔》一册，收《扫地》

四篇，《盟誓》五篇，《救主》七篇，《斩香》三篇，《救子》七篇，《入府逐婿》十二篇，又一册题《昆腔打腔儿》，附代工尺字一卷。二簧腔亦有一册，其目为《战成都》《洒金桥》《四郎探母》。共凡八册。《百本张》钞本，余所得者，亦有数十种。《数罗汉》如晦未举。《徐母骂曹》如晦所漏举。附录《韩小窗的〈子弟书〉》（赵景深）与如晦以前所藏的旧钞本略有不同。"[1]引文提及过去已经考证为韩小窗子弟书的曲本有《贾宝玉问病》，推断此本应是《芙蓉诔》的别称。金氏钞本增益的三篇分别是《傲妻》《刺虎》和《齐陈相骂》。由此可知，子弟书传统文献目录中，又增添了新成员——金氏钞本《子弟书全目》，包括《弋腔》一册，《二簧腔》一册，硬书一种，子弟书十六种。其中三种子弟书《热结十弟兄》（一回）、《叹子弟玩票》（一回）和《宝青换衣》（二回），在今所见子弟书目录中皆未著录，存疑。

　　20世纪40年代之后，子弟书目录的传播进入大规模发展时代。首先是专著式的子弟书目录。1932年，刘复、李家瑞等编《中国俗曲总目稿》，著录曲艺近6000余种，其中子弟书370余种，内容设置有所创新，记录调名、流行地域、每首曲文的开首两行文字等项。傅惜华编订的《子弟书总目》，共收入子弟书目400余种。它是第一部子弟书目录专著，首次列出了傅惜华碧蕖馆所藏，马彦祥、程砚秋、梅兰芳等私人藏书，以及曲本创作者30余人。全书加注按语。其次是论文、簿录登记式的子弟书目录。1977年，陈锦钊撰写的《子弟书之题材来源及其综合研究》（台湾"国立"政治大学中国文学研究所博士论文），收录子弟书目530多种，所收内容全面完整，并加按语。1981年，吴晓铃编的《绥中吴氏双棔书屋所藏子弟书目录》，补傅惜华《子弟书总目》之缺收26种，并添加有关子弟书曲目、流变及创作者等方面

---

[1]　阿英：《中国俗文学研究》，中国联合出版公司，1944年，第96页。

的按语。2000年，仇江、张小莹撰写的《车王府曲本全目及藏本分布》，以表格的形式言简意赅地著录了300种子弟书名及藏本分布情况。

从清道光末年《集锦书目》中所记载的150余种子弟书名，2012年黄仕忠编纂的《子弟书全集》收录子弟书520余种、存目70余种，至2020年陈锦钊辑录的《子弟书集成》收子弟书534种，在文献目录方面，子弟书曲名的著录已达到一个从量变到质变的过程，不仅在数量上增加了三倍，而且对子弟书的著录不再停留于简单的曲名编目，而是深入细致、全方位地进行了子弟书提要的编撰，从版本、馆藏、同书异名、同名异书等方面吸收最新成果，为子弟书目录编纂工作的进一步开展提供了线索和参考。我们可以此为据，追寻遗响，寻绎子弟书的目录传播历史痕迹。这种历史性的传播，可以超越时空，散发其不朽的生命。

第三节 八旗说唱文学的发售与购阅者的阶层

清代后期，书籍发售市场日趋成熟，购阅者层次分类更加细密。传播活动就在市井与上层并行，在八旗说唱与案头相结合的情形下进行。清初至中叶，坊肆刊刻业尚未大规模兴起，因此帝王对八角鼓岔曲、子弟书的喜好，在很大程度上对文人的创作、坊肆的刊刻和唱本的传播产生着深远的影响。宗室王公贵族、文人士大夫对八旗说唱是钟爱的。随着旗籍子弟的职业演出在民间盛行，市井百姓、农工商贾也参与到购阅者的队伍中。除此之外，在购阅的民众中还有一类特殊群体——宫中的太监，他们常出宫甚至到外城看戏。

过高的唱本价格，将导致下层阅读者无力购买，他们只能以听书、抄书或租书的方式参与到八旗说唱文学的传播中来。为使广大受众有能力买得起书，坊肆通过减少成本、提高效益的方式，适当定价，甚至保本微利，让阅读者更愿意购买和收藏。现对比分析聚卷堂、百本张、别埜堂和乐善堂目录中子弟书、岔曲、牌子曲唱本的发售价格。

一是百本张、别埜堂和乐善堂目录中的子弟书售价。

表5-5 清代子弟书的售价

题名	回数	百目（甲）	百目（乙）	别目	乐目	备注
八仙庆寿	一回	四百文				
白帝城	一回	《白帝城托孤》。苦。四百文	《白帝城》，托孤。苦。四百文	三百六	三百文	韩小窗撰
宝钗代绣	一回	四百文	《宝钗带绣》。红楼。四百文	三百六		韩小窗撰

续表

题名	回数	百目（甲）	百目（乙）	别目	乐目	备注
嫦娥传	一回	四百文				
长生殿	一回	五百文			六百文	
长随叹	一回	笑。四百文		三百六	三百文	文西园撰
沉香亭	一回	召李白吟诗。四百文			二百文	
陈云栖	一回	四百文				
赤壁赋	一回		游景遇鹤入梦。四百文	三百六	二百文	
痴诉	一回	四百文				
出善会	一回	阔大奶奶点戏。出善会点戏。四百文	《阔大奶奶》。出善会点戏。四百文		《听善会戏》。三百	文西园撰
厨子叹	一回	四百文	《厨子诉功》。厨子叹。四百文	三百六	二百文	竹轩撰
椿龄画蔷	一回	画十七笔字体遇宝玉对白雨。四百文		三百六	三百文	
赐福	一回	《天官赐福》。吉祥句。四百文				
刺梁	一回	四百文	《刺良》。四百文			
刺汤	一回	《雪艳刺汤》。苦。四百文			《雪艳刺汤》。三百文	
黛玉埋花	一回	《双玉埋红》。四百文		三百六		
党人碑	一回	四百文				鹤侣氏撰
党太尉	一回	四百文				
灯谜社	一回	《灯谜会》。笑。五百文		《灯谜会》。四百文	三百文	
东吴招亲	一回	《三气》。四百文				
饭会	一回		请长印逛《小有余芳》。二回。一吊	七百二		车王府藏曲本注为"三回本"
疯和尚	一回	八百文				鹤侣氏撰

题名	回数	百目（甲）	百目（乙）	别目	乐目	备注
凤姐送行	一回	笑。四百文	三百六			
凤流公子	一回	时道奢华。四百文	时道奢华。四百文			
凤仙	一回	四百文				
赶靴	一回		《借靴》以后。五百文		四百文	鹤侣氏撰
葛巾	一回	《葛巾传》。四百文				
骨牌名	一回	五百文	三百文	三百六		
拐棒楼	一回	评子弟馆。四百文				
观水	一回	《硬书观水》。《单刀会》内有。四百文				
官箴叹	一回	四百文	《官衔叹》。四百文		三百文	小雪窗撰
逛二闸	一回	《阔大奶奶逛二闸》。四百文	《逛二闸》。大奶奶。四百文	三百六	二百文	
郭栋儿	一回		斗笑儿的。笑。四百文		三百文	
过继巧姐	一回	笑。四百文				
郭子仪	一回	《硬书满床笏》。四百文	《硬书郭子仪》。上寿满床笏。四百文		二百文	
合钵	一回		《嗟儿合钵》。即《合钵》苦。四百文	合钵。七百二	《嗟儿合钵》。三百文	
换笋鸡	一回	《苇连换笋鸡》。笑。五百文		三百六		晴窗撰
魂辩	一回	《鬼辨》。李慧娘。四百文	《慧娘魂辨》。红梅阁以后。四百文		《慧娘魂辨》。三百文	
活捉	一回	七百文	有绪的十句。五百文	张三郎。六百文	四百文	
祭姬	一回	四百文		四百文	二百文	

续表

题名	回数	百目（甲）	百目（乙）	别目	乐目	备注
寄柬	一回	红娘。五百文	《红娘寄柬》。四百文	四百文	三百文	
集锦书目	一回	子弟书名。四百文	净子弟书名。四百文	三百六		鹤侣氏撰
祭塔	一回	《状元祭塔》。苦。四百文	许状元。苦。四百文		二百文	
祭灶	一回			二回。七百二		
酒楼	一回	郭子仪。四百文				
捐纳大爷	一回	上小旦下处。四百文	上小旦下处。四百文	三百六		
军营报喜	一回	盼胜。四百文				
哭墓	一回	《五娘哭墓》。四百文				
老斗叹	一回	四百文				首句是"徽斑老板鬶龙阳"
老斗叹	一回	四百文				首句是"圣（盛）世升平锦绣春"
老侍卫叹	一回	误差吃醋。五百文	误差吃醋。五百文			鹤侣氏撰
连环计	一回	《连环记》。《王允赐环》。四百文				
莲香传	一回	四百文				
两宴大观园	一回	史太君。笑。四百文		三百六		
林和靖	一回	观梅遇梅仙。四百文			三百文	芸窗撰
灵官庙	一回	广姑子。五百文				
柳敬亭	一回	四百文		三百文		鹤侣氏撰

续表

题名	回数	百目（甲）	百目（乙）	别目	乐目	备注
拢翠庵品茶	一回	《品茶拢翠庵》。贾宝玉。笑。四百文		三百文		
禄寿堂	一回		阔大爷跑热车，逛前门大爷府。笑。五百文	阔逛。三百文	三百文	
骂朗	一回	四百文				
骂女	一回	《骂女代戏》。六百文			八百文	
孟子见梁惠王	一回	四百文				鹤侣氏撰
面然示警	一回	四百文				
女觔斗	一回	斗笑儿的。笑。四百文				闲窗撰
女侍卫叹	一回	《闺怨》。五百文	《闺怨》。五百文	三百六		鹤侣氏撰
票把儿上台	一回	《票把尔上台》。五百文		三百六		
葡萄架	一回		西门金莲。春。五百文	四百	三百文	
齐陈相骂	一回	笑。五百文		四百	三百文	韩小窗撰
齐人有一妻一妾	一回	五百文		《齐人一妻一妾》。三百六		鹤侣氏撰
黔之驴	一回	五百文				鹤侣氏撰
庆寿	一回		吉言寿词。四百文			
晴雯赍恨	一回	四百文	三百六			
穷鬼叹	一回	四百文				
秋容传	一回	四百文				
三宣牙牌令	一回	金鸳鸯。笑。四百文		三百六		
烧灵改嫁	一回	四百文				
少侍卫叹	一回	辖诉功。五百文	辖诉功。五百文			鹤侣氏撰

续表

题名	回数	百目（甲）	百目（乙）	别目	乐目	备注
升官图	一回	《满汉兼升官图》。西门金莲。春。五百文	西门金莲满汉兼。春。五百文		三百文	
侍卫论	一回		另一图。四百文	《侍卫叹》。三百六	三百文	
石玉昆	一回	《评昆论》。四百文		三百六	《评昆论》。二百文	
数罗汉	一回	《入塔数罗汗》。苦。五百文	《转塔》。数罗汉。苦。五百文		《入塔转塔》。三百文	《俗》标为二回本
水浒	一回	《全水浒》。代人名。四百文			《水浒纲目》。三百文	
司官叹	一回	四百文		三百六		
撕扇	一回	《晴雯撕扇》。四百文				
思玉戏环	一回	《候芳魂》。春。四百文			二百文	
随缘乐	一回	四百文		三百六		
太常侍	一回	《太常寺学念》。代四季。五百文	《太常寺》。学念代四季。五百文	春夏秋冬。四百文		
桃李园	一回	李白。四百文			二百文	
天台传	一回		《刘阮入天台》。《天台传》。四百文			渔村撰
调春戏姨续	一回	《续戏姨》。《调春戏姨》以后。春。五百文		《续戏姨》。调春。四百文	《续戏姨》。三百文	
挑帘定计	一回	王婆说妓。四百文	王婆说妓。四百	《金瓶梅》。五百文		
望乡	一回	四百文			三百文	
为赌嗷夫	一回	《为赌嗷夫》。四百文			二百文	文西园撰

题名	回数	百目（甲）	百目（乙）	别目	乐目	备注
为票傲夫	一回	《为票嗷夫》。五百文			《劝票嗷夫》。三百文	恒兰谷撰
武陵源	一回	渔翁直入天台衡舟遇避秦客。四百文			三百文	芸窗撰
武乡侯	一回	《硬书叹武侯》。四百文			《叹武侯》。三百文	
武乡试	一回	四百文				
喜舞歌	一回	念喜起舞曲。四百文				
侠女传	一回	四百文				
先生叹	一回	教散馆。四百文				文西园撰
乡城骂	一回	笑。四百文			五回。一吊五	五回本内容未见，疑为别本
湘云醉卧	一回	《湘云醉酒》。吃鹿肉芍药阴。四百文		《湘云醉酒》。三百六	《湘云醉酒》。二百文	
新奇逢	一回	四百文	《奇逢》。四百文			
新乡城骂	一回				三百文	
徐母训子	一回			六百文		韩小窗撰
须子论	一回		《篡须子论》。子弟哥儿土包逛野茶馆儿。笑。四百文	三百六	三百文	闲窗撰
颜如玉	一回	四百文				
炎天雪	一回	《斩窦娥》。苦。四百文			《斩窦娥》。三百文	竹轩撰
阳告	一回	四百文			三百文	
夜奔	一回	林冲。四百文				
忆子	一回		《秦氏忆子》。即《思子》。苦。四百文	《秦氏忆子》。三百六	《秦氏忆子》。二百文	
玉儿送花	一回	《献花》。四百文			三百文	

续表

题名	回数	百目（甲）	百目（乙）	别目	乐目	备注
渔樵问答	一回	《渔樵问答》吟诗。四百文		三百六	二百文	芸窗撰
玉天仙痴梦	一回	《痴梦》。玉天仙。四百文			《痴梦》。二百文	
背子入府	二回	《背娃入府》。《温凉盏》。笑。八百文	《背娃入府》。笑。七百文		《温凉盏》。五百文	蔼堂氏撰
碧云寺	二回			七百二		
别姬	二回		千金记。八百文		《霸王别姬》。四百文	青园撰
查关	二回		梭罗宴。八百文		五百文	竹轩撰
产玉	二回	《宝钗产玉》。产黛玉。八百文	《宝钗产玉》。产黛玉续红楼。八百文	七百二	四百文	
长板坡	二回	《长坂坡》。救阿斗。苦。八百文		七百二	四百文	韩小窗撰
吃糠	二回		苦。八百文		八百文	
出塔	二回	青儿救主。八百文	小青儿救主。八百文			
打面缸	二回	笑。八百文			五百文	竹轩撰
打十湖	二回	《打拾壶》。瞎子付尔扛刀。一吊。		八百文		
单刀会	二回			七百二。此书实即《单刀会》（五回），惟无《观水》部分		
得钞傲妻	二回			七百二	六百文	韩小窗撰
顶灯	二回	笑。七百文		六百文	四百文	
二玉论心	二回	跺字。净心。八百文		七百二	六百文	竹窗撰
分宫	二回	苦。七百文		七百二	四百文	

题名	回数	百目（甲）	百目（乙）	别目	乐目	备注
姑嫂拌嘴	二回	《桃花岸》，头两回《姑嫂拌嘴》。十三回。四吊八		七百二		清（木）刻本
挂帛	二回	《挂帛上坟》。苦。八百文	《挂帛上坟》。雪梅爱玉。苦。七百文		四百文	
逛护国寺	二回	蕾刻大爷	一吊			鹤侣氏撰
海棠诗社	二回			八百文		
红旗捷报	二回	拿张格尔。八百文	即《张格尔》。代人名、地名儿。八百文	七百二	五百文	
嫁妹	二回	八百文		《钟馗嫁妹》。七百二	五百文	
借芭蕉扇	二回	春。八百文		七百二	四百文	竹轩撰
借靴	二回	接《赶靴》。一吊				鹤侣氏撰
救主盘盒	二回	《陈琳救主》。一回。四百。《刘后盘盒》。一回。四百文	《救主》。陈琳。一回。四百文。《盘盒》。刘妃。一回。四百文		《救主盘盒》。五百文	竹轩撰
看春秋	二回				五百文	
拷红	二回	定抄《拷红》。由求折的。一吊				与不分回本比，开头结尾缺不少文字
拷御	二回	《打御》。八百文	《游宫打御》。八百文		四百文	
哭塔	二回	青儿探塔。苦。八百文		七百二	《青儿哭塔》。四百文	
梨园馆	二回	八百文		七百二		
连升三级	二回		《联升三级》。王名芳。七百文	七百二		
灵官庙（续）	二回		《续灵官庙》。七百文			韫匮氏撰

题名	回数	百目（甲）	百目（乙）	别目	乐目	备注
刘高手	二回		《刘高手探病》。笑。八百文	《刘高手探病》。七百二		鹤侣氏撰
绿衣女	二回			八百文		竹窗撰；另有韩小窗撰之说
銮仪卫	二回		《銮仪卫叹》。八百文			
骂朗	二回	《诸葛骂朗》。《三国志》。八百文		《诸葛骂朗》。七百二		煦园撰
马嵬坡	二回	接《闻铃》。八百文	《闻铃》以前。八百文		《惊变埋玉》。五百文	
卖刀	二回		《卖刀试刀》。《杨志卖刀》。一吊	《卖刀试刀》。七百二	六百文	韩小窗撰
卖胭脂	二回		粉。八百文	七百二		
梦榜	二回	《莺莺梦榜》。八百文	崔莺莺。八百文			云崖氏撰
遣晴雯	二回	追香囊。八百			六百文	芸窗撰；又注"蕉窗撰"
巧姻缘	二回	《乱点鸳鸯谱》。八百文	《凤銮传》。八百文		六百文	
秦王降香	二回	《硬书秦王降香》。于文保行刺替死。苦。八百文		七百二	五百文	
秦雪梅吊孝	二回	《雪梅吊孝》。苦。八百文	《雪梅吊孝》。苦。七百文	《雪梅吊孝》。七百二	五百文	
雀桥	二回		《雀桥密誓》。八百文	《七夕密誓》。七百二		
热河围	二回	春。一吊		七百二		
商郎回煞	二回	苦。七百文		七百二	四百文	

续表

题名	回数	百目（甲）	百目（乙）	别目	乐目	备注
射鹄子	二回	笑。八百文	立鹄棚子。笑。七百文	七百二	四百文	
时道人	二回	《时道人尔》。上会馆出分子。八百文	《时道人假老斗》。八百文	七百二		
双玉听琴	二回		《红楼梦》。八百文	七百二	五百文	
送盒子	二回	春。一吊		七百二		
送枕头	二回	范黎花。春。一吊		七百二	五百文	
探病	二回		《宝玉探病》。红楼。七百文	《宝玉探病》。七百二		
叹旗词	二回	《叹固山》。笑。八百文				
探雯换袄	二回	咬指甲。八百文			五百文	云田氏撰
调春戏姨	二回		添新句接《绪戏姨》。春。八百文	七百二	四百文	
闻铃	二回		八百文	七百二	五百文	
戏秀	二回			七百二		
绣荷包	二回	春。一吊		七百二		
续得钞傲妻	二回	《续钞借银》。《得钞傲妻》连《绪（续）钞借银》。四回。一吊六			《借银续钞》。六百文	《子弟书总目》标为"韩小窗作。此书即《得钞傲妻》之前段"
绪花别妻	二回		《续别妻》。花大汉。一吊		《续花别》。五百文	
薛蛟观画	二回		定抄《薛蛟观画》。八百文			
烟花叹	二回		八百文			
胭脂传	二回	《聊斋》。一吊	《聊斋胭脂传》。一吊	一吊一		渔村撰

续表

题名	回数	百目（甲）	百目（乙）	别目	乐目	备注
一顾倾城	二回		《范蠡》。八百文		四百文	伯庄氏撰
议宴陈园	二回			三百六		符斋氏撰
春香闹学	三回	笑。一吊		四回。一吊四百四	六百文	罗松窗撰
白宝箱	三回	一吊五			九百文	
长亭饯别	三回	一吊			六百文	
称心愿	三回		《趁心愿》。游西湖听评书。一吊四	一吊	九百文	
翠屏山	三回				九百文	
盗甲	三回	笑。一吊五			九百文	
风流词客	三回		《相声儿麻子》。笑。一吊二			明窗撰
风仙传	三回	一吊	一吊二			煦园氏撰
风仪亭	三回				六百文	
风月魁	三回	一吊			九百文	
宫花报喜	三回	《报喜》。《宫花》。一吊	《宫花报喜》。一吊	一吊五	六百文	
公子戏环	三回		上书房送燕窝粥。春。一吊		六百文	
花别妻	三回		花大汉下接《续别妻》。一吊六			
家园乐	三回	一吊二				
家主戏环	三回	采花。春。一吊				
旧奇逢	三回	一吊			《奇逢》。六百文	
李逵接母	三回	一吊				
骂城	三回	苦。一吊		一吊一	六百文	韩小窗撰
拿螃蟹	三回	满汉兼。笑。一吊		一吊八	《吃螃蟹》。九百文	
盘夫	三回				六百文	

续表

题名	回数	百目（甲）	百目（乙）	别目	乐目	备注
尼姑思凡	三回	一吊二		一吊四百四	八百文	
盘丝洞	三回	一吊二				
窃打朝	三回		斗笑儿的。一吊二			
时打朝	三回	笑。一吊二				
谈剑术	三回	程元宝遇剑仙。一吊二	程九宝遇剑仙。一吊二			
望儿楼	三回	苦。一吊		二回。七百二	八百文	
文乡试	三回		送场接场观榜。一吊	一吊二		
须子谱	三回	一吊				
寻梦	三回		《游园寻梦》。杜丽娘下接《离魂》。一吊二	一吊一	六百文	罗松窗撰
姚阿秀	三回	一吊		一吊二		
百花亭	四回	一吊六			一吊二	
百里奚	四回				二百文	
鸨儿训妓	四回	一吊六			一吊	
碧玉将军翡翠叹	四回	二吊				二酉氏撰
草诏敲牙	四回		建文出家诏方孝孺。苦。一吊六	一吊四百四	八百文	韩小窗撰
刺虎	四回	四折。苦。一吊六	一吊四			韩小窗撰
打门吃醋	四回	一吊六		一吊四百四	八百文	
得钞傲妻	四回	《得钞嗷妻》。连《绪钞借银》。一吊六				韩小窗撰
灯草和尚	四回	粉。一吊六				闲窗撰
访贤	四回	《访贤代戏》。一吊六	《访贤带戏》。一吊六		一吊	韩小窗撰
访贤	四回			一吊四百四		

续表

题名	回数	百目（甲）	百目（乙）	别目	乐目	备注
凤仪亭	四回	戏蝉。一吊四	戏貂蝉。一吊四			
官哥	四回	《哭官哥》。苦。一吊六	《哭官哥儿》。苦。一吊六		八百文	韩小窗撰
滚楼	四回		《蓝家庄》。春。一吊六		八百文	韩小窗撰
蝴蝶梦	四回		王孙吊孝田氏劈棺。一吊六			春树斋撰。首句是"贵贱同归土一丘"
蝴蝶梦	四回				八百文	首句是"一天玄妙造化宽"
救孤	四回				八百文	
旧院池馆	四回		春梅。一吊六	一吊四百四	八百文	
廊会	四回		五娘伯偕。苦。一吊六	一吊四百四		
离魂	四回	三回。一吊二		四回。一吊四百四		罗松窗撰
连理枝	四回	一吊六			一吊二	
路旁花	四回	粉。一吊六		一吊四百四		
梅屿恨	四回	一吊六			八百文	芸窗撰
难新郎	四回	《三难新郎》。苏小妹。一吊六	《三难新郎》。一吊四百四			西林氏撰
遣春梅	四回		《不垂别泪》。一吊八			韩小窗撰。首句是"岭上梅开欲报春"

续表

题名	回数	百目（甲）	百目（乙）	别目	乐目	备注
巧团圆	四回	《下河南》。笑。一吊六	《下河南》。即罗锅子抢亲，全是斗笑尔的。一吊六	《下河南》。一吊四百四	《下河南》。八百文	韩小窗撰
石头记	四回	《红楼》。一吊六				
思春	四回	一吊六		一吊四百四		
蜈蚣岭	四回	一吊六			一吊二	
五娘行路	四回		下接《廊会》。苦。一吊六		《行路》。八百文	
叙阁	四回	《絮阁》。杨妃。一吊六	杨妃。一吊六	《絮阁》。一吊四百四	《絮阁》。一吊二	
要账大战	四回	《大战脱空》。《要账该账》。二吊	《要账该账大战脱空》。二吊	一吊六		
一疋布	四回	借妻。一吊八	张国栋借妻。一吊六			蔼堂撰
一入荣府	四回	接《二入荣府》。一吊六			一吊二	韩小窗撰
永福寺	四回	李瓶上坟遇春梅。《遣梅》以后，《池馆》以前。一吊六			一吊二	
玉香花语	四回			一吊四百四		叙庵氏撰
八郎别妻	五回	硬书，二吊			八百文	
藏舟	五回	一吊八			一吊	
单刀会	五回	硬书，内有《观水》。一吊八			一吊	
盗令	五回		张紫艳。一吊八		一吊	
火云洞	五回	一吊八				
拷红	五回	一吊八				又注为不分回本
哭长城	五回	苦。一吊八			一吊	满汉合璧

续表

题名	回数	百目（甲）	百目（乙）	别目	乐目	备注
宁武关	五回	苦。二吊		一吊八	一吊	韩小窗撰；首句是"小院闲窗泼墨池"
遣梅	五回		《遣春梅》。即《不垂别泪》。一吊八		八百文	首句是"金谷繁华眼里尘"
青楼遗恨	五回	杜十娘。一吊八			三吊	
三笑姻缘	五回		唐伯虎。二吊	一吊八		
摔琴	五回	苦。一吊八			一吊	
渭水河	五回		定抄《飞熊梦》。一吊八		一吊五	芸窗撰
高老庄	六回		《猴儿变》。二吊		一吊二	
归窑祭祖	六回				一吊二	
花木兰	六回		女扮男妆代父征。二吊		一吊二	
全悲秋	六回	五回。一吊八		四回。一吊四百四	《悲秋探病》。一吊	
全西厢	卷六				四十回。八吊	另标有十五回、十六回、二十八回本
双官诰	六回		二吊			明窗撰。《子目》注为"闲斋作"
天缘巧合	六回	《天缘巧配》。二吊	《天缘巧配》。《红叶题诗》。二吊八	《红叶题诗》。二吊	《红叶题诗》。一吊二	
游武庙	六回		硬书。一七折新的。二吊		一吊二	

题名	回数	百目（甲）	百目（乙）	别目	乐目	备注
大力将军	七回	一回。四百文				《俗》七回
挡曹	七回	四百文				煦园撰
马介甫	七回	四百文				又标为一回本
投店	前七回	十三回。三不从。四吊四			十三回。二吊六	《俗》标为前七回
渔家乐	七回	相良刺梁。二吊六	邬飞霞万家春相良刺良。二吊六		一吊八	白鹤山人撰
八郎探母	八回		《八郎别妻》。硬书。二吊			首句"太祖英明今古传"
八郎探母	八回		硬书。二吊		一吊六	首句"烛影瑶红翰墨传"
范蠡归湖	八回		二吊八	二回。二吊八		
红拂私奔	八回		不春有奇异。二吊四	三吊	一吊六	罗松窗撰
雷峰塔	八回	借伞、招亲、盗宝、求丹、还愿、水漫、断桥、合钵。苦。三吊六	借伞、招亲、盗宝、求丹、还愿、水漫、断桥、合钵。苦。二吊八		三吊二	
俏东风（续）	八回	《续俏东风》。又还魂。三吊二	《续俏东风》。二吊八		《续俏东风》。二吊四	
全德报	八回		别女、索债、入府、招婿、洞房、骂女、拷童、荣归。苦。二吊八		《全德》。一吊六	韩小窗撰
托梦	八回		《罗成托梦》。人臣折的。苦。二吊		《罗成托梦》。五回。一吊	罗松窗撰
意中缘	八回		才子佳人董思伯买画。三吊		二吊四	

题名	回数	百目（甲）	百目（乙）	别目	乐目	备注
拷红	九回				一吊八	又注为不分回本或一回本。首句可能是"峭挂西厢风月柔"
玉簪记	十回	赴考、上任、琴调、偷诗、闹禅、诈荤、来迟、佳期、买药、送别。四吊	赴考、上任、琴调、偷诗、闹禅、诈荤、来迟、佳期、买药、送别。三吊八		赴考、上任、琴调、偷诗、闹禅、诈荤、来迟、佳期、卖药、秋江。三吊	
郭桥认子	十回				二吊	
荷花记	十回				四吊	
俏东风	十二回	接《绪俏东风》。四吊四		四吊二	三吊六	
二入荣府	十二回	斗笑儿。四吊四	刘姥姥斗笑儿。四吊四		二吊四	
梅花坞	十二回	赏雪观梅。四吊四	赏梅观雪和春题诗。四吊四	四吊二	三吊六	
凤鸾俦	十三回	《凤鸾传》。丑汉娶娇妻。四吊八	《凤鸾传》。内有瞎子算命斗笑儿。四吊八			
露泪缘	十三回	《红楼》。四吊八	《红楼梦》十三折。四吊八	四吊四	三吊九	韩小窗撰
梅花梦	十三回	不是《西厢》。明朝才子张灵。四吊四				
三不从	十三回	四吊四				车王府本标为十三回本，实与《俗文学丛刊》刊印的后六回内容相同。现存六回

续表

题名	回数	百目（甲）	百目（乙）	别目	乐目	备注
桃花岸	十三回	头两回《姑嫂拌嘴》。四吊八			三吊九	
马上联姻	十四回	罗成线娘。五吊		《马上连姻》。四吊八	四吊二	
游龙戏凤	十六回	《游龙传》。正德戏凤。五吊				
全杀山	十七回				五吊	
翠屏山	二十四回		春。七吊			罗松窗撰
全扫秦	二十八回	《天楼阁》。十一吊二	《天楼阁》。十一吊二		硬书。五吊二	
十问十答	二十二回			老爷问貂蝉。二十四回。九吊		
全彩楼	三十回	上好绝妙有文。十二吊			六吊	闲窗撰

注：根据《清代八旗子弟书总目提要》[1]整理。

北京图书馆藏《百本张子弟书目录（一）》，成书于清道光、同治年间；著快书三种，后附石派书《通天河》等十一种，上表中简称"甲"。《百本张子弟书目录（二）》，成书约在光绪年间；著快书十种，后附石派书《通天河》等二十一种，上表中简称"乙"。子弟书中标注回目的曲本较少，如《雷峰塔》（八回本：借伞、招亲、盗宝、求丹、还愿、水漫、断桥、合钵），《全德报》（八回本：别女、索债、入府、招婿、洞房、骂女、拷童、荣归），《玉簪记》（十回本：赴考、上任、琴调、偷诗、闹

---

[1] 昝红宇：《清代八旗子弟书总目提要》，三晋出版社，2010年。

禅、诈荤、来迟、佳期、买药、送别），有二字回目。考其原因，一方面子弟书属于短篇小段，另一方面此阶段的唱本回目还具有很大的随意性。如上表所示，并非所有分回的子弟书曲本都有回目。清代韩小窗的创作已融入戏曲小说的笔法，在回目设计上注重偶化、雅化。回目的出现，也符合社会底层购阅者的需要和习惯。简练美观、通俗易懂的回目，更能让他们做出准确选择。

二是首都图书馆藏《聚卷堂李、百本张所抄杂曲》（9册，钞本，封面题"吟秋山馆""松亭戳记"），收录说唱曲本33种。其中，百本张大鼓书刊本2种；聚卷堂刊本31种，包括岔曲牌子曲19种、大鼓书8种、时道曲2种、马头调2种。

《大清洪福献》岔曲，聚卷堂李，售价三百二；

《渔翁问樵夫》岔曲，聚卷堂李，售价二百四；

《阖家欢乐》上本，岔曲，牌子曲，聚卷堂李（右中），售价五百六；

《风花雪月》岔曲，聚卷堂李，售价三百二；

《春夏景尔》岔曲，聚卷堂李，售价二百六；

《秋冬景尔》岔曲，聚卷堂李，售价二百六；

《俊八怕》岔曲，聚卷堂李，售价一百二；

《丑八怕》岔曲，聚卷堂李，售价一百二；

《八旗自叹》岔曲，聚卷堂李，售价二百八；

《小孩尔语》上本，岔曲，聚卷堂李，售价三百六；

《小孩尔语》下本，岔曲，聚卷堂李，售价三百六；

《牌子曲清单》，聚卷堂李，售价六百文；

《荒唐鬼悲伤》时道曲，聚卷堂李，售价三百八；

《阔大奶奶逛西顶大爷追顶》马头调，聚卷堂李，售价五百六；

《梦中梦》马头调，聚卷堂李，售价五百六；

《山西五更儿》时道曲，聚卷堂李，售价四百八；

《得钞嗷妻》头本，岔曲，牌子曲，聚卷堂李，售价五百文；

《三顾茅庐》头本，岔曲，牌子曲，聚卷堂李，售价五百文；

《醉打八仙》大鼓书，聚卷堂李，售价二百四；

《老妈尔后悔》大鼓书，聚卷堂李，售价五百六；

《丑妞儿出阁》大鼓书，聚卷堂李，售价三百八；

《纵妻》上本，牌子曲，岔曲，聚卷堂李，售价四百八；

《纵妻》下本，牌子曲，岔曲，聚卷堂李，售价四百八；

《由求折探亲》上本，岔曲，牌子曲，聚卷堂李，售价六百四；

《罗成叫关》大鼓书，聚卷堂李，售价五百六；

《戏鹦鹉》大鼓书，售价八十文，戳记"百本张别还价"；

《百山名带古人名》大鼓书，售价三百四，戳记"百本张别还价"；

《没缝儿下蛆》上本，岔曲，聚卷堂李，售价四百八；

《没缝儿下蛆》下本，岔曲，聚卷堂李，售价四百八；

《青菜名》大鼓书，聚卷堂李，售价四百八；

《百虫名 请分资》大鼓书，聚卷堂李，售价六百四；

《百虫名》大鼓书，聚卷堂李，售价五百六；

《佳人尔梳头赞》大鼓书，聚卷堂李，售价六百四。

三是百本张《岔趣目录》和别埜堂《牌子目录》。

表5-6 清代八角鼓岔曲的售价

题名	曲种	售价	内容
一门五福一支	小岔	八十文	吉祥颂祝曲
一阵阵和风一支	小岔	八十文	描写春景
一对对鸳鸯一支	小岔	八十文	描写景色

续表

题名	曲种	售价	内容
八怕一支	小岔	一百二	歌咏"怕"字
才分天地人一支	小岔	一百文	折射出社会人生观
山路崎岖一支	小岔	八十文	描写山景
月一支	小岔	八十文	歌咏"月"
今日大喜一支	小岔	八十文	吉祥颂祝曲
今日欢乐一支	小岔	八十文	吉祥颂祝曲
水火既济一支	小岔	一百四	折射出社会人生观
水秀山青一支	小岔	一百文	描写景色
水阔山深一支	小岔	八十文	描写景色
冬末春至一支	小岔	八十文	描写春景
四连雪景一本	小岔	五百六	歌咏雪景
加官进禄一支	小岔	八十文	吉祥颂祝曲
立草为标一支	小岔	八十文	收集的北京谚语
半掩纱窗一支	小岔	八十文	是情歌
可叹三春一支	小岔	八十文	描写春景
好狗护三村一支	小岔	八十文	收集的北京谚语
衣裳名儿一支	小岔	八十文	收集的衣裳名
似煤不露煤	小岔	一百文	歌咏煤
花	小岔	八十文	歌咏花
花名儿	小岔	八十文	收集的花名
狗儿名	小岔	八十文	收集的狗名

续表

题名	曲种	售价	内容
和风荡荡	小岔	一百文	描写春景
秋色凄凄	小岔	八十文	描写秋景
秋色灵空	小岔	八十文	歌咏松
风	小岔	八十文	歌咏风
风花雪月	小岔	一百文	分别歌咏风、花、雪、月四事。《风花雪月》四支小岔，与《琴棋书画》四支小岔合并为一本标价
指日高升	小岔	八十文	吉祥颂祝曲
是耗子不露	小岔	一百文	咏鼠
书	小岔	八十文	歌咏书
夏日天长	小岔	八十文	描写夏景
务本修身	小岔	八十文	写出社会人生观
纸名儿	小岔	八十文	收集的纸名
马名儿	小岔	八十文	收集的马字名
桃梨开放	小岔	八十文	描写春景
倒拔垂杨柳	小岔	八十文	讲演《水浒传》鲁智深的故事
雪	小岔	八十文	歌咏雪
雪压茅屋	小岔	八十文	歌咏雪
鸟名儿	小岔	八十文	收集的鸟名
阴浓绿树	小岔	八十文	描写夏景
画	小岔	八十文	歌咏画

题名	曲种	售价	内容
琴	小岔	八十文	歌咏琴
喜千秋	小岔	八十文	吉祥颂祝曲
象棋	小岔	八十文	歌咏象棋
棋	小岔	八十文	歌咏围棋
荤菜名	小岔	八十文	收集荤菜名
暗隐八支腿	小岔	八十文	歌咏"腿"字
赵子昂的八骏	小岔	八十文	歌咏古人名画
福缘善庆	小岔	八十文	吉祥颂祝曲
福增寿添	小岔	一百文	吉祥颂祝曲
翠柏森森	小岔	八十文	描写山景
嫩柳垂青	小岔	一百六	描写春景
节气名儿	小岔	八十文	收集的二十四节气名
药名儿	小岔	八十文	收集的药名
霁雪方晴	小岔	八十文	描写冬夜
玉美人儿一支	岔曲	二百四	是情歌
春至河开	岔曲	八十文	描写春景
百计千方一支	长岔	五百四	折射出社会人生观;"流口折（辙）"

表5-7 清代八角鼓牌子曲的售价

题名	百本张《岔趣目录》	别埜堂《牌子目录》	内容
大八仙庆寿	四百文		讲演八仙庆寿
大烟鬼作阔自叹		一吊	写社会生活
大聘嫁	三百六	四百文	写社会生活
大灯名（儿）	三百六	三百六	描写北京元宵节的情景
大钱诉功		二百四	写社会生活
小秃闹洞房		一吊六	写社会生活
三圣诉功		五百文	讲演灶王三神朝见玉帝
五圣朝天		八百文	讲演灶王、门神等朝见玉帝
六国封相	二百八		讲演苏秦故事
母女顶嘴	五百文		写社会生活
令公回煞	八百文	六百四（二本）	讲演《杨家将》杨继业故事
包公铡侄		二吊四（二本）	讲演包拯故事
田家乐		五百文	描写农夫生活
打夯歌		八百文	讲演丁郎寻父故事
打虎		二百四	讲演《水浒传》武松打虎故事
打枣儿（尔）	一百八		讲演赵匡胤故事
打面缸		一吊六	讲演京剧《打面缸》故事
打灶分家		八百文	讲演京剧《打灶分家》故事
白沟河	五百文	三百六	写社会生活
北探亲	六百文	五百文	写社会生活

续表

题名	百本张 《岔趣目录》	别埜堂 《牌子目录》	内容
老妈得志	大牌子。一吊六		写社会生活
老妈开唠	大牌子。七百二	六百文 （二本）	写社会生活
老妈尔对唠		五百文	写社会生活
好心无好意	三百文		收集的北京谚语
百花名成亲	三百文		收集的花名
百花点将	三百文	四百文	讲演百花公主的故事
百灯名	三百文	三百六	收集元宵节灯名
百花点将	三百文	四百文	讲演百花公主的故事
百鸟朝凤		四百文	讲演百鸟朝凤的故事
百寿图	三百六		讲演京剧《百寿图》故事
合家欢乐		六百四	写社会生活
回头案	大牌子。一吊		讲演弋腔《回头案》故事
自隐山中		二百四	写社会人生观
李翠莲转皇宫	八百文		讲演李翠莲的故事
妓女叹	三百二		讲述旧社会妓女生活的痛苦
别古寄信	五百文		讲演朱买臣的故事
怯打朝		四百文	讲演尉迟敬德的故事
怯探亲		一吊	写社会生活
金山寺		二吊四 （四本）	讲演《白蛇传》的故事
金山寺水斗		八百文	讲演《白蛇传》的故事

续表

题名	百本张《岔趣目录》	别埜堂《牌子目录》	内容
两老妈对唠	大牌子。五百四		写社会生活
青石山	大牌子。一吊		讲演京剧《青石山》的故事
急拉吃得甲	大牌子。一吊		写社会生活
封相	二百二		讲演苏秦的故事
南苑叹	六百文		写社会生活
南探亲	五百四		写社会生活
活捉三郎		一吊六	讲演《水浒传》阎婆惜的故事
拷童	代戏。三百文		讲演高怀德的故事
要饭儿叹	一百八		写社会生活
查关	三百二		讲演京剧《查关》故事
耗子成家	三百六		写社会风俗
烟鬼叹		四百文	写劝诫不抽鸦片
借地请局		四百文	写社会生活
两口子闹毛包		一吊二	写社会生活
宫花报喜		二百四	讲演吕蒙正的故事
哭城	一百八		讲演孟姜女的故事
射雁	五百文		讲演薛仁贵的故事
教子	五百文	教子	讲演京剧《三娘教子》的故事
庄家忙	五百文		写农夫生活
票友托梦		六百文（二本）	写社会生活

续表

题名	百本张《岔趣目录》	别埜堂《牌子目录》	内容
排筵宴		二百四	吉祥颂祝曲
国孝断戏	一百八	二百四	写社会生活
逛施医院		八百文	写社会生活
扫松	二百二		讲演《琵琶记》张广才的故事
得钞傲妻	大牌子。二吊	一吊八	讲演《金瓶梅》常时节的故事
婆媳顶嘴	三百文	八百文（二本）	写社会生活
鸟枪诉功	大牌子。六百文		写社会生活
访贤	代戏。五百四		讲演赵匡胤的故事
干鲜苹果	二百四		收集的干鲜苹果名
猴儿变	二百四	二百八	讲演《西游记》孙悟空的故事
笔政诉功	五百文		写社会生活
报喜	二百四		讲演吕蒙正的故事
万寿香		二百四	吉祥颂祝曲
烟酒谤劝	八百文		劝诫人不抽烟喝酒
雷峰塔	三百文		讲演《白蛇传》的故事
新年打糖锣	三百六		写社会生活
新探亲	三百六		写社会生活
绣袼锣	四百文		写社会生活
扇坟劈棺		一吊二	讲演庄周的故事

续表

题名	百本张 《岔趣目录》	别埜堂 《牌子目录》	内容
宁武关		一吊二	讲演周遇吉的事
渔家乐		二百四	写渔夫的生活
渔樵乐		二百四	写渔樵的生活
梦榜		二百四	讲演《西厢记》崔莺莺的故事
叹旗词		一百八	写社会生活
荣归		五百文	讲演京剧《小上坟》的故事
搂揽泰请局	大牌子。一吊四	一吊四 （四本）	写社会生活
穷大奶奶逛万寿寺	六百文		写社会生活
拨什户诉功		五百文	写社会生活
卖杂货		三百六	写社会生活
热河叹	大牌子。六百文	八百文	讲述英法联军侵略中国之事
醉鬼回家	五百文		写社会生活
醉鬼傲妻		五百文	写社会生活
劈牌	三百文	六百四 （二本）	讲演刘金定的故事
赐福	代戏。一百八	二百四	吉祥颂祝曲
庆寿赐福	一百六		吉祥颂祝曲
钱狼子放账		四百文	写社会生活
饽饽名	三百文		收集的点心名

续表

题名	百本张《岔趣目录》	别埜堂《牌子目录》	内容
薄子弟		五百文	写社会生活
纵妻		六百四（二本）	写社会生活
纵新娘	六百义		写社会生活
双合印	大牌子。一吊		讲演京剧《双合印》的故事
藏舟	四百文		讲演《渔家乐》邬飞霞的故事
杂合面诉功		四百文	写社会生活
蟠桃会		二吊四（四本）	讲演京剧《蟠桃会》的故事
断桥		八百文	讲演《白蛇传》的故事
窦公训女		四百文	讲演高怀德的故事
窦公骂女		三百六	讲演高怀德的故事
劝夫断瘾	八百文	七百二	劝戒烟
护军诉功	二百四		写社会生活
灵官庙	五百文		写社会生活
艳阳春书		二百四	写春景

注：根据《北京传统曲艺总录》[1]整理。牌子曲基本上都是一本，特殊情况已在表中注明。诸多八角鼓岔曲、牌子曲的曲词，改编自在民间广泛流传的宋元明清小说戏曲《三国演义》《杨家将》《西厢记》等。

---

[1] 傅惜华：《北京传统曲艺总录》，中华书局，1960年。

清代私人木刻或活字一般是匠体字（俗称"宋字"）。"清内府规定：'写宋字板样，每百字工价银二分至四分不等。'与宋字并行者，有一种'软字'，实际上是一种正楷的书写体，比较美观，写刻工资也较贵，'写软字每百字工价银四分'"[1]。清末同治光绪年间，北京蒸食铺（又称馒头铺）除卖蒸食外，还兼营副业，出赁民间艺人口授而无刻本的说唱鼓词小说一类的抄本。"每本租赁的价钱，据三美斋《天赐福》书面标的，光绪元年是九文钱的，还不及现在的一枚铜元。聚文斋钞本《三国志鼓词》上有一个圆章说：'失书一本，赔钱一吊。'北京俗称一吊，就是制钱一百文，可知他们的书，每本的作价，都是一百文"[2]。

由此可知，八旗说唱文学唱本总体价位不高。坊肆在传播通俗文学、曲艺唱词方面遵循薄利多销原则。八角鼓小岔、岔曲、长岔和牌子曲，与子弟书相比，后者售价偏高。据表内数据可知，发售价格的高低与内容、回数、回目、编撰者等因素有关。子弟书据回数加价，每增一回加价四百文左右。相同回数，有回目者售价略高。凡是长篇制、故事性强，紧跟市场发展动态，重点刊行原创性、写实剧或禁毁类曲本，其价位比同回数、改编类作品的售价高许多，如牌子曲《令公回煞》八百文、牌子曲《老妈开嗙》七百二。很多牌子曲目来自《京剧》内容的改编。子弟书售价最低的是《骨牌名》三百文钱，最高是《全彩楼》十二吊钱。小岔因篇幅小，内容多为写景状物，售价最低八十文。

清中叶的传统书坊多是刊行合一，以雕版为主，手工制作，流通环节较少，买卖直接。清中晚期随着活字印刷术和石印技术的先后传入，印刷量大幅度提高，其制作成本降低。降低了的坊肆抄录和刊刻成本，有利于大规模地刊印发行，使刊售业有利可图，坊肆主能获得高额利润，而印刷品价格也

---

[1] 张秀民：《中国印刷史》，上海人民出版社，1989年，第633—634页。

[2] 王秋桂：《李家瑞先生通俗文学论文集》，台湾学生书局，1982年，第162页。

接近普通民众的购买力。八旗说唱文学作品以低廉的价格和贴近生活的内容赢得民众的关注和青睐。

第六章　八旗说唱文学的余音

　　八旗子弟书自清代乾隆中叶产生至光绪末年间，基本依靠坊肆刊行单行本流通的方式在传播。随着新闻出版业的发展，清末民国初年报纸期刊从无到有、蓬勃发展，成为子弟书文本的重要传播媒介。借助出版社稳定的发行系统形成的便捷有效的销售网络，以及精心设置的报刊栏目，彻底打破了传统曲艺封闭、狭窄的传播格局，通过报纸这种特殊的大众传播媒介使传统说唱更趋普及。

第一节　天津《社会教育星期报》

作为子弟书传播的载体之一，民国初年的天津教育报刊参与了读者阅读、文本流通的部分过程，它以本真的方式记录下清代子弟书在民国初年现代出版业发展进程中的剪影。1915年，久已不闻的子弟书诸多文本选载在天津《社会教育星期报》上。《社会教育星期报》成为清代子弟书大众传播走向衰落的最后历史见证者。而学者们过多地局限于研究清代子弟书的表演、文献和目录传播轨迹，却很少涉及清末民初八旗说唱文学案头化后，以报刊形式为传播手段的特殊存在方式。

民国初年，有鉴于当前说唱文学创作不适合大众阅读，《社会教育星期报》编辑林兆翰根据市场消费的实际需要，迎合新购买群体的阅读需求，积极调整编辑方式，子弟书也在用语、结构、内容等多方面进行自我调整。创作者、坊肆编者以及出版商为推销产品而尽可能多地寻找出路，他们努力寻求、探索、激发和培养说唱文学市场，对促进其在现代出版业中的发展有着积极的作用。

一、办刊宗旨和版面设计

《社会教育星期报》是于"中华民国四年八月一日发行"。自1915年8月创刊至1929年1月，共发行688期。该报纸单面印刷，双页折叠装，八开小报。创刊号的封面设计简洁大方，白纸黑字，醒目朴实。报纸全部为黑双边栏，白口象鼻，黑色单鱼尾。每期有封面，分三栏。中间一栏上端竖写报名"社会教育星期报"，"社会教育"是双行小字，"星期报"是大字单行居中，中部是版号，下标期号如"第贰百拾号"。左栏上端竖写四列小字：

"宗旨：培养旧有道德，增进普通知识，筹画国民生计，矫正不良风俗，凡社会教育范围以外之事概不登录。体例：白话或浅显文言兼用。每周发行一次，销路甚畅。编辑者：社会教育办事处。总理人：林兆翰。"

由此可知，该报纸是周刊，由民国初年天津社会教育办事处林兆翰承办。林墨青（1862—1933），名兆翰，天津人。自清朝光绪庚子年（1900）后，历任直隶学务处参议、津郡学务总董、天津县劝学所总董、社会教育办事处总董、广智馆馆长和《星期报》社长等职。其一生致力于兴学教育，曾开展天津社会教育，与学校教育统筹兼顾，主张做好宣传、开通民智、移风易俗，改良社会风尚。《社会教育星期报》重点围绕"社会教育"，积极宣传改良思想，具有近代启蒙色彩，与当时知识界的易俗运动紧密相连。1920年（一说1922年）林墨青创办天津广智馆，自1929年1月第689号起，《社会教育星期报》改名为《广智星期报》（周刊），期数另起，由广字第1号开始，由广智编辑部负责，1932年停刊。广智书局，位于北京琉璃厂，此为分局，总局在上海。《广智星期报》标明主编林墨青，实际编辑人是韩补庵。天津当时的知名人士陈宝泉、严慈约、邓庆澜、李琴湘、赵幼梅、陆辛农、孙子文、王斗瞻等都为该报义务写稿。

二、内容特点和子弟书传播

辛亥革命后的知识分子期望在传统曲艺中去伪存真、去粗取精，以此传习、移风易俗，改良社会风尚。他们自创报刊，设置的栏目、甄选的作品都和报刊宗旨密切相关。如第一版栏目"代论《答友人书》""言论"；第三版栏目"崇俭""忠告""礼俗"；第四版栏目"趣谈"，选小说话，即讲一些笑话；第五版栏目"艺剧谈""选报""趣谈（语）""选录"。内容涉及科学、言论、常识、医药卫生等，范围较广，是早期的科学普及性刊物。

民国初年，天津教育界人士开始关注清代子弟书，《社会教育星期报》刊载了大量子弟书曲文，填补了子弟书在民国传播史上的空白。《天津曲书目一览》[1]中有1919年4月6日《社会教育星期报》选载子弟书的目录信息，标明刊登报端的卫子弟书有78种（括号内为原作品名）：

第一类小说：《一入荣府》、《二入荣府》、《品茶栊翠庵》、《议宴陈园》、《两宴大观园》、《三宣牙牌令》、《刘姥姥醉卧怡红院》、《凤姐送行》、《托寄巧姐儿》、《追囊遗晴》（《红楼梦》）、《试刀》、《卖刀》、《活捉》（《水浒传》）、《常峙节傲妻》、《春梅游旧院》（《金瓶梅》）、《房德遇侠》（今古奇观）。其中，《常峙节傲妻》在现存各子弟书目录中未见著录。现存主要目录《集锦书目》《绿棠吟馆子弟书选》《中国俗曲总目稿》《子弟书总目》《子弟书之题材来源及其综合研究》和曲本集《子弟书丛钞》《清车王府钞藏曲本子弟书集》《清蒙古车王府藏子弟书》《俗文学丛刊》中收有二回本《得钞傲妻》，又名《傲妻》《得钞》《得钞嗷妻》；有四回本《得钞傲妻》，又名《得钞嗷妻》。在韩小窗《傲妻》二回本的基础上，后附《续钞借银》，共四回。

第二类戏曲：斩窦娥（《窦娥冤》）、《吕蒙正祭灶》、《宫花报喜》（《吕蒙正风雪破窑记》）、《梦榜》（《西厢记》）、《刘高手看病》（《拜月亭》）、《幽闺记》、《盘夫》（《琵琶记》）、《望乡》（《劝善金科》）、《范蠡归湖》（《浣沙记》）、《访贤》（《风云会》）、《子胥救孤》（《临潼会》）、《当绢投水》（《金印记》）、《英雄泪》（《千金记》）、《薛蛟观画》（《铁邱坟》）、《柳敬亭》（《桃花扇》）、《下河南》（《铁冠图》）、《李白醉酒》、《酒楼》、《赐珠》（《长生殿》）。

---

[1] 王春晖：《天津曲书目一览》，中国曲艺志天津卷编辑部，1998年。

第三类历史故事：《飞熊梦》《荆轲刺秦》《追信》《蔡文姬》《叹武侯》《马上联姻》《忆子》《三笑缘》《骂城》《洲西坡》《哭城叫关》《盗令》《望儿楼》《救主打御》《双官诰》《寻亲记》。

第四类时事、喜庆事：《一匹布》、《大奶奶逛二闸》、《大爷叹》、《子弟图》、《石玉昆》（或《评昆论》）、《长随叹》、《天宫赐福》、《庆寿词》、《背娃入府》、《顶灯》、《饭会》。

第五类古文、隐逸：《武陵源》《桃李园》《林和靖》《郭栋儿》《寒江独钓》《赤壁赋》。

《韦娘论剑》（《拍案惊奇》）和《乔公问答》（《三国志》）这两种子弟书曲文刊登在1919年4月6日的《社会教育星期报》上，目前不见文本，仅存目录。《子弟书总目》载："（《乔公问答》）作者无考。此书未见著录。民国六年钞本，马彦祥藏。"[1]《子弟书目录》载："拍案惊奇子弟书目录　韦娘论剑　三回卷一。""三国志子弟书目录　乔公问答　六回卷四十五。"[2]另有9种刊登在1919年4月6日《社会教育星期报》上的子弟书，在现存的子弟书各类目录和曲文集中既未见著录也不见文本，包括以下篇名：《建文帝遗恨》《五代史弹词》《义侠记》《劝自强》《劝孝歌》《夸阳历》《壮别》《续壮别》。

现天津图书馆藏《社会教育星期报》（1916—1919）选登子弟书的具体情况，既可以看到登载的版式设计，又能够看到曲文的全部内容，具体如下：

1916年"艺剧谈"栏目

9月10日《千金全德》（续）　　　　9月17日《千金全德》（再续）

---

[1]　傅惜华：《子弟书总目》，上海文艺联合出版社，1954年，第127页。

[2]　（清）《子弟书目录》，天津图书馆藏，民国钞本。

9月24日《千金全德》（三续）　　10月1日《千金全德》（四续）

10月8日《千金全德》（五续）　　10月15日《千金全德》（六续）

10月22日《千金全德》（七续）　　10月29日《千金全德》（八续）

11月5日《千金全德》（九续）

1917年"艺剧谈"栏目

1月14日《千金全德》（十续，北京韩小窗先生著）

6月24日《白帝城托孤》（北京韩小窗先生原本，天津艺剧研究社润色）

7月8日《长坂坡》（续，北京韩小窗先生原本，天津艺剧研究社润色）

7月15日《长坂坡》（再续，北京韩小窗先生原本，天津艺剧研究社润色）

1918年"艺剧谈"栏目

3月10日《费宫人刺虎》（续、未完，北京韩小窗先生原本，天津艺剧研究社润色）

3月17日《费宫人刺虎》（再续、未完，北京韩小窗先生原本，天津艺剧研究社润色）

3月24日《费宫人刺虎》（三续、未完，北京韩小窗先生原本，天津艺剧研究社润色）

3月31日《费宫人刺虎》（四续、未完，北京韩小窗先生原本，天津艺剧研究社润色）

4月7日《费宫人刺虎》（五续、已完，北京韩小窗先生原本，天津艺剧研究社润色）

8月4日《徐母训子》（北京韩小窗先生原本，天津艺剧研究社润色）

1918年"词曲"栏目

10月27日《常峙节傲妻》（续，北京韩小窗先生原本，天津艺剧研究社润色）

11月3日《常峙节傲妻》（再续，北京韩小窗先生原本，天津艺剧研究社润色）

11月10日《常峙节傲妻》（一名《得钞傲妻》，三续，北京韩小窗先生原本，天津艺剧研究社润色）

1919年"词曲"栏目

1月20日《下河南》　2月9日《三笑缘》　2月23日《三笑缘》

3月30日《大爷叹》　4月6日《大爷叹》　6月22日《大奶奶逛三闸》

7月20日《二人荣府》7月27日《二人荣府》9月14日《一匹布》

10月20日《一人荣府》

现存《社会教育星期报》自1916年至1919年，历时四年三十多期，刊载卫子弟书曲文十四种，以清代子弟书创作者韩小窗的代表作品为主，如《常峙节傲妻》《徐母训子》《费宫人刺虎》等，经常整月连载。子弟书《千金全德》曲文内容，从1916年9月10日"续"开始，9月17日"再续"，9月24日"三续"，直到1917年1月14日"十续"才全部登载完成。1918年《社会教育星期报》9月8日这期报纸上，子弟书曲文刊载的栏目由"艺剧谈"更名为"词曲"，所选登子弟书为精心挑选的名家名篇。清代韩小窗的作品情深意赅，雅俗共赏。报刊创办者对于清代子弟书文本的选登，考虑到了报刊连载这一传播方式的特点，从时间、内容上做了相应调整以迎合刊物的出版需要。报刊的机械化生产，加快了它的复制和发行，催生了大众化阅读群体，普通民众也成了读者。

天津社会教育办事处于1913年创办了艺剧研究社，联合天津绅商学界有识之士，以研究应行改良之艺剧为工作之重，择取艺员中能改良者，或代为编稿劝令排演；或就原稿稍事增删；或仅拟写过场说白，唱词另由伶界教师填补；或转相介绍使之传习。此外，还搜集各处新旧稿本加以修饰润色，登于《社会教育星期报》以期流传，各埠相继仿行。民国初年的萧文澄，在《子弟书约选日记》中先后写道："全德，已登《星期报》""马跃檀溪，已选登报端""长板坡，已选登报""白帝城，已载《星期报》""五娘描容及行路廊会，描容作一段，五娘行路计三回、廊会两回，将赵五娘苦楚贤孝描写殆尽。宜选登报，庶可藉挽颓风也""武陵源，词句古雅可爱，可选登报端以广流传。惟嫌少有讹字，须加以删正"。[1]天津现存《社会教育星期报》上所刊载的子弟书曲文和萧文澄在《子弟书约选日记》中所写内容，可以相互印证。两处文献，有力地揭示了子弟书在民国初年社会改良运动中受到学界和民众的较高关注。

三、销售广告和征稿发行

1919年12月14日第贰佰贰拾伍号《社会教育星期报》，于封面右栏用中号字题："外埠阅报诸君鉴：凡外埠订阅本报，请将报费随函赐寄。否则恕不应命。如贵处汇兑不通，可以邮票代价。订半年者三角五分，订全年者六角四分。但所寄邮票总以半分一分二分者为宜，至多不过三分。逾三分者不收。"第一版版框右端外（夹缝）有《本报社增价办法》："一本埠每份每年原价铜元四十枚，拟加价十二枚为五十二枚，半年则三十枚。二外埠每份每年除报价五十二枚，合大洋三角八分外，另加邮资二角六分（按每五十二期，每期邮票半分计算）。" 有的标明"报价：本埠，半年每份铜元三十枚，全年每份铜元五十二枚；外埠，半年每份大洋三角五分，全年每份大洋

---

[1] 萧文澄：《子弟书约选日记》，天津图书馆藏，民国钞本。

六角四分"。封面左下角有的写有"欢迎投稿"小字样（1919年8月31日第贰百拾号）。晚清随着印刷技术的提高，报刊成本低，定价也低。《申报》最初一份八文钱，在当时相当于三两米价。报社办理零售与批发业务，对外埠人士购买子弟书唱本办理邮寄。

天津的《社会教育星期报》，向读者充分展示了清代子弟书在民国初年传播的原生状态。随着出版业的新变革，天津《社会教育星期报》刊登的征稿内容涉及面广泛，包括寓言故事杂俎、剧本剧词、新歌曲、戏曲改良等多种栏目，子弟书就属其中。紧扣子弟书的教育功效进行改良，体现了子弟书由娱乐向教化迈进的特征。

清末以来，子弟书的传播方式悄然改变，由八旗子弟圈内表演、私人书坊个别传抄模式，过渡到有识之士个人抄存，以及政府教育等机构大规模刊印选刻的传播模式。《社会教育星期报》在子弟书近代流传的传播史上功不可没，为后人保存了国粹。天津的教育者们为维护社会道德秩序，积极利用子弟书作品中正统的思想内容来宣传自己的主张，并对其进行大量删改和革新。子弟书作品的迅速政治化，使其的创作和演出渐趋衰微。这是子弟书官方选刻刊印的例证。

第二节　曲种的融合和形式的转化

清末民初社会巨变，八旗说唱形式在悄然消失，尤其是清代子弟书的演唱活动。一经形成的说唱形式，就会不断地与别种鼓曲、民间戏曲、民歌小调相互影响渗透发展。衰亡的曲种常会以另一种方式得到新生，发展成为另一种鼓曲，或是其曲目、曲词仍被别的曲种在演唱，或是其演唱伴奏的技巧被别的曲种继承，进而形成各具特色、品种繁多的鼓曲。

一、子弟书表演的改良

由于子弟书属于非正统的通俗文学范畴，它的传播受到来自社会舆论以及自身思想观念等方面的无形控制更多，尤其在进行表演传播时，其内容选择、表达形式总是不自觉地依附社会需要来筛查作品、改编题材。天津社会教育办事处自设立以来，1915年不仅开办了音乐练习所，不收学费，学额三十人，每周一、三、五晚间练习旧传之音乐以陶情淑性，同年还设立盲生词曲传习所，开办了两班。后因订正曲本停课数月，为了接续传习并为一班。来学习的，均为津邑内外及教养院的盲生，无定额，专教以正当之词曲，不收学费。他们广泛搜集旧传之各种子弟书，判别真邪，严定去取，凡合乎社会教育宗旨的曲文，雇员抄存，冀图幽润，去其病累，使文意归于纯正，使听者免受不良之影响。萧文澄的《子弟书约选日记》也明确记载："《八仙庆寿》，词句过于迷信与社会教育不合"，"《商林回煞》，雪梅吊孝、商林灭妻，与社会教育不合"，"《望乡》，全篇说鬼，过于迷信，与社会教育宗旨不合"，"《斩窦娥》，言甚意味新，可教盲生"。[1]

1918年，林兆翰先生在子弟书《徐母训子》中写有题识："按韩小窗先生在前清康熙年间，所编子弟书甚多。每回有八起八落者，有十起十落者。此回《徐母训子》，本系十起十落之格。第一段意在浑写大概，惟词藻过多，未免稍晦，非普通人所能领略。近今子弟书不为社会欢迎，其故亦实由于此……演唱诸君宜取通俗主义。务（似"宜"）将开首数行全行删去，即从第二段'太夫人见徐庶请安在膝下跪'句唱起。以期词意显豁，免得令人听之昏昏欲睡。区区之见，特附志焉。"[2]文中明确地提出了影响子弟书发展致其衰落的重要因素之一：子弟书内容单调传统，不能娱耳；其词藻过多，晦涩难懂，为时人所不好。

子弟书作为一种韵文，在押韵上通押北方"十三辙"。子弟书《徐母训子》全篇使用"遥条"辙，此韵辙多表现豪放之语言和激动之情绪，与曲文所要表达的内容相契合。曲文末尾出现"萧"、"毛"、"曹"（2次）、"豪"、"霄"、"瞧"（4次）、"摇"、"饶"（2次）、"飘"、"韬"、"迢"、"敲"、"调"、"劳"、"标"、"嘲"、"抛"（3次）、"牢"（2次）、"苗"、"高"、"操"、"瞧"、"毫"、"交"、"袍"、"刀"、"遥"、"焦"、"豪"（2次）、"挠"、"跳"一些韵字。但"遥条"辙属窄韵，韵脚难免重复，如"瞧"字就出现了四次。

《徐母训子》题识中还提到了"每回有八起八落者，有十起十落者。此回《徐母训子》，本系十起十落之格"。目前《徐母训子》的各类文本和目录记载中均著录为"一回"，即不分回，近1400字的文字段落。根据题识所说，第二段是从'太夫人见徐庶请安在膝下跪'句起，第一段内容则大约

---

[1]　萧文澄：《子弟书约选日记》，天津图书馆藏，民国钞本。

[2]　《子弟书三种》，天津社会教育办事处，刻本，1918年。

140字（八句）。由此可知，在众所周知的"回"这个段落划分单位之下，还包括更小的结构单位"起"和"落"。"起""落"是从音韵、唱词的角度，在表演唱时对韵文内容的自然划分。子弟书《徐母训子》全一回，共十起十落，每一起落之间140字（八句）左右。

《徐母训子》是《三国演义》中忠孝节义故事之一，内容本为老太太怒气填胸、责骂儿昏、自尽而死的壮烈场景，但由于子弟书曲文"第一段意在浑写大概，惟词藻过多，未免稍晦，非普通人所能领略。近今子弟书不为社会欢迎，其故亦实由于此"，因此提出"演唱诸君宜取通俗主义。务（似"宜"）将开首数行全行删去，即从第二段'太夫人见徐庶请安在膝下跪'句唱起"的舞台表演改动。根据受众情绪，将诗词韵味十足、词藻过多且晦涩难懂的第一段曲文"老精神无半点埃侵，轻裘短杖鬓萧萧……千古下慷慨激昂笔作哭声墨滴雨泪小窗图写女英豪"去掉，直接从具体故事情节"太夫人见徐庶请安在膝下跪"唱起，"以期词意显豁，免得令人听之昏昏欲睡"。目前所见《俗文学丛刊》中收录的文本内容完全与其相同，车王府本与之比较，在开首多出八句诗篇——"英男贤母姓名标，首冠东周次汉朝。专诸至孝终全义，慈母倾生始刺僚。忠烈王陵扶刘季，萱堂伏剑仰汉高。垂名千古惟徐母，训子留芳只恨曹"[1]，其余文字内容相同。车王府本中"诗篇"的补充和典故的引用，虽增添了曲文的诗意，但更显示出子弟书由表演走向案头文学的趋势。这些零散的文献资料，让我们对民国初年子弟书表演传播形式的概貌略窥一斑。

子弟书曲、词、文雅致，但唱腔、身段、神情均不及京剧表演。刘吉典在《天津卫子弟书的声腔介绍》一文中谈到："据杨老讲，子弟书的演唱形式，主要是由一人自弹（三弦）自唱，间或也有弹、唱由二人分担者，很像

---

[1] 《清蒙古车王府藏子弟书》，国际文化出版公司，1994年，第244页。

南方的弹词。在演唱中，除了情激之处面部、眼神有些表情外，没有身段表演，至多做些手势而已。"[1]子弟书是坐唱，字少腔多，音调低回，节奏迁缓，声腔宛转，是三眼一板的板式。而受文人雅士青睐的阳春白雪，却难为广大群众所接受。著名学者启功先生曾提及，幼年时一些"盲清客"在自家书房或客厅中拿起乐器来唱，若是子弟书，他因其唱法沉闷便跑开去玩。而当时北京能唱子弟书的老艺人仅剩两位，且没有谱子流传下来。如今成为百年绝唱的它，已无从考察其具体的表演传播方式，只能在只言片语的文献资料记录中寻绎、识别和摸索。

二、子弟书曲目表演形式的转化

《韩小窗子弟书》前言提及："子弟书对后人影响很大，据初步统计，东北大鼓曲目最多，而且是照原文演唱的，约有50多段，有的曲目是将上、下二回作一段，如《全德报》原为八回四韵，艺人是将一、二回合为一段，改名为《高怀德投军》。再如《糜氏托孤》二回改为一段，并更名为《长坂坡》。京韵大鼓传统曲目中，有子弟书15段以上。在其他曲种中，如梅花大鼓、河南坠子及东北二人转中，也都有子弟书段，就连广东的木鱼书也有根据《露泪缘》改编的曲目。"[2]《天津曲书目一览》清晰地记录了近50条子弟书曲目，以及转化融合后的其他表演形式：

1.《长随叹》

子弟书、卫子弟书、马头调

2.《望儿楼》

子弟书、卫子弟书、辽宁大鼓、马头调

---

[1] 刘吉典：《天津卫子弟书的声腔介绍》，载《曲艺艺术论丛》（第三辑），中国曲艺出版社，1982年，第28页。

[2] （清）韩小窗：《韩小窗子弟书》，沈阳出版社，2015年，第5页。

3.《天宫赐福》

子弟书、卫子弟书、单弦、马头调、河南坠子、小曲·南城调

4.《木兰从军》（又名《花木兰》）

子弟书、卫子弟书、单弦、京韵大鼓、西河大鼓、马头调

5.《何氏女卖身》（又名《何氏卖身》《李彦回家》）

子弟书、卫子弟书、辽宁大鼓、唐山大鼓

6.《美人赞》

子弟书（西韵）、卫子弟书、西城板、莲花落、相声（对口垫话）

7.《才子佳人》（又名《春景雨打桃花笑》）

子弟书（西韵）、卫子弟书、岔曲、西城板

8.《渔樵问答》

子弟书（东韵）、卫子弟书、单弦

9.《游寺》

子弟书（东韵）、卫子弟书、莲花落

10.《断桥》

子弟书（东韵）、卫子弟书、西河大鼓、河南坠子、唐山大鼓

11.《灵官庙》

子弟书（东韵）、卫子弟书、河南坠子、莲花落、马头调

12.《连环计》

子弟书（东韵）、卫子弟书、单弦、京韵大鼓、河南坠子、滩黄

13.《禅宇寺》

子弟书（东韵）、卫子弟书、铁片大鼓、西河大鼓、木板大鼓、马头调

14.《秦琼卖马》

子弟书（东韵）、卫子弟书、西河大鼓、铁片大鼓

15.《安安送米》（按：在现存子弟书各类目录和曲文集中既未见著录，也不见文本）

子弟书（东韵/四本）、卫子弟书、梅花大鼓、单琴大鼓、莲花落

16.《怀德别女》（又名《高怀德别女》）

子弟书（东韵）、卫子弟书、京韵大鼓、马头调

17.《白马坡》（又名《斩颜良》）

子弟书（东韵）、卫子弟书、河南坠子、西河大鼓、京韵大鼓

18.《罗成叫关》

子弟书（东韵/韩小窗）、卫子弟书、京韵大鼓、铁片大鼓、西河大鼓、河南坠子、小曲·南城调

19.《罗成算卦》

子弟书（东韵）、卫子弟书、太平歌词、辽宁大鼓、京东大鼓、河南坠子、铁片大鼓、平谷调、马头调、莲花落、小曲·南城调

20.《渔樵耕读》

子弟书（东韵）、卫子弟书、岔曲、天津时调、铁片大鼓、京东大鼓、马头调

21.《伯温辞朝》（又名《游武庙》）

子弟书（东韵）、卫子弟书、京韵大鼓、木板大鼓、西河大鼓

22.《双锁山》（又名《劈牌招夫》）

子弟书（东韵）、卫子弟书、西河大鼓、河南坠子、京东大鼓、单琴大鼓、莲花落

23.《许仙游湖》（又名《借伞》《游湖借伞》）

子弟书（东韵）、卫子弟书、河南坠子、西河大鼓、梨花大鼓、铁片大鼓、平谷调

24.《□建游宫》（又名《吴香女》《君妃怒》《君妃恨》）

子弟书（东韵）、卫子弟书、西河大鼓、京东大鼓、唐山大鼓、辽宁大鼓、单琴大鼓、河南坠子、马头调

25.《凤仙》

子弟书、单弦

26.《合钵》

子弟书、马头调

27.《巧姻缘》

子弟书、铁片大鼓

28.《游旧院》

子弟书、辽宁大鼓

29.《红娘下书》

子弟书、唐山大鼓

30.《宁武关》

子弟书、单弦、京韵大鼓、联珠快书

31.《探晴雯》

子弟书、岔曲、京韵大鼓、梅花大鼓

32.《骂曹训子》（又名《徐母训子》）

子弟书、京韵大鼓、联珠快书、山东快书

33.《双玉听琴》

子弟书、京韵大鼓、唐山大鼓、北板大鼓、梅花大鼓、马头调

34.《别女》（又名《痛别》《留契痛别》《留契》）

子弟书、辽宁大鼓、唐山大鼓、北板大鼓

35.《凤仪亭》

子弟书、单弦、京韵大鼓、河南坠子、西河大鼓、唐山大鼓、辽宁大

鼓、马头调

36.《马鞍山》（又名《子期听琴》《知音得友》）

子弟书、单弦、京韵大鼓、河南坠子、唐山大鼓、西河大鼓

37.《乌龙院》（又名《坐楼杀惜》《坐楼杀院》《宋江坐楼》）

子弟书、单弦、京韵大鼓、铁片大鼓、单琴大鼓、西河大鼓、京东大鼓、河南坠子

38.《千金全德》（又名《全德报》）

卫子弟书、唐山大鼓、辽宁大鼓

39.《龙凤呈祥》（又名《甘露寺》《龙凤配》《东吴招亲》《刘备招亲》）

卫子弟书、西河大鼓、梨花大鼓、辽宁大鼓、唐山大鼓、铁片大鼓、滑稽大鼓、梅花大鼓、河南坠子

40.《书房赞》

子弟书（西韵）、西城板

41.《高君保砸牌》

子弟书（东韵）、小曲·南城调

42.《浣纱女》（又名《浣沙记》）

子弟书（东韵）、单琴大鼓

43.《郭巨埋儿》

子弟书（东韵）、西河大鼓、铁片大鼓、河南坠子、莲花落

44.《刘金定写牌》（又名《刘金定招夫》《金定写牌》）

子弟书（东韵）、莲花落、小曲·南城调

45.《拷红》

子弟书（东韵）、岔曲、天津时调、唐山大鼓、梨花大鼓、莲花落、小曲·南城调

46.《关王庙》（又名《苏三赠银》《关庙赠金》）

子弟书（东韵）、唐山大鼓、河南坠子、铁片大鼓

47.《昭君出塞》（又名《鸿雁捎书》《昭君和番》）

子弟书（东韵）、梅花大鼓、京韵大鼓、梨花大鼓、木板大鼓、西河大鼓、河南坠子、铁片大鼓、单琴大鼓、京东大鼓、小曲·南城调、莲花落

48.《关公挑袍》（又名《挑袍》《灞桥挑袍》《灞陵桥》）

子弟书（东韵）、河南坠子、西河大鼓、铁片大鼓、小曲·南城调

49.《单刀会》

子弟书（东韵）、太平歌词、京韵大鼓、河南坠子、木板大鼓、京东大鼓、西河大鼓、梨花大鼓、单琴大鼓、乐亭大鼓

《北京志》著录京韵大鼓："清同治九年（1870年）左右，木板大鼓（又称小口大鼓、怯大鼓）传入北京，以说唱中、长篇大书为主。同治、光绪年间，艺人胡金堂（胡十）为适应城市观众的需要，开始移植子弟书曲词演唱，以嗓音高亢清脆受到欢迎。代表曲目有《樊金定骂贼》《高怀德别女》等。与此同时，艺人霍明亮亦移植子弟书曲目搬上舞台，以擅唱《三国》短段故事享名。"[1]可知子弟书曲词的内容和短小篇制为大众所喜爱，曲调需改进。鼓王刘宝全（1869—1942）的京韵大鼓代表段子《长坂坡》《刺汤勤》源于子弟书，刘宝全和庄荫棠还对源于子弟书的《宁武关》（头二本）、《白帝城》进行了改唱腔和改编词的创作。刘宝全的弟子白凤鸣，也效仿师傅在曲目改编和唱腔改革方面大胆尝试。白凤鸣自创或改编了将近二十多个段子，其中《红梅阁》《罗成叫关》《建文帝遗恨》《宫娥刺虎》《樊金定骂城》，均是在子弟书曲文的基础上或改辙，或换腔。京韵大鼓的白派创始人白云鹏的京韵大鼓段儿《黛玉焚稿》《哭黛玉》是源于对子弟书

---

[1] 《北京志》，北京出版社，2000年，第407页。

《露泪缘》（十三回）的整理和改编，其中将《诀婢》《哭玉》整编成大鼓段儿《哭黛玉》。经过整理的鼓词《哭黛玉》，开头四句是"季秋霜重雁声哀，菊绽东篱称雅怀。潇湘馆病倒了林黛玉，门儿寂静掩苍苔。"短短四句，带出整个故事，哀景、悲情和悯人融为一体。而子弟书原词在"菊绽东篱称雅怀"后还有六句唱词："满城风雨重阳近，一种幽香小圃栽。不是渊明偏爱此，也只为此花开后少花开。"冗长的诗句，是八旗子弟闲暇时听书的情趣，不适合大众。

梅花调、梨花调两种大鼓也有《黛玉悲秋》曲目，而且都是从子弟书移植过来的唱词。子弟书原词开头铺陈三十四句，详细介绍了黛玉的身世和处境，最后才点出她的名字。而大鼓曲词重视段子的开头，忌拖沓、忌宣底；要抓住人，要有层次，要有波澜。因此，梅花调、梨花调艺人不约而同地在演唱时直接删掉三十二句，仅留下第一句和第三十四句："大观园滴溜溜起了一阵秋风，林黛玉姣姿与众不同。"鼓曲的开头更简洁易懂，不横生枝节。

《北京志》著录奉调大鼓："1962年，在文化部、中国文联举办的纪念曹雪芹诞生200周年'《红楼梦》演唱会'上，北京曲艺团喜奎以一曲跌宕起伏、圆润婉转的天津《宝玉娶亲》，使奉调大鼓这一曲种呈现了新的风采。《宝玉娶亲》系王昆仑于1962年据韩小窗子弟书《露泪缘》第8回唱词整理加工而成。"[1]被称为"奉调"的东北大鼓，以演唱子弟书见长。

清代子弟书虽然最初是八旗宗室贵族把玩的技艺，在狭窄幽闭的空间注重形式的精致，追求演技的娴熟，但其大量的时事类曲文承担了政治教化的作用。清末民初，随着社会变革和改良思潮的风起云涌，以天津为代表的一批有识之士在说唱文学传播活动中，或撰文或刊载，张扬戏曲发表评论，积

---

[1]　《北京志》，北京出版社，2000年，第415页。

极肯定清中叶以来子弟书的艺术价值与对社会教育的影响力。民国初年的报刊传媒，通过对八旗说唱文学（以子弟书为代表）的曲文内容进行改良，产生了迅捷的传播效应和舆论辐射作用。这一新的精神思想利器，掀起了说唱艺术的改良运动，濒于绝响的子弟书也在与其他曲种的融合与转化过程中找寻其绵延传承之路。

现住在沈阳的中国曲艺家协会会员、国家一级编剧郝赫，自1965年以来笔耕不辍，一直从事专业曲艺创作，为舞台演出编过曲目，在报刊上发表过各种门类的短篇曲艺作品，累计算来多达三四百段。他所创作的曲艺作品，融会了清音子弟书的特点，从中可以捕捉到子弟书的韵味。现摘录郝赫编撰的京韵大鼓《霸王别姬》中的部分唱词："虞姬美，虞姬媚，虞姬愁，虞姬悲。眉如黛，目似水。唇嫣红，发漆黑。戴凤冠，穿霞帔，百折榴裙绣红梅。面比梨花花吐蕊，腰似细柳柳枝垂。双剑起舞令人醉，千古第一女峨眉！虞姬歌舞心欲碎，忽听张良把箫吹。四面楚歌齐唱响，犹如疾风暴雨催！唱的是——撇妻舍子从军队，离人思乡几时回？难见兄弟与姐妹，高堂父母谁奉陪？将军百战轮流死，壮士征杀几人归？箫声凄凉惊神鬼，歌声震荡似沉雷！箫声歌声双搭配，虞姬粉面冷如灰。大王啊，您虽被困终是虎，猛虎发威闯重围。妾不愿，再给大王添累赘，就此诀别，再难奉陪。苍天啊，奴去也——祝愿大王唤春回。她将青锋横粉项，碧血丹心铸丰碑。痴情女，舍身报国香魂散，千古风流，万古美名垂。忆当年，滚滚乌江，流尽血泪，看今日，虞美人开花，绿瘦红肥。"[1]在浅近的旧体诗文唱词中，整齐连排的七字句一气呵成，感人至深。虞姬呼告式的倾诉，缠绵而又浓烈，令人垂泪。百本张钞本著名作者青园的子弟书《别姬》，曲文基本上是十字句，在唱句中杂有衬字，铺景述情沁人心脾，如出其口、在人耳目，重在描

---

[1] 郝赫：《郝赫曲艺作品选》，万卷出版公司，2015年，第29—30页。

述："虞姬说如此留连何益处，恐人笑缠绵儿女哪像个英雄。速放手斩钉截铁的休如此，趁此时夜静更深还不快出营。得便时早掣青锋横粉颈，灯光下香躯一闪艳魄飘零。"郝赫改编的京韵大鼓《霸王别姬》唱词，重在学习子弟书七字句表达方式中的文意精赅和用韵严整，使抑扬顿挫的节奏、雅俗共赏的措辞老少咸宜，富有生命力。

透过昏黄的故纸，听着古旧的声腔，体味昔日的历史。如今，在东北地区敦化一带流传了百年之久的满族民谣中，还能依稀看到那时的情景。正如《接爱根》记述："八角鼓，响叮当，八面大旗插四方。大旗下，兵放行，我的爱根在正黄。黄盔黄甲黄战袍，黄鞍黄马黄铃铛。去出征，打胜仗，打了胜仗回家乡。过村头，进村庄，战马拴在大门旁……"[1]

---

[1] 中国民间文艺研究会吉林分会：《吉林民间文学》，吉林人民出版社，1981年，第4页。

结　语

　　大雅于今已式微，清代坊肆纪略稀。

　　八旗说唱补阙漏，详尽史料汇辑归。

　　百年说唱艺术八旗说唱文学，是中国古代民族曲艺史上的重要现象。主要以八角鼓和子弟书为主的八旗说唱是满族民间文艺，它不仅是满族八旗的人文纪念，而且也表现了满汉文化的融合过程。这并不仅仅因为八旗说唱的演出形式吸引了大家，而更在于唱本的文学性。如同乐府宋词，它们的成就对于今人来说，不在于音乐部分，而更在于其文学价值。八旗说唱文学也是这样。明清以来的许多书曲唱文，首推八旗子弟书。它源于北京，成熟在东北，价值最高，生命力最强。八旗说唱文学虽然是宗室贵族把玩的技艺，在狭窄幽闭的空间注重形式的精致，追求演技的娴熟，但其大量的时事类曲文承担了政治教化作用。清末民初，随着社会变革和改良思潮的风起云涌，以天津为代表的一批有识之士在说唱文学传播活动中，或撰文或刊载，张扬戏曲，发表评论，积极肯定清中叶以来八旗说唱文学的艺术价值和对社会教育的影响价值。民国初年的报刊传媒，通过对以子弟书为代表的八旗说唱文学曲文内容的改良，产生了迅捷的传播效应和舆论辐射作用，通过新的精神思想利器，掀起说唱艺术的改良运动，为其寻找新生之路。这段清晰可鉴的史实，对于撰写近代俗文学史，进行满族文艺史和民族说唱史研究，尤其是对于研究近代东北地方史，都是不容忽视的，也具有重要的史料价值。

　　八旗说唱文学曲本的传播离不开表演者，更离不开坊肆的抄印刊刻。在传统坊肆的演进过程中，旗人说唱一步步发展、壮大、涅槃。清代八旗说唱文学的传播，产生于军旅俗曲的编创，形成于堂会走局的消遣，盛行于宫廷词臣的雅化。随着民间坊肆及坊肆主的介入，形成了从早期的历史小说戏曲旧本改编，走向从生活现实取材的文人独立创作；从宫廷堂会演唱，到坊间表演刊刻，最后走向案头阅读的流传过程。清代的坊肆主多才兼备，不仅是藏书家、赏鉴家、校勘家和掠贩家，更是组稿编辑、印刷刊行的"组织家"。程记书坊、会文山房的主人自身素质比较高，有了积极参与的意识，他们身兼数职，在具体的编辑过程中既是唱本抄录的组织者、刊刻发行者，又是曲文的创作者、编辑者和序跋的撰写者，同时也具有了与文人合作的自觉性。文人与坊肆的合作频繁密切，在不断产生新作品的同时，也一步步提高了书坊的知名度，为阅读者和购买者所熟悉。

因为清代坊肆翻刻、删改曲本现象普遍，八旗说唱文学坊肆开始有了明确的版权意识，主要以东北地区的盛京坊肆和北京城内的百本张、别埜堂和聚卷堂等为代表。最初，坊肆在抄稿付印前，对唱本的编辑工作处于忽视状态，清代中后期则逐渐走向成熟，基本形成以下层文人为主体、一些旗籍官员参与子弟唱本写稿评点的专业编辑队伍。在整个传播过程中，人员稳定，场所固定，但因坊肆的财力状况和刊刻抄售书籍的情况不同，编辑队伍规模各异。总之，清代坊肆唱本的编辑倾向已经呈现。坊肆编辑子弟唱本的过程，是对抄本加工整理，增强其生动性、趣味性和可读性，走向案头阅读的过程。子弟唱本的编辑工作表现出由雅而俗、雅俗共赏的特点，体现了坊肆主和编辑者推新尚奇的理念，以及八旗说唱由娱乐向教化的迈进。在编辑体例上，曲本具有自身特色；在编辑内容方面，已涉及文字校勘、情节改编、辑录选本、增饰序跋、补填回目、插图、评点等多方面。其中评点者真实地记录了参与子弟书创作、编辑或刊行的全过程，大大加速了清代子弟书的传播速度和影响力，在曲艺的传播史中起到了积极作用。最初子弟书是以艺人说唱为主、受众坊主传抄为辅的方式在传播，清末则形成了官方选刻、有识之士个人抄存、坊肆成规模私印的多样化传播模式。

清代坊肆的发展与市场紧密相关，它们注重社会效益和经济效益。有的坊肆以所刊刻的书籍质量上乘为其发展的内在因素，有的坊肆以实用为经营目标。但清代坊肆所刻印刊售的八旗说唱文学底本，社会适用性有限，市场需求量不大，这与坊肆主追求自身最大发展空间相矛盾。八旗说唱文学过于雅驯的文字底本，在坊肆经营中的出路究竟在哪里，这引起坊肆主的思考和探究。随着清后期购阅者队伍中下层民众的不断加入，唱本的编撰者和刊刻者都将关注的焦点转向坊刻唱本的通俗化上，逐渐在选本内容、体裁形式和叙事艺术等方面更加贴近下层民众的实际情况。因此，在子弟唱本编辑的整个过程中，驯雅的语言文字趋于俗化，达到简雅，以适合市井阶层百姓听唱和阅读。

清代坊肆的每一次变化和发展都与社会的政治经济和文化风尚密不可分。在不同时期，随着社会思想变革、统治者政策变化以及技术手段进步，书籍的生产量、发行量和流通量都在悄然改变。提倡发行什么书，禁止发行什么书，内部发行什么书，会因社会效益而定，但其发展在根本上是与政府的统治连为一体的。促进就鼓励，违碍则打击，清廷自上而下既利用社会舆论压力，又动用各级权力机构的管理和惩戒，对八旗说唱进行管制，对唱本进行禁毁，对八旗说唱的演出活动、曲文创作、参与群体进行分层剥离和分化。禁毁政策使得八旗子弟创作者、表演者、观阅者和刊刻流播者剥离，前两者基本一体化，以旗籍人员为核心，后两者则是以审美阅读为需求的广大民众和为谋利赚钱的坊肆商人。

以八旗说唱文学坊肆为例，综观清代北方坊肆，北京是北方书籍集散地之一。在北京书籍坊肆行业圈，既有联合刊刻的发行状况，也有小作坊式的零售情形；既有固定场所的书籍发行，也有流动经营的摆摊设点；既有本地专营，也有异地发行。经营策略灵活多变，发行渠道多种多样，具有浓厚的商业化色彩。尤其百本张将地摊售书和门市发售相结合，是将批发与零售相融合的典型代表。东北地区则走文人化的经营模式，以书坊为中心，形成了以下层文人为主体、书坊主人和部分旗籍官员参与的编辑队伍，搭建了从抄稿（或寻稿、或约稿）、编辑、刊刻、出版到印刷、发售，统筹并蓄、兼而有之的书坊文化圈。清代中后期的八旗说唱艺术以北京为中心，辐射了包括东北、京畿在内的大范围地域。作为清代北方坊肆的中心——北京，在明代书坊业渐趋成熟的基础上艰难开拓，缓慢发展。南、北方书肆分工明确，南方的苏州、南京等地书坊重视生产规模的扩大和书籍的推陈出新；北方以北京为中心的书肆则更加关注经营渠道的拓宽与书籍发行的独辟蹊径。八旗说唱文学的坊肆传播，浓缩了书业发展的千年历程，见证了从抄本到刻印发行的每一次艰难转变。最终，它以之前所无法比拟的新面貌（速度快、内容全、营销广）融入到近代书业的综合性发展中。因此说，清代乾隆至光绪、宣统时期是中国北方民族说唱文化达到鼎盛和繁荣的时期，这个时期的北京、东北等地区的坊肆大量刊行的说唱文学读物，与八旗说唱文学子弟书、八角鼓岔曲表演互相交融与广泛传播，印证了这个结论的正确性。

综上所述，八旗说唱文学的两杆旗帜——八角鼓和子弟书，一直在"雅俗共赏"的圈子中发展、徘徊。其创作群体独特，是八旗官学体制下培养出来的文武兼备的旗籍子弟，是清代科举选拔中接近雅文学的满族士大夫阶层。子弟书、八角鼓岔曲上承汉唐诗文俗讲，下接宋元明清戏曲小说，将传统文学和通俗文学有机结合，成为诗余、曲余。它们从旗人军营来，共同在票房堂会中徜徉，再各自走向朝堂内室（八角鼓岔曲、牌子曲），或流落戏园茶馆（子弟书、单弦）。它们最初在战场上是极具民族风格的军营凯歌，太平年代的旗籍驻防军兵将之延伸到节日时令亲友宴集的书社、票房、堂会等活动中来。以清嘉庆为分水岭，之前八角鼓在清初有民间表演，乾隆以后主要在士大夫以上阶层旗人圈盛行，更加雅化。子弟书则恰巧相反，之前一直为文化修养较高的旗籍子弟所倚重，以时髦的玩艺儿相称呼，在自娱活动中唱雅调；嘉庆之后，八旗子弟迫于生计下海入生意门，雅调也开始附着市井百姓的喜怒哀乐，追求刺激、新奇和粗犷的俗腔。这正如乾隆年间的昆曲为雅乐正声，之后的花部、乱弹也为宫廷供奉，后来崛起的京剧更成为显赫一时的曲艺国粹。在八旗说唱文学雅俗共存、相互转化的整个传播过程中，清代坊肆、近代报刊所发挥的作用不容忽视，它们是桥梁、是媒介，上承宫廷府苑，下接市井底层。在阶层差别中，坊肆主们在书籍抄刻刊售这一领域，尽其所能地调节和改变受众群体在文化认知、审美需求和情感诉求等方面的不平衡，让旗籍子弟圈内和圈外的更多人认识八角鼓、了解子弟书，在这份具有民族特征和地域特色的民间曲艺文化遗产中受益，感知真善美；让阳春白雪的高雅之作，为教化民众而俯身；让下里巴人的民间曲艺，为提升品誉而雅化。我们珍视这些为民族说唱曲艺文化事业做出过重要贡献的清代坊肆。

如今，我们所能看到的诸多文献资料，面临着讹变、作伪、失传的变故，值得我们重视和关注。结合清代北方坊肆发展情况，与八旗说唱文学坊肆相关联，重点阐述其存在的传播事实与演变轨迹，充分挖掘有关清代北方坊肆在说唱文学传播中的记录，深入分析其传播轨迹和发展轮廓，可作为中国古代民族曲艺传播资料的重要留存和印证。今天随着特定时代、特定人群、特定历史环境的消失改变，八角鼓岔曲、子弟书这份特殊的民族说唱文学遗产也亟待给予深刻而全面的客观诠释，为民族说唱文学的绵延传承做好填补。

附　录

附录一

清道光、咸丰、同治年间北京琉璃厂坊肆名录

时间	坊肆名	坊肆主	历史沿革	资料来源
道光年间	宝林堂书铺		在琉璃厂西路南开设，经营旧书籍	孙殿起《琉璃厂书肆三记》
	崇文堂书坊		在琉璃厂中间路南开设，经营旧书籍	孙殿起《琉璃厂书肆三记》
咸丰年间	三槐堂	江西人夏麒麟	在琉璃厂东路北开设，经营旧书籍。数年后转让给王永田。光绪二十六年（1900）有停歇。光绪三十□年转让给文明斋	孙殿起《琉璃厂书肆三记》
	文华堂	江西人李氏	在琉璃厂开设。咸丰年间转给孙邦傑（原名古喜，字秀三）。同治年间转让给河北束鹿县人丁福堂（字运卿）。光绪三十二年（1906）转给修本堂及万宝斋油漆铺	缪荃孙《琉璃厂书肆后记》
	龙威阁	江西人李姓	在琉璃厂西路北开设，经营旧书籍四十余年后转让给铭珍斋字画铺	孙殿起《琉璃厂书肆三记》
	宝文斋	安徽人徐志沺（字苍崖）	位于琉璃厂东门内路南，原为敬古斋址。以旧志书为多	缪荃孙《琉璃厂书肆后记》
	宝森堂	江西徐姓	在琉璃厂开设。光绪十□年转让给河北衡水县人李清和（字雨亭，识版本），经营三十余年后于光绪三十三年（1907）转让给慎记书庄、清蕴斋裱画铺	缪荃孙《琉璃厂书肆后记》
	槐荫山房	江西曹姓	在琉璃厂东路南开设，以医书、古旧书、巾箱本弹词小说等为主。先转让给大树堂，后光绪十□年河北衡水人马崇基（字良辅）经营，未改字号。1912年租给松筠阁刘际唐，1917年良辅孙寅生（字耕庵）继其业，经营三十余年后转让给榷古斋字画铺	缪荃孙《琉璃厂书肆后记》

时间	坊肆名	坊肆主	历史沿革	资料来源
咸丰年间	黎光阁	江西某姓人	在琉璃厂东口路北开设，经营古旧书。光绪□年易河北良乡人石镇（字静庵）。光绪十□年易河北束鹿县人苏学礼，前后经营五十余年歇。后易成古斋文玩斋	孙殿起《琉璃厂书肆三记》
	来鹿堂	河北深县王永田	咸丰末年在琉璃厂东口路北开设，经营古旧书。后易富顺斋，又易惟一书社（书庄）	孙殿起《琉璃厂书肆三记》
道咸年间	富文堂	饶氏（人称"饶老康"）	在琉璃厂东口路北开设。后由同治年间文宝堂曹姓后裔管理，1935年易自强书局李姓、文宝斋墨盒铺	孙殿起《琉璃厂书肆三记》
同治年间	宝文堂		清同治元年（1862），宝文堂书店开业	陈文良《北京传统文化便览》
	大酉堂		在琉璃厂开设。光绪八年（1882）易马崇基（字良甫），光绪十一年（1885）迁至迤东旧址，经营古旧书十八年歇。后易戴月轩笔墨庄	孙殿起《琉璃厂书肆三记》
	书业堂	山西长治人崔贞礼（字玉峰）、河北深县人韩均（字重恒）	在琉璃厂开设，门面小，经营古旧书三十余年歇。后易北洋书局，又易博通馆，1934年易亚新书局	缪荃孙《琉璃厂书肆后记》
	文宝堂	江西人曹□□（字光圃）	位于琉璃厂东门内路南。光绪二十□年其子智庄继承父业，经营古旧书五十余年歇。老铺，书少铺小	缪荃孙《琉璃厂书肆后记》
	文光楼	江西人周秋门	位于琉璃厂东口外路北一铺，至光绪年间易于石镇（字静庵，河北良乡），售旧书且价廉。民国年间易河北冀县人郭继庄（字敬临），1938年易河北良乡人崔恺，1946年歇业	缪荃孙《琉璃厂书肆后记》

续表

时间	坊肆名	坊肆主	历史沿革	资料来源
同治年间	玉生堂	江西人王姓	在琉璃厂西路北开设，经营古旧书。光绪年间易河北冀县人辛立章（字世卿）。1912年易谢济川，两三年后易胡金声（字振卿），后又易陈连彬等	缪荃孙《琉璃厂书肆后记》
	同雅堂	乔姓	在琉璃厂西路南开设。光绪年间先后易河北冀县人师存志（字向仁）、张林怀（字壬甫）。经营三十余年后转让给鉴古堂	缪荃孙《琉璃厂书肆后记》
	宏文堂	赵鸿儒	在琉璃厂西路北开设，经营十余年古旧书歇。后易荣宝斋南纸铺	孙殿起《琉璃厂书肆三记》
	宝名斋	山西人李炳勋（字衷山、崇山）	经营古旧书数年，与权贵结交因细故查封。后转让给宝文斋、秀文斋等南纸铺、青莲阁笔墨庄	缪荃孙《琉璃厂书肆后记》
	宝林堂	河北冀县人魏清祥（字麟绂）	在琉璃厂开设，经营古旧书十来年后转让给奎文堂	孙殿起《琉璃厂书肆三记》
	善成堂	江西人饶起凤（字松圃）	在琉璃厂东门内路南开设。光绪十八年（1892）易河北束鹿县人孙广盛（字茂卿）、宝坻县人王光前（字绳武）经理，二人合开"善成堂东记"。民国转让给李永昌（字锡碬）经营古旧书五十余年歇业	缪荃孙《琉璃厂书肆后记》
	敬业堂	康姓	在琉璃厂开设。光绪□年易师奎兆。1914年易丁恒昌，经营古旧书十余年，其子继考继承父业。后转让他人	缪荃孙《琉璃厂书肆后记》

注：据《琉璃厂书肆后记》《琉璃厂书肆三记》整理。

附录二

清光绪、宣统年间北京琉璃厂坊肆名录

时间	坊肆名	坊肆主人	历史沿革	资料来源
光绪四年（1878）	二西斋	江西人徐春佑	位于琉璃厂东路南，售卖古旧书。先后四十余年间，张质卿、傅青峻辗转经营。终易鉴光阁字画铺	孙殿起《琉璃厂书肆三记》
光绪六年（1880）	同好堂	河北冀县人阎文炳（字焕卿）	在琉璃厂西路南开设，经营古旧书。1918年其次子林继承父业。1928年易郑冠卿经营五十年，至1945年歇	缪荃孙《琉璃厂书肆后记》
光绪八年（1882）	文友堂	河北冀县人魏占良（字殿臣）和魏占云（字宇翘）	在琉璃厂路南开设，规模大，声望高。民国□年魏占云儿子文厚、侄子文传继承其业，经营六十余年。1937年书肆歇业。后转让给实信商行及文禄堂	缪荃孙《琉璃厂书肆后记》
光绪□年	二西堂打磨厂	江西人饶丹肇	经营古旧书十余年歇业	孙殿起《琉璃厂书肆三记》
	文成堂	河北深县人高致平（字均亭）	位于前外打磨厂路南，经营旧书兼出版。光绪二十年（1894）其子存智（字博学）继承其业。1935年位于打磨厂161号	孙殿起《琉璃厂书肆三记》
	文贵堂	河北冀县人魏显泰（字履庵）	开设在琉璃厂，至□□年魏显泰从弟兴泰继承其业，经营二十余年歇业。多版本书，与清室亲贵大臣多交易。后易浣花书局及墨妙斋法帖铺（位于琉璃厂东门内260号）。光绪二十□易文德堂，又易同古堂墨盒图章铺（河北新河县人张樾承在琉璃厂路南开设，是墨盒铺兼售旧书）	缪荃孙《琉璃厂书肆后记》
	文润堂	河北束鹿人刘盛发（字华轩）	开设在琉璃厂，经营古旧书	孙殿起《琉璃厂书肆三记》

续表

时间	坊肆名	坊肆主人	历史沿革	资料来源
光绪□年	文焕堂	乔姓	位于琉璃厂西路南。至光绪十□年易丁梦松。光绪十□年易河北宝坻县人赵文元（字焕文）。至民国十□年歇。后易同好堂堆房	缪荃孙《琉璃厂书肆后记》
	文澜堂	孙占喜	在琉璃厂开设，经营古旧书十余年歇。后易光绪二十五年（1899）开办的有益堂	孙殿起《琉璃厂书肆三记》
	古芬阁	河北冀县人尚善修（字和亭）	在琉璃厂经营古旧书十余年歇。后易悦古斋字画铺	孙殿起《琉璃厂书肆三记》
	龙文阁	河北冀县人傅鸣谦（字吉甫）	在琉璃厂刻印售卖书籍，多新书。光绪三十年（1904）其次子金魁、季子金泉继承父业，经营三十余年后易1935年开办的自强书局	孙殿起《琉璃厂书肆三记》
	西山堂	河北冀县人李澎（字月潭）	在琉璃厂开设，经营古旧书二十余年歇。后易开通书社	缪荃孙《琉璃厂书肆后记》
	宏道堂	河北冀县人程存立（字书屏）	在琉璃厂西路南开设，经营古旧书。至宣统年间，聘族人程锁成（字信斋）经营。至1921年，易邢继有（字效先）经营四十余年歇。1912年易富晋书社	孙殿起《琉璃厂书肆三记》
	宝仁堂	河北枣强县人张继德（字绳武）	在琉璃厂开设。后其子振河继承父业，经营古旧书四十余年歇。后易王文升笔墨庄	孙殿起《琉璃厂书肆三记》
	宝华堂	河北冀县人张玉珂（字秀岩）	在琉璃厂东路南开设，精通版本鉴别。至民国□年，易其徒弟润芳，又河北冀县人李庆聚（字子余），经营四十余年歇。后易石墨斋法帖铺及□□胡琴铺（在前文会堂李氏旧址）	缪荃孙《琉璃厂书肆后记》
	尚友堂	河北冀县人赵鸿儒	在琉璃厂西路北开设。后易师存志、尚善修，又易恒顺参局	孙殿起《琉璃厂书肆三记》
	荣录堂	江西刘姓	在琉璃厂东路南开设。先是南纸铺，代售《搢绅录》，经营古旧书四十余年歇。后易复盛斋文玩铺、醴泉阁字画铺	缪荃孙《琉璃厂书肆后记》

时间	坊肆名	坊肆主人	历史沿革	资料来源
光绪□年	益文堂	河北冀县人魏垿斌（字声斋）	在琉璃厂东路南开设，常往河南收书，经营古旧书十余年歇。后易古雅斋裱画铺	缪荃孙《琉璃厂书肆后记》
	耀文堂	山东德平县人朱光谱（字序亭）	在琉璃厂西路北开设，经营古旧书数年歇。后易河北冀县人李彦坤。光绪二十年（1894）李彦坤子泰昭继承父业。后易□□□	孙殿起《琉璃厂书肆三记》
	铭德堂	江西人王鼎魁	在琉璃厂东路南开设，至光绪三十三年（1907）易黄玉怀经理，经营古旧书三十余年歇。后易鸿文斋	孙殿起《琉璃厂书肆三记》
光绪十年（1884）	肆雅堂	河北束鹿县人丁梦松（原名清喜）	在琉璃厂开设，经营古旧书数年歇。多版本书，精工装潢。后易□□饭馆，又易瑞金文具商行。缪荃孙《琉璃厂书肆后记》言，肆雅堂肆主是丁子固，从湖南方柳桥购旧籍来京售卖。（按：肆主姓名存疑）	缪荃孙《琉璃厂书肆后记》
	聚好斋	河北冀县人魏云桢（字辅周）	位于琉璃厂东路南。后其子占丰继承父业。光绪三十一年（1905）占丰子桐华继其业，经营古旧书三十余年歇。后易李尧臣笔墨庄	孙殿起《琉璃厂书肆三记》
	荣禄堂	河北束鹿县人丁福毓（字蕴卿）	在琉璃厂路南开设，清末每年印行《搢绅全书》《都门纪略》等	陈文良《北京传统文化便览》
	翰文斋	河北韩俊华（字心源、星垣）	在琉璃厂路南开设，经营古旧书。1932年其子林蔚（字子源、芝园、滋源）继其业，书多，精通版本学和书法，和官宦往来密切，经营五十余年，成为琉璃厂大书店之一	缪荃孙《琉璃厂书肆后记》
光绪十二年（1886）	正文斋	河北冀县人谭庆发（字笃生）	位于琉璃厂文昌会馆。经营古旧书，多古本精钞家刻之书，但鱼目混杂。庚子乱后最有名。其徒弟刘能继承其业，经营二十余年歇。民国□年易孔群书社	缪荃孙《琉璃厂书肆后记》

时间	坊肆名	坊肆主人	历史沿革	资料来源
光绪十六年（1890）	勤有堂	杨双吉（字维舟）	位于琉璃厂小沙土园路西。精识版本，经营古旧书十余年歇	缪荃孙《琉璃厂书肆后记》
光绪十七年（1891）	深柳书庄	河北束鹿人邓存仁（字峻山）	位于琉璃厂延圣庵内，经营古旧书数年歇。后易武昌十邑会馆	孙殿起《琉璃厂书肆三记》
光绪十九年（1893）	文富堂	河北冀县人魏富泰	位于琉璃厂奎文堂西隔壁小胡同内。约于光绪二十□年易乔广修，印刷、销售古书	孙殿起《琉璃厂书肆三记》
光绪十□年	文琳堂	河北冀县人马鹏远（字飞卿）	位于琉璃厂西路南，是大文堂旧址。多版本书。经营古旧书三十余年歇，1918年易南阳山房	缪荃孙《琉璃厂书肆后记》
	文蔚堂	河北束鹿县人丁福毓（字蕴卿）	位于琉璃厂西路北，是荣禄堂分号。经营古旧书数年歇。易明远阁墨盒铺、同义斋裱画铺	孙殿起《琉璃厂书肆三记》
	本立堂	河北宛平县人刘应奎（字星五）	在琉璃厂开设，经营古旧书。光绪二十年（1894）易徒弟孙承源（字固本）。光绪三十三年（1907）刘应奎儿子若松继承其业，经营四十余年歇	孙殿起《琉璃厂书肆三记》
	会经堂	河北冀县人程永江（字岷山）	在琉璃厂开设，经营古旧书。光绪二十□年易张秀俊（字辅臣）经营。1914年易刘建卿、陈殿维经营三十余年歇。后易□□洋行，又易中国文化教育用品社	缪荃孙《琉璃厂书肆后记》
	宏京堂	河北冀县人张庆霞（字蔚轩）	在琉璃厂开设。光绪三十二年（1906）易其甥郭长林经营古旧书二十余年歇。后易保古斋。多版本书，曾赴山东及江苏等地收购	孙殿起《琉璃厂书肆三记》
	宏德堂	河北冀县人韩克顺（字席珍）	在琉璃厂东路南开设，经营古旧书数年歇。民国初年易宏远堂	孙殿起《琉璃厂书肆三记》
	宝经堂	河北冀县人程永年	在琉璃厂开设，经营古旧书十余年歇。后易文鉴斋裱画铺，又易光绪年间述古堂	缪荃孙《琉璃厂书肆后记》
	奎文堂	河北冀县人魏清彬（字文甫）	在琉璃厂开设。至宣统元年（1909）聘族人魏□□（字捷百）经营古旧书二年歇。后易式古斋文玩铺堆房	孙殿起《琉璃厂书肆三记》

时间	坊肆名	坊肆主人	历史沿革	资料来源
光绪 十□年	鸿文斋	河北冀县人刘英怀（字健卿）	位于琉璃厂观音阁，多新书。至民国□年在铭德堂旧址，始通大街，经营二十余年歇。后易文宝斋墨盒铺	孙殿起《琉璃厂书肆三记》
	萃文斋	河北冀县人常永祥（字吉云）	位于琉璃厂小西园3号，经营古旧书二十余年歇	孙殿起《琉璃厂书肆三记》
光绪 二十年 （1894）	瑞铭斋	河北冀县人孙盛（原名三余）	位于琉璃厂西路北。经营古旧书数年歇。后易义成号墨盒铺	孙殿起《琉璃厂书肆三记》
	会文斋	河北衡水人何培元（字厚甫）	位于琉璃厂文昌馆，经营古旧书。1921年聘任李善祥（字福卿）经理二十余年。后何培元族侄何建刚经营五十年歇。1940年易吉珍阁	孙殿起《琉璃厂书肆三记》
	文瑞堂	河北束鹿人王贞和（字礼卿）	位于琉璃厂西路南，经营古旧书数年歇。后易新学会社，1931年易商务印书馆	孙殿起《琉璃厂书肆三记》
光绪 二十二年 （1896）	有益堂	河北束鹿县人邓（丁）存仁（字峻山）	位于琉璃厂路南，经营古旧书，常赴广东收购书籍	缪荃孙《琉璃厂书肆后记》
光绪 二十三年 （1897）	德友堂	河北任邱（今河北任丘市）人王凤仪（原名文会，字子和）	位于琉璃厂吉祥头条路北。先在琉璃厂文昌馆内开设。1915年其四弟景德取其业。民国二十□年后，迁至南新华街路东，委托张礼庭管理。后王凤仪之子锡华继其业，又迁至吉祥头条	孙殿起《琉璃厂书肆三记》
光绪 二十五年 （1899）	正文斋			陈文良《北京传统文化便览》
	有益堂			陈文良《北京传统文化便览》
	福润堂	河北束鹿人王福田（慎俭）	位于琉璃厂东路南。多售残页书，以求配书。经营古旧书十余年歇。后易延古斋字画铺，又易中华善书局	孙殿起《琉璃厂书肆三记》
光绪 二十七年 （1901）	博文书局	河北宝坻人王连城（字文璧）	在琉璃厂东口路北开设，经营古旧书数年歇	孙殿起《琉璃厂书肆三记》

续表

时间	坊肆名	坊肆主人	历史沿革	资料来源
光绪二十九年（1903）	博文斋	河北宝坻人王连锡（字柳亭）	位于琉璃厂东路南，经营数年歇。前为大文堂，江西人周秋门开设；次为西同文堂，夏姓，旧址。至1912年易宣元阁，1931年易武学书馆	孙殿起《琉璃厂书肆三记》
光绪二十□年	文德堂	韩逢源（字左泉，因身长头大外号"韩大头"）	位于琉璃厂路南，在文昌馆内开设。识版本，以大量戏曲小说经营为主。民国十□年迁至琉璃厂路南文贵堂旧址。经营三十余年歇	孙殿起《琉璃厂书肆三记》
	鸿宝阁	河北冀县人刘□□	位于琉璃厂西路南，至光绪三十年（1904）易崔连山（字蔚之）经营。民国十□年崔连山之仲子景华继承其业，经营古旧书三十余年歇。后易□□□纸铺	缪荃孙《琉璃厂书肆后记》
	会文堂	刘会堂（字鹤峰）	位于琉璃厂文昌馆内，经营古旧书十余年后迁至琉璃厂宝森堂之东边。民国十□年其子继承父业，于琉璃厂西门路南经营数年歇。后易铭泉阁南纸铺	缪荃孙《琉璃厂书肆后记》
	松筠阁	河北衡水人刘际唐（字盛虞，人称"杂志大王"）	位于琉璃厂南新华街路东。初设在地藏庵内，1912年迁至琉璃厂路南，槐荫山房经营数年。1917年迁至南新华街路东。1926年在廊房头条第一楼内开设集文阁分号数年。1937年又迁至迤南路西。后其子殿文（字擘选）继承父业	缪荃孙《琉璃厂书肆后记》
	修文堂	河北交河县人张宝善（字楚臣）	在琉璃厂东路南开设，精通版本鉴别，经营古旧书十余年歇	缪荃孙《琉璃厂书肆后记》
	积山书局	河北冀县人张林怀（字壬甫）	在琉璃厂东口路北开设，经营古旧书数年歇。后易山东人朱文斌（字益卿），于宣统年间歇	孙殿起《琉璃厂书肆三记》

续表

时间	坊肆名	坊肆主人	历史沿革	资料来源
光绪二十□年	毓文堂	河北冀县人魏文智（字子敏）	在琉璃厂文昌会馆内开设，经营古旧书十余年歇	孙殿起《琉璃厂书肆三记》
	蔚文堂	丁氏	在琉璃厂东口路南开设，经营数年歇。宣统年间，易书业公司，经营新书数年歇。后易□□饭馆	孙殿起《琉璃厂书肆三记》
	文盛堂	江西人王□（外号"王胖子"）	位于琉璃厂东路南，经营古旧书三十年。至光绪二十□年其徒弟河北景州人刘庆荣（字瑞卿）继其业，在琉璃厂西门内东北园西斜对过儿开了分号，经营十余年歇。后易匋庐文玩铺	缪荃孙《琉璃厂书肆后记》
	宏远堂	河北冀县人赵宸选（字聘卿）	位于琉璃厂东口路南，至民国十□年聘胞弟朝选（字紫垣）承其业，经营四十余年歇	孙殿起《琉璃厂书肆三记》
	鉴古堂	河北宛平县人郭文煜（字子彬）	位于琉璃厂路南永明斋东隔壁小门内，宣统二年（1910）迁至琉璃厂西门路南	孙殿起《琉璃厂书肆三记》
	第一书局		在北京琉璃厂海王村公园开设，经营古旧书数年歇	孙殿起《琉璃厂书肆三记》
光绪三十年（1904）	复古堂	河北深县人张凌贵（字敬亭）	经营古旧书数年歇。后易一得阁墨汁局	孙殿起《琉璃厂书肆三记》
光绪三十二年（1906）	修本堂	河北冀县人岳修身（字欣甫）	在琉璃厂西路北开设，经营古旧书十余年歇。后易刘姓裱画铺	缪荃孙《琉璃厂书肆后记》
	书业公司	河北衡水人刘学江（字子涵）和祁书山（字西峰）	位于琉璃厂维古山房西隔壁小门内，宣统二年（1910）迁至厂东经营数年歇	孙殿起《琉璃厂书肆三记》

时间	坊肆名	坊肆主人	历史沿革	资料来源
光绪三十二年（1906）	开通书社	河北枣强县人唐氏	位于琉璃厂西路南。经营大部头书和考古书等。宣统元年（1909）易河北枣强县人孟庆德（字润卿）。1943年易河北冀县人郭纪森	孙殿起《琉璃厂书肆三记》
	文元堂	河北冀县人阎存堂（字诚斋）	经营古旧书十余年歇	孙殿起《琉璃厂书肆三记》
光绪三十三年（1907）	慎记书庄	河北衡水人张□□（字慎田）	在琉璃厂，以新书为主，经营数年歇。宣统三年（1911）易九经堂	孙殿起《琉璃厂书肆三记》
	文明斋	河北深县人姜士存（字性斋）	位于琉璃厂东路北，经营古旧书二十余年歇。后易师竹斋裱装画铺	孙殿起《琉璃厂书肆三记》
光绪三十□年	宝笈堂	河北冀县人李同聚（字宝之）	位于琉璃厂大沙土园路东，民国□年迁路西，经营古旧书十余年歇。后易明远斋裱画铺	孙殿起《琉璃厂书肆三记》
	文远堂	河北冀县人耿来发（字晋卿）	在琉璃厂东口路南开设，经营古旧书数年歇。后易宏德堂	孙殿起《琉璃厂书肆三记》
	同善堂	河北宛平人马永（字晋卿）	在琉璃厂东口路北开设，经营古旧书，印刷并销售书籍	孙殿起《琉璃厂书肆三记》
光绪□□年	述古堂	河北新河县乔姓人	在琉璃厂路南开设，至宣统年间易乔度才，又易刘姓经营。1914年易河北深县人于魁祥（字瑞臣），常赴外省收购书籍。1917年迁至迤东文鉴斋旧址（琉璃厂西门内145号），经营四十余年歇。后易□□□油盐店，又易大华印刷局	缪荃孙《琉璃厂书肆后记》
光绪年间	荣华堂	河北宝坻县人张宏（一名张鸿信，字瑞庭）	前为文英堂旧址，后易宏文书局、雅文堂，又易宝晋斋南纸铺。	孙殿起《琉璃厂书肆三记》

时间	坊肆名	坊肆主人	历史沿革	资料来源
光绪年间	直隶书局	河北南官县人宋魁文（字星五）、交河县人边□□（字义元）、满城县人刘春霖（字慰琴）	在琉璃厂开设。民国□年三人分开，天津归边义元、保定归刘慰琴、北京归宋星五。1937年北京的书局易王永祥（字孝禹），于1945年迁铁厂，原址易为布云文具商行，另在天津、保定各设分号	缪荃孙《琉璃厂书肆后记》
宣统元年（1909）	保古斋	河北冀县人殷嘉森（字茂林）	在琉璃厂开设。1931年易姚景桢（字善卿），经营古旧书三十年歇。民国国□年易藻玉堂。多版本书，常往山东、河南、山西等地收购书籍	缪荃孙《琉璃厂书肆后记》
宣统二年（1910）	九经堂	河北冀县人邢东璧（字昆山）	在小沙土园文昌馆后身小胡同内开设，经营古旧书数年。1925年易河北新城县人孟繁荣（字耀先），改名为"九经堂新记"，位于琉璃厂西头路南148号，经营古旧书十余年歇，后易其徒弟孙清修，又易电料行	缪荃孙《琉璃厂书肆后记》
	会文书社	河北冀县人高秋发（字屏周）	在廊房头条劝业厂内开设	孙殿起《琉璃厂书肆三记》
	文雅堂	河北冀县人郭长林（字荫甫）	位于琉璃厂南新华街路东。先在琉璃厂小西南园北口外西路南松古斋南纸铺后院。1912年迁西南园北口外西路南；1923年迁南新华街路东；民国十□年迁琉璃厂荣宝斋南纸铺后身。后郭长林继子振湘继承其业，1935年在琉璃厂井院胡同83号	缪荃孙《琉璃厂书肆后记》
宣统三年（1911）	晋华书局	河北冀县人孔庆云（字春亭）	位于琉璃厂东口路北。经营二十余年歇业。孔庆云是谭正文之亲戚，时有谭氏书出售	缪荃孙《琉璃厂书肆三记》

注：据《琉璃厂书肆后记》《琉璃厂书肆三记》整理。

附录三

清代至民国北京隆福寺坊肆名录

时间	坊肆名	书业人	原籍	地址	变迁情况	资料来源
道光□年	三槐堂	王氏	江西	隆福寺南	经营旧书籍五十来年。后转让给1920年开办的三友堂	缪荃孙《琉璃厂书肆后记》
咸丰	同立堂	乔文兴（字茂轩）	河北冀县	隆福寺	经营旧书籍二十来年。后转让给久远西服店	缪荃孙《琉璃厂书肆后记》
同治	天绘阁	王氏		隆福寺	经营旧书籍几年后转让给聚珍堂	缪荃孙《琉璃厂书肆后记》
光绪二年（1876）	聚珍堂	刘英烈，原名五盛（字魁武）	河北束鹿	隆福寺路南（东四隆福寺街东首路南152号）	以刊印木活字聚珍版书为特色。1912—1929其长子书文、季子书升先后继承父业。经营五十来年歇业	缪荃孙《琉璃厂书肆后记》
光绪七年（1881）	文奎堂	王云瑞（字辑五）	河北束鹿	隆福寺路南	1927年其子金昌（字星斋）继承父业。与光绪八年（1882）琉璃厂的文友堂并称北京两大旧书店	孙殿起《琉璃厂书肆三记》
光绪二十七年（1901）	带经堂	王云庆（字寿山）	河北束鹿	隆福寺西路南	经营旧书籍，铺面大，藏书丰。1926年其子熙垣继承父业	孙殿起《琉璃厂书肆三记》
光绪二十八年（1902）	明经堂	郭庭祥；张福起（字修德）	河北冀县；束鹿县	隆福寺	经营旧书籍三十来年	孙殿起《琉璃厂书肆三记》

时间	坊肆名	书业人	原籍	地址	变迁情况	资料来源
光绪二十八年（1902）	镜古堂	段双堂（字镜轩）	河北冀县	隆福寺盐店大院	经营旧书籍二十来年。后转让青云斋	孙殿起《琉璃厂书肆三记》
光绪年间	宝书堂	李兰芳（字香林）	河北冀县	隆福寺路南	经营旧书籍，先后转让多人：光绪年李玉堂（字少白），河北冀县人赵清魁；宣统元年段双堂（字镜轩）；1923年陈文教、吴绍祺。经营四十来年后易德盛兴铜器铺	缪荃孙《琉璃厂书肆后记》
宣统元年（1909）	问经堂	王顺和（字勉斋）	河北束鹿	隆福寺	经营旧书籍数年歇业	孙殿起《琉璃厂书肆三记》
1914年	宝文书局	刘元奇（字善伯）	河北束鹿	西四宝禅寺内	经营旧书籍。1923年迁至西四市场，1931年迁至隆福寺悦古堂旧址，1944年其侄成文继承父业	孙殿起《琉璃厂书肆三记》
1917年	文萃斋	傅青俊（字右山）；赵庭贵（字文卿）	河北三河县	隆福寺	经营旧书籍数年，后转让三友堂	孙殿起《琉璃厂书肆三记》
1917年	修绠堂	孙锡龄（字寿芝）	河北冀县	隆福寺路南	与琉璃厂文禄堂齐名。经售旧书籍和文化机关刊物。1934年其长子诚温、仲子诚俭继承父业。1938年兄弟散伙	孙殿起《琉璃厂书肆三记》
1919年	文璘堂	张恒斌（字璘卿）	河北冀县	隆福寺盐店大院路西	经营旧书籍数年歇业	孙殿起《琉璃厂书肆三记》

时间	坊肆名	书业人	原籍	地址	变迁情况	资料来源
1920年	三友堂	张立纯（字粹斋）；高新元（字建候）；赵连元（字问渠）	河北枣强；衡水县；吴桥县	宣武门内海市街	1921年迁至隆福寺路南三槐堂原址，民国十□年又迁至迤西路南文粹斋旧址。1934年三人不再合作，三友堂归高新元一人所有。后转让聚芳花厂	孙殿起《琉璃厂书肆三记》
1920年	悦古堂	吕纯良（字眉臣）；孔宪群（字乐生）	河北束鹿；冀县	隆福寺路南	经营旧书籍数年，后转让宝文书局	孙殿起《琉璃厂书肆三记》
1921年	正雅堂	李庆德（字达三）；边书桢；王慎言、于永庆	河北束鹿；东光县；枣强县	隆福寺盐店大院	经营旧书籍数年歇业	《北京地区书肆名录》
1921年	保萃斋	韩凤台（字竹亭）	河北交河县	隆福寺路北	初始在琉璃厂厂甸路南经营旧书二年。1946年其侄书田继其业	孙殿起《琉璃厂书肆三记》
1921年	聚文堂	刘清林（字富山）	河北冀县	隆福寺盐店大院路西	经营旧书籍数年后转让育民斋书店	孙殿起《琉璃厂书肆三记》
民国□年	文鉴堂	樊文佩（字玉珊）	河北深县	宣武门内头发胡同海市街路东	经营旧书籍。民国□□年迁至隆福寺宝会斋址	孙殿起《琉璃厂书肆三记》
民国□年	清芬阁	赵万清	河北冀县	隆福寺	经营旧书籍	孙殿起《琉璃厂书肆三记》
1922年	齐鲁书社	宋兆亭（字德甫）	河北盐山县	琉璃厂西北园路东	后迁至隆福寺街路南。经营数年后转让同义成古玩木器店	孙殿起《琉璃厂书肆三记》
1926年	稽古堂	郭乔年（字寿山）	河北枣强县	隆福寺路南	经营旧书籍	孙殿起《琉璃厂书肆三记》

续表

时间	坊肆名	书业人	原籍	地址	变迁情况	资料来源
1927年	东来阁	魏金水（字丽生）；李恩之（字佩亭）	河北交河县	隆福寺东口路北	先在琉璃厂厂甸四号，1930年迁至隆福寺，1945年迁至益戀大院内。其旧址后易为世界拍卖行	孙殿起《琉璃厂书肆三记》
1929年	青云斋	马任国	河北冀县	隆福寺	经营旧书籍。1932—1942年先后转让给河北冀县人陈文勃（字汉儒），河北深县人黄存瑞、张群豹（字炳文）	孙殿起《琉璃厂书肆三记》
1931年	德古山房	孙氏		隆福寺盐店大院路西		《北京地区书肆名录》
1934年	粹雅堂	张立纯（字纯斋）	河北枣强县	隆福寺	经营旧书籍	孙殿起《琉璃厂书肆三记》
1934年	宝会斋	樊文佩（字玉珊）	河北深县	隆福斋112号	经营旧书籍	孙殿起《琉璃厂书肆三记》
1934年	文殿阁	王殿馨（字浮馥）	河北束鹿	隆福寺147号		孙殿起《琉璃厂书肆三记》
1935年	三友堂	高建侯	河北衡水	隆福寺127号		孙殿起《琉璃厂书肆三记》
1938年	修文堂	孙诚温（字实君）	河北冀县	隆福寺	经营旧书籍。1939年在上海开设分号	孙殿起《琉璃厂书肆三记》
1940年	东雅堂	张长起（字少亭）；韩书义（字宜之）；张德恒（字子久）	河北深县；交河县；深县	隆福寺163号		孙殿起《琉璃厂书肆三记》

续表

时间	坊肆名	书业人	原籍	地址	变迁情况	资料来源
1940年	文通阁	田富有（字蕴秋）	昌平县	隆福寺大沟巷路东	经营旧书籍	孙殿起《琉璃厂书肆三记》
1940年	观古堂	张恒成	河北冀县	隆福寺	经营旧书籍	孙殿起《琉璃厂书肆三记》
1943年	学古堂	李魁喜（字拔元）	河北冀县	隆福寺路北胡同内	经营旧书籍	孙殿起《琉璃厂书肆三记》
1944年	文渊阁	李殿臣（字文颖）；张元升；肖文豹	河北冀县；束鹿县；冀县	隆福寺	经营旧书籍。三人皆受业于1914年开办宝文书局的刘善伯	孙殿起《琉璃厂书肆三记》
1945年	尊文阁	白广镇（字锐然）	河北南宫县	隆福寺盐店大院	经营旧书籍	孙殿起《琉璃厂书肆三记》
1949年	文渊阁	张元升		隆福寺26号		《北京地区书肆名录》

注：据《琉璃厂书肆后记》《琉璃厂书肆三记》《北京地区书肆名录》整理。

从上表众多的坊肆名可知，书业人很少用"书坊"作为商号，多数以"堂""斋""阁"来称呼，与文人学者的书房命名相类似，较为儒雅。"铺"和"坊"字均带有商业买卖的意味，于是取"坊"的同音字"房"，诸如"德古山房"。"书社""书局"的命名则多见于清末民初。清咸丰十一年辛酉（1861），清政府洋务派创办官书局，官书局所设的发行机构既可以自行销售，还办理批发和邮购业务。清同治元年壬戌（1862），清政府在北京创立同文馆，开办了译书的出版发行机构。"局"字在清朝同治以前从未在商号中出现，正式作为店的名字用，始于清同治三年甲子（1864）曾国藩在安徽创办的安庆官书局。自此，清政府官书局遍及全国各地，江苏有苏州书局，扬州有淮南书局，江宁有江南书局和楚江书局，浙江杭州有浙江书局，湖北武昌有崇文书局，湖南长沙有思贤书局，江西南昌有江西书局，四川成都有存古书局，山东济南有皇华书局，山西太原有山西官书局，福建福州有福州书局，广东广州有广雅书局，云南昆明有云南书局。表中所提及的宝文书局属民办官书局。"局"与"坊"在实际意义上区别不大。

附录四

清末民初子弟书个人藏书情况

藏书家	题名	版本著录	备注
程砚秋	鹤侣自叹	一回；旧钞本	
	买臣休妻	不分回；旧钞本	缺
	麒麟阁	五回；百本张钞本	缺
梅兰芳	牧羊卷	一回；手抄本	
傅惜华	八郎别妻	二回；精钞本	
	百宝箱	四回；清钞本	
	百年长恨	一回；刻本	
	谤阎	四回；清钞本	
	宝钗代绣	一回；清代百本张抄本	
	背子入府	二回；清代别墅堂抄本	
	鹊桥密誓	一回	
	出塞	一回	
	厨子叹	一回；清代百本张钞本	
	春香闹学	三回；文华堂刻本	
	刺虎	四回；文萃堂刻本、清光绪二十七年（1901）钞本	
	刺虎	二回；精钞本	
	刺汤	一回；精钞本	
	刺汤	二回；精钞本、清光绪二十七年（1901）钞本	
	访贤	四回；清精钞本	
	芙蓉诔	六回；清道光年间木刻本	
	高老庄	不分回；泰山堂刻本	
	姑嫂拌嘴	二回；清刻本	
	还魂	一回；文萃堂刻本	

藏书家	题名	版本著录	备注
傅惜华	寄信	二回；清精钞本	
	祭灶	二卷，不分回，文萃堂木刻本；二回，别墅堂钞本	
	奇逢	三回；精刻本	
	春梅游旧院	凡三卷、不分回，文萃堂刻本	
	齐景公待孔子	清钞本	
	老斗叹	一回[首句是"圣（盛）世升平锦绣春"]；曲厂钞本；	
	雷峰宝塔	不分回，三卷；清光绪三十一年（1905）老会文堂刻本	
	李逵接母	三回；精钞本	
	连理枝	不分回；清刻本	
	刘高手治病	二回；别墅堂钞本	
	六国封印	四回；精钞本	
	刘姥姥初进大观园	一回；清钞本	缺
	罗刹鬼国	五回；精钞本	
	齐人一妻一妾	一回；老聚卷堂钞本	
	巧断家私	一回；清光绪三十一年（1905）老会文堂刻本	缺
	秦王吊孝	一回；四宝堂刻本、旧钞本	
	雪梅吊孝	二回；精钞本	
	悲秋	不分回，清钞本；二回，清光绪二十七年（1901）钞本	
	全西厢	十五卷十五回，又名《西厢全本》，合义堂、中和堂合刻本；另有二十八回，精钞本	
	雀缘	残存一回；清光绪间韵花斋钞本	
	圣贤集略	一回；清光绪三十二年（1906）老会文堂刻本	缺
	十问十答	不分回；清钞本	
	守楼	三回；精钞本	
	双官诰	不分回；清同治三年（1864）钞本	
	双郎追舟	一回；清钞本	
	水浒全人名	一回；精钞本	
	桃洞仙缘	二回；清精钞本	
	红叶题诗	不分回，文萃堂刻本；四回，清钞本	

续表

藏书家	题名	版本著录	备注
傅惜华	罗成托梦	八回，清乾隆六十年（1795）文萃堂刻本；五回，精钞本	
	闻铃	不分回；清光绪二年（1876）丽堂钞本	
	叹武侯	一回；清代别墅堂钞本、曲厂钞本	
	西厢记	八回；北京旧钞本	
	戏秀	二回；文萃堂刻本	
	新蓝桥	一回；清光绪三十二年（1906）盛京聚盛书坊刻本	
	奇逢	三回；精刻本	
	绣香囊	四回；清钞本	
	烟花楼	四回，清同治十三年（1874）会文山房刻本；不分回，清光绪三十一年（1905）老会文堂刻本	
	永福寺	四回；清代旧钞本	
	有人心	四回；清道光间北京泰山堂刻本	缺
	游武庙	不分回，旧钞本	
	玉香花语	四回；别墅堂钞本	
	玉簪记	十卷；百本张钞本	
	月下追贤	不分回；清刻本	缺
	月下追舟	一回；聚卷堂钞本	缺
	庄氏降香	六回；清乾隆二十一年（1756）刻本	
	醉归	二回；东二酉刻本	缺
	醉卧芍药阴	一回；别墅堂钞本	缺
马彦祥	逼休	一回；钞本	
	长板坡	不分回；洗俗斋钞本	
	刺梁	三回；同乐堂钞本	缺
	赐珠	二回；清钞本	缺
	大爷叹	一回；民国初年钞本	缺
	大姨换小姨	四回；钞本	缺
	当绢投水	二回；民国初年钞本	缺
	盗令	六回；清聚卷堂钞本、民国初年钞本	
	焚稿	四回；钞本	缺

藏书家	题名	版本著录	备注
马彦祥	红拂	八回；旧钞本	
	会缘桥	六回；钞本	缺
	祭塔哭塔	一回；旧钞本	
	春梅游旧院	三回；民国初年钞本	
	救主盘盒	二回；民国初年钞本，简题《救主》。	
	军妻叹	二回；钞本	缺
	李白醉酒	四回；钞本	缺
	刘高手看病	二回；民国初年钞本	
	楼会	二回；钞本	缺
	马跳澶溪	一回；民国初年钞本	缺
	蒙正祭灶	五回；民国初年钞本	缺
	盘夫	三回；民国初年抄本	缺
	琵琶记	四回；旧钞本	缺
	泼水	二回；民国初年钞本	缺
	乔公问答	六回；民国六年（1917）钞本	缺
	全西厢	十六回，钞本	
	送荆娘	五回；民国初年钞本	缺
	探雯祭雯	二回；钞本	缺
	红叶题诗	不分回，文萃堂刻本；五回，旧钞本	
	王婆说计	一回；精钞本	
	罗成托梦	五回；旧钞本	
	五娘描容	一回；民国初年钞本	缺
	相梁	四回；同乐堂钞本	缺
	相如引卓	十回；钞本	缺
	新长亭	三回；旧抄本	缺
	寻亲记	民国初年钞本	缺
	幽闺记	十六回；钞本	缺
	玉润花香	二回；钞本	缺
	玉簪记	八回；钞本	

藏书家	题名	版本著录	备注
马彦祥	赞礼郎	一回；钞本	缺
	追信	六回，钞本	
贾天慈	别善恶	一回；石印本	
	糜氏托孤	一回；又名《长板坡》；民国石印本	
	刺虎	四回；文萃堂刻本	
	高老庄	不分回；泰山堂刻本	
	宦途论	一回；清钞本	缺
	连理枝	不分回，清文萃堂刻本	
	悲秋	不分回；清钞本、民国槐荫山房石印本	
	扫秦	一回；清钞本	缺
	望儿楼	不分回，民国石印本	
	杜丽娘寻梦	三回；清钞本	
	紫鹃思玉	一回，百本张钞本	缺
李啸仓	惨睹	一回；清抄本	
	焚棉山	一回；清钞本	缺
	纲鉴图	一回；清钞本	缺
	韩信封侯	一回；清钞本	缺
	击鼓骂曹	三回；精抄本	
	阔大烟叹	一回；民国初年石印本	
	离情	三回；清光绪二十九年（1903）辽阳三文堂刻本	
	刘姥姥探亲	十二回；清钞本	缺
	吕蒙正	三回；精钞本	
	乔太守乱点鸳鸯谱	不分回；清钞本	
	瑞云	原书回数不详，仅存第一回至第三回，旧钞本	
	双凤奇缘	一回；清钞本	缺
	双生贵子	一回；清钞本	缺
	雄黄酒	一回；清钞本	
	炎凉叹	一回；清钞本，一名《苏秦叹》	缺
	调精忠	一回；清木刻本、辽郡刻本	
杜颖陶	刺虎	四回；文萃堂刻本	

藏书家	题名	版本著录	备注
杜颖陶	分宫	二回；清抄本	缺
	富春院	不分回；民国石印本	缺
	妓女上坟	一回；旧钞本	缺
	祭灶	二回；别墅堂钞本	
	春梅游旧院	凡三卷、不分回；文萃堂刻本	
	拷红	不分回（五回）；抄本	
	哭像	一回；别墅堂钞本	
	刘高手治病	二回；别墅堂钞本	
	叹武侯	一回；别墅堂钞本	
金氏家藏	负心恨	三回	
阿英	焚宫落发	二回；清光绪二十二年（1896）文盛堂刻本	
	活财神	一回；宝文书局刻本、宝文堂刻字局刻本	缺
	活菩萨	一回；宝文刻字局刻本	缺
	离情	三回；清光绪二十九年（1903）辽阳三文堂刻本	
	穷酸叹	一回；清光绪二十七年（1901）刻本	
	双美奇缘	一回；清盛京程记书坊刻本	
	双玉听琴	不分回；清光绪二十四年（1898）文盛堂刻本	
	子路追孔	一回；清光绪二十八年（1902）格致书坊刻本	
郑振铎	出塞	一回	
	上任	一回	缺
耿瑛	老汉叹	一回；江岐山传述本	
齐如山	绣香囊	四回；清抄本	

注：根据《清代八旗子弟书总目提要》整理。

附录五

清缪荃孙《琉璃厂书肆后记》所载坊肆（1867—1911）

文光楼、文宝堂、宝文斋、善成堂、大文堂、二酉堂（斋）、聚星堂、宝华堂、修文堂、翰文斋、正文斋、宝名斋、勤有堂、书业堂、肄雅堂、萃文堂（斋）、文琳堂、益文堂、西山堂、会经堂、文贵堂、宝森堂、旧书李、文华堂、宝珍斋、宝经堂、同雅堂、同好堂、兴隆店、晋华书局、文益书局、弘远堂、有益堂、荣录堂、松筠阁、槐荫山房、文盛堂、孔群书社、文友堂、肄雅堂、直隶书局、维古山房、修本堂、文英阁、玉生堂、敬业堂、文琳堂、宏道堂、来薰阁、善成堂、会经堂、文雅堂、保古斋、同古堂、会文堂、九经堂、鸿宝阁、鉴古堂、述古堂、文焕堂。（60家）

附录六

孙殿起《琉璃厂书肆三记》所载隆福寺和琉璃厂坊肆

琉璃厂192家坊肆：文光楼、富文堂、宝善堂、荣华堂（2）、晋华书局、博文书局、同善堂、中原书店、文汇阁、文益书局、来鹿堂、三槐堂、文明斋、藜光阁、积山书局、文盛堂、开明书局、怀文堂、经腴堂、文莱阁、宝铭堂、第一书局、钧古堂、文澄阁、养拙斋、群玉斋、长兴书局、九经阁、纯华阁、丰记书局、文道堂、复古堂、书业堂、希古堂、宏文堂、瑞铭斋、维古山房、书业公司、龙威阁、文蔚堂、文华堂（2）、修本堂、澄云阁、深柳书庄、文英阁、耀文堂、玉生堂、敬业堂、松筠阁、蔚文堂、文远堂、宏德堂、宏远堂、修文堂、铭德堂、鸿文斋、文宝堂、翰琳斋、连筠书社、鸣珂书店、有益堂、聚好斋、荣禄堂、福润堂、善成堂、多文堂、二酉斋、博文斋、槐荫山房（2）、友仁堂、古芬阁、荣录堂、宝华堂、文盛堂（2）、铭珍斋、翰文斋、正文斋、孔群书社、待求书庄、实学书店、古香书屋、松古堂、益文堂、龙文阁、文昌会馆、勤有堂（2）、会文斋、崇文斋、毓文堂、继文堂、同文堂、德友堂、会文堂、文德堂、聚古堂、瑞芝阁、宝仁堂、文芸阁、务本堂、文友堂、文禄堂、肆雅堂、直隶书局、艺文书局、企古斋、二希堂、敬义堂、蜚英阁、穆斋鬻书处、宝笈堂、通学斋、文萃堂、文琳堂、朴学斋、南阳山房、萃文斋（2）、富晋书社、宏道堂、三友书社、天都阁、文澜堂、大酉堂（2）、国粹书庄、石渠山房、尚友堂、瑞文书局、见斋书室、饷华书局、富强斋、文润堂、大树堂、慎记书庄（2）、惟一书社、述文堂、翰友堂、焕文斋、振文阁、懿古书店、恒古堂、震旦书林、邃雅斋、宝林斋、奎文堂、文富堂、函雅堂、西山堂、开通书社、会经堂、本立堂、郁文斋、宏京堂、保古斋、文贵堂、宝森堂、九经堂、九经堂新记、文雅堂、宝经堂、鸿宝阁、同雅堂、鉴古堂、述古堂、瀛文斋、文焕堂、同好堂、蟠青书室、森宝堂、久安堂、效贤阁、来薰阁、善成堂东记、宝纶堂、文瑞堂、肄文堂、弘简斋、藻玉堂、景文阁、宝文斋、宝名斋、中华善书局、榷古斋、聚锦堂、广智书局、宝珍堂书铺。

隆福寺36家坊肆：同立堂、天绘阁、聚珍堂、宝书堂、三槐堂、明经堂、带经堂、文奎堂、文元堂、镜古堂、保萃堂、文粹斋、悦古堂、修绠堂、齐鲁书社、文璘堂、聚文堂、三友堂、正雅堂、稽古堂、宝文书局、东来阁、文殿阁、宝会斋、粹雅堂、修文堂、文通阁、东雅堂、学古堂、青云斋、观古堂、文渊阁、天禄阁、清芬阁、问经堂、尊文阁。

孙殿起《琉璃厂书肆三记》载其他坊肆（琉璃厂、隆福寺之外）42家：向之书局、道观斋、庆古斋、体仁书局、志诚书局、耀文堂、得利复兴、五洲书局、学古山房、隐逸书局、富强书局、环球书店、多文斋、同文书店、瑞文斋、新华书社、荣盛书局、集成书局（2）、亚东书局、新华书局、好古堂、文化书局、文学斋、蔚珍堂、华兴书局、华文书社、蔚文阁、醉经堂、文苑斋、文鉴堂、珍古斋、学海堂、致雅堂、志诚书局、会文书局、文成堂、老二酉堂（河北束鹿县人陈荫堂）、二酉堂（江西人饶丹肇）、宝林堂书铺、会友书社、崇文堂书坊。

其中，中华善书局、榷古斋、聚锦堂（宣统年间韩树田住在东南园路西聚锦堂，经营数年歇。后赴天津直隶书局，充当伙友）这些书肆名称，仅见孙殿起《琉璃厂书肆三记》提及。文中还记载了11家年代不详的书肆：多文堂（位于琉璃厂东路南，后易墨宝斋字画铺）；石渠山房（湖南人周连渠在琉璃厂路南开设）；大树堂（河北束鹿县人丁玉山，字运辉，在琉璃厂开设）；广智书局（设在琉璃厂的分局，总局在上海）；天禄阁（河北束鹿县人乔仁诚，字实斋，在隆福寺盐店大院开设）；务本堂（安徽望江县人汪全德开设）；纯华阁（河北衡水人李振声在琉璃厂安平里路西开设，以经营清代以来史料及零本小册子为主）；宝珍堂书铺（位于琉璃厂厂甸西门内路南）；宝善堂（河北冀县人韩克顺在琉璃厂东口路北开设。前身为东同文堂夏姓之业，后易胡万堂经理，又易论文斋字画铺）；瑞文书局（大兴人张庆麟在琉璃厂开设）；慎记书庄（安徽望江县人汪全义在琉璃厂开设，与光绪三十三年（1907）张慎田开设的慎记书庄不同）。

附录七

雷梦水《琉璃厂书肆四记》所载琉璃厂坊肆（1940—1958）
雷梦水《隆福寺街书肆记》所载隆福寺街书店（1965—1966）

1940—1958年琉璃厂有48家坊肆：文光楼、开明书局、松古堂、文汇阁、铭珍斋、翰文斋、实学书店、文禄堂、敬文书社、富晋书社、邃雅斋、京华书店、来薰阁、开通书社、藻玉堂、繁山书店、宝铭堂、洪友书店、宋荔秋书店、大生堂书店、金华书店、敬义堂、蕌英阁、二希堂、丽生书局、通学斋、宏文书店、快乐书店、青藜阁、松筠阁、吉珍阁、长瑞书店、效贤阁、邴金渡书店、胡介眉书帖店、刘炽昌书店、懿古书店、九经阁、多文阁、魏日如书店、德友堂、文萃堂、宝纶堂书店、萃文斋、纯华阁、廷智书店、群玉斋。

其中：

大生堂书店：位于琉璃厂厂甸，张大维开设。

宏文书店：李瑞升在琉璃厂南新华街路西土地祠内开设。

宋荔秋书店：河北冀县人宋荔秋在琉璃厂厂甸开设，是法帖铺兼售古旧书。

快乐书店：苑丰乐在琉璃厂南新华街乙5号开设，兼租书。后易魏明辰经理。

青藜阁：1951年河北冀县人张庆隆（字子兴）在琉璃厂南新华街路西开设。

丽生书局：河北冀县魏金水（字丽生）在琉璃厂厂甸开设。

京华书店：河北深县人于士增在琉璃厂西路南开设，售卖古旧书。

长瑞书店：河北束鹿县人赵长瑞独自经营。

胡介眉书帖店：河北南宫县人胡增寿（字介眉）在琉璃厂东南园路南开设，经营法帖，兼售美术、考古类书籍。

敬文书社：河北宛平县人黄健吾初设在头发胡同，后迁至琉璃厂路北，以销售新版古书通行本为主，也有外文书。

魏日如书店：魏吉恒在琉璃厂万源夹道开设。

1965—1966年隆福寺街有20家书店：东雅堂、修文堂、修绠堂、粹雅堂、文殿阁、鸿文阁、稽古堂、三友堂、观古堂、宝绘斋、文奎堂、带经堂、文渊阁、大雅堂、信义书店、东来阁、育民书店、天禄阁书店、聚英书店、文通阁。

附录八

各省图书馆现存清代北方坊肆刊本书籍摘录

一、北京

1.三槐堂

（1）天津图书馆藏《清语摘要》，四种四卷，清光绪十五年（1889）刊本。

（2）首都图书馆藏《清文汇书》（满汉对照），清李延基编，十二卷（1函），清京都三槐堂刻本。

2.会文山房、会文堂

（1）天津图书馆藏《菊坪诗钞》，清姚学程撰，清同治十一年（1872）会文山房刻本。

（2）天津图书馆藏《详注校正苏老泉文集》，四卷，1927年会文堂刊本。

3.二酉堂

首都图书馆藏《二酉堂丛书》，清张□澍辑，清道光元年（1821）二酉堂刊本。

4.长白武氏双槐堂

（1）首都图书馆藏《吕子节录》，明吕坤撰，四卷，补遗二卷，清嘉庆二十年（1815）长白武氏双槐堂刊本，共四册。

5.文华堂

首都图书馆藏《陆地仙经》（医书），清光绪六年（1880）刊本。

6.文盛堂、泰山堂

首都图书馆藏《弹词十种》十二册。

7.泰山堂

首都图书馆藏《满汉斗》鼓词，一册；《五毒传》鼓词，六册十二卷；《王公子嫖院》鼓词，民国刊本。

8.宝文堂

（1）首都图书馆藏《杜十娘怒沉百宝箱》，一册，1912年。

（2）首都图书馆藏《四卖》，一册，民国刊本。

（3）首都图书馆藏《杂曲：三十种》，三十一册。

（4）吉林省图书馆藏大鼓书《二度林英》（八页）、《双锁山》（十页，刘金定招夫段，新抄）、《百家姓古人名》（十四页，名公精选全本，新抄刻），清至民国年间坊刻本。

9.锦文堂

吉林省图书馆藏大鼓书《王金川赶考》（七页半，新抄狐仙段）、《王金川得状元》（七页半，新出/新抄狐仙段）、《审青羊》（八页半，戳记"并无错字"），清至民国年间坊刻本。

10.中和堂

（1）国家图书馆藏《朱子家训》，宋朱熹撰，清光绪二十三年（1897）刻本，清宣统二年（1910）重印。《邹氏宗谱》三十六卷木活字本，清邹仁浦纂修，清光绪二十九年（1903），三十六册（含像，9行22字，白口，四周单边，单鱼尾）。《鼓词集》刻本，清末京都敬文堂、中和堂、二酉堂合刊，九十五册（行款不一）。

（2）天津图书馆藏《清文汇书》（满汉对照），清李延基编，清乾隆十六年（1890）新刊。板框21×14.9cm。行款是半页8行，行36字，小字双行；白口，四周双边，单鱼尾。封面题"京都打磨厂中和堂藏板"。卷端写"乾隆十五年李延基序"。版心镌书名和卷次。

11.经义堂

（1）山西省图书馆藏《伤寒论注：四卷》，柯琴编注，清乾隆七十年（1755）刊木。

（2）首都图书馆藏《分类详注饮香尺牍》，清道光六年（1821）重刻本。

12.乐善堂

（1）天津图书馆藏《御制乐善堂全集定本》三十卷，清乾隆撰，清蒋溥等编。

（2）天津图书馆藏《铁庄文集》八卷，陆楣著，清曹氏编，清光绪二十一年（1895）乐善堂刻。

二、上海

1.久敬斋（书庄）

首都图书馆藏《皇朝道咸同光奏议》，二十八册六十四卷，清光绪二十八年（1902）石印本。

2.乐善堂

天津图书馆藏《乐善堂精刻铜版缩印书目》，乐善堂主人编，1945年上海铅印本。

三、地区不详

裕文斋

（1）国家图书馆藏《得钞嗷妻子弟书》清刻本，一册。行款是18行15

字，小字双行；白口，四周双边，单鱼尾。

（2）首都图书馆藏《得钞嗷妻》二回，清裕文斋刻本，一册，包背装，行款是半页8行，行14字，小字双行；白口；四周双边；单黑鱼尾，板框14.4×10.6cm，钤"吴""晓铃藏书"朱文印，是吴晓铃的赠书。

（3）天津图书馆藏《尺木堂纲鉴易知录》，清道光年间裕文斋刻本，9行20字，白口，四周单边，鱼尾版心镌。

附录九

《滨文库所藏唱本目录》中清末至民国的坊肆唱本

一、北京地区（15家坊肆）

1.木刻本

（1）聚贤阁：新刊撒帐文

（2）文萃堂：新刻春梅游旧院子弟书、新刻刺汤子弟书

（3）崇艺堂：新刻小儿问答

（4）锦文堂（京都打磨厂）：新刻小儿问答、桑园寄子（新刻二簧调）、新抄狐仙段、目连生救母、四郎回令、捉曹放曹、打龙袍、新刻宋江坐楼梆子腔、战蒲关、秋胡戏妻、新刻宋江杀婆惜、新抄教子、状元祭塔、新编教读、烟鬼托梦、新抄渭水河、杀府逃国、清风亭（梆子腔）、秦琼观阵、秦琼发配、新刻杨二社化缘

（5）聚魁堂（打磨厂西门南柳巷路东）：弦子工尺字、举鼎观画、王天宝、新出快戒洋烟、杀庙。按：南柳巷旧有江震会馆，又有建宁、晋江、华州等会馆。

（6）致文堂（打磨厂东口内、崇文门打磨厂路北、打磨厂东头路南）：校正朱砂痣京调、打棍出箱、头度林英、二度林英、新出劝姑娘全词、新刻野鸡告状、新出佳人织机十恨十乐全词、大爷纵妻（新刻单弦牌子曲）、改良时调调兵（南方雅曲）、丁郎寻父、王天宝、王登云休妻、审青

羊、新抄何氏卖身、截江夺斗、朱买臣休妻、新刻在陈绝粮段、高兰香游地狱、丁香割肉、壹百单捌州、罗成叫关、十二重楼、王员外休妻、新刻花灯名、新出宝庆中状元、长板坡（新刻大鼓书）、黄忠马失前蹄、包公夸桑（新出文明大鼓书词）、京调全本探阴山、独木关、伯牙摔琴、全本乌盆记、目莲生救母全本、化子拾金、梆子算粮、翠屏山（京都义顺和班/梆子腔）、贺后骂殿、新编教读、新刻哭头、新刻高平关、新抄倒厅门、五雷阵、铁官图崇祯上煤山（绣像）、女起解

（7）宝文堂（打磨厂东口内路南、打磨厂东首路南口、十四号打磨厂宝文堂）：打棍出箱、韩信算卦大鼓、汉张良访韩信、劝姑娘、改良劝夫（新出大鼓书词）、大闹天宫、鸿雁捎书（新出大鼓书词）、华容道小段（新刻大鼓书词）、佳人写书段、杜十娘怒沉百宝箱、小姑出阁、李翠莲盘道、王会川跑关东、鹦哥答对、行孝段、新出耗子告狸猫全段莲花落词、四卖、宫门挂玉带、新刻宋江坐楼梆子腔

（8）经义堂：新刻孙夫人投江二簧腔

（9）九龄堂：鱼肠剑

（10）松月山房：男思女

（11）泰山堂（打磨厂路南）：新抄写春灯谜可矣解闷、火焰山、新抄双锁山全段、韩湘子上寿、和先生教书、新抄女起戒梆子腔、新抄玉堂春梆子腔

（12）老二酉堂（打磨厂东口内）：吊金龟

2.石印本

老二酉堂：老三国歌

3.铅印本

（1）学古堂（崇文门外打磨厂东口内路南）：桑园会/江东计、打龙袍/葭萌关、西厢子弟书词六种红娘寄柬/莺莺降香/红娘下书、武家坡（乐亭

调大鼓）/丢姑爷、王定保借当、安天会/携琴访友（快书）/桃园结义（赶板）、高老庄/风花雪月（岔曲）、新编滕令尹鬼断家私/谋财显报、铡黄爱玉、双生贵子、新编张五可观花/七十二个女古人名、黄氏女游阴、劝姑娘/劝夫郎、评戏大观丑集、话匣子评戏

（2）泰山堂（打磨厂）：狄仁杰赶考（马寡妇开店）、韩湘子出家小天台、三娘教子（又名《机房训子》）/华容道/谭鑫培乌盆记、新编张五可观花/七十二个女古人名、评戏大观一集、评戏大观二集、评戏大观三集、嘣嘣戏词大观庚集

（3）宝文堂（打磨厂东口迤内路南）：八大锤王佐断臂、武家坡、相声大观、太平歌词

（4）致文堂（打磨厂三十一号）：斩黄袍（又名《哭头》）

（5）老二酉堂（打磨厂）：纺棉花/凤阳花鼓

（6）中华印书局：鼓词汇编河间齐家本选辑、鼓词新编、鼓词四编、旦脚戏本三出/河间齐家本辑/戏出大观（梆子类）

（7）世界书局：岳家庄（民族剧）、牧羊卷（家庭剧）

二、天津地区（1家坊肆）

铅印本

蔚文书庄（天津北路万寿宫对过儿）：八蜡庙/龙虎斗

三、河南地区（11家坊肆，涉6县市）

1.木刻本

（1）文华堂（密县、中州）：新刻十杯酒贺新郎、新选送情人二卷

（2）萃文斋/堂（新邑）：戒洋烟文、玉莲走雪

（3）聚文堂（郑州）：新刻杨八姐盗宝、卖苗郎、大闹土地堂、毛宏

跳花园、新刻三上轿、新刻画扇面、王员外休妻、新刻二十四糊涂、新刻男思女十二月、新刻马家诰、李渊劝将、新刻水淹蓝桥、呼郎担翻箱、新刻汗衫记周奇送女、新刻四贝上工、新刻女思男、刘应春告状

（4）富文斋（郑州）：名班抄出徐杨二进宫真本、贤良女劝夫、新刻背袍服（富文斋兴记书店发行）

（5）大文斋（郑州）：酒色财气、滚堂上卷

（6）雪苑山房（洛阳）：孟姜女哭长城卷之一、新刻三上轿、忤逆媳妇经、万全难字

（7）义斋（洛阳）：新刻王林休妻上卷一

（8）友文堂（洛阳）：新刻合家乐上卷、李翠莲舍金钗大转皇宫

（9）文聚堂（汴省）：惧内巧辩歌、新刻二十五更、新编小两口争灯段、九度林英、西狐女点仙庄、新刻割肝段

2. 石印本

（1）新民社（洛阳东大街商场南门外东隔壁）：劝士农工商、花庭会卷下、外甥瞧舅闹花科、秦雪梅吊孝、刘统勋私访梁乡县、三字经巧合记、闹井台、马前泼水、五元哭墓

（2）文兴印刷所（洛阳）：新编朱元卖妻

四、陕西西安（8家坊肆）

1. 木刻本

（1）德华（印）书局：葫芦峪全本第一回、葫芦峪司马拜土台第二回、火烧葫芦峪第三回、葫芦峪诸葛观星第四回、葫芦峪托印五丈原第五回、改良五家坡、新编黄鹤楼、放牛、男寡妇上坟、王婆骂鹅、新编奇巧百样菜、云南上寿、走雪、断桥亭一大回、改良新花亭、改良送花、烙碗计、城隍抽筋、变驴还债、木匠做官/阴骘变相/贤妇良言歌、商人歌、修身

立本篾

（2）养正堂（长安北乡阁老门）：贸易戏曲/贤女劝夫、改良考打吉平、世情歌/贸意歌、西安省古今计事歌

（3）德兴堂：玉琥堕监会

（4）易俗社：柜中缘、杨氏婢

（5）全上堂：九九图

（6）久达长德记书局：土祗托梦、增补新荒年歌

2.石印本

（1）王范奎文书局：许状元拜塔

（2）德厚祥书局（陕西省城南院门）：单刀赴会前本（后本）/秦雪梅观文全本、古城会兄/老爷挡曹/走马分石/血手拍门全本、天水关/铁兽图全本、改良西城弄险全本/新刻杜十娘赠银全本/最新新闹学/新编改良送女、改良杀狗劝妻全本/小儿喃夫子/双背鞭/绣八仙、醉写黑□书/太师显魂/状元祭塔/苟家滩、秦琼打粮/马芳困城/口外歌

五、山东地区（3家坊肆，涉2县市）

1. 青岛
（1）石印本

乐新书局（青岛大新商场）：探寒窑（一本、二本）、三击掌

（2）铅印本

永昌书局（青岛东镇）：五家坡（头本、二本）、美女五更

2. 烟台

铅印本

启明书店（烟台南市场）：探母回令、天水关、花为媒头段、姑娘要陪送、光棍哭妻、后娘打孩子、新编小两口上庙、赶三关

六、上海曲词馆（1家坊肆）

1.木刻本

大个钱自叹、妓女伤怀、佳人饯行、二十五更（1903年9月15日新抄重刊版）

2.石印本

新词逛新开

七、江苏苏州（1家坊肆）

木刻本

恒志书社（苏州城内中街路中一百六十八号/一百五十一号）：新刻采红菱山歌、十二条手巾、新刻沈七歌、下盘棋、口传无锡景致、二十四枝花、上（下）本新编时调莲花落、新刻大傲郎口传山歌、新刻五更梳妆台、花界口传西河栏杆叹十声、十把扇、新编花界口传妓女叹苦径、烟花女子告阴状、新刻摘菜苔、梳妆台十送郎、改良哭妙根笃爷、新刻十双拖鞋山歌、新编十只枱子

附录十

《中国俗曲总目稿》清末民初说唱类坊肆简目

1.北平（78家）

宝文堂、泰山堂、致文堂、聚魁（奎）堂、永和堂、同升堂、锦文堂、文象堂、聚元堂、文盛堂、书本堂、文运堂、经义堂、敦仁堂、善成堂、文义堂、义和堂、天足会、京书坊、义兴堂、盈聚堂、协玉堂、东文堂、文美堂、海陵轩、文萃堂、聚兴堂、二酉堂、文林堂、永和斋、智寿斋、永隆斋、崇文阁、敬修堂、文华堂、松月山房、清云山房（书坊）、青云书屋、清幽书室（屋）、清雅山房、柳阴山房、得月书坊（山房）、青雅（阁）山房、文秀山房、风云书室、养心书斋、会友山房、永顺堂马记、别野山庄、松月堂、文和堂、青梅书室、德真山屋、登云书室、上海曲词馆、清室书屋、云霖山房、幽香书室、会文山房、校经山房、积善堂、致文堂、学古堂、会文堂、锦章书局、江东书局、茂记书局、广益书局、铸记书局、共和书局、上海书局、大成书局、求石斋书局、中华印刷局、锦章书局、瑞文书局、和记书局、公平书局

2.天津（1家）

江东书局

3.河南（32家）

聚文堂、南阳府经元堂、镇邑明选堂、宛南万兴堂、连升堂、岗陈三乐堂、霖源堂、金德堂、经德堂、宝善堂、三元堂、聚益昌、府城经元堂、

文光堂、泰大梓、务本堂、文英堂、万兴泰（太）、同聚堂、恒心堂、宝文堂、郁文堂、文义堂、又新堂、文朝堂、兴隆堂、南阳府宝文斋、南阳府文华堂、确邑全生堂、赊镇三义堂、徐家庄三仪堂

许昌：成文堂

4.山东（9家）

济南：义和堂、瑞林斋、文裕堂、文福堂、翰林斋、瑞文斋、书宝堂、文德堂、义兴堂

5.江苏（34家）

苏州：恒志书社、恒志堂、聚盛堂、振文斋、春阳堂、芜湖崇本堂、藏月楼、维阳鸿文堂、三元堂、采莲堂、嘉兴二西堂、最新阁、文裕堂、振文堂、快乐社、文魁堂、修竹斋、明霞室、茂林堂、清溪阁、文元堂、久荣堂、华锦堂、春阳堂、文德堂、上海中务社、汉镇慎诒堂、上海两宜社、民文书局、上海文益书局、敏记、上海久益斋

南京：振文斋

扬州：文苑堂

6.上海（16家）

上海曲词馆、两宜社、沈鹤记书局（鹤记书庄）、大成书局、茂记书庄、柳荫山房、第一书局、燮记书庄、上海书局、民文书局、槐荫山房、平公书局、学古堂、商务印书馆、中西书局、亚华书局

7.湖北（2家）

武汉汉口：会文堂、三元堂

8.四川（35家）

溢记、福记、精记、渌记、玉廷任记、裕盛堂蒋记、一万山、吕文明、起凤堂、合州文茂堂、长清堂、万山板、万卷堂、万城堂、喜乐堂、大文堂、天祥阁、性义堂、三星堂、双荣堂、双发堂、文茂堂、鸿兴曹记、文明

书社、文集书林、集贤书馆、文鸣书庄、熙南书社、恒声书社、钧记书庄、戏曲改良会、新都鑫记书庄、香江原本、古卧龙桥第五十号、三百八出版

9.江西（1家）

南昌：点石斋书局

10.云南（6家）

昆山堂、荣焕堂、富贵堂、文星堂、本立堂、兴文书局

11.福建（3家）

集新堂、聚星堂、燮记印

12.厦门（3家）

文德堂、柳幢板、趣致堂

13.广东（26家）

广州：以文堂、佛山芹香阁、五桂堂、六桂堂、富经堂、醉经堂、丹桂堂、成文堂、明秀堂、五经楼、会源堂、同文堂、德文堂、璧经堂、萃英楼、崇德书局、华兴书局、伶伦师友会、新剧编曲社、粤曲研究社、新曲研究社、负贩书籍社、香江原本至闲斋注

彰德：明善堂、学善堂

直隶磁州：明善堂

附录十一

张秀民《中国印刷史》载清代北京书坊可考者（112家）

老二酉堂、洪氏剞劂斋、二酉斋、三槐堂、天绘阁、中和堂、小酉山房、文友堂、文光堂、文光楼、文成堂、文萃堂、文贵堂、文华堂、文宝堂、文锦堂、文象堂、文魁堂、文秀山房、文蔚堂、文盛堂、正文斋、成文堂、会文山房、会文斋、锦文堂、秀文斋、致文堂、富文斋、宏文斋、同文斋、翰文斋、裕文斋、宝文斋、东文堂、秀义斋、荣禄堂、荣宝斋、荣锦堂、荣华堂善书铺、荣锦书坊、酉山堂、登瀛阁、永魁斋、四宝堂、老会文堂、四德堂、弘远堂、泰山堂、东泰山、同升堂、同升阁、同立堂、同善书局、合义堂、炳蔚堂、协玉堂、善成堂、敦盛堂、宝名堂、宝名斋、宝文堂、宝书堂、宝森堂、宝经堂、聚珍斋、聚元堂、聚珍堂、聚魁堂、鉴古堂、鸿远堂、崇寿堂、五本堂、五柳居、五云堂、聚魁斋、义生堂、永远堂、永和堂、盈聚堂、老聚卷堂、本立堂、书本堂、书业堂、积善堂、崇艺堂、清云书屋、经义堂、翰藻堂、篆云斋、龙文阁、龙威阁、风云书屋、龙云斋、金玉堂、英华堂、清幽书室、南阳山房、别墅山房、柳阴山房、会友山房、金玉书坊、得月书坊、格致书坊、天清经局、宝文刻字局、文锦斋、永盛斋、荣林斋、漱润斋、文德斋、文茂斋（注：后六家书坊加上龙云斋均为刻字铺）

《滨文库所藏唱本目录》《中国俗曲总目稿》《中国印刷史》中均提到"京都锦文堂"，该坊肆以刊刻唱本为主。吉林省图书馆所藏大鼓书《目

连生救母》，封面题"京都锦文堂"。封面板框9.8×14.3cm，内文板框
9.4×11.5cm。共七页半。版心标"救母"。首句是"山靠青松松靠山，山藏
古洞洞影仙"，末句是"这一回唱不尽目连生救母段，下一回黄巢造反紧连
接"。吉林省图书馆所藏鼓词《新出老倭瓜告状》，封面题"京都打磨厂路
北东头致文堂板"。版心标"告状"。首句是"开天立地到如今"，末句是
"谁想害人天不容"。

附录十二

《文化资料选》中清末至民国的沈阳书店（62家）

1.清同治九年庚午（1870），在奉天（今沈阳）鼓楼南大街路西开办了会文山房。

2.清光绪二十六年庚子（1900）至宣统三年（1911），期间总开设17家书铺，主要集中在光绪三十年前后。

（1）福顺堂：位于中街路南，清光绪五年己卯（1879）开设。

（2）和顺堂：位于前聚宝街，清光绪二十六年庚子开办。

（3）清光绪三十二年丙午（1906）相继开办了5家书店：

盛京商务印书馆有限公司，位于奉天鼓楼北，为分馆，总馆在上海。历任经理人有王锡韩、苏尚达、杨国范、张屏翰、武兰谷、张乃栋等。以经营总馆出版物为主，主要售卖影印古籍、教科书、工具书、小册子以及外文书刊，同时兼营文具、教学仪器等，并开展远至吉林、黑龙江在内的批销图书业务。

奉天文明书局，位于奉天小北门里，主要发行教科书。

会文堂，位于奉天鼓楼北。

关东印书馆，位于奉天鼓楼南。

科学仪器馆，位于奉天鼓楼北。

（4）清光绪三十三年丁未（1907）开办了2家书店：

启新书社，位于奉天大南门里，以经营教科书为主。

北洋陆军武学官书局，位于奉天四平街东头路北，专售武备各科图书。

（5）清光绪三十四年戊申（1908）开办了2家书店：

福升笔局，位于奉天鼓楼北。

奉天彪蒙书室，位于奉天大西门里，主营私塾尺牍字帖、小学课本以及新旧小说。

（6）清宣统元年己酉（1909）开办了2家书店：

胡魁章，位于奉天鼓楼北。

城（诚）文信，位于奉天财神庙街。

（7）清宣统二年庚戌（1910）开办了2家书店：

震东书局，位于奉天钟楼南，专购抄刻本古籍和家藏旧书。。

井古瘘书局，位于奉天钟楼南路西，售卖古今图书、名人书函，兼营教科文具。

（8）清宣统三年辛亥（1911）开办了2家书店：

德合义，位于奉天鼓楼西翰墨胡同。

章福记书局，位于奉天鼓楼北。

3.1922年8月，中华书局奉天分局在沈阳鼓楼北开设。

4.1912年至1929年沈阳书铺（42家）

（1）位于鼓楼北14家：会文堂（经理夏锡成）、商务印书馆（经理王锡韩）、科学仪器馆（经理虞光惠）、福升笔局（经理高瑞五）、胡魁章（经理钟定斋）、章福记书局（经理章锡荣）、文盛堂（1912年，经理钟维昌）、文盛堂（1912年，经理钟继昌）、德和义公司（1914年，经理李长吉）、明记书局（1919年，经理李佩然）、世界书局（1921年，经理李书生）、中华书局奉天分局（1922年，经理郭农山）、振生迻（1924年，经理霍有功）、大东书局（1924年，经理周子襄）

（2）位于鼓楼南2家：关东印书馆（经理王岐山）、德和义兴记（1914

年，经理李长桐）

（3）位于鼓楼西1家：德合义（经理李长茂，翰墨胡同）

（4）位于钟楼北路西2家：学业书局（1927年，经理钟继昌）、松茂斋（1928年，经理李守忱）

（5）位于中街路北1家：李湛章号（1912年，经理卢桐生）

（6）位于中街路南2家：福顺堂（经理谭允丕）、四合堂（1924年，经理金子恩）

（7）位于小北门里1家：汇文庆（1920年，经理刘新泉）

（8）位于大北门里1家：盛京书局（1912年）

（9）位于小南门2家：姑古堂（1923年，经理张仙舟）、积善堂（1918年，经理安介臣）

（10）位于小东大街路南1家：增兴发（1917年，经理赵康吉）

（11）位于大南门脸路北1家：玉盛书局（1920年，经理王玉书）

（12）位于大南关南菜行路北1家：古香斋（经理雒旭东）。1918年7月5日，业主雒旭东开设沈阳萃文斋（原名古香斋），1933年迁至小南门里，改名为萃文斋。自开业至1956年，全行业公私合营并入新华书店。在北京开设有分店，与北京萃雅斋、文奎堂、直隶书局、开明书局，天津藻玉堂，上海萃书社、来萃阁、萃古斋、修文堂，南京保文堂，四川菇古书局等有往来业务。以经营古旧书为主，主要通过发行目录为各大图书馆、大专院校和科研部门提供售书业务。

（13）位于大北关2家：京文魁（1912年，经理陈润芝）、茂盛书局（1927年，经理张忠显）

（14）位于小西关兴隆街4家：聚文山房（1912年，经理孟敬斋）、杨书铺（1915年，经理杨遇春）、成仁堂（1917年，经理徐自一）、福泰祥（1929年，经理魏锡忱）

（15）位于永安中街1家：和泰盛（1919年，经理曲示忱）

（16）位于前聚宝街1家：永裕堂（1925年，经理谷长青）

（17）位于大计字街194号1家：广兴德书铺（1920年，经理王见贤）

（18）位于奉天督军署街1家：绿野书店（1928年）

（19）位于财神庙街1家：裕庆丰（1929年，经理郭墨林）

（20）位于广济街1家：长盛堂（1929年，经理许寿山）

（21）位于省城内1家：北洋英汉图书局（1913年）

沈阳福顺堂、商务印书馆、关东印书馆、科学仪器馆、福升笔局在清光绪年间已开设，德合义、胡魁章、章福记书局在宣统年间已经营，均维系到1925年。大东书局在北平、沈阳和哈尔滨都有分号，上海是总局。清朝末年至民国初年的这些书铺位置，主要围绕在沈阳老城中街鼓楼周边，尤其在鼓楼北面集中不少书店。这是一批沈阳最早的书局，但已呈现出数量多、规模大，有专业性指向，印刷出版兼发行等系列特点。以上内容据《文化资料选》中的论文《清末的沈阳书店》（1985年第1期）、沈阳市文化局文化志办公室《文化志初稿》中第二章"书店"附表2整理。

5.1956年1月25日至2月29日，新华书店沈阳分店开展了私营书业改造工作。1955年沈阳的私营书店包括三类：新书业、古书业和旧书业。其中古书业有3家：萃文斋、育人书店和鉴古书店。旧书业有15家：群生书店、德增祥、大化书店、重光书店、新民书店、福北书店、兴化书店、绛志书店、福陵书店、朝阳书店、玩新书店、天元号、半香书店、三一纸店、柏达书店。上述内容据《文化资料选》中的论文《对私营书店的改造安排》（1985年第2期）整理。

参考文献

著 作

［1］（清）百本张子弟书目录［Z］.钞本.北京：中国国家图书馆藏，首都图书馆藏.

［2］（清）百本张子弟书目录［Z］.钞本.北京：首都图书馆.

［3］（清）聚卷堂李、百本张所抄杂曲［Z］.钞本9册.北京：首都图书馆藏.

［4］（清）集锦书目［Z］.清百本张钞本.北京：首都图书馆藏.

［5］（清）子弟书目录［Z］.民国钞本.天津：天津图书馆藏.

［6］（清）子弟谱［Z］.刻本.天津：天津图书馆藏.

［7］（清）蝴蝶梦［Z］.刻本.北京：中国国家图书馆藏，1874.

［8］（清）延熙等.台规［M］.北京：1892.

［9］萧文澄.子弟书约选日记［Z］.民国钞本.天津：天津图书馆藏.

［10］最新北平指南［M］.北京：自强书局，1912.

［11］子弟书三种［Z］.刻本.天津:天津社会教育办事处，1918.

［12］金台三畏氏.绿棠吟馆子弟书选［Z］.稿本.1922.

［13］北平民社.北平指南［M］.北京：书林书局，1929.

［14］刘复.中国俗曲总目稿［M］.北平："中央研究院"史语所刊，1932.

［15］李家瑞.北平俗曲略［M］.上海：上海文艺出版社，1933.

［16］阿英.中国俗文学研究［M］.北京：中国联合出版公司，1944.

［17］傅惜华.曲艺论丛［M］.上海：上海文艺出版社，1954.

［18］傅惜华.子弟书总目［M］.上海：上海文艺联合出版社，1954.

［19］郑振铎.中国俗文学史［M］.北京：作家出版社，1954.

［20］鼓词汇集（第一辑至第四辑）［M］.沈阳：沈阳市文学艺术工

作者联合会，1956.

　　［21］（清）叶德辉.书林清话［M］.北京：中华书局，1957.

　　［22］张静庐.中国近代出版史料二编［M］.北京：中华书局，1957.

　　［23］傅惜华.北京传统曲艺总录［M］.北京：中华书局，1960.

　　［24］北京地区书肆名录［M］.油印本.1966.

　　［25］（日）波多野太郎.子弟书集［M］.日本：横滨市立大学纪要，1975.

　　［26］（清）昭梿.啸亭杂录［M］.北京：中华书局，1980.

　　［27］吉林民间文学［M］.长春：吉林人民出版社，1981.

　　［28］（清）富察敦崇.燕京岁时记［M］.北京：北京古籍出版社，1981.

　　［29］曲艺艺术论丛［M］.北京：中国曲艺出版社，1981—1988.

　　［30］王利器.元明清三代禁毁小说戏曲史料［M］.上海：上海古籍出版社，1981.

　　［31］单弦艺术经验谈［M］.北京：中国曲艺出版社，1982.

　　［32］杨米人，路工.清代北京竹枝词（十三种）［M］.北京：北京古籍出版社，1982.

　　［33］（清）震钧.天咫偶闻［M］.北京：北京古籍出版社，1982.

　　［34］朱一新.京师坊巷志稿［M］.北京：北京古籍出版社，1982.

　　［35］（清）崇彝.道咸以来朝野杂记［M］.北京：北京古籍出版社，1983.

　　［36］孙殿起，雷梦水.北京风俗杂咏［M］.北京：北京古籍出版社，1983.

　　［37］于敏中.日下旧闻考［M］.北京：北京古籍出版社，1983.

　　［38］关德栋，周中明.子弟书丛钞［M］.上海：上海古籍出版社，

1984.

［39］升平署岔曲［M］.上海：上海古籍出版社，1984.

［40］徐珂.清稗类钞选［M］.北京：书目文献出版社，1984.

［41］清实录·世宗实录（第七册卷十八）［M］.北京：中华书局，1985.

［42］清实录·高宗实录（第十四册）［M］.北京：中华书局，1986.

［43］清实录·仁宗实录（第三十册）［M］.北京：中华书局，1986.

［44］清实录·宣宗实录（第三十七册）［M］.北京：中华书局，1986.

［45］文化志初稿［M］.油印本.1986.

［46］夏仁虎.旧京琐记［M］.北京：北京古籍出版社，1986.

［47］雷梦水.北京风俗杂咏续编［M］.北京：北京古籍出版社，1987.

［48］明清民歌时调集·霓裳续谱·白雪遗音［M］.上海：上海古籍出版社，1987.

［49］郭广瑞，曹亦冰.永庆升平·前（后）传［M］.北京：宝文堂书店，1988.

［50］雷梦水.书林琐记［M］.北京：人民日报出版社，1988.

［51］沙之沅.北京的少数民族［M］.北京：北京燕山出版社，1988.

［52］说唱艺术简史［M］.北京：文化艺术出版社，1988.

［53］云游客.江湖丛谈［M］.北京：中国曲艺出版社，1988.

［54］张次溪.人民首都的天桥［M］.北京：中国曲艺出版社，1988.

［55］李致忠.历代刻书考述［M］.成都：巴蜀书社，1989.

［56］任光伟.艺野知见录［M］.沈阳：春风文艺出版社，1989.

［57］张秀民.中国印刷史［M］.上海：上海人民出版社，1989.

［58］薛宝琨，鲍震培.中国说唱艺术史论［M］.河北：花山文艺出版

社，1990.

　　〔59〕倪钟之.中国曲艺史〔M〕.沈阳：春风文艺出版社，1991.

　　〔60〕陈文良.北京传统文化便览〔M〕.北京：北京燕山出版社，1992.

　　〔61〕（清）松龄.小额〔M〕.日本：汲古书院，1992.

　　〔62〕常人春.老北京风情记趣.〔M〕.北京：北京出版社，1993.

　　〔63〕耿瑛.曲艺纵横谈〔M〕.沈阳：春风文艺出版社，1993.

　　〔64〕关德栋.中国通俗文学史〔M〕.沈阳：辽宁大学出版社，1993.

　　〔65〕刘烈茂，郭精锐.清车王府钞藏曲本子弟书集〔M〕.南京：江苏古籍出版社，1993.

　　〔66〕吴柏龄.中国图书发行简史与发行刍议〔M〕.合肥：黄山出版社，1993.

　　〔67〕张荣铮，刘勇强，金懋初.《大清律例》〔M〕.天津：天津古籍出版社，1993.

　　〔68〕中国曲艺志·北京卷〔M〕.北京：文化艺术出版社，1993.

　　〔69〕中国戏曲志·北京卷〔M〕.北京：文化艺术出版社，1993.

　　〔70〕清蒙古车王府藏子弟书〔M〕.北京：国际文化出版公司，1994.

　　〔71〕逆旅过客.燕市积弊都市丛谈〔M〕.北京：北京古籍出版社，1995.

　　〔72〕李家瑞.北平风俗类征〔M〕.上海：上海文艺出版社，1995.

　　〔73〕《四库全书存目丛书》〔M〕.济南：齐鲁书社，1995.

　　〔74〕刘光民.《古代说唱辨体析篇》〔M〕.北京：首都师范大学出版社，1996.

　　〔75〕王春晖.天津曲书目一览〔M〕.天津：中国曲艺志天津卷编辑部，1998.

　　〔76〕北京出版史志（第13辑）〔M〕.北京：北京出版社，1999.

［77］启功.《启功丛稿》（论文卷）［M］.北京：中华书局，1999.

［78］瞿冕良.《中国古籍版刻辞典》［M］.济南：齐鲁书社，1999.

［79］北京志［M］.北京：北京出版社，2000.

［80］李瑞良.中国古代图书流通史［M］.上海：上海人民出版社，2000.

［81］刘烈茂，郭精锐.车王府曲本研究［M］.广州：广东人民出版社，2000.

［82］仇江，张小莹.车王府曲本全目及藏本分布［M］.广州：广东人民出版社，2000.

［83］吴文科.中国曲艺艺术论［M］.太原：山西教育出版社，2000.

［84］张寿崇.子弟书珍本百种［M］.北京：民族出版社，2000.

［85］故宫珍本丛刊：岔曲秧歌快书子弟书［M］.海口：海南出版社，2001.

［86］（明）胡应麟.少室山房笔丛·经籍会通四（卷四）［M］.上海：上海书店出版社，2001.

［87］俗文学丛刊［M］.台北：新文丰出版股份有限公司，2001—2005.

［88］肖东发.中国图书出版印刷史论［M］.北京：北京大学出版社，2001.

［89］清蒙古车王府藏曲本［M］.北京：学苑出版社，2001.

［90］韩锡铎，牟仁隆，王清原.小说书坊录［M］.北京：北京图书馆出版社，2002.

［91］黄镇伟.坊刻本［M］.南京：江苏古籍出版社，2002.

［92］任继愈.中国版本文化丛书［M］.南京：江苏古籍出版社，2002.

［93］续修四库全书［M］.上海：上海古籍出版社，2002.

［94］伊增埙.古调今谭：北京八角鼓岔曲集［M］.北京：知识产权出

版社，2004.

［95］崔蕴华. 书斋与书坊之间：清代子弟书研究［M］. 北京：北京大学出版社，2005.

［96］钱德苍，汪协如. 《缀白裘》［M］. 北京：中华书局，2005.

［97］王弘力. 古代风俗百图［M］. 沈阳：辽宁美术出版社，2006.

［98］张次溪. 天桥丛谈［M］. 北京：中国人民大学出版社，2006.

［99］耿瑛. 东北大鼓资料丛书：东北大鼓艺术论辑［M］. 沈阳：春风文艺出版社，2007.

［100］戚福康. 中国古代书坊研究［M］. 上海：上海商务印书馆，2007.

［101］岳永逸. 空间、自我与社会：天桥街头艺人的生成与系谱［M］. 北京：中央编译出版社，2007.

［102］赵尔巽. 清史稿［M］. 天津：天津古籍出版社，2007.

［103］仲富兰. 民俗传播学［M］. 上海：上海文化出版社，2007.

［104］朱家溍，丁汝芹. 清代内廷演剧史末考［M］. 北京：中国书店，2007.

［105］程国斌. 明代书坊与小说研究［M］. 北京：中华书局，2008.

［106］王汉民，刘奇玉. 清代戏曲史编年［M］. 成都：巴蜀书社，2008.

［107］姚颖. 北京说唱文学与伎艺研究：以子弟书、岔曲为中心［M］. 北京：北京燕山出版社，2008.

［108］丁淑梅. 清代禁毁戏曲史料编年［M］. 成都：四川大学出版社，2010.

［109］昝红宇. 清代八旗子弟书总目提要［M］. 太原：三晋出版社，2010.

［110］黄仕忠.日本所藏中国戏曲文献研究［M］.北京：高等教育出版社，2011.

［111］孙殿起.琉璃厂小志［M］.上海：上海世纪出版集团，2011.

［112］黄仕忠.新编子弟书总目［M］.南宁：广西师范大学出版社，2012.

［113］黄仕忠.子弟书全集［M］.北京：社会科学文献出版社，2012.

［114］李雪梅.中国鼓词文学发展史［M］.上海：上海人民出版社，2012.

［115］张政烺.文史丛考［M］.北京：中华书局，2012.

［116］赵志辉.满族文学史［M］.沈阳：辽宁大学出版社，2012.

［117］沈阳市文史研究馆.沈阳地域文化通览［M］.沈阳：沈阳出版社，2013.

［118］包澄絜.清代曲艺史［M］.北京：学苑出版社，2014.

［119］雷梦辰，曹式哲.津门书肆记［M］.天津：天津古籍出版社，2014.

［120］（韩）黄普基.明清时期辽宁、冀东地区历史地理研究：以《燕行录》资料为中心.上海：复旦大学出版社，2014.

［121］郝赫.郝赫曲艺作品选［M］.沈阳：万卷出版公司，2015.

［122］（日）中里见敬.滨文库所藏唱本目录［M］.日本：花书院，2015.

［123］齐如山.北京三百六十行［M］.北京：中华书局，2015.

［124］（清）邸文裕.陪都景略［M］.沈阳：沈阳出版社，2015.

［125］（清）韩小窗，耿瑛.韩小窗子弟书［M］.沈阳：沈阳出版社，2015.

［126］（清）刘世英.陪都纪略［M］.沈阳：沈阳出版社，2015.

［127］（清）缪润绂.沈阳百咏［M］.沈阳：沈阳出版社，2015.

［128］（清）缪润绂.陪京杂述［M］.沈阳：沈阳出版社，2015.

［129］（清）印匄，齐守成.《沈阳菊史》［M］.沈阳:沈阳出版社，2015.

［130］金受申.老北京的生活［M］.北京：北京出版社，2016.

［131］崔蕴华.说唱、唱本与票房：北京民间说唱研究［M］.北京：商务印书馆，2017.

［132］陈锦钊.子弟书集成［M］.北京：中华书局，2020.

［133］王立.满族说唱文学子弟书与满汉文化融合研究［M］.沈阳：东北大学出版社，2021.

［134］李芳.清代说唱文学子弟书研究［M］.北京：社会科学文献出版社，2022.

论　文

［1］陈锦钊.子弟书之题材来源及其综合研究［D］.台湾:"国立"政治大学中国文学研究所博士论文，1977：132—133.

［2］王素稔.八角鼓与单弦［J］.曲艺艺术论丛，1981（2）：11—12.

［3］王秋桂.李家瑞先生通俗文学论文集［C］.台湾：台湾学生书局，1982:71—164.

［4］吴晓铃.绥中吴氏双棓书屋所藏子弟书目录［J］.文学遗产，1982（4）：150—156.

［5］任光伟.子弟书的产生及其在东北之发展［J］.满族文学研究，1983（1）：103—107.

［6］聂德宣.清末沈阳的书店［J］.文化资料选，1985（1）：61—63.

［7］启功.创造性的新诗子弟书［J］.文史，1985（23）：309—333.

［8］赵志辉.《八角鼓》《子弟书》考略［J］. 社会科学辑刊, 1990 (1): 136—141.

［9］崔慕岳, 王国强. 论坊刻的历史地位和文献价值、兼论文献的综合评价问题［J］. 郑州大学学报, 1995 (6): 104—107.

［10］鲍震培. 曲艺俗文化特质论［J］. 天津社会科学, 1999 (2): 121—125.

［11］康保成. "滨文库" 读曲札记 (三则)［J］. 艺术百家, 1999 (3): 62—75.

［12］陈祖荫. 子弟与岔曲: 北京地区的两种韵文［J］. 北京联合大学学报, 2002 (6): 26—29.

［13］刘水云, 车锡伦. 清代说唱文学文献［J］. 文献, 2003 (3): 207—220.

［14］崔蕴华. 百本张与子弟书书坊［J］. 民族文学研究, 2004 (4): 16—20.

［15］吴文科. 北京曲艺的基本状况［J］. 北京观察, 2004 (3): 63.

［16］黄仕忠. 双红堂文库藏清末民初北京木刻、石印本 "唱本" 目录［A］. 北京大学 "俗文学研究的理论与方法" 学术研讨会论文集［C］. 2006 (4): 1—13.

［17］崔蕴华. 子弟书与北京地域文化研究［J］. 北京社会科学, 2008 (2): 90—95.

［18］耿柳.《子弟书集成》: 集大成存小异［J］. 戏曲与俗文学研究, 2022 (2): 287—303.

［19］李芳. 从抄本、刻本到仿本: 子弟书的文本流动［J］. 民族文学研究, 2022 (5): 135—145.